約束

K・S・Pアナザー

香納諒一

祥伝社文庫

目次

1

背中を押されるようにして、スクランブル交差点に進み出た。向こうから来る顔のひとつひとつが、いちいち眼前に迫ってくるようで落ち着かない。無数の人間が一斉《いっせい》になだれ込んだというのに、誰もが見えないルールを体に添《そ》わせるかのように、肩ひとつぶつけ合うこともなく他人たちの間をすり抜けていく。

吉村秀夫《よしむらひでお》は自分の前だけを見つめ、瞳を極力動かさず、それ以外のものはできるだけ視界の外へと締め出すように心がけて歩いていた。いつからか、そんなふうにして歩くことが習慣になった。故郷の街にいた時にはなかったことだった。

向こう側の歩道にたどり着き、靖国《やすくに》通りをしばらく歩いた先で、区役所通りへと曲がった。いつものコンビニで値引きになっている調理パンとおにぎりを見つけて買い、背負っているリュックの小ポケットに入れた。新宿《しんじゅく》バッティングセンターの前に着くと、念のために左右を見渡してから中に入った。

バッティングコーナーだけじゃなく、ゲーム機の並んだスペースまで隈《くま》なくチェックした。だが、やはり、今夜もいない。表の歩道に戻り、目立たない場所に移動してリュックを足元に下ろし、パンを取り出してかじり始めた。サイドポケットから四九〇ミリリットルのペットボトルを取り出し、飲む。中身は、公園の水飲み場でくんだ水道水だった。

パンとおにぎりは、あっという間に腹の中に消えた。空《す》きすぎた腹にやっと人心地《ひとごこち》がつき、秀夫はまたペットボトルの水道水を飲んだ。ゴミをポケットに入れ、M－51パーカー（モッズコート）のジッパーを首元まで上げると、腕組みをして小さく足踏みを始めた。

師走《しわす》の午後七時すぎ。寒さがジーンズの足元からはい登っていた。

だが、少なくとも二、三時間は、ここでこうしているつもりだった。きっと十時近くまでいることになるだろう。ネットカフェは、夜の十時になるとシステムが変わり、定額料金でずっと朝までいられる。それまではここで、須賀慈郎《すがじろう》が現れるのをじっと待ち続けるのだ。

秀夫がここで慈郎オジを見かけたのは、一ヶ月ほど前のことだった。時刻は、ちょうど今と同じ七時頃。ひとりでバッティングセンターから出てくるところに、偶然、出くわした。声をかける間もなく、流しのタクシーに乗って行ってしまったが、あれは慈郎オジに間違いなかった。

消え去るタクシーを呆然《ぼうぜん》と見送ってしまってから、徐々に心臓の鼓動《こどう》が速《はや》まった。自分がまたとない幸運とめぐり会いながら、ほんの一足違いでそれをみすみす逃《のが》してしまったことに気づいたのだ。慈郎オジならば、桜子《さくらこ》の居場所を知っていたかもしれないのに。だが、幸運とは、そんなふうに目の前を通りすぎるのが常だった。

秀夫はその日、バッティングセンターの受付を訪ね、慈郎オジの特徴を告げ、たった今、ここから出てきた男だと説明して、連絡先がわからないかと尋《たず》ねたが、無駄だった。それ以来、日に一遍《いっぺん》はここを訪れ、表でこうして慈郎オジが現れるのを待つようになった。他にあの男を見つける手段がなかった。

最初の一週間は、体力が続く限りずっと立っていたが、やがてそうすることに倦《う》んだ。食うために働く時間と働くために眠る時間を除き、いや、時には仕事にさえ行かずにずっと街角に立ち続ける自分が、たまらなく嫌《いや》になったのだ。そうしていると、自分が他には何もやることのない、つまらない人間に思えてならなかった。

そもそも桜子と会って、どうしようというのか。会って何を話すというのだ。いきなり桜子と連絡がつかなくなったのは、三年前。秀夫が服役して四年めの秋のことだった。傷害致死で言い渡された刑期は六年。待ち続けることに堪《た》えられなくなり、塀《へい》の中の婚約者に見つからないどこかへと逃げただけの話だ。

未練だ。今さら会うことになど、何の意味もない。

それはよくわかっていた。しかし、彼女と会って話せば、自分の人生が変わるきっかけになるかもしれない。チャンスなんて大それたものでなくてもいい。今の自分に必要なのは、きっかけなのだ。ただすぎていくだけの毎日から抜け出すための、些細《ささい》なきっかけ……。

それに、じきに八歳になる息子の海斗《かいと》に会いたかった。あの事件さえなかったならば、桜子と所帯を持ち、生まれたばかりの海斗と三人、幸せな家庭を築いていたはずだった。

小雨《こさめ》が降り始め、秀夫は緑色のモッズコートのフードを上げた。首元の紐《ひも》を締めようとして、手をとめた。バッティングセンターの正面玄関から、寸胴《ずんどう》で短足の男が現れたところだった。

薄い頭髪を、整髪料で後ろに撫《な》でつけている。強調された額《ひたい》は艶《つや》を帯《お》びてテカっているが、そこから下は顔全体にしわが多く、しなびたみたいに見える。頬《ほお》の肉が垂《た》れ下がり、目の下には隈が浮いていた。間違いない。秀夫たち周囲の人間から「ジロージ」と呼ばれていた、須賀慈郎だ。さっき中を見て回った時に、見落としたのだ。トイレにでも入っていたのかもしれない。

ひと月前、店を出るなり、すぐに流しのタクシーに乗って消えてしまったことを思い出し、秀夫はあわてて足元のリュックを取り上げた。それを背負いながら足早に近づく秀夫に、慈郎オジが目を向けた。

だが、確かに視線がかち合ったはずなのに、慈郎オジは一顧《いっこ》だにせずに体の向きを変えると、職安《しょくあん》通りの方向へと歩き出した。秀夫に気づいた様子はなかった。

連れはなかった。慈郎オジは手ぶらで、よれたチノパンに革《かわ》ジャン姿。そのジャンパーのポケットからブルーの毛糸の帽子を取り出し、歩きながらかぶった。

走り寄り、背後から声をかけよう。そう思うのに、なぜか体が動かなかった。手ぶらだし、ゆったりと歩くだけで、タクシーを拾う気配《けはい》もない。もしかして、どこか徒歩圏内が目的地かもしれない。それならば、行き先を見定めてから声をかけても遅くはない。

秀夫は、素早くそう頭をめぐらせたが、同時にそれが自分に対する言い訳だと気づいていた。

どうしても会って話したかった慈郎オジが、こうして目の前に現れたのだ。慈郎オジは、桜子の母親の弟、つまり、叔父と姪《めい》の関係に当たる。行方《ゆくえ》を知っているにちがいない。

それなのに、声をかけようともせずにただあとについて歩いているのは、本当に慈郎オジが桜子の居場所を知っていて、それを告げられてしまうことが怖《こわ》いからだ。知りたくなどない。会えばおそらく、いたずらにお互いを傷つけ合うだけだ。そしてまた、定職も住居も失い、ネットカフェを転々とする前科者の暮らしが続く。桜子を見つけ出して会うことが、人生を変えるきっかけになるものか。

秀夫の足取りが重くなり、慈郎オジの背中が遠ざかる。

しかも、慈郎オジは急に歩く速度を上げた。職安通りの歩行者信号が赤になりかけている。信号を渡るのか。それとも、タクシーを拾うつもりか。どっちでもいい。これで終わりだ。取り返しのつかないことにならなくてよかった。今夜のうちに、この足でもう新宿を離れてしまおう。川崎《かわさき》か山谷《さんや》に移ってみよう。すごしやすいという噂《うわさ》を耳にしたことがある。この街の人の多さには、もううんざりだ。

だが、気持ちとは裏腹に、秀夫は全力で駆けていた。慈郎オジに続いて横断歩道を渡る。途中で歩行者信号が赤になり、車のヘッドライトに射《い》抜かれてクラクションに追われつつ、向こう側の歩道に転《ころ》げ上がった。

慈郎オジが入った路地《ろじ》へと、続いて入る。

慈郎オジはその路地をしばらく歩いた先で、右手へと曲がった。職安通りを越えてからは、通りがいくらか地味で暗くなっていたが、そうして曲がるとともに、それまではちらほらと存在した飲食店も完全に姿を消し、年代物のマンションやアパートが立ち並ぶ静かなエリアになった。マンションの一部には小さなオフィスが入っているようで、それらしい看板が見えた。その多くが韓国語であることに気づき、秀夫はここが大久保《おおくぼ》のいわゆるコリア・タウンの一角らしいことを知った。

秀夫はリュックを背負い直した。車道を走って横断するうちにびしょ濡《ぬ》れになっていた顔を、ポケットのタオルハンカチで拭《ふ》いた。

そして、足をとめた。

前を行く慈郎オジがいつの間にか立ちどまり、秀夫のほうをじっと見ていた。

いぶかる表情が、やがて確信を得たものへと変わり、慈郎オジは自分のほうから近づいてきた。

「秀夫じゃねえか。おまえ、こんなとこで、いったい何をしてるんだ？」

慈郎オジは、笑っていた。

それは素直な笑顔ではなく、その奥でもつれた感情がわだかまってはいたが、それでも笑いかけてくれた。

しかし、秀夫は笑い返せなかった。頰が固まってしまっていて、挨拶《あいさつ》も前置きもなく切り出した。

「ジロージ、桜子の居所《いどころ》を知ってるか？」

慈郎オジは、きょとんとして秀夫を見つめ返した。

「なんでえ、おまえ、藪《やぶ》から棒に——。いきなり会って、それかよ——。なんでおまえが、ここにいるんだ？　いつから俺のあとを尾《つ》けてた？」

「バッティングセンターから出てくるのを、偶然見かけたんだ」

「で、尾けたわけか？」

慈郎オジはまだ微笑《ほほえ》んではいたが、その両眼は油断なく動き出していた。

「尾けたわけじゃない。ただ、何と声をかけていいかわからなかったから……」

じっと唇を引き結んだ慈郎オジが、何かを物色するような目つきで秀夫の全身を撫で回した。

秀夫の着るモッズコートは、出所後間もなく古着屋で買ったものだった。その下に着るのは、毛玉が無数にできた、やぼったい濃紺色《のうこんいろ》のセーターで、ジーンズの膝《ひざ》は破れ、スニーカーには穴があいている。リュックは定職があった時分に入手した登山用のものだった。社長の趣味が登山で、一緒に山に行こうと誘われて買ったのだ。しかし、結局はそんな機会を持てないまま、現場の事故で亡くなってしまった。

「ま、いいや。雨ん中、立ち話もなんだ。来いよ。ヤサがすぐそこなんだ」

いい加減《かげん》、視線で撫で回されるのにうんざりしかけた頃、慈郎オジはどこか気《け》だるげに言い、秀夫に顎《あご》をしゃくってみせた。

秀夫が何か答える前に体の向きを変え、先に立って歩き出した。

古びたマンションだった。土地の値段がずっと安かった頃に建ったものだからか、敷地面積に対してゆったりと造られており、部屋数もかなりありそうな大きさだった。埃《ほこり》のたまったエントランスのドアは開けっ放《ぱな》しで、オートロックの類《たぐい》はなく、ホールへ自由に出入りできた。管理人室は空《から》だった。無造作《むぞうさ》にカーテンが開け放たれていて、ガランとした室内が見えた。秀夫はホールに立ち、右側の壁にずらりと並んだ郵便受けに目を走らせてみた。ここにもハングルが混じっていた。ただしサビを浮かべた郵便受けの三分の二かそれ以上には、名前が入っていなかった。慈郎オジが、その隣にあるエレベーターのボタンを押した。

秀夫はふと、建物の奥へと目をやった。ホールの向こうはまっすぐ中庭に抜けられるようになっていて、そこの縁石《えんせき》に、小さな人影が、こちらに背中を向けて坐《すわ》っていた。

家族の帰りを待っているのか。ホールの秀夫たちの気配に気づき、首だけをすっと回したが、退屈そうにすぐに戻した。目の大きな、痩《や》せた色黒の少年だった。

エレベーターがやって来て、秀夫たちふたりは乗った。慈郎オジが六階のボタンを押した。六階に着き、左右に部屋のドアと台所のものらしい小窓が並んだ廊下を進む。慈郎オジがポケットからキーホルダーを抜き出し、突き当たり左側のドアの鍵を開けた。部屋番号の下の表札に、名前はなかった。

先に玄関に入った慈郎オジが壁のスイッチを押し上げ、部屋の中が明るくなった。短い廊下の先に、長方形の部屋があった。秀夫は玄関にリュックを下ろし、それからびしょ濡れの靴下を脱いだ。

慈郎オジは秀夫を先に部屋へと行かせると、短い廊下にあるドアを開け、半身を中に突っ込んだ。中はトイレつきの浴室らしい。そこからタオルを二枚持ち出し、部屋の入口に立つ秀夫に差し出した。

「濡れただろ。ほれ、これを使え」

秀夫は、礼を言って受け取った。モッズコートについた雨滴《うてき》を拭き取って脱ぎ、軽くたたんで部屋の隅《すみ》に寄せて置いてから、顔を拭いた。

部屋は十畳ぐらいの広さのワンルームで、その一部がキッチンになっていた。

慈郎オジがキッチン部分の冷蔵庫を開け、缶ビールを二本抜き出した。

「ビールでいいか？　ウィスキーもあるぞ。氷はないがな」

秀夫は戸惑《とまど》い、受け取ることができなかった。昔の人間関係が、今では何もかも違ってしまったという実感があった。そんな実感に縛《しば》られていると感じることも多く、なんとかそこから抜け出したいと願って生きてきた。こうして昔と同じような態度を取られると、それが苦しかった。

慈郎オジは、秀夫の目を見ずに微笑んだ。小さなテーブルの秀夫に近い位置に缶ビールを一本置き、もう一本のタブを開けて口にかたむけた。

「ああ、美味《うま》い。バッティングセンターで、大分《だいぶ》汗をかいたからな」

テレビとテーブル以外には、何も家具のない部屋だった。布団《ふとん》は部屋の隅にたたんで重ねてあった。缶ビールを手にした慈郎オジは、その布団によりかかって坐った。

秀夫は目を伏せたまま「いただきます」とかすれ声を出し、缶ビールのタブを開けて飲んだ。ホップの苦味《にがみ》が喉《のど》を刺激し、どこか感傷的でほろ苦い気分がこみ上げた。

慈郎オジは、まるでそうするタイミングを測《はか》っていたかのように、秀夫を見据《みす》えて口を開いた。

「だけどな、秀夫。言っておくが、俺は、桜子の居場所は知らないぞ。こんなデカい街で、ばったりめぐり会ったんだ。今夜はビールをごちそうするが、それを飲んだら出てってくれ。そして、もう俺のことも、桜子のことも思い出すな」

秀夫は缶ビールを口から離した。

「嘘《うそ》だ。知らないはずがない」声がいよいよかすれてしまい、しかも喉元で滞《とどこお》っていたが、それを強引に絞り出した。「ジロージ、頼むから教えてくれ。俺は、あの女に会わなければならないんだ」

「なんで俺が知ってると思うんだ？」

「叔父と姪じゃないか」

「親子ってわけじゃない」

「親子のように可愛《かわい》がっていた」

慈郎オジは、黙って秀夫を見つめた。

小狡《こずる》そうで、油断がならず、それでいて小心で優《やさ》しい男が、意地悪そうにこっちを見ていた。さっきまでの微笑みが、どこかに無理をしての作り物だったことに気がついた。これが慈郎オジの素《す》の顔だ。酸《す》いも甘いも嚙《か》み分けた男の顔――。

秀夫たち大勢の人間にとって、慈郎オジは頼りになる存在だった。地方都市で工務店を営《いとな》んでいた秀夫の父親にとっても、料亭をしていた桜子の母親にとっても、そして、勇《いさむ》の市議会議員だった父親にとっても、様々なもめ事の調整役をしてくれる人間が必要だった。それが慈郎オジだった。

確信した。慈郎オジは、桜子の居場所を知っている。

「頼むよ、ジロージ。教えてくれ」

手を両膝に突き、秀夫は頭を下げた。

しばらくその姿勢でじっとしていてから顔を上げると、慈郎オジは苦り切った顔をしていた。

「いつ出てきたんだ?」

どこか投げやりな訊《き》き方をした。

「二年前さ」

「仕事は?」

「いろいろと――」

「今は、どこに住んでる?」

もう久しく、こんなふうにあけすけに無遠慮に他人からものを訊かれたことがなかった。

そのことが心地よくはあったが、ネットカフェに暮らしているという一言は、自分が思っていたよりもずっと口にしにくいものだった。

慈郎オジは玄関にある登山リュックに目を転じ、わかってるぞと言いたげに何度かうなずいた。

「俺たちは、負け犬だ。腹ペコの兎《うさぎ》みたいなもんよ。ひもじくても、声を上げる術《すべ》がない。ただ、流されて生きていくしかないんだ」

「――――」

「俺は、故郷にいた時は、こう見えたってそれなりの尊敬を集めてた。俺を頼りにする人間たちがいたんだ。だけど、今じゃそうじゃない。こうして、惨《みじ》めったらしく暮らしてる」

「弱音《よわね》なんか聞きたくない」

「馬鹿野郎。誰がおまえを相手に弱音なんか吐くか。こうなった原因を作ったのは誰だ、と言ってるんだよ。おまえだろ、秀夫。俺だけじゃないぞ。桜子の人生だって、おまえが全部みすぼらしいものに変えちまったんだ。そんなおまえが、どのツラ下げてあいつに会うんだ。桜子が、おまえに会いたがると思うのか？」

「――会ってみなけりゃ、わからない」

「大人なんだ。てめえの頭で想像してみろ」

「わからないから、会って訊きたいんだ」

慈郎オジは、ふっと苦笑した。

「相変わらず、頑固《がんこ》な野郎だ」

ビールを飲み干《ほ》すと、腰を上げてキッチンに歩き、流し台の下からバランタインのボトルを出した。そのボトルの後ろに、よれた旅行鞄《かばん》が押し込まれているのが見えた。

慈郎オジは水切りからグラスをふたつ取り上げると、それを片手に、もう片方の手にはボトルを持って戻ってきた。

グラスのひとつを秀夫の前に置き、元の場所にあぐらをかいて坐り、自分のグラスにウイスキーを注《そそ》いで生《き》のまま飲んだ。

「やりたけりゃ、自分でやれ」と、ボトルをテーブル横の秀夫からも手の届く場所に置く。

「ジロージは、今は何をやってるんだ？」

口に出して言うと、「ジロージ」という音の響きが、ふいに昔と同じような温《ぬく》もりを帯びて感じられた。この男のことをそう呼ぶのは、秀夫の知る範囲では、秀夫と勇と桜子の三人だけだった。桜子が元々「慈郎叔父さん」と呼んでいたのを受けて、いつしかもっと砕《くだ》けた調子でそう呼ぶようになったのだ。

「いいじゃねえか。おまえにゃ、関係のないことだ」

慈郎オジは不快そうに顔をそむけ、グラスのウィスキーを口の中に投げ込むようにして飲んだ。

酔いが回り始めたその顔は、どす黒く変色し始めていた。あの頃よりも、頭髪がずいぶん薄くなっていた。それに、額の艶もさっきより褪《あ》せたみたいに見える。

「――あいつは、勇のところにいるのか？」

訊くタイミングを測っていたわけではなかった。むしろ、そんな問いかけが口をついて出たことに、秀夫自身が戸惑っていた。

慈郎オジは口に運びかけていたグラスをとめ、秀夫を睨《にら》みつけた。図星を突かれたことに腹を立てたのだ。

「いるんだな。桜子は、勇と暮らしているんだな？」

確かめてしまったことに、早くも後悔の念が湧いた。くそ、一ヶ月近くもの間、毎日、あのバッティングセンターに通い、慈郎オジを見つけ出すなんて、どうしてそんな馬鹿なことをしたのだろう。

しかし、こうしない限りは前に行けない気がしたのだ。

「答えてくれ。ジロージ、桜子は、勇と一緒にいるんだろ？」

慈郎オジは、ウィスキーをまた口に投げ込んだ。

「違う」

「嘘だ。いるんだ。正直に答えてくれ」

慈郎オジはボトルを取り上げ、さっきよりもずっと多い量を無造作に注いだ。

「秀夫。おまえ、ムショを出てから勇に会いに行ったか?」

いつしか目が据わっており、切りつけるように訊いてきた。

「――――」

「行っていまい」

「居所がわからなかった」

「わかったなら、詫《わ》びに行ったのか?」

「もちろんだ……」

「嘘をつけ。それならば、俺に真っ先に訊くべきことは、桜子の行方を知ってるか、じゃなかったはずだ」

今度は静かな声だったが、秀夫の胸の深いところを刺した。体の中によりどころが見つからず、自分が頼りないものに感じられた。

「――勇の行方を教えてくれ」

「いいや、俺は知らんよ」

「ジロージ……」

「もう帰れ、秀夫。俺からは、何も聞き出せんぞ」

「嫌だ」

「知らんと言ってるだろ。もし知っていたとしても、おまえには教えん。もう帰れ。そして、二度と俺のところへ顔を出すな！」

「頼むよ、ジロージ――。海斗に……、息子に会いたいんだ」

慈郎オジは、充血した目で秀夫を睨みつけた。

「息子のことなんか、知るか！　ああ、うるさい！　しつっこいぞ。この人殺しが」

「――」

「そんな目で睨んでも、何も変わらんぞ。おまえは、自分がしたことがわかってるのか。おまえがやったことで、みんなの人生が狂った。みんな、ひどいことになっちまったんだ。桜子に捨てられても、当然だろ。帰れ。桜子は、勇を選んだんだ。ふたりは、睦《むつ》まじく暮らしてる。おまえ、どのツラ下げて勇に会うんだ。勇に会うのは、詫びるためじゃない。おまえは桜子に会いたくて、勇の居所を聞こうとしてだけだ。そんなことが、許されると思うのか。自分がしでかしたことを思い出してみろ！」

慈郎オジの言葉のひとつひとつが礫《つぶて》となって体を打ち、顔を上げていられなくなった。

秀夫は目の前のグラスにウィスキーを注ぎ、一気にあおった。喉が焼け、熱が胸の真ん中を下りていく。

うなだれて立った。

玄関に歩き、裸足《はだし》のままスニーカーを履《は》いてリュックを持ち上げた。濡れた靴下は、ポケットに突っ込む。

慈郎オジの言う通りだった。どのツラ下げて、勇に会うのだ。

七年前、秀夫がこの手で殺してしまったのは、勇の父親だった。

2

下っていくエレベーターのドアには、縦長のガラスがはまっていた。そこに映る自分の顔を見つめた。最初はただぼんやりと眺《なが》めていただけなのに、ふっと吸い込まれそうな気分に襲われ、目を離せなくなってしまっていた。

半《なか》ば暗い影となってガラスの中に浮かぶ顔は、秀夫に刑務所で目にした多くの男たちを思い出させた。男たちには共通の特徴があった。それは、目だ。精気が抜けたように見えるものから、凶悪極《きわ》まりないものまで、その目つきは様々だったが、誰もが皆、普通に暮らす人たちとはどこか違う目をしていた。

自分だけ例外のわけはない。自分もいつかあんな目になる。いや、もう既《すで》になってしまっていて、ただそれに気づかないだけかもしれない。そんなふうに自問し、恐れながら、監房や風呂場の少し歪《ゆが》んだ鏡や、雨の日の窓ガラスなどに映るおのれの顔を凝視《ぎょうし》したものだった。

エレベーターが一階に着いた。秀夫は重たい体を引きずるようにしてロビーを突っ切り、表に出た。まだ小雨が続いており、すっかり濡れたアスファルトの舗道《ほどう》が、街灯の光を反射してどんよりと明るかった。

このひと月ほどの間、かすかとはいえ感じられた心の張りがなくなってしまい、ぽかりと胸に穴があいていた。やはり川崎か山谷に流れるべきかもしれなかった。いや、もっと遠くがいいかもしれない。この足でJRの駅まで歩き、電車に乗ってしまうのだ。

大通りを目指《めざ》して少し歩いた時、ふたり連れの男たちが道の向こうから歩いてくるのが見えた。秀夫はふと、その片方に見覚えがあるような気がした。背の低いほうの男だった。ジーンズに革ジャンを着て、臙脂《えんじ》のマフラー、それに夜だというのに、色の濃いサングラスをしていた。年格好は四十代の後半。剃《そ》り上げられた眉《まゆ》が、サングラスと同じぐらいに存在を主張していた。

もう片方の男は、極端に背が高かった。身長一八〇センチの秀夫よりも高い。一九〇センチ前後はあるだろう。痩身《そうしん》だがひ弱な印象はなく、引き締まった精悍《せいかん》な顔立ちには暗い影がある。真っ黒いトレンチコートを、胸の厚みが見て取れるほどに固くベルトを締めて着ていた。こっちは四十前後だろう。雨だというのに、ふたりとも傘《かさ》を差していなかった。

近づいて来るふたりに、秀夫はそれとなく注意を払い続けた。

すれ違う時に、目立たないように気をつけて様子を窺《うかが》いかけ、どきっとした。背の高い男のほうが、ちょうど秀夫に目を向けたところで、視線がかち合ってしまっていた。

しかも、それは偶然ではなく、秀夫がちらちらと様子を窺っていたことを相手が察し、すれ違いざまに向ける視線を捉《とら》えたもののように感じられた。

秀夫はあわてて目をそらし、行きすぎた。無意識に歩調も速まっていた。

何歩か歩くうちに、遅れて胸の鼓動が速まった。男と視線がかち合った時の、冷たい手で頬を撫でられたような感覚が残っていた。

歩調を緩《ゆる》めて振り返ると、ふたりはたった今、秀夫が出て来たマンションのエントランスへと姿を消すところだった。

背の低いほうの男のことを考えた。故郷の街で会った男だったのか。それとも、刑務所の中だったたか。

だが、そんなふうに考えながらも、実際には今の自分が気になっているのは、その隣にいた背の高い男のことだとわかっていた。

刑務所であああいう男と出くわしたら、必ず道を開けなければならない。関わらないのが一番だが、もしも運悪く同じ房になってしまったら、決して相手の意思に逆《さか》らわないことだ。危険極まりない相手なのだ。

秀夫は、立ちどまった。完全に体の向きを変え、マンションのエントランスを見つめた。

もやもやとした黒い不吉《ふきつ》な影が、体をおおっていた。

そして、直感した。理屈ではなく、わかったのだ。

慈郎オジが危ない！

ただの思いすごしかもしれない。だが、ためらいはもちろん、放っておけという捨鉢《すてばち》な声が心中で起こることもなかった。秀夫は踵《きびす》を返し、マンションに向かって走り出した。

エントランスに駆け込み、エレベーターを目指す。

ホールから中庭へと下りる段差の辺《あた》りに立って、さっきの少年がこっちを見ていた。

「男がふたり、入ってきたろ？　エレベーターに乗ったのか？」

秀夫が訊くと、少年はうなずいた。両目に、子供らしい好奇心が溢《あふ》れていた。

「何があったんだい？　誰なんだ、あいつら？」

面白い本の先を知りたがるような訊き方だった。帰りの遅い両親を待ちわびて手持ち無《ぶ》沙汰《さた》なところに、何か起こるのを期待して興味津々《しんしん》といったところか。それとも、叱《しか》られて、家に入れずにいるのだろうか。

「いや、何でもない」

秀夫はエレベーターのボタンを押し、表示ランプを見上げた。ふたつあるうちの片方が、慈郎オジの部屋がある六階でとまっていた。それが、ゆるゆるとまどろっこしい速度で下りてくる。

「ちぇ、何だよ。人には訊いておいて」

そっぽを向き、大人びた口を利《き》く首筋が細かった。しばらく床屋に行っていないらしくて無造作に伸びた前髪を、右手の指先で払う仕草《しぐさ》が、まだ梳《と》かすというほどに慣れたものにはなっていなかった。

小学校の二、三年だろうか。近くに子供がいる暮らしをしたことがないので、正確な判断はできなかった。それに、どう扱えばいいのかわからない。息子とは、生まれてほんの十日かそこらで、離れ離れになってしまった。

エレベーターがやって来て、秀夫は結局、何も答えないままで駆け込んだ。六階と《閉》のボタンを押す。閉まるドアの向こうから、少年が何か言いたげな顔でこっちを見ていた。

秀夫はドア上の表示ランプを見上げ、長くひとつ息を吐いた。エレベーターが六階に着く。開くドアの隙間《すきま》に体をねじ込むようにして廊下に飛び出した秀夫は、あっと声を漏《も》らして横に飛び退《の》いた。

猛烈な勢いで廊下を走ってきた人影と鉢合わせし、あと一歩のところで衝突してしまうところだった。向こうもあわてて飛び退き、お互いが息を詰めて顔を見合わせた。

相手は、あの背の高いほうの男だった。今は顔の下半分をおおう紙マスクをしていた。驚き見開いた両目の中に、疑念が混じり、さらには手早く頭を整理し始めたらしい表情になった。秀夫がなぜここに上ってきたのかを考えている。

またもや秀夫は、ひんやりとした不快な手で頬を撫でられたような気分になった。ただ頭の回転が早いだけではなく、それをおのれの欲求や満足のためだけに使おうとする人間の目だった。

一瞬後、男は秀夫が下りたエレベーターに駆け乗った。その姿がドアの向こうに消えるとともに、呪縛《じゅばく》から解《と》かれたように秀夫の肩から力が抜けた。くそ、気圧《けお》され、怯《おび》えていたのだ。廊下の先へと顔を転じ、床を蹴《け》って走り出した。不吉な予感が増していた。

慈郎オジの部屋のドアは、ロックされていなかった。靴を脱ぎ捨てて部屋に飛び込んだが、誰もいない。ベランダに出る窓が開いており、カーテンが雨風をはらんでふくれ上がっていた。

秀夫は、ベランダに飛び出した。反射的に、真下の地面を覗《のぞ》きかけた。だが、そうする途中で、非常階段を駆け下りるふたつの人影に気がついた。前を行くのは慈郎オジで、背後から、あの背の低いほうの男が追っている。

非常階段があるのはベランダから見てすぐ右側で、手すりを乗り越え、外壁の出っ張りに足をかければ、踊り場へと渡ることができると見て取れた。慈郎オジは、二人組の男たちから逃れるために、そうして非常階段に逃げたにちがいない。

秀夫は踵を返すと部屋を突っ切り直し、靴をつっかけて廊下に飛び出した。爪先《つまさき》で床を蹴って靴を押し込み、廊下のすぐ突き当たりにある出口から非常階段へ駆け出し、一段とばしで下り始めた。登山リュックが背中で揺れて、走りにくい。手すりに手をかけるのとは反対の手でショルダーベルトを引っ張り、揺れを抑《おさ》えるようにした。

だが、下り出してすぐに、非常階段に響く足音が自分のものだけになってしまった。前を行くふたりは地上に着いたのだ。手すりから上半身を乗り出して下を覗くが、目視《もくし》できる範囲に人影はなかった。もう、表に駆け出てしまったのか。

焦《あせ》る気持ちに背中を押されつつ、残る階段を駆け下りた。

非常階段があるビルの側面から表へと駆け出そうとした時、それをとめる声がした。

「そっちじゃない！　あっちだよ」

驚いて振り向くと、さっきの少年がすぐ横にあるゴミ置き場に潜《ひそ》み、顔だけちょこんと出していた。

「裏側の壁を越えて逃げたんだ。こっちだ」

ビルの表とは反対側、中庭の方角を指差し、先に立って走り出す。突き当たりのコンクリート塀を目指していた。

「ここか――?」

コンクリートブロックが四、五段積み重なった上に、アルミのフェンスが設置されていた。高さは、二メートル半ぐらいはある。

秀夫は背中のリュックを下ろした。

「なあ、しばらくここにいるのならば頼まれて欲《ほ》しいんだが、これを見ててくれないか?」

「じゃ、あそこに隠しておけよ」

少年が、一本だけ立てた親指でゴミ置き場を指した。なるほど、ゴミ収集車は朝まで来ないだろうし、こんな汚いリュックを持っていく人間もいないだろう。

秀夫はリュックをゴミ置き場の端《はし》っこに置いて戻り、コンクリート塀に飛び乗った。フェンスをまたぎ越えようとした時、続いてブロックによじ登る少年に気がついた。

「なんでおまえまで来るんだ。危ないから、よせ」

「俺が教えてやったんじゃないか。ガキ扱いするなよな」

秀夫は放っておくことにした。表の通りを走っていく背の高い男の姿が見え、あわてて向こう側へと飛び降りた。男は幸い、慈郎オジたちが表へ逃げたと思ったらしく、こちらに注意を払おうとはしなかった。

フェンスの向こうは、寺の裏手の墓地だった。広さは大してなかったが、電灯の数が減り、闇が色濃くなっていた。墓地の向こうに、寺の本堂らしい建物の屋根が、ひときわ色濃い闇を身にまとって雨に打たれている。

どこだ。慈郎オジはどこに行ったのだろう。無事に逃げおおせたのか。いったいあの二人組は、何者だ。

うめき声が聞こえ、秀夫は墓石の間を駆けた。

墓地の端に、桜が何本か並んで植わっていた。人影がふたつ、そこでもつれ合っていた。あの背の低いほうの男が慈郎オジを幹《みき》に押しつけ、腹を殴《なぐ》りつけている。いや、殴るのとは微妙に動きが違う。

腹にめり込む右手にナイフが見え、一瞬にして背筋《せすじ》が冷えた。なんだ、これは……。

秀夫に気づいた男が、慈郎オジの腹からナイフを引き抜き、向き直る。だが、血のしたたるナイフを目にしても、不思議と恐怖は湧かなかった。恐れの感覚は霧消《むしょう》し、何かふわふわした浮遊感の中で、世の中の何もかもがクリアに見える。ナイフを持つ男と、この自分。そのふたつの存在だけが際立《きわだ》っていた。前に出て、片《かた》をつけてやる。

ためらえば怪我《けが》をする。喧嘩《けんか》も現場での一瞬の判断も、その点では同じだと知っていた。昔、親父にそう叩《たた》き込まれたのだ。秀夫は駆けた。地面を蹴り、墓石の間を縫《ぬ》って全力で走りながら、着ていたモッズコートを脱いで左腕に巻きつけた。

「何だ、てめえは、この野郎！」

男がナイフを構え、突き出してきた。

予想通りの動きだった。ナイフの軌道を読んだ秀夫は、刃先を狙《ねら》って左腕を振り下ろした。腕のモッズコートの先で男の右手を絡《から》め取り、動きを封じる。同時に、右の拳《こぶし》を男の顔に叩き込んだ。

鼻骨を斜め前方から捉えたのち、二発めは頬骨に命中した。左手で男の右手首を摑《つか》み、右手で肘《ひじ》の付近を捉え、上腕部を狙って右膝を繰《く》り出した。

男がうめいて、ナイフを落とした。秀夫はそれを蹴って遠ざけ、男の体を力任《まか》せに振り回した。ふらつきながら遠ざかる男の脇腹を狙って蹴りつけると、男は苦しげな声を吐いて地面に倒れた。さらに何度か同じところを狙って蹴りつけるうちに意識を失い、ぐったりと伸びた。

蹴り続ける途中で芽生《めば》えた名づけ難《がた》い感情が、そうしてぐったりと伸びた男を見下ろすとともに、はっきりと後悔の形を取った。激情に駆られるままにこんなことをしていたら、いつか自分は完全に破滅する。いや、既に一度破滅したではないか。それなのに、これはどういうことだ。なぜ自分をとめられないのか……。自分の体の奥にある、この凶暴なものはいったい何だ……。

秀夫は、よろよろと慈郎オジに近づいた。慈郎オジは幹に背中をもたせかけて両脚《りょうあし》をだらっと前に投げ出し、肩で苦しげに息をしていた。

「しっかりしろ、ジロージ。すぐに病院に連れて行ってやるぞ」

抱き起こそうとする秀夫の手を振りほどき、慈郎オジは右腕で前方を指した。

「俺のだ。取ってくれ――」

背後を見回す秀夫は、慈郎オジに胸を強く押されてバランスを崩しかけた。

「取ってくれと言ってるんだ……」

「何のことだ？　落ち着け、ジロージ。動くな」

「鞄だよ。俺の鞄だ。あすこにある。見えねえのか」

上半身を片方向に倒し、手を突いて起き上がろうとする慈郎オジを、秀夫はあわててとめた。

「わかったって。わかったから、動くな」

振り向き、改めてじっと見つめると、今度はぬかるみに転がる鞄が見えた。

「動くな。すぐに救急車を呼ぶから、じっとしてるんだ」

「救急車なんかいらねえ。俺は大丈夫だ。それより、鞄を寄越《よこ》せ」

秀夫は、しきりに動こうとする慈郎オジを手で制しつつ、地面に落ちている旅行鞄に駆け寄った。

人工皮革《ひかく》の安っぽい鞄だった。流し台の下に見えたもののようだった。ファスナーが、完全に閉まってはいなかった。その隙間から中身が見え、秀夫は思わず息を呑《の》んだ。反射的に右手が鞄に伸び、引き開けた。

「何するんだ、馬鹿野郎。やめろ、秀夫――」

慈郎オジの声がするも、目が釘づけになっていて、振り向けなかった。

金。

鞄の中には、大量の札束が、燃えるゴミの如《ごと》く無造作に押し込まれてあった。

――いくらあるのか。

こんなに大量の札束を見るのはもちろん初めてで、想像もつかない。

慈郎オジのほうを振り向き、秀夫はぞっとした。慈郎オジが、かつて見せたことがないようなものすごい顔で、秀夫を睨みつけていた。動くなとあれほど言ったのに、幹に手を突き、いよいよ体を持ち上げようとしている。

秀夫はあわてて駆け寄った。

「これは、何だ？　本物なのか――？」

慈郎オジは地面に尻を落とすと、秀夫の手から鞄をもぎ取り、ふてぶてしい笑みを浮かべた。

「決まってるだろ。人生をやり直すのに、充分な金だ。こんなところで、くたばってたまるか――」

「いったい、どういう金なんだ？　なんでジロージが、こんな大金を持ってる――？」

「説明は、あとでしてやる。だから、とにかく助けてくれ」

「大丈夫だ、心配するな。すぐに病院に連れて行ってやる。立てるか？　立てるな」

「ああ、立てるさ。頼む、早く医者に。いや、待て……。その前に金を隠さなけりゃ。俺の金をどこかに隠さなけりゃならねえ」

「死にたいのか。そんなことを言ってる場合じゃないだろ。今、救急車を呼んでやるから」

慈郎オジは、秀夫の腕をきつく握った。

「ああ、待て。くそ。どういうことだ。左足の感覚がなくなってきやがった。くそ……。くそ……。俺を見捨てないでくれ、秀夫。そうだ、金を半分やる。これはな、足がつかない金なんだ。だから、俺を見捨てないでくれ」

慈郎オジの声は悲痛なものに変わり、最後には嗚咽《おえつ》混じりになった。潮《しお》が引くように指先の力が抜け、幹に寄りかかっていた背中がずれ、上半身を秀夫のほうにもたせかけてきた。

秀夫は、はっとした。たった今まで慈郎オジの顔をおおっていた苦痛の影が、刷毛《はけ》ではくように消え、穏《おだ》やかな顔が現れようとしていた。慈郎オジは、たった今、見えない何かを踏み越えたらしかった。

「ああ、くそ。だめみたいだ。秀夫、よく聞け。俺の携帯に、桜子の番号が入ってる。勇のもだ」

慈郎オジの唇が動き、そんな言葉を押し出した。かさついてはいたが、やけに穏やかで優しげな声だった。

心臓の鼓動が高鳴った。

「ふたりは、東京にいる。吉祥寺《きちじょうじ》で暮らしてる。それに勇は、歌舞伎町《かぶきちょう》で店をやってる。こっから、大した距離じゃない」

秀夫の口の中に、ほろ苦い味が広がった。なんということだ。勇が、この新宿にいたなんて。

「話したけりゃ、話せ。携帯はポケットにある。おまえら、まだ若いんだ。よく話し合って、これからどうするのかを自分たちで決めたらいいさ」

慈郎オジは秀夫に微笑みかけた。すぐ傍《そば》で顔と顔をつき合わせているというのに、視線の先が微妙にずれていて、秀夫ではないどこか遠くを見ているような感じもする。

「ああ、わかった。そうするよ。さ、病院に行こう」

秀夫は、慈郎オジの腋《わき》の下に腕を差し入れた。

慈郎オジの口から、妙な音が漏れた。ゴムタイヤに残ったわずかな空気が、ノズルから吹き出すような、どこか間が抜けて寂《さび》しげな音だった。

腋の下に差し入れた腕に、急に重みが加わった。

「おい、しっかりしてくれ、ジロージ。しっかりするんだ！」

秀夫は慈郎オジに呼びかけたが、頭のどこかではもうわかっていた。この声はもう、慈郎オジには聞こえない。

息苦しくなり、秀夫は喘《あえ》いだ。

ぐにゃりとしてしまった慈郎オジの体を、そっと地面に横たえた。その首の垂れ方も、腕や肩からの力の抜け方も、生きている体とはまったく違った。ちょっと坂を滑《すべ》るようにして、慈郎オジはあっけなく死への境界線を飛び越えてしまったのだ。悲しいというより、腹立たしい気分だった。ポケットを探《さぐ》り、携帯電話を抜き出して自分のポケットに収めた。

両足に力を込めて立った。秀夫は、そして、足元の鞄を見下ろした。金だ。金なのだ。頭の芯《しん》を穿《うが》つような声がした。それは自分自身の声だったが、誰か他人の声のようでもあった。

物音がして振り返ると、背の高い男が、マンションと墓地の間の塀を乗り越えようとしているところだった。アルミのフェンスの上に突き出した痩身が、ぼんやりとした影になって浮かび上がっている。

男は塀にまたがった姿勢で、墓地の中を見渡した。秀夫はあわてて身を屈《かが》めた。目の前の鞄を取り上げ、前屈みの姿勢で走り出す。

本堂の脇を通って反対側に出た。幅も距離も大してない参道を走り、向こう側の通りを目指した。

だが、その途中で立ちどまり、転《ころ》げるようにして手水舎《ちょうずや》の陰に身を隠した。

男たちがふたり、寺の表の通りに走って現れたところだった。ふたりとも周囲をきょろきょろしており、誰かを捜しているのが明らかだった。男たちは二手《ふたて》に分かれ、片方は死角へと姿を消したが、もうひとりは寺の入口に陣取ってしまった。

くそ、二人組の仲間にちがいない。

秀夫は身を屈めたままで、手水舎の陰から周囲を見渡した。左手は住職の家らしい一軒家で、その向こうには隣の敷地のビルがあった。右側も同じくビルだが、そのビルとの間には高いコンクリートの塀があり、上には有刺《ゆうし》鉄線が張られていて、到底《とうてい》乗り越えられそうにはなかった。住職のものらしい家の向こう側の塀ならば乗り越えられそうだが、そこに行くには参道を横切らなければならず、きっと途中で見つかってしまう。

秀夫は、そろそろと背後に移動した。本堂のさっきとは反対側を通って、墓地に引き返した。そこから左右どちらかの敷地へ移動できないかと考えていた。あるいは、うまく背の高い男をやりすごせれば、もう一度マンションの裏手に回って逃げられる。

本堂の陰からそっと覗くと、墓地から裏側の道へ、つまり慈郎オジのマンションの側へと抜けられる道があることに気がついた。さっきブロック塀を乗り越えたところとは、マンションの建物をはさんでちょうど反対側だった。あそこから逃げられないか。

だが、見咎《みとが》められないように注意してもう少し体を乗り出すと、背の高い男が見えた。慈郎オジの死体の傍に屈んで、何かを調べていた。その隣には、さっき秀夫にやられた背の低いほうの男が苦しげに体を歪めて立ち、右手でしきりと下顎を撫で回しながら周囲を見回していた。

あのふたりに見咎められずに、墓地を横切るのは不可能だ。表には別の男たちがふたり。合計四人が相手では、今度はさっきのようにいくわけがない。あのふたりがやって来る前に、参道の出口へと走り、強引に突破して逃げるか。だが、その向こうの通りには、もっと別の男たちがいるかもしれない。もつれ合って時間を食えば、墓地の男たちもやって来る。

「なあ、大丈夫か？」

思案に暮れかけていた時、すぐ傍で声がしてドキッとした。

墓地の一番端っこにある墓石の陰から、あの少年の顔が覗いていた。少年はニヤリと笑い、リスみたいに敏捷《びんしょう》に近づいてきた。

「危ないんだろ。俺に任せろ」

小声で口早に言い、秀夫のことをうながした。半信半疑のまま、その堂々とした態度に釣り込まれて動きかける秀夫を、少年がすぐに腕を摑んで引き戻した。

「どこ行くんだ。ここだよ――」

少年は、本堂の濡《ぬ》れ縁《えん》の下を指差していた。

「しかしな――」

こんなところに潜《もぐ》り込んでも、男たちが腰を屈めて覗き込みさえすれば、見つかってしまう。

だが、少年の自信満々の態度は変わらなかった。

「いいから、来いって。見てな」

口を開きかける秀夫を手で制し、自分が先に潜り込むと、濡れ縁の奥を手探りし始めた。

本堂の土台部分のコンクリートに、床下へと通じる穴があいていた。通風口だ。少年が、その穴を塞《ふさ》ぐ動物よけの鉄格子《てつごうし》に手をかけ、力任せに引っ張ると、ずずずとコンクリートのこすれる摩擦《まさつ》音がして、鉄格子が枠組《わくぐ》みごと外《はず》れて落ちた。

少年はちらっと秀夫を振り返り、鼻の頭を一度、折り曲げた人差し指の第二関節付近で下から上へとこすり上げた。誇らしげな態度だった。穴の縁《ふち》に両手を突き、頭から中へと潜り込む。尻を二、三度どこかユーモラスな動きで振り、するりと中に姿を消した。

「ほら、何やってるんだ。早く来いよ」

素早く穴から顔を出し、秀夫のことを手招きした。

秀夫は濡れ縁の下に潜り込んではみたが、果たして自分も穴を潜《くぐ》れるかどうかわからなかった。横幅は充分そうだが、頭や臀部《でんぶ》が無事に抜けられるだろうか。

鞄を一旦《いったん》穴の脇に置き、少年がしたのと同じように手を突いて、まずは頭を潜り込ませた。鼻が引っかからないように顔を少し横に傾《かたむ》け、ぎりぎりで穴を通過できた。両手ではいずり、腹を、そして下半身を通す。ズボンの臀部が穴にこすれ、太腿《ふともも》を通す時には、窮屈《きゅうくつ》で両脚をぴんと伸ばしている必要があった。

体の向きを変え、穴の外へと手だけ出すと、脇に置いてある鞄を取り上げ、引き入れた。入れ違いで少年が穴に近づき、細い手を伸ばして、すぐ向こうの地面に置いてある鉄格子を持ち上げる。

「俺がやる」

秀夫がそれを制し、はめ直した。

少年が穴の右側に、秀夫が左側に陣取った。

それぞれこっそりと顔を覗かせて様子を窺うと、表をあわただしく進む男たちの足が見えた。ジーンズにスニーカーを履いた足が四本。ふたりだ。途中で歩く速度を落とした。屈んで床下を覗き込む雰囲気を感じ、秀夫はあわてて顔を引っ込めた。同じく顔を引っ込めた少年が秀夫を見つめて、またニヤッとする。段々見慣れてきたふてぶてしい笑みだったが、今は全体に少年っぽい表情になっていた。わくわくしているらしい。

「ふざけた真似《まね》をしやがって。あの野郎、いったい誰なんだ。このままじゃ、親爺《おやじ》さんに、どれだけどやされるかわからねえぞ」

表のひとりが言うのが聞こえた。さっきやり合った男らしかった。

「ドジを踏みやがって、馬鹿野郎。おまえの責任だぞ。とにかく、なんとしても金を見つけ出すんだ」

もうひとりが言った。

声が遠ざかり、何を喋《しゃべ》っているのかまでは聞き取れなくなった時、いきなり足元から光が射し込んだ。

誰かが、建物の反対側の通風口から床下を照らしていた。あの背の高いほうの男なのか。

秀夫は、体を硬くした。建物を支える柱が点々と立つ他には、何ひとつ光をさえぎるものはなかった。体をずって逃げたい衝動がこみ上げるが、動けばかえって見つかると思い直し、じっと息を殺し続けた。

懐中電灯の明かりが、ゆっくりと右へ左へと動き回る。それにつれて、何本もの柱の影が長く尾を振って揺れる。

時間がまだるっこしいほどにゆっくりと流れ、やっと光が消え去った時、大きなため息が自然と漏れた。

それでもなおしばらく様子を窺ってから、秀夫は潜めた声で少年に礼を言った。

「助かったぜ。ありがとう」

「なあに。ここにいりゃあ安心さ。しばらく隠れてようぜ」

「――――」

秀夫は黙ってうなずいたものの、落ち着かなかった。墓地には、慈郎オジの死体がある。いくら人気《ひとけ》のない場所とはいえ、いつまでも人目につかないわけがない。警察がやって来たら、たやすくここも見つかってしまうにちがいない。逃げなければ。だが、きっとまだあの男たちが、この辺りにいる。

秀夫は左半身を下に腕枕をして、少年のほうに顔を向けた。床下はそれなりの高さがあり、少年のほうは膝を抱《かか》えて坐ることができた。

間近《まぢか》で見ると、少年はくっきりとした両目以上に、耳が特徴的だった。上側の耳介《じかい》が大きくて、しかも耳全体が左右に張り出しており、野原を駆ける小動物のようだ。

「裏のマンションに住んでるのか?」

「違うよ」

「じゃ、あそこで何をしてた?」

「ま、いいじゃないか」

「家の人が心配するだろ？」

「家になんか、誰もいないよ。いいだろ」

「俺は秀夫だ。おまえは？」

苗字《みようじ》よりも、名前を名乗ったほうがいいような気がした。名乗った瞬間、ふっと思った。息子の海斗も、きっとこれぐらいじゃないか。

少年は、虚《きよ》を衝《つ》かれたような顔で秀夫を見た。それから、慎重に何かを選んで決める時のような顔をした。

「俺は、ミツオ」

「どんな字を書くんだ？」

「どんな字だって、いいだろ。俺、あんまりそうやって根掘り葉掘り訊かれるの、好きじゃねえんだ。おっちゃん、この街の人間じゃないだろ」

「なんでそう思うんだ？」

「ここにゃ、他人のことをそんなふうに訊く人間なんか、いないからさ。中国人だって、韓国人だって、それに日本人だって構わない。お互い、見て見ない振りをして、仲良くやってる」

「それは、仲良くとは言わないだろ」

「口を利いて喧嘩になるよりは、ずっとマシさ。ネットカフェでだって、そうだろ」

今度は秀夫が虚を衝かれ、答えに詰まってしまった。

「──なんで俺が、ネットカフェに泊まってるって思うんだ?」

「違うのかい?」

「──────」

「おっきな荷物を持って、あんまり上等じゃない服を着て歩いてたら、わかるさ。おっちゃん、ネットカフェ難民だろ」

こんな少年の口から発せられると、「難民」という言葉が、なんだか外国語っぽかった。

「おっちゃんと言うのはよせ。秀夫だと言ったろ」言い返す途中で、気がついた。早く登山リュックを取りに戻らなければならない。

慈郎オジの死体が見つかって警察が来たら、マンションのゴミ置き場も捜されてしまうかもしれない。警察とは、関わりたくなかった。一度、警察に捕まった人間ならば、誰でもそう思う。やっと仮釈放の期間が終わったのだ。面倒には巻き込まれたくなかった。

秀夫は、ちらっと鞄に目を走らせた。さて、この金をどうするべきだろう。ほんとはずっと前からこの金のことを考えていたのに、見て見ぬ振りをしていたようなそらぞらしさがあった。

表に人の気配がして、秀夫は人差し指を唇の前に立てて少年に合図した。いくつかの足音が混じり合い、表から裏手の墓地の方角へと走り抜ける。息を殺して様子を窺っているとじきに戻って来て、表の通りへと引き返していった。

「墓地で何があったか、見たのか？」

「――見てないよ。何があったんだ？」

少年は答える間は秀夫を見ようとはせず、ワンテンポずれて目を向けてきた。嘘をついているのがわかった。

しばらく経《た》った頃、再び人の気配がして、秀夫はまた人差し指を唇の前に立てた。

今度もやはり数人の足音が混じっていたが、なぜかずっとのんびりしたものだった。本堂の正面の階段を上りながら、楽しげに語り合う声が聞こえた。

大きな笑い声が上がり、床板が鳴った。誰かが、本堂の中に入ったのだ。どうやら酔っているらしかった。

少年が、ほっと息を吐《つ》いた。

「ああ、心配ねえや。あれは、ここの住職だよ」

間もなく、音楽が聞こえてきた。短い前奏ののち、調子っぱずれの歌声が始まった。

少年がくすくす笑った。

「坊さんが近所の友達を誘って、毎晩のようにカラオケをやってるんだ」

「本堂でか？」

「家でやると、家族がうるさいんだとさ」

「――」

秀夫は息だけの声で笑い、両手を頭の後ろで組んで仰向《あおむ》けになった。背中がひんやりと冷たかった。湿った土の匂いがして、自分がまだ少年だった頃のことが、ぼんやりとうやむやに溶け合ってよみがえった。

地面をはう雨音が、間近に聞こえた。所々にあいた通風口から街灯の光が入り、闇の濃淡が生じていた。

「そうだ、ちょっと待ちな」

少年は大人びた口調で言うと、柱の陰から平たい缶を取り出した。中身を秀夫の目から隠すように開け、風船ガムを差し出した。

「食べろよ。やるよ」

秀夫は、礼を言って受け取った。缶の中には、若い女が水着姿で愛想《あいそ》笑いを浮かべるグラビア雑誌やクッキーの箱と一緒に、たばこのパックも垣間《かいま》見えた。

包み紙を取り、ガムを口に投げ入れた。首筋を伝う何かを払いのけると、蜘蛛《くも》だった。

「リュックを取って来なければ」

「まだ、やつらがいるかもしれないぜ」

「様子を窺いながら、慎重に行くさ」

「それなら、一緒に行ってやる」

「いや、それはよせ。おまえは行かないほうがいい。もしもまだ連中が残ってた場合、俺ひとりじゃないと逃げ切れない。それに、俺と一緒のところを見られたら、おまえに迷惑がかかる。おまえはもう、帰れよ。ありがとうな、感謝するぜ」

少年は、折り曲げた中指の第二関節で、鼻の頭をこすり上げた。そうするのが癖《くせ》らしい。

「いいって。じゃあ、気をつけてな」

「待ってろ。俺が先に出て様子を見る」

秀夫は少年を押しとどめ、鉄格子をはずして外に出た。鞄をしっかりと抱え直し、濡れ縁から顔だけ出して慎重に表を覗く。漏れ聞こえるカラオケの歌声以外に物音はせず、人の気配はどこにもなかった。

立ち上がり、もう一度左右を見渡してから、小声で少年に呼びかけた。

「大丈夫だ。出て来い」

少年の動きは、相変わらずリスのように敏捷だった。

「じゃあな、秀夫さん」

最後に秀夫の名前を呼び、ひょいと手を上げて背中を向けた。参道を遠ざかり、表の道に着くと左右を見渡し、自分を見ている秀夫に気づいてもう一度手を振る。

秀夫はひとりになると、急に鞄の金が気になった。こんな大金をぶら下げて歩くのが、堪《たま》らなく不安になったのだ。

左右を見渡してから、もう一度濡れ縁の下に潜り込んだ。鉄格子をはずし、表からは見えない死角になったところに鞄を隠して、元通りにはめ直した。

墓地を横切るのは気が進まなかったが、表の通りを回り込んで、金を捜す男たちに見つかることは避けたかった。

慈郎オジの死体にはあまり近づかないようにしつつ、墓地の裏手のフェンスを目指した。幸いなことにこの雨が、死体の周辺の靴跡を消し去ってくれていた。

秀夫は、雨に濡れた髪をかき上げた。慈郎オジは、あの金を指して、足のつかない金と言ったのだ。頭をきちんと整理する必要がある。胸に刻むようにそう思った。今までにも何度か同じように思うことがあり、結局は上手《うま》くいった例《ため》しなどなかったが、今度こそはちゃんとしたかった。とにかく今は、リュックと金を持ってここから立ち去ることだ。

ブロック塀を乗り越え、ゴミ置き場のリュックを背負った。マンションの表から回り込めば、墓地へと入る道があったが、これぐらいの重さならば、背負ったままでフェンスを乗り越えられる。

雨に滑らないように注意して、もう一度ブロック塀によじ登り、墓地を抜けて戻った。

周囲を見渡しながら、濡れ縁の下へと潜り込む。

我知らず高揚《こうよう》していた気分が、床下の穴に右手を差し入れるとともにさっと冷めた。

頭から冷たい水を浴びせられたような気がしつつ、まだ納得ができなくて、何もない地面のあちこちに手を走らせた。そういえば、どうして鉄格子がはずれているんだ？　さっき、きちんとはめたはずなのに――。

床下へと頭を突っ込んだ秀夫は、息を呑み、しばらくそのまま動けなかった。くそ、あのガキにちがいない。

鞄は、消え失《う》せていた。

3

走っていた。重たい鞄をぶら下げているため、既に両腕ともぱんぱんで、肩の付け根は針金で締めつけられたみたいに硬くしこってしまっていた。吹きつける雨風に、顔も髪もびしょ濡れだったが、気にならなかった。額《ひたい》に垂れて張りついた前髪の先が左目にかかっても、それをかき上げることすらせずに康昊《ガンホ》は走り続けた。

誰かが後ろから追ってくる。そんな恐怖に急《せ》き立てられていたのも事実だった。だが、この先に待つ希望への期待やときめきがあり、走れば走るほどに後者のほうが大きさを増した。いつもの見慣れた街並みが、ついさっきまでとはまったく違ったものに見えた。

自宅にたどり着くには、大久保通りと職安通りの間に延びる、通称コリア・タウンの飲食街を横切る必要があった。そこに差しかかった時だけは、康昊は思わず立ちどまった。少年の腕には重すぎる鞄を両手でぶら下げ、決して地面に置こうとはしないままで凝視した。店の灯《あか》りと、そこを行き来する人々の姿が、今夜のように見えたことも今までなかった。

母によると、この通りはここ数年の韓流ブームで、いっそう賑《にぎ》やかさを増したらしかった。そう語る時の母は、決して楽しそうではなかった。押し込めきれない恨《うら》みが胸の底から染《し》み出し、両眼を青く燃やしていた。

韓国人なのに、日本の男に嫁《とつ》ぎ、数年後に一人息子だけを連れて身ひとつで舞い戻った母に、この街は決して優しくなかった。そして、母はすり切れていったのだ。

だが、この金さえあれば何もかもが変わる。好きなものを何でも買うことができる。腹がはち切れるほどに美味いものが食える。それより何より、また昔のような明るい母の笑顔を見られるようになるにちがいない。

自分たちふたりは、幸せになるのだ。

自宅は、コリア・タウンのすぐ裏手にある、四階建てのおんぼろマンションだった。同じ建物の一階には、働く母親たちが子供を預ける無認可の保育所があり、向かいはクリーニング屋と不動産屋、さらには半島からの旅行者や出稼《でかせ》ぎ者を対象にした簡易宿泊所だった。宿泊所の中には「日本人オーケー」と銘打《めいう》ったところもあるが、ここは違う。表示も、受付で使われる言葉も、ハングルだけだ。保育所も様々な店のオーナーもすべて、在日の二世か三世だった。

老朽化《ろうきゆうか》の進むおんぼろビルにはエレベーターがなく、康昊は重たい鞄を引きずるようにして自宅のある三階まで上った。

あちこち塗装がひび割れて剝《は》がれた玄関ドアの前に立った時、中から母の嬌声《きようせい》が聞こえ、早く帰りすぎたことの後悔がこみ上げた。まだ、男が部屋にいる。いつものように、日付が変わるまでは帰って来るなと、母からきつく言われていたのだ。

あんなにはしゃいで高笑いをしているのに、母の声は少しも幸せそうには聞こえず、何かが小さな隙間から抜けていくような不安な響きを伴《ともな》っていた。

「母《オモニ》ちゃん」

胸の中で呼びかけつつ、康昊はドア脇の呼び鈴《りん》を押した。

嬌声がやみ、部屋の中が静かになった。

康昊は我慢しきれなくなるまでじっと息を殺し続けてから、おずおずともう一度呼び鈴に指を伸ばした。そこでいきなりドアが開き、下着姿の母が現れた。

「この馬鹿！　なんでこんなに早く帰って来たんだよ。おまえは、なんで言いつけが守れないんだ！」

　大声になるのを抑えたかすれ声には、怒りの刺《とげ》がはえていた。

「オモニ、大事な話があるんだ」

「声がおっきいよ。あの人が、子供を嫌いなのは知ってるだろ」

　奥から男が顔を出した。母とつきあいのある男たちの中で、最悪のひとりだった。誰か男を引き入れる時、母は必ず康昊を前もって遠ざけたが、康昊はアパートの傍に隠れてこっそりと様子を窺っていたので、母が会う男たちのことは大概《たいがい》わかっていた。

「シラケるじゃねえか。ガキをどっかにやれよ」

　男は全裸で、股ぐらの陰毛の中から黒ずんだものが垂れていた。思わず目をそらす康昊を、男は面白がっているようだ。腕と胸に、青っぽい幼稚なタトゥーがあった。母におかしな薬を教えたのは、この男なのだ。この男が帰ったあとの母はぐったりとして、動きのひとつひとつが気《け》だるげで、目だけを落ち着きなく動かしていることが多かった。

「すぐ行くから、飲んでてよ。すぐだからさ」

　母は男を振り返り、甘ったれた声で言った。どこか舌っ足らずな話し方になっていて、母ではない、もっと別の安っぽい女のようだった。

「ご飯はちゃんと食べたのかい。どうしたんだね、こんなに濡れちゃって。どっかで傘を買って、もう何時間かふらふらしといで。いいね、母さんの言いつけ通りにするんだよ」

母はしゃがみ込み、掌《てのひら》で康昊の髪を撫でた。ブラジャーに押さえつけられた乳房の割れ目が、すぐ目の前に見えた。右のふくらみが始まるほんのちょっと上ぐらいのところに、男の唇によって強く吸われた紫色の痕《あと》が残っていた。

「母ちゃん、頼むから。話を聞いて。大事な話なんだ」

康昊は、必死で言った。

「何の話だい？」

口では言うものの、母はそっぽを向き、少しも聞いてはいなかった。瘦せて筋《すじ》と青い血管が浮き出た首筋を、億劫《おっくう》そうに搔《か》いた。

「ほんとに大事な話があるんだよ、あの男を、もう帰してよ」

「しつっこいって言ってるだろ、馬鹿！」

母の声の礫が飛んできて、胃が締めつけられた。いつからだろう、母にこうして罵《ののし》られるたび、巨大な手で胃を鷲《わし》摑みにされたような激しい痛みに襲われるようになったのは。自分が役立たずで、この世の誰からも必要とされない人間なのだといった無力感が、重たく胃を締めつける。

康昊はうずくまってしまいたい痛みに耐えつつ鞄に屈み込み、挑《いど》むような気持ちでファスナーを開けた。

「いいから、黙ってこれを見て！」

「――――」

何か言いかける途中で口を半開きにしたまま、母は鞄を見下ろした。言葉が胸のどこかに取り残されている。

目を細めて凝視してから、事問いたげな顔を向けてきた。康昊が何も言わずに見つめ返すと、再び鞄を見下ろした。ほんの短い間に、様々なものが母の顔をよぎった結果、泣き出しそうな笑い出しそうな表情になった。

そのあとの動きは素早かった。コンビニの前でよく高校生たちがやっているようなしゃがみ方でぺたんと坐り、鞄に両手を突っ込み、輪ゴムでとめられた札束を鷲摑みにした。

「――本物だろうね」

思い切り潜めた声には、期待と恐れが混じり合っていた。

康昊は黙ってうなずいた。奥にいる男の耳が気になったし、驚く母に対して少しもったいぶった態度を取りたい気持ちもあった。

母はまた何か言いかけて、唇を引き結んだ。急に険《けわ》しい目つきになって、部屋の奥へと顔を転じた。数日ぶりに得た餌《えさ》を取られまいとする、野良猫みたいな目つきだった。

「いい子だ。あんたはいい子だよ、康昊」母は素早く札束を戻してファスナーを閉め、鞄を康昊の手に押しつけた。「さあ、これを持って、下で待っておいで。保育所の前がいい。

あそこなら、おかしなやつが声をかけて来たりしないだろうからね」

いつもは深夜まで康昊が帰らなくても気にしたことがない母が、何を心配しているのかは明らかだった。しかも、母はすぐに言い直した。

「いや、やっぱりよそう。あんた、在旭《ジェウク》の店に行って、何か食べてな。なあに、遠慮することはないよ。何でも好きなものを食べてていいんだ」

「でも、あすこは……」

「でも、も何もないさ。さあ、お行き」

康昊は目を伏せ、うなずいた。

嬉《うれ》しいのか悲しいのか、なんだかよくわからない気分だったが、今にきっと嬉しくなるに決まっていた。

だって、鞄にはたんまりと金があるのだ。

在旭の店は、コリア・タウンでも有数の韓国料理店だった。職安通りからの折れ口に立つ三階建てのビルがまるまる店舗で、一階には韓国食品のギフト・ショップが入っており、そこから磨《みが》き上げられた木の階段を上った二階は、焼肉用のテーブルをずらりと並べた広いフロア、そして、三階には宴会用の大小個室が設《しつら》えられていた。エントランスの張り出し屋根には、韓国瓦《がわら》を模《も》した飾りが施《ほどこ》されていて、店内はどこも砂壁と木目調で統一されている。

康昊は、エントランスの自動ドアを入った途端《とたん》に顔をしかめた。運が悪いことに、社長の在旭本人が、三つぞろいの背広姿で、ロビーに面したギフト・ショップのカウンターに立っていた。

康昊は在旭を見まいと顔をそむけ、足早にロビーの奥の階段を目指したが、半分も行かないうちに呼びとめられてしまった。

「こらこら、こんな時間に、子供がひとりでどうしたんだ?」

在旭の声は穏やかで、どこか優しげでさえあった。夜にひとりで出歩く就学児を、やんわりとたしなめる常識ある大人の口調に聞こえなくもない。

しかし、康昊の耳は、そこに潜む侮蔑《ぶべつ》のニュアンスを聞き分けていた。歩調を緩めはしたが、決して完全には立ちどまらないように心がけつつ顔の向きを変えた。足早に近づいて来る在旭の目は冷たく、笑顔は顔面に薄くまとわりつくだけだった。

「すぐに母さんが来るよ」

まだ立ちどまろうとはせずに、しっかりと鞄を両手で抱えて階段を目指す康昊の二の腕を、在旭がきつく握り締めた。

「酔っぱらいは迷惑だと、この間、本人にそう言ったはずだぞ」

声を潜め、その分、冷たさを増した声で言った。

「今夜は酔ってないよ」

「もう来るなと言ったんだ」

「僕は母さんから、先に行ってろと言われた。この店は、お客を選ぶのか」

わざといくらか声を高めると、ギフト・ショップにいる日本人の観光客らしきグループがちらちらとこちらを見た。

在旭はその視線に気づき、康昊をロビーの反対側へと引きずった。

「生意気な口を利いてると、つまみ出すぞ」

腰を落とし、顔を寄せ、いよいよ氷みたいになった声でささやく。

康昊は、負けなかった。

「こんな雨の中に、お客をつまみ出すのかよ」

「金を払わないやつは、客とは言わないんだ」

「金はあるさ」

「嘘をつけ」

「嘘じゃない。現金で払ってやるよ」

信じたわけではなかったのかもしれないが、これ以上、人目につくのを嫌ったのだろう、在旭は舌打ちし、従業員のひとりを韓国語で呼び寄せた。

チマ・チョゴリを着た若い女の従業員が小走りに近づいてきて、在旭から何か命じられた。

在日の二世や三世の多くは、韓国語が喋れない。康昊も、母の允珍《ユンジュン》もそうだった。だが、在旭は昔から、半島の親戚の元ですごす時間が長かったために喋れるのだ。すごい名家だとの噂だった。若い従業員は、おそらく留学生のアルバイトだろう。

自分に内容をわからせないために、韓国語で何か追い出す算段をしているのだ。そう思うと、康昊はかっとなった。素早く在旭に背中を向けて、階段へと進む。

「待て待て」在旭が、背後から呼びとめた。「わかったから。今、案内させてやるから、一緒に行け」

康昊は、黙って在旭を睨みつけた。

チマ・チョゴリの若い従業員が愛想笑いを浮かべ、韓国語で話しかけてきた。一緒においで、という意味らしいことは、なんとなくわかる。

「おい、待て。その汚い鞄は、そこのクロークに預けとけよ」

康昊ははっとし、鞄を胸に抱え直した。

「なんでえなんでえ、重たそうにしてるから、こっちは善意で言ってやったんじゃねえか。よっぽど大事なもんでも入ってるらしいな。持って行きたけりゃ、持って行きな」

在旭は、いかにも馬鹿にしたように唇を歪めた。

鞄の中身を知ったら、驚くなよ。康昊は胸の中でそう吐き捨て、若い従業員について階段に向かった。彼女はまた韓国語で何か話しかけてきた。「いくつ？」と訊かれたのだと予想がついた。

「十歳」と、日本語で答えると、彼女はほんわかとした笑顔を浮かべてまた何か言ったが、今度は何と言われたかわからなかった。

階段の上り口に差しかかると、手が突き出されてどきっとした。彼女は笑顔のまま、また韓国語で何か言った。康昊は鞄を抱える腕に力を込め、必死になって首を振った。彼女が康昊の背後に目を転じた。

つられて後ろを振り向いた康昊は、たった今、エントランスの自動ドアから入ってきた母を見つけた。母は、一着だけしかないコートの前を、ボタンをとめずに開けて着ていた。そのために、胸と背中が大きく開いた真っ赤なドレスが見えた。首には模造宝石のネックレスをしていた。母はとても美しかったが、着飾った夜の女みたいでもあって、康昊はなんであんな服を着てきたのだろうと恨めしかった。

母は、姿勢のいい足取りで康昊に近づいてきた。周囲から見られることを意識した歩き方だった。

「ごめんね、待たせたかしら。あわてて着替えをして出てきたけれど、少し時間がかかっちゃった」

母の声は優しく、それにどこか上品だった。たぶん、こういう上品さとは正反対の態度で、家にいた男を追い出したのだと思われた。そして、大急ぎで着飾って来たのだ。康昊の肩にそっと手を置くまでは、母はまだかろうじて優雅な動きを保っていたが、その後、康昊の手から奪うようにして鞄を取った。

「さ、行きましょう。案内してちょうだい」

チマ・チョゴリの若い従業員に、高飛車《たかびしゃ》な調子で命じた。

「あ、その前に、コートをお願い」

鞄を自分の足元にぴたっとつけて置いてコートを脱ぎ、人を捜すみたいに周囲を見渡したが、最初から在旭の姿には気づいていたらしかった。渋々近づいてきた在旭に、お姫様みたいな仕草でコートを渡す。在旭は渋々受け取ると、決して後ろを振り返らずにクロークへと歩いた。

康昊は母の後ろについて階段を上った。二階のフロアは、酔客《すいきゃく》たちで賑わっていた。母は階段を上りきるとすぐ、伸び上がるようにしてフロア全体を見渡し、厨房《ちゅうぼう》の出入口に近いほうへと歩きかける若い従業員を鋭く叱責《しっせき》した。

「ちょっと、そっちじゃないわよ。私、窓辺《まどべ》の席がいい。ええと、ほら。あすこがあいてる」

従業員が何か応《こた》えるのも待たずに歩き出し、窓辺の六人がけテーブルに陣取《じんど》った。

「あのぉ、そこ、違います……」

若い従業員がたどたどしい日本語で言うのを無視し、「メニューをちょうだい」と命じる。

「そこ、違うんです……」

困惑《こんわく》顔の従業員が、続けて何かハングルで話すと、母は怒りを爆発させた。

「あんた、ここは日本なのよ。ちゃんと日本語、話しなさいよ。メニューを持ってきてちょうだい」

康昊は、顔が火照《ほて》るのを感じた。

離れて様子を窺っていたらしい在旭が、飛んできた。

「ここは予約席だ。他へ移ってくれ」

「予約の札なんか置いてなかったわ」

「大きなテーブルを、ふたりで占領するな」

「あら、相席になっても構わないわよ。私、外を見ながら御飯を食べたいの」

「オモニ。移ろうよ。どこでだって、食べれるよ」

そっとささやく康昊のことを、母はすごい顔で睨みつけた。「あんたは黙ってればいいの」

「これは何の嫌がらせなんだ、允珍。おまえには、もう充分なことはしてやったはずだぞ」

「何よそれ？　お客に対して、偉そうな口を利かないでよ」

「客というなら、ちゃんと金を払えよな」

「あたりまえでしょ。さ、早くメニューを持ってこさせて」

「まったく、息子のほうがよほど大人だぜ」

在旭は捨て台詞《ぜりふ》を吐くと、従業員にまたハングルで何か告げながら遠ざかった。

母はたばこを抜き出し、火をつけた。使い捨てライターを、高級ライターみたいに指先で気取ってつまんでいた。

「さてと。そうしたら、何があったのか詳《くわ》しく話してちょうだい」煙を吐きながら言ったが、「待って。その前に、もう一度中身をちゃんと確かめておかなきゃ」と言い直し、足のすぐ近くに置いていた鞄を持ち上げ、膝に載《の》せた。

ファスナーを開いて覗き込む母の目は、黒目がうずらの卵ぐらいの大きさにふくれ上がり、油でも流し込んだみたいにぎらぎらしていた。

「――部屋にいたやつは、どうしたの？」

康昊は、声を潜めて訊いた。何でもいいから話しかけて、母の注意を惹《ひ》く必要があった。このまま札束に魅《み》せられていたら、やがてはきっとそれをこの場で掴み出す。そして、周囲の誰彼となく見せびらかす。母にはずっと昔から、子供でもしないようなことをしかねないところがあった。

「もちろん、すぐに追い返したわよ」

「オモニ、他の人に見られるとまずいよ」

康昊はたまらなくなって、耳打ちした。

「ああ、そうだね。確かにそうだね」

母はそう答えたものの、まだじっと札束を見つめたまま、一瞬たりとも視線をそらそうとはしなかった。

「あら、これは何かしら」

もう一度鞄に手を突っ込むと、大学ノートを取り出した。何の変哲もないA４判のノートで、表紙に「ＮＰＯ法人《被災者ワークス》覚書《おぼえがき》」と書かれていた。

ぱらぱらとページをめくる母のほうに体を寄せて覗くと、いくつもの名前が並んでいた。それぞれの名前が矢印でつながれ、名前の下には、￥マークのついた数字が書き込まれてあった。お金の流れを示したメモか。だとしたら、ここに名前のある人間にとっては、かなりまずい代物《しろもの》かもしれない。

だが、母は小指の先ほどの興味も持たなかったようで、すぐにノートを閉じると鞄に戻した。ファスナーを閉め、元通りに足のすぐ近くに置いた。

だが、それでは不安になったらしく、爪先で鞄をずらし、両足で挟んで守ることにした。短いドレスから太腿が剝《む》き出しになり、その内側の青白い肉が、康昊には死んだカエルの腹みたいに見えた。

「ところで、学校はどうだい？」

オモニはすっかり優しい顔の別人になると、にこにこしながら訊いてきた。それは、母の機嫌がいい証拠だった。機嫌がいい時に訊くことは決まっている。学校はどうだい？勉強の具合は？　最近、友達とは上手くいってるかい？

だが、母が本当にそういったことを気にかけているとは思えなかった。ほんとに学校のことを気にかけているなら、康昊がこの四月から今までの間に、いったい何日ぐらい勝手に学校を休んでいるのかを気にするはずだ。ほんとに友達と上手くいっているかを気にかけているなら、いつまでも幼稚園の頃の友達の名前ばかり挙《あ》げて質問をしないはずだ。もう、そんな連中とは、何年もの間、会っていないのに。

康昊はまたいつものように、自分の学校生活について、適当な作り話をして聞かせた。母は安堵《あんど》の顔でその話を聞きつつ、両手を股の間でもぞもぞしていた。鞄に触《さわ》り続けている。

あの若い従業員が水とメニューを持って来ると、母は彼女をその場に待たせ、手当たり次第に値段の高そうな肉を選び、最後にマッコリをボトルで注文した。普段は子供は水でいいと言っているくせに、今夜は康昊の好みを聞いてジュースまで頼んでくれた。

ただし、キムチだけは頼まなかった。允珍はキムチが苦手で、食べられない。まだ日本人の夫と一緒に暮らしていた頃も、決してキムチを食卓に載せたことがなかった。もっとも、それは夫の母親、康昊にとっては祖母に当たる女が、キムチを非常に嫌っていたためかもしれないが。

「さあ、それじゃあ話しておくれ。いったい、何があったんだい？」

従業員が遠ざかると、母が小声で訊いてきた。さて、いよいよ本題だ。康昊はひとつ深呼吸をし、声を潜めて事のあらましを語り出した。

そうするうちに、不安な気持ちに囚《とら》われた。ただで済むわけがない。みすみす鞄を盗まれた秀夫って男は、きっと草の根を分けても自分を捜そうとするだろう。いや、それよりも怖いのは、マンションに襲ってきた二人組だった。あの二人組には、他にも仲間がいた。いったい、どんな連中なんだろう。この街にいたら危ない。母とふたりで、逃げなければ。

それにしても、あの男たちはみんなそろって日本人だったのだ。マンションから金を持って逃げた男も、その男のことを「ジロージ」と呼んでいた秀夫も、二人組も、誰もが日本人だった。金を奪ってしまって、悪いわけがない。

だが、頭から振り払っていた記憶がよみがえり、康昊はいよいよ恐ろしくなった。墓地で刺されたあの男は、きっと死んだにちがいない……。このことは、母には言わないようにした。

それもあってか、母は康昊の話を聞いても恐れを抱くことはなく、むしろどこか夢見るような顔つきになった。

「そしたら、警察はまだ何も気づいてないね。あんたが金を持って逃げたことは、そのネットカフェ難民の男しか知らないことになる。そんなやつに、この街で人を捜し出せるもんか」

「だけど、危ないのはその男よりも、二人組のほうだよ。もっと他にも仲間がいたみたいだし」

「大丈夫さ。その連中はおまえを見てないわけだし、金を持って逃げたのは、ネットカフェ難民だと思ってる。そうだろ?」

頼んだものが次々に運ばれてきて、話は一度中断した。従業員が熾《おこ》した炭を持ってきてテーブルに入れると、母は肉をせかせかと網に載せ始めた。

「さあ、たくさん食べるんだよ。男の子は、たくさん食べなきゃね」

母からそんなふうに言われるのは、久しぶりだった。お金さえあれば、こうやってちょっとずつ様々なことが変わっていくのだ。

このお金さえあれば、いろいろなことを取り戻せる。何を失ったのか、ひとつひとつ数え上げることはできなかった。康昊には、失われる前の記憶が定かではないことも多かった。だが、これからゆっくりと思い出していけばいい。自分には無理でも、母には思い出せることもたくさんあるはずだと、康昊は思った。失ったものが多い分だけ、母の抱えた苦しみのほうが、自分よりもずっと深い気がした。

母は、焼き上がった肉を、かいがいしく康昊の皿に運んでくれた。「ご飯ももらおうかね？」と言い、従業員を呼んで注文し、さらに肉を追加した。

「オモニ、この街を出なければ」

康昊は、意を決して言った。できるだけ驚かせたくはなかったが、母はぎょっとして康昊の顔を見つめ返した。

「あの秀夫っていう男が連中に捕まれば、あいつは僕の話をするに決まってる。そしたら、連中が僕を捜し出そうとするよ」

「――でも、おまえはその日本人に、嘘の名前を言ったんだろ」

「そうだけれど、あのマンションの誰かが、僕を知ってるかもしれない。僕、よくあの辺りにいるから」

「そうか……。そうだね――」

母は低い声でつぶやくように言った。唇を引き結んで黙り込むと、マッコリのグラスを口にかたむけた。テーブルには山ほども肉が溢れかえっていたが、母はほとんど口をつけてはいなかった。最近、固形物はあまり口に入れないのだ。

目を伏せた母は、時折、苛立《いらだ》つような表情をよぎらせた。きっと、どうしたらいいのか、自分では判断がつかないのだ。もっと幼かった時にはわからなかったが、康昊には少し前からわかるようになっていた。大人だって、どうしていいか決められず、途方《とほう》に暮れる時がたくさんある。母のこういう顔つきを目にするたびに、康昊は段々と思うようになった。早く大きくなって、自分がこの手でオモニを守ってやらなくては。

「オモニ、お金さえあれば、どこでだってなんとかなるよ——」

康昊が恐る恐る背中を押してみると、母は顔を上げて笑顔を浮かべた。

「そうか、そうだね。金さえあれば、なんとかなるさ。こんな薄汚い街に、しがみついてる必要なんかないんだ。康昊、私はもう一度店をやるよ。今度は、着実に稼ぐよ。この金を元手《もとで》にして、しっかり暮らしを立て直すのさ。見ててご覧、母さんは生まれ変わるよ」

話すうちに興奮してきたらしく、声が大きく、早口になっていく。

「そうと決まれば、善は急げだね。食事が終わったら部屋に戻って、すぐに荷造りを済ませるよ。そして、今夜はどこかのホテルに泊まるのさ」

「ホテルに——?」

「嬉しいかい?」

康昊はうなずいた。我知らず、顔がにんまりしてくる。ホテルに泊まる、という言葉の響きが、心を温かく刺激した。母とふたり、ホテルの柔らかいベッドで眠ったら、どんなにか心地いいだろう。

母は目を細めて康昊を見つめた。体を寄せ、両手で康昊の顔を包み込むようにして頬を撫でた。ひんやりと冷たい手だった。

「いい子だね、この子は。私の可愛い真っ赤なほっぺちゃん」

機嫌がいい時、母は康昊のことをそう呼んだ。しきりとそう呼びながら頬を掌で包み、撫で回すのだった。

母が康昊に頬ずりした。頬骨の辺りだけが、ほんのりと少しだけ温かかった。

急に上半身を立てて背中を伸ばした母は、辺りをきょろきょろした。誰かがこっちを見ていたら睨み返してやる、と身構える表情をしていたが、誰ひとり康昊たち母子《おやこ》に注意を払っている者はいなかった。

「よし、そしたら、まずは借金を綺麗《きれい》に払っちまうよ」

母は、きっぱりと言い切った。

康昊は戸惑いを押し隠して母を見つめた。どんな道筋で、そういう結論にたどり着いたのかわからなかった。

「わからないのかい。闇金に追われたら、逃げ切れやしないだろ。それに、発《た》つ鳥はあとを濁《にご》さずって言うからね。日本の古いことわざだよ」

母は右手の人差し指を鍵型に曲げ、第二関節の辺りで、鼻の頭をくっと下から上に撫で上げた。母が得意な気分の時に出る癖だった。

康昊は、黙ってうなずいた。母の意向に従《したが》うしかないとわかっていた。母が借金を綺麗に払う気になった、本当の理由に気づいたのだ。

金貸しの智勲《ジフン》も、この店のオーナーである在旭と同様、母と関係があったと噂される男たちのひとりだった。

4

こんちくしょう、あのガキめ。——床下から表へとはい出した秀夫は、もうこれで何度めかになる罵声《ばせい》を噛んだ。声に出して毒づきこそしないものの、怒りで胸が煮えたぎっていた。しかし、それは本当は金を持ち去ったあの少年に対するものではなく、自分自身への怒りであるような気がした。いともたやすく他人を信じて騙《だま》されてしまう自分が、不甲斐《ふがい》なかった。あんな子供にまで、やすやすと手玉に取られるなんて。

別れ際にこっちを振り返り、「秀夫さん」と呼びかけてきた少年の姿を思い出すたび、悔《くや》しさが胸に溢れ返った。今ならばわかる。ああして呼びかけてきた声の中には、間抜けな大人を見下すような調子が込められていたのだ。あいつは、最初から金を狙っていたにちがいない。

手元にあった時にはあまり意識しなかった金への執着が、今では息苦しいほどに色濃く秀夫を押し包んでいた。あの金があれば、こんな根無し草の生活を終わりにできる。なんとしてもあのガキを見つけ出して、取り戻さなければ。

本堂の軒下《のきした》に力なくしゃがみ込んだ秀夫の前には、墓地の暗がりの向こう側の空に、マンションの窓の灯りが広がっていた。大概の窓はカーテンが閉まっていて中の様子がわからなかったし、開いてる窓があっても、角度的に部屋の天井しか見えなかった。

あのガキは、ひとりであのマンションの中庭で時間を潰《つぶ》していたのだ。口では否定したものの、ほんとはマンションの住人なのかもしれない。たとえそうではないとしても、どこか近くに家があるにちがいない。だが、いったいどうやって見つければいいのだろう。マンションや周辺のビルを、一軒ずつ訪ね歩くわけにもいかない……。

気持ちを切り替え、動くしかないのはわかっていた。こんなところでこうしていたって、どうなるものでもないのだ。それなのに、鉛のように重たい塊《かたまり》が腹の底に生じ、どうにも身動きが取れなかった。こんなことは、かつてはなかった。いつからだろう、生きることが、こんなにも気だるく頼りないものに思え出したのは。違う人生を始めなければならない。ここにいるこの自分は、本当の人生を生きていない。そう思えてならなくなったのは。

秀夫はポケットから携帯を抜き出し、見つめた。慈郎オジの携帯だった。アドレス帳のサ行を開け、青白いモニターに光る「桜子」の文字を見つけた。この名前の向こうに、本人がいる。携帯のボタンを押して電話しさえすれば、本人とつながる。刑務所の面会室以来、三年ぶりに、桜子の声を聞けるのだ。息子の海斗を、この手で抱ける。

彼女とすごした日々の様々な光景が、さっきからとめどなく脳裏《のうり》に押し寄せていた。桜子は、市の有力者が公用で使うような、高級料亭の娘だった。初めて会ったのは、父親に運転手を命じられ、お供《とも》でこの料亭に行った時のことだった。古い日本家屋の店には、いかつい玄関の脇に下足《げそく》番用の小部屋があり、秀夫は父が引き上げるまでの間、そこで茶を飲みながら待つのが習慣だった。簡単な食事を出してもらったこともある。それらを運んできてくれたのが、料亭のひとり娘である桜子だった。

あとになってわかったことだが、彼女のほうでは、本当はもっとずっと前から秀夫のことを知っていたらしい。桜子は同じ高校の二年後輩で、秀夫が勇とバッテリーを組んでいた野球部が、県大会の準決勝で敗れた最後の夏、彼女もスタンドから声援を送っていたのだった。

いや、桜子が声援を送っていた相手は、秀夫ではなかったはずだ。マウンドにいた勇だったにちがいない。最初に桜子を秀夫に紹介したのも、勇だった。久しぶりに高校の連中と再会して飲んだ夜、一緒に飲みたがっている女たちがいると言って、勇は秀夫たちをカラオケボックスに引っ張っていった。その店に、少し遅れてやって来た五人の女の子たちの中のひとりが、桜子だった。

どこかで見た顔だと思ったが、秀夫はそれがいつも料亭でお茶や食事を出してくれている娘だとはなかなか気づかなかった。店にいる時の彼女は髪をひっつめ、ちりめんの二部式着物にエプロンといったいでたちだったが、その夜は、化粧も服も髪形もやけに華《はな》やいで見えた。

――あいつは、おまえに会いたがってたんだぞ。

その夜の最後に、勇の部屋でふたりで飲み直す最中にそう聞かされても、秀夫には到底信じられなかった。桜子はずっとどこか怒ったような顔をしていて口数が少なく、秀夫が何か話しかけても、ほとんど会話が続かなかったからだ。

しかし、次に父のお供をした時にそっとメモを渡して誘うと、桜子は小さくうなずいてくれた。二度めか三度めのデートの時、いくら秋波《しゅうは》を送っても全然気づいてくれなくて、なんて鈍《にぶ》い人だと思っていたと、すねて甘えるみたいに睨まれた。あの顔を、もう一度見たかった。あんなふうにしてまた甘えて欲しい。

金さえあれば変えられる。いや、金がないばかりに変えられずにいる。人生とは、そういうものなのかもしれない。せめて自分の工務店を立ち上げる資金があれば、そして、最初の数ヶ月を乗り切るだけの金さえあれば、そうしたら、仕事を軌道に乗せていく自信はあった。工務店には信用と実績が必要だ。それは、故郷の街ではもう望めないものだろう。なにしろ俺は犯罪者であり、そして手にかけてしまった相手は、街の公共工事はもちろん、その他様々な儲《もう》け話を仕切ってきた勇の父親なのだ。

だが、何も故郷に戻る必要はない。生きていける場所は、この国のあちこちにあるはずだ。自分の店を開けさえしたら、あとは石にかじりついてでも仕事を取り、成功していく自信がある。いや、成功しなければならない。桜子と息子と三人で、新しく人生をやり直すのだ。

しかし、胸の鼓動が最高潮に達すると、まるで寄せた波が引くように興奮がしぼみ、代わりに別の感情が押し寄せてきた。いきなり電話をして、桜子が喜ぶわけがなかった。何があったのかはわからないが、桜子は、勇と暮らしている。今さら電話して、いったい何を話すというのか。刑務所への便りがなくなり、桜子が面会に現れなくなった時点で、本当は何もかもがもう終わっていたのだ。ただ、それを認められずに生きてきただけだ。

それなのに、何度めかの逡巡《しゅんじゅん》の末に、指が通話ボタンを押してしまった。声だけ聞きたい。それだけでいいのだ。他には何の望みもない。

だが、あわてて切り、秀夫は肩で息を吐いた。

危ないところだった。あと一歩で、桜子に嫌な思いをさせた上に、みっともない姿までさらしてしまうところだった。

「どうされましたかな？」

やみそうでやまない雨から携帯をかばいつつ、軒下でうずくまっていた秀夫は、いきなり間近からそう声をかけられてぎょっとした。

顔を上げると、頭をスキンヘッドに剃《そ》り上げた還暦《かんれき》すぎぐらいの小柄な男が、少し離れたところからこっちを見ていた。襟《えり》にボアがついたブルーのいわゆるドカジャンを、袖《そで》を通さずに肩に羽織《はお》っていた。右手には懐中電灯を、スイッチを入れないままで持っている。

「こちらで、お参りですか？」

さらにそう尋ねてくる口調と顔つきが、秀夫には馴染《なじ》みのものだった。公園や店舗の裏や駐車場の片隅など、様々な場所で出くわしたことがある。

秀夫は反射的に腰を上げ、あわててリュックを肩に背負った。こういう雰囲気で声をかけられた時には、すぐに移動しなければならないのだ。ネットカフェで暮らすようになって、真っ先に学んだことのひとつだった。黙って頭を下げ、逃げるように背中を向けた。

だが、何歩か歩いて足をとめ、そっと後ろを振り返った。相手の右手にあったのが懐中電灯ではなく、カラオケマイクであることに気づいたのだ。いつの間にか、本堂から聞こえていた下手《へた》くそな歌声がやんでいる。

「あのぉ、すみません。こちらの御住職でしょうか?」

遠慮がちに、声をかけた。

「そうですがね。それが、何か?」

「つかぬことを伺《うかが》いますが、ここの境内《けいだい》で、夜、よく遊んでいる男の子を御存じないですか?」

もしや、と思い、尋ねてみることにしたのだが、住職は何も答えようとはせず、ただ要領を得ない顔で秀夫を見つめ返すだけだった。

きまりが悪くなりかけた時、住職のほうから訊いてきた。

「あの子が、何かしましたか?」

「いや、何……。実は、俺の荷物を――」

「まさか、盗んだんですか?」

「いや、そういうわけじゃないんです。だけど、あの子にちょっと訊きたいことがありまして」

「訊きたいこと――?」

「ええ、まあ。でも、いいんです」

住職はまた黙り、秀夫の顔を見つめ返したが、それからふっと相好《そうごう》をくずした。

「悪さをしたのでないのでしたら、よかった。根は、悪い子じゃないんですよ。だけど、母親がほったらかしのようでしてね。夜遅くになっても、この辺りをふらふらしてるんです。何度か注意はしたんですけれど、そのたびに逃げられてしまいまして。ま、繁華街《はんかがい》をふらついてるよりはマシかもしれませんがね」

「家がどこだかわかりますか？」

「コリア・タウンですよ。保育所が入ったビルの上です。実は、今年の夏に一度、境内でうずくまってるのを見つけましてね。体が燃えるように熱かったし、意識も朦朧《もうろう》としていたので、こりゃあ熱中症だと思って、あわてて医者に連れて行ったんです。思った通りでした。家族を呼ばなければと思って、連絡先を訊いたんですが、母親に叱られるとでも思ったのか、なかなか言おうとしません。やっとのことで携帯の番号を聞き出してかけたんですけれど、全然出ないんですよ。それで、仕方なく、私がタクシーで家まで送ったんです」

心を痛めるふうを見せつつ、おのれの善行《ぜんこう》を誇りたい感じの喋り方だった。

「何という保育所か、わかりますか？」

秀夫は、思い切って訊いてみた。

「いや、名前はちょっと覚えてないですね。だけど、コリア・タウンのメインストリートから一本奥に入った通りです。こっちから行くと、越えて向こう側になりますね。古いマンションの一階に入った保育所でした。そのマンションの確か三階が、あの子の自宅でしたよ」

「コリア・タウンに住んでるってことは、あの子は在日韓国人なんですか？」

この質問には、答えを得ることはできなかった。

けたたましい女の悲鳴が、会話をさえぎったからだ。

初老に差しかかったぐらいの歳の女がふたり、裏手の墓地のほうから転《ころ》げるようにして走って来た。大柄な女のほうが、住職の胸へと飛び込み、すがりついた。

「人が……、人が倒れてる……。墓地に人が倒れてるのよ……。男の人が……。死んでるみたい……。血が流れてて、動かないの。すぐに警察に電話して」

住職と女たちは、知り合いらしかった。今しがたまで、本堂で一緒にカラオケをしていた仲間かもしれない。墓地を抜け、裏手の道に出られる。たぶん女たちは、そうして帰る途中で、慈郎オジの死体を見つけたのだ。

「落ち着いて。もう大丈夫だから。墓地に、人が倒れてるんだね。わかった。すぐに行ってみましょう――」

落ち着いた口調で女たちをなだめる住職を見ながら、秀夫はじりじりと後ずさった。こんなところにぼんやりとしゃがみ込み、それを住職に見咎められた上に会話までかわしてしまうなんて、自分はなんて馬鹿だったんだろう。逃げなければ。ここから、逃げるのだ。

「待って！　行ってはだめ。警察に電話よ。死んでるの……。あの人、絶対に死んでたわ――」

瘦せて小柄な女のほうが、大柄な女に代わって主張した。

「そんな、まさか……」

住職の声が震《ふる》えた。髪を剃り上げた形のいい頭が、至極《しごく》ゆっくり向きを変えた。そして、何か事問いたげに秀夫を見る。

目と目が合った瞬間、秀夫は弾《はじ》かれたように駆け出していた。逃げなければ。ここから、逃げるのだ。

「ちょっとあんた――。待ちなさい！　どこへ行くんだ⁉」

住職の声が追ってきたが、決して立ちどまりはしなかった。

恐怖が頭を一杯に占《し》め、首から上に冷たい汗が噴《ふ》き出していた。七年前、警察に捕まってからの出来事が、一瞬にして何もかも鮮明によみがえっていた。取調べに臨《のぞ》んだ刑事たちの、冷たくて居丈高《いたけだか》な態度。すべてを疑ってかかることを、決してやめようとはしない頑強《がんきょう》さ。検察官だって、似たりよったりのものだった。時折、優しい言葉をかけてくれる者もあったが、罪を犯して裁かれ、これから長い償《つぐな》いをすることがわかっている人間にとって、それはあまりにはかない温もりだった。そして、辛《つら》く長い刑務所での日々。

もう、二度とあんな思いはしたくなかった。

5

車の中から罵声が飛んだ。サイドウインドウを全開にしたレクサスの後部シートにふんぞり返った男が、雨の中に立つ男たちを睨《ね》め回したのち、ドアの一番近くでうつむく小男へと罵声を浴びせかけたところだった。罵声とはいっても、声音《こわね》自体は静かで、寝る間際《まぎわ》の子供に絵本を読んでやるようだった。

それにもかかわらず、小男は今や真っ青だった。折れんばかりに頭《こうべ》を垂れている。

後部シートに坐るのも、実は同じぐらいの小男だった。だが、不健康極まりない肥満体であることと、下半身に比《くら》べて上半身が人並み外れて大きいために、坐ってふんぞり返っている分には小男には見えなかった。

一方、後部ドアのすぐ脇には、牛のような大男が立っていた。頭髪を刈り上げ、顔の下半分をおおったヒゲを形良く整え、たとえ本人にそんなつもりはないとしても、安手《やすで》の劇画に登場しそうな容姿をしていた。

この男が、車の中の男の目配《めくば》せを受けて一歩前に出た。怯えて下がる小男の襟首を片手で摑んで真上に引っ張りあげ、残ったもう片方の手を丸めてみぞおちに叩き込むと、捨て猫を扱うみたいに無造作に放った。

小男はアスファルトの地面に腰から落ち、痛みにのたうち回ってうめき声を上げた。天明谷乃武夫《てんめいやのぶお》は、そんな小男を見下ろし、胸の中で思っていた。きっと半分は、演技なんだろう。のたうち回っていなければ、もっとひどい目に遭《あ》うとわかっているのだ。

「で、金とノートは、須賀が持ってたんだろうな？」

車の中の男に訊かれ、小男はよろよろと上半身を起こした。

「ええ、たぶん……」

「たぶんってのは、何だ？」

「野郎は、後生《ごしょう》大事に鞄を抱えて逃げました。きっとあの中に、ノートも……」

「それも確かめねえで、おねんねしてたってわけか。ほんとにおまえは、御立派な男だよ」

小男は、引きつった笑みを浮かべた。

「――だけど、親爺さん。須賀のやつは始末しましたぜ」

「で、鞄はなくなっちまった。つまり、おまえは、一文《いちもん》の儲けもないただの殺人犯ってわけだ。最悪だろが、あほう」

「――――」

車の後部シートの男は、気だるげでどこか億劫そうに、顔を天明谷のほうへと転じた。

「天明谷さん、あんただってどうかしてるぜ。あんたがついてて、この不始末はねえだろ。金を払ってるのは、何のためだね。期待を裏切らないでもらいたいね」

「すまなかったな」

天明谷は、人並みはずれた長身を心持ち前にかたむけ、頭を下げた。こんなわびの言葉がすんなりと口から飛び出す自分に、内心、驚いていた。一年前、いや、半年前ですら、考えつかないことだった。しかし、それは悪い変化ではないはずだった。生きていくのが、単純になった。

「ところで、ノートというのは何なんだ？」

天明谷が訊くと、車中の小男——蟻沢泰三《ありさわたいぞう》は、人差し指を一本、顔の前に立てて振った。

「天明谷さん、訊けば何でも答えてもらえると思うのは、あんたの悪い習慣だぜ。ノートが何かなんて、あんたは知らなくていいのさ」

「知らなけりゃ、取り戻せないかもしれないだろ」

今度は蟻沢は、両腕を体の左右で逆への字にし、外国のアニメみたいな仕草で肩をすくめた。

「取り戻せるさ。あんたは鞄を取り戻し、中身をそっくり俺んところへ持ってくればいい。それだけだ」

天明谷は、黙って蟻沢を見つめ返した。この男は、なんでこんなふうにマンガじみたジェスチャーをするんだろう。肥満した体全体を動かすのが億劫なためか。それとも、いかしたポーズだとでも思っているのか。

だが、そんなことを思って意識をそらそうとしても、コケにされる扱いは不愉快《ふゆかい》だった。

車の前の巨大な男が、鼻息も荒くこちらを睨みつけてきた。天明谷はそれで初めて、自分が薄ら笑いを浮かべていたことに気がついた。

この男は、車中にいる飼い主のゴー・サインさえあれば、いつでも飛びかかって来る闘犬だ。むしろ、闘牛用の牛というべきか。

「何がおかしい？」

牛が、さらに目を吊《つ》り上げた。

「いいや、何も」と応えつつ、天明谷は薄ら笑いを際立たせた。

「じゃあ、なんで人を馬鹿にしたような顔をしてるんだ？」

「飼い犬は好かない。それだけの話だ」

「貴様《きさま》、その細い首をねじ切ってやるぞ」

息巻いて迫ってくる相手の脛《すね》を狙い、天明谷は靴の爪先を叩き込んだ。ごつい男ほど、バランスを崩した時に体を立て直すのは難しい。男は正《まさ》に闘牛さながらに、目測《もくそく》を誤りつつもみずからの体に歯止めが効かず、のめるように突っ込んできた。天明谷は体をずらし、男の顔に拳を叩き込んだ。

その右腕に、ビーンとしびれるような痛みが走った。クソ、なんて硬い顎だ。

男は水を払うかのように、顔を一度ぶるっと振った。鼻孔《びこう》をふくらませ、頭から湯気を立てながら、今度は天明谷の両肩に腕を伸ばしてきた。あと数センチで身長一九五センチの天明谷とほとんど変わらない背丈をしている。股間もほぼ同じ高さにある。天明谷は、タイミングを測って膝を突き出した。膝頭に、気色《きしょく》の悪い感触が広がる。苦しげな息の塊を吐いて前屈みになった男の後頭部を狙い、思い切り手刀《てがたな》を叩き込んだ。

男は濡れた舗道で四《よ》つんばいになった。左手で股間を押さえ、うめき続ける。

しかし、残った右手で天明谷の足首を捉えた。

くそ、しぶとい野郎だ。もう片方の足で顔を蹴《け》りつけてやろうとしたが、握った足首を強く引かれ、バランスを崩さないように踏みとどまるのがやっとだった。

男はもう一方の足も握った。そして、自分の体重をかけながら、天明谷の膝、太腿、腰とはい登ってきた。股間を蹴られれば、痛みで体に力が入らなくなるものだ。そのため、こんな動きになっている。みっともないやつめ。こめかみに拳を叩き込むか、あるいは目を狙うかすれば、今度こそ相手の戦意をそぐことができると計算したが、そこまでするのをためらううちに、背骨を猛烈な力で締め上げられてしまった。

何かが腐ったような口臭をまともに嗅《か》ぎ、天明谷は息がつまりそうになった。

グロテスクな笑顔が目と鼻の先にある。

「へへへ」

男は満足気な笑みに顔を蕩《とろ》けさせながら、じわじわと力を込め出した。

天明谷は両手の親指を男の眼窩《がんか》へと突っ込んだ。指先に、薄い瞼《まぶた》の奥で動く眼球の丸みを感じた。

力を込めれば、えぐり出せる。

「うぐぐ」

立てた親指を、力を込めて押し込むと、男は苦しげに喘《あえ》ぎ始めた。

それなのに、天明谷の背中に回した両腕の力を緩めようとはしない。

親指の先をさらにえぐり込ませると、行き場を失った目の玉が、それ自体小さな生き物のように脈動した。

あと少し力を込めさえすれば、眼球が潰れ、ゼリー状の中身があふれ出す。

そんな想像に囚われるうちに背骨がきしみ、天明谷もついに苦痛のうめき声を漏らした。

「よせよせ、やめろ」

車中からデブの小男が冷たく命じると、大男は瞬時に腕の力を抜いた。躾《しつけ》の行き届いた飼い犬なのだ。

天明谷は反射的に男を押しやると、油断したことを悔やみつつ、注意深く相手との距離を取った。

怒りがうずまいていた。相手の目を潰すのをためらった自分が腹立たしかった。

車の中のデブが、唇の両端をちょっと吊り上げた。ヘッドレストに後頭部をつけ、顔を仰向けて、細めた目の奥から天明谷を見つめた。

時折、こういう目で相手を見る男だった。腹の底を覗き込まれるような不快感とともに、恐れとおぞましさがない交ぜになった、気色の悪い感情がこみ上げる。

「天明谷さん、あんたいったい、誰に何を見せたいんだね」

「────」

天明谷は、無言で車中の男を睨みつけた。

「あんたと俺たちは、一蓮托生《いちれんたくしょう》だ。何も、自分を見せつける必要なんかないんだぜ。そうだろ」

蟻沢はたっぷりと間を取ってから、親愛の情を示していると聞こえなくもない口調で言った。猫なで声であることは間違いない。

「ああ、そうだな」

天明谷は、目をそらして応じた。

「じゃ、期限は明日の朝までだ。夜明けまでに、金とノートを見つけて持って来い。できるな？」

「ああ、わかった」

目をそらしたままで応え、逃げるように背中を向けた。

「待ちなよ、天明谷さん」

振り向くと、デブが車中から気だるげに手を突き出していた。ふやけて見えるほどに太くぶよぶよした指先には、数枚の万札が握られていた。

「何だ、それは？」

「駄賃《だちん》さ」

「仕事が済んだら、もらう」

「飼い主がこうして金を出してるんだ。今、もらえよ」

「俺は、おまえに飼われたつもりはない」

「だが、現実はどうかな」

天明谷は、蟻沢の目を見つめ返した。

どうやら生きていくことは、まだそれほど単純にはなっていないようだ。

天明谷は手を出した。数枚の万札が指先に触《ふ》れた瞬間、また何かが体内で壊れるのを感じた。車中のデブがにんまりした。それを合図にしたように、雨の中に立つ手下たちの間にもニヤニヤ笑いが広がる。ひとり、闘牛のような大男だけが、みずからの股間をさすりながら天明谷を睨んでいた。

なぜだかわからないが、そんなふうに睨んでくるこの大男にだけ、わずかにシンパシーが感じられた。


小雨はやまない。須賀慈郎が潜伏していたマンションへと引き返すと、その周囲は既に喧騒《けんそう》に包まれていた。マンションの住民用のゴミ置き場の所から奥を覗くと、さっき乗り越えたブロック塀の向こうが、今は照度の強いライトによって煌々《こうこう》と照らされ、雨が無数の線になって見え隠れしていた。現場《げんじょう》捜査が行われている。寺の参道に面した側の道は、多数の警察車両でごった返しているにちがいなかった。

マンションの玄関前にも、パトカーが一台、路肩にぎりぎりに寄せて駐《と》まっていた。段差を上がって張り出し屋根の下へと入った天明谷は、制服警官がふたり、エントランスホールの端っこに立ち、夫婦者《もの》らしい初老の男女と何か話しているのを見つけた。警官の片方が、男女の話にしきりとうなずきつつ、ちらちらと天明谷に視線を投げてくる。

天明谷はやりすごしてエレベーターへと歩こうとしたが、途中で気が変わった。

「何かあったのかね?」

歩み寄って尋ねる背の高い男に、四人がそろって顔を向けた。

天明谷はその全員の顔を見渡したのち、最終的に、制服警官で年配のほう——自分と同じ四十代半ばぐらいの警官を見て、警察手帳を提示した。

「歌舞伎町特別分署《K・S・P》の天明谷だ」

「ああ、夜分にご苦労さまです」

年配の警官が敬礼し、男女を手で示した。「実は、こちらの御夫婦から通報があったんですが、この方たちのベランダの真上を通って、非常階段に逃げた男がいるそうなんです」

「なるほど、何か裏の墓地の事件と関係してるかもしれないですな」

天明谷はうなずき、そんなふうに言うことで、さりげなく墓地の事件の捜査でここに来たように装《よそお》った。

「つまり、上階のベランダってことですか？」

「ええ、そうです」

夫のほうが答えて言い、さらには年配の警官が続けた。

「しかも、その男は、別の男たちに追われてたようなんです。非常階段をものすごい勢いで走り下りると、裏庭を突っ切り、裏手の塀を越えて逃げたそうです」

「穏やかじゃないな」天明谷は、ひとつ間合いを置いた。「逃げた男の人相や服装は、わかりますか？」

「それを今、確認したところですが、五十すぎで、中肉中背。セーターにズボンで、ジャンパーやコートの類は着てなかったそうです」

「上着はなしか。部屋に襲って来る者があって、ベランダから非常階段へと逃げた、ということかもしれん。別の男たち、と言いましたが、そうすると、追っていたのは何人です？」

「ふたりでした」

今度は夫が答え、隣で不安と好奇心に目を輝かせる妻がうなずいた。

「そっちの人相とか、特徴は？」

「顔はどちらもよくわかりませんでしたけれど、最初に追ったのは革ジャンを着て、臙脂色のマフラーをした小柄な男で、その次に非常階段を駆け下りたのは、緑の長いジャンパーを着た男です。フードが着いた、丈の長いやつですよ」

「ああ、モッズコートですね」

天明谷はうなずき、一応手帳にメモするポーズを取った。

「そう言うんですか。で、最初に逃げた人は、ゴミ置き場の奥のフェンスを乗り越えて、裏手の墓地に入ったんですよ。そしたら、追ってる男たちも、やっぱり追っていきました」

夫が、さらに言った。いよいよ大事な話をすると意識した際の意気込みが、声を微妙に高くしていた。

天明谷は、感心した様子でうなずいた。「フェンスの向こうは、見えましたか？」

「いえ、それはわかりませんでした。裏手のフェンスは高いですからね。住人からなるべく墓地が見えないようにと、そうしたみたいです」

「やっぱり、その追っていった男たちがホシでしょうか？」

初めて口を開いた若いほうの警官が、野次馬とさして変わらない質問をした。

天明谷は、無言で一瞥《いちべつ》をくれることで答えとした。

「他には誰か見ませんでしたか？」

念のために確かめると、夫が今度は秘密めかして声を潜めた。

「はい、実はもうひとり。少し間を置いたあとで、背の高い男が、やっぱりフェンスを乗り越えて行きました。ちょうど刑事さんみたいな、黒いコートを着てるやつでしたよ」

「なるほど。黒のコートですか」

天明谷は、眉ひとつ動かさずに応じ、また手帳にメモを取るポーズをした。

「おふたりの部屋番号を教えてください。とにかく、私が真上の部屋を調べてみましょう」

「それでしたら、別の刑事さんがもう」

制服警官が言うのを聞き、天明谷は手帳から顔を上げ、初めて意図的に表情を押し殺した。「別の刑事って、誰です？」

ちょうどその時、エレベーターが開き、中からよく日に焼けた小柄な男が出てきた。

「ああ、あの方ですよ」

年配の制服警官が、指差した。

年齢は天明谷よりもいくつか上ぐらい、四十代の半ばすぎぐらいに見える。中肉中背で、よく日に焼けた男だった。どこの署の人間だろう。KSPは主に歌舞伎町を中心にして、新宿の繁華街《かいわい》で多発する犯罪捜査のために設立された特別分署だ。だが、それ故《ゆえ》に、元々新宿界隈を管轄《かんかつ》とする新宿署や、戸塚《とつか》署、四谷《よつや》署などとの間で、縄張り争いが結構起こる。この辺りは新宿署の管轄になるが、見ない顔だった。

「どうも。御苦労様です」

男は自分のほうから近づいてきて、人懐《ひとなつ》っこく片手を上げた。

「裏のホトケさんは、やはり私が捜してた人物かもしれんです。私は、これから裏に回ります。恐れ入りますが、どちらかひとり、部屋のドアに立って、現状保存をしてくれませんか。部屋は、鍵が開きっぱなしでした」

ゆったりとした口調。そして、話す時にはいつでも、微笑んでいるか微笑む直前のような表情をしている男だった。東北のどこかっぽいアクセントが混じっていた。

男は制服警官ふたりを見て告げたのだが、視界のどこかに、ずっと天明谷の姿をとどめていた。同業者と察し、名乗り合うきっかけを待っているような雰囲気だった。

「KSPの天明谷と申します。失礼ですが、お宅は？」

「いやあ、参ったな。KSPの方ですか。私は、この街の人間じゃありませんで。ほんとに参ったな。実はこのあと、正式に御挨拶に行くところだったんですがね。まずいところを見つかっちまったな」

男はしきりと恐縮しながら、警察手帳を提示し、「藤代《ふじしろ》といいます」と名乗った。手帳のIDには、《藤代健《たけし》》というフル・ネームとともに、東北地方のある県警本部の名称があった。

捜査員が管轄外の都道府県で捜査を行う時は、正式な捜査協力要請を書面で行わねばならない。藤代という男がしきりと恐縮しているのは、まだそれをしていないためにちがいなかった。だが、恐縮しているのは表面だけだとわかる。手続きを省《はぶ》いてでも、自分の捜査を優先させるタイプのデカなのだろう。

「だが、KSPの方だったら、ちょうどいい。ちょっと一緒に部屋に上がりませんか？」

案《あん》の定《じょう》、天明谷が何か言う前に、自分のほうからそう言い出して誘った。一般人の耳がないところで、話したいことがあるらしい。

天明谷は苦笑しつつ、うなずいた。こういう男は、嫌いじゃなかった。

「わかりました。参りましょう」

嫌いではなかったが、用心してかかる必要がある相手だとはわかっていた。規則通りのことをする刑事の動きは予測しやすいが、そうでない場合は、次の手をどう打ってくるかを常に考えねばならない。

天明谷は夫婦者に礼を述《の》べてから、年配のほうの制服警官に、彼らの姓名と住所を控えておくようにと命じた。さらには、若いほうには一緒に来るようにと告げてエレベーターを目指した。

「それで、裏のホトケが、自分が捜してた人物かもしれないというのは、どういうことです？　東京へは、何をしに出てらしたんですか？」

エレベーターに乗り込むとすぐに、天明谷は訊いた。天明谷と藤代が並んで立ち、若い制服警官は、エレベーターのドアとすれすれに、ふたりに背中を向けて立っていた。

「私は今、地元のＮＰＯ法人絡みの横領事件を捜査してるんですよ」

藤代が、答えて言った。「これが、ひどい話でしてね。東日本大震災で被害に遭った方たちが、うちの県でもずいぶんと避難生活を送ってるんです。この方たちに新たな雇用を生み出す目的で、緊急雇用創出のための事業予算が組まれました。マスコミも一部報じ始めているので、既に何かお聞き及びかもしれませんが、この事業を現場で執《と》り行っていたＮＰＯ法人の代表理事が、放漫な経営を行った挙句《あげく》に、事業費を年度途中で使い切り、先月、従業員二百人を突然解雇《かいこ》してしまったんです」

「そうだったんですか。すると、その代表理事を、横領容疑で調べていると？」

藤代は、そう確かめる天明谷のほうに首をひねり、きまり悪そうに後頭部に手をやった。

「いや、そうでしたら話が早いんですが、これがなかなか。このNPOの男は、まだ野放《のばな》しのままなんです。マスコミが報じたことで、県や市もやっと調査に乗り出したんですが、本音を言やあ、行政のお偉方《えらがた》どもは、そろってこの件には立ち入りたくないんですよ。なにしろ、自分たちの監督責任が問われることになりますからね」

「なるほど。で、事業の予算総額は？」

「この二年間でおよそ八億。しかし、市民オンブズマンの調査では、このうちの六億は、使途不明など不適切な支出だったと結論してます。ひどいでしょ」

天明谷は黙ってうなずき、同意を示した。エレベーターのドアに映る若い制服警官の顔を、ちらっと見やる。若者は、興味津々で、自分の背中で交わされるやりとりに耳をそばだてているのがわかる。

「チェック体制が、まったく機能していなかったんです。この事業には、県と市の双方が予算を投じてまして、県は市に事業を委託し、市はこのNPOに委託しました」

「丸投げ、ですか」

「いや、それだけならまだしも、行政の一部は、このNPO法人と一蓮托生だったと私は睨んでいます。いわば市の暗部が、この事件には関係してるとね。ああ、着きましたな」

エレベーターが目当ての六階に着き、会話は一時中断した。マンションの廊下は、思いの外《ほか》に声が響き、居住者に話を聞かれる恐れがある。

三人は無言で廊下を歩いた。天明谷と藤代のふたりは、それぞれ現場保存用の手袋をはめた。

廊下の突き当たりは、非常階段への出口だ。その手前にある部屋のドアを、藤代が開けた。「ええと、あなたは、名前は？」ドアを手で支えた姿勢で、制服警官に訊く。

「若月《わかつき》です」

制服警官が生真面目《きまじめ》そうに名乗ると、藤代はその名前をきちんと反復して呼びかけた上で、現場保存のための見張りをよろしく頼むと改めて命じた。下の人間と、そんなふうにしてコミュニケーションを取るのを習慣にした人間の落ち着いた口調だった。

先にどうぞと手振りで示すのに頭を下げ、天明谷は玄関に入って靴を脱いだ。藤代とともに、ほんの短い廊下を通って奥へと歩いた天明谷は、数刻前に一度目にした殺風景《さっぷうけい》な部屋を見渡した。

「もう少し、話を続けますね」

部屋の真ん中に立った藤代が、天明谷のほうを振り返って言った。

「ＮＰＯ法人の代表理事はただの操《あやつ》り人形で、背後で操っている人間たちがいる。私は、そう睨んでいます。地元の恥をさらすようですが、うちの市は、議会も監査委員も、長年、機能が麻痺《まひ》してると言われてましてね。今までも、いくつものＮＰＯ法人や外郭《がいかく》団体があやふやな金の使い道を指摘され、血税《けつぜい》がどこかに消えているにもかかわらず、野放しにされてきたんです。公共工事の闇取引や、それに絡んだいじめも横行していて、もう七年ほど前になりますが、ある市議会議員がそれで恨みを買い、仕事を干されていた業者の息子に殴《なぐ》り殺されたことがあります。この部屋に潜伏していたのは、須賀慈郎という男なんですが、須賀は、この殴り殺された議員の片腕というか、この市議と一緒になって、あれこれとあくどいことをやっていた男なんです」

天明谷は俄然《がぜん》、興味を覚えたが、それは表面には出さなかった。

「その須賀という男は、今度のＮＰＯ法人の使い込みにどう関わっているんです？」

「それをお話しするには、もうひとりキーとなる人間がいます。殺された議員は、金沢大《かなざわだい》吾《ご》といいました。この金沢の秘書をしていた中島浩介《なかじまこうすけ》という男が、事件後、その地盤を継いで市議会議員に立候補し、当選しました。金沢が行っていた悪事まで、この中島が引き継いだのだとする見方が一般的です。今回、ＮＰＯ法人を運営してる理事長の後ろには、この中島がいると見て間違いありません。このＮＰＯから仕事の発注を受けた会社のいくつかは、中島の親族が経営しているんです。ところで、中島と須賀の関係を見ると、金沢の死後、立場が逆転しました。議員に当選した中島が、須賀を何かとこき使うようになった。金沢が生きていた頃の須賀は、ちょっとした参謀気取りで、地元じゃそれなりにいい顔だったんですが、ここ数年は、ただの使いっ走りに成り下がってたんです」

藤代は一度間を置き、話がいよいよ大事な点に差しかかったことを示した。

「ただし、いくつかは大切な用も言いつかっていた。そのひとつが、我々の市で不正に流用した金の一部を、誰にも知られずに運ぶことでした。渡す相手の中には、何人かのいわゆるフィクサーと呼ばれる人間もいた。それは確かです。そういった金が、その先どういった筋に流れているのかについては、まだ推測の域を出ませんが、中島は、将来、国政に打って出ることを狙っているとの噂もあるので、その根回しに使われているのかもしれません」

「ここに潜伏していた須賀慈郎は、そういった金の一部を持っていたと？」

「ええ、おそらく」

「フィクサーと仰《おっしゃ》ったが、具体的にはわかっているのですか？」

「いやあ、それはまだ」

藤代は首を振ったが、ほんとかどうかはわからなかった。何か摑んでいるとしても、よその署の人間にたやすく言うわけがない。

目つきは鋭いものの、人と話す時には笑みをたたえていることがほとんどで、柔和《にゅうわ》な印象が強い男だった。目尻に深く刻まれた笑いじわが、この男の人柄を物語っていた。

だが、刑事としての嗅覚《きゆうかく》が抜群であり、頭も切れることは、同業者として肌で感じられた。

天明谷は、一旦は違う方向に質問を振ってみることにした。

「それで、この部屋は何なんです？　須賀は、ここを秘密で借りていたわけですか？　だとしたら、何のために？」

「最初の目的は、女ですよ。須賀は、地元で知り合ったホステスを東京に連れてきて、働き先として新宿の店を紹介し、ここに住まわせてたそうです。部屋の名義も、女のものでした」

「だが、ここには女の匂いはありませんな」

天明谷は部屋を見渡し、手袋をはめた手でクローゼットを開けた。中には、男物の衣類が数着、掛かっているだけだった。

「女はひと月ちょっと前にここでの暮らしに飽《あ》きて、須賀と別れ、友人がいる県内の別の市に戻って暮らしてましたよ。実は、ここがわかったのは、その女を見つけ出し、話が聞けたからでしてね。しかも、女はもうひとつ、非常に興味深い話をしてくれたんです」

「というと？」

藤代は、真剣な顔で真正面から天明谷を見つめ返した。いささかきまり悪くなるぐらいにそうしていてから、目尻に何本かの笑いじわを立てて目を細めた。

「私は、この東京にはほとんど土地鑑《かん》がないので、ぜひとも捜査協力をお願いしたいんです。だから、わかってることは包み隠さずに申しますが、その前に、ひとつ教えていただけますか？　裏の墓地で見つかったホトケさんは、須賀慈郎だと、もう断定されたんでしょうか？　真っ先にこの部屋に来ちまったもんですからね。確認が、まだなんですよ」

天明谷は一瞬、答え方を考えた。自分は、ホトケが須賀慈郎だと知っている。だが、裏の墓地のホトケを調べる捜査員たちが、それを既に確認しているのかどうかわからなかった。

それに、目の前にいるのが、タフで自分の流儀を押し通す刑事だと気づき始めていた。先にこの部屋に来たのは、裏手のホトケを調べている地元の捜査員たちが、この部屋を見つけてやって来る前に、自分だけで中を調べておくためだったにちがいない。ＮＰＯ法人の代表に対して、県も市もまだ手をこまねいているという。つまり、この男こそが、その容疑を固めるために奔走《ほんそう》しているのだ。

「一緒に現場に足を運んで、確かめましょう。実をいうと、私も現場に向かう途中だったんです。だが、このマンションの前を通りかかったら、警官が住人らしき人に何か話を聞いているのが見えたものですから、立ち寄ったんですよ。藤代さんは、須賀の顔は？」

「はい、写真でメンは押さえてます」

「それじゃ、藤代さんに確認してもらうのが、一番早い。よろしくお願いします」

「こちらこそ、お願いします。上司の方にも御挨拶したいですし。ところで、天明谷さん。これはどう思います？」

藤代は、背の低いテーブルを指差した。グラスがふたつ。それに、そのすぐ脇の床の上には空き缶が転がっていた。

「――――」

「それに、下も見てください」

膝を折った藤代にならい、天明谷も腰を屈めた。すると、テーブルの下には、さらに別の缶ビールがもう一本立っていた。

「下の住人が見かけたという男たちと同じ人物なのか、違うのかはわかりませんが、この部屋には、来客があったんじゃないでしょうかね」

「全部、自分で飲んだものかもしれない」

「それはちょっと。缶ビールは二本とも、空《から》でした。空き缶とグラスが、テーブルの両側に置いてあるのは、向かい合って誰かと飲んでたからだと思うんです。それに、やって来たのは、そんなに前のことではないでしょう。須賀が逃げる直前だったかもしれない」

「そんなに前ではないとする根拠は？」

「缶やグラスの表面が濡れています」

藤代の笑みに応じて、天明谷も薄く笑い返した。

「それと、もうひとつ見て欲しいものがあるんですよ」

藤代は今度は、天明谷をベランダへと誘った。

靴下を脱いで裸足《はだし》になると、雨が吹き込んで濡れたベランダに下り、天井のコンクリートに固定された物干し竿《ざお》用のフックへと伸び上がった。ベランダの外《はず》れに近い位置に取りつけられたそのフックから、四、五十センチはありそうな紐《ひも》がだらりとたれていた。

「これです。何のためにあると思いますか？」

天明谷が黙って見ていると、藤代はベランダの側面の柵へと歩いた。身軽にまたがり、天井からたれた紐を右手で摑んだ。

「こうして、向こう側に下りたんでしょう。そして、紐で体をささえて、外壁のあの出っ張りに足をかけた」

ベランダの柵はコンクリートで、その向こうの様子は、部屋の中からでは見えなかった。天明谷は仕方なく自分も靴下を脱ぎ、裸足になってベランダに下りた。藤代のすぐ隣に立って覗くと、外壁にはわずかな出っ張りがあった。そこに足をかければ、非常階段の柵に手が届く。

天明谷は、感心したふうにうなずいた。

「咄嗟《とっさ》にベランダから非常階段へと伝《つた》って逃げたわけじゃなく、何かの際にはそうできるよう、予《あらかじ》め考えてたんですね」

「ええ、そう思います。誰かが襲って来る可能性を、警戒してたんでしょう」

藤代は、ハンカチを出して足を拭いた。

「それで、須賀の女から聞いた興味深い話というのは？」

天明谷も拭いて上がりつつ、気になっていることを訊いた。

「それなんですよ。須賀というのは結構抜け目のない男で、女が言うには、金を運んで渡した相手のリストを、しっかりとノートに書いて隠し持っていたらしいんです。何かがあった時には、それが自分を守ってくれる。一度、酔っ払って、そう話したことがあるそうです。それに、適当に金を抜いて、懐《ふところ》に入れていた節《ふし》もある。女にだいぶ高価なものを買ってては、気軽にくれてやってたそうですし、始終、剝き出しの札束を、無造作に持ち歩いていたらしい」

「なるほど、女の話が本当だとすれば、そのノートを発見して手に入れれば、ＮＰＯの裏側で甘い汁を啜《すす》っている連中を、根こそぎにできる可能性があるわけですね」

「はい、そう思いましてね。渋る上司を説《と》き伏せて、こうして出張して来たわけです」

菅原準一《すがわらじゅんいち》は、いつでも不機嫌そうな顔をしている男だった。ただし、それはＫＳＰの捜査一課長になってから生じた特徴かもしれない。ＫＳＰは、多発する新宿の犯罪に対処するため、都知事の積極的な働きかけもあって誕生した日本で唯一《ゆいいつ》の分署だが、実質的に配属される刑事は、他署から弾き出された嫌われ者が、かなりの割で混じっていた。

凶悪な犯罪者に対抗するために、そうしたはみ出しものの捜査員が駆り出されたと見る向きと、海のものとも山のものともわからない分署に厄介者《やっかい》を押しつけたと見る向きがあるが、天明谷は、自身が配属された理由もふくめて、どんな判断もするつもりはなかった。

今夜の菅原の小言《こごと》は、短くて済んだ。普段ならば、連絡の取れないことが多い点や、現場到着の遅れなどをくどくどと言われるのだが、今夜は、被害者のものと思われる部屋を特定し、さらにはホシと思われる男たちに関する有力な目撃情報を報告したためだった。

天明谷は、菅原に藤代を引き合わせた上で、三人してホトケに近づいた。

「ああ、間違いない。この男は、須賀慈郎ですよ」

藤代が断言し、手を合わせた。

その後、菅原の求めに応じて、みずからが須賀を捕まえるためにこの街にやって来た経緯《いき》《さつ》を説明した。

菅原は捜査協力を請《う》け合い、須賀慈郎の部屋へと鑑識を走らせた。

「ここからは、何か出ましたか？」

小雨が降り続く墓地を見渡し、藤代が訊く。

「いやあ、だめですね。雨が響いて、今んところはまだ、何も。靴痕《ゲソこん》も取れてない状況です。ああ、そうだ。おい、誰か、駄目かもしれんが、あそこのブロック塀のアルミ壁部分の指紋も、念のために取ってみてくれ―

話す途中で思いつき、菅原は鑑識課の職員にそう声をかけた。

「それで、今夜の泊まりは、どちらです？」

顔を戻した菅原が藤代に訊いたのは、言外《げんがい》に、今夜はもう引き上げろと言っているのだった。

生真面目な警官ほど、縄張り意識が強い。それは警察の特色というべきもので、生真面目にホシを追うタイプの刑事であればあるほど、手柄は決してよそに渡してはならないという考えが、骨の髄《ずい》まで染みついている。菅原は、藤代に捜査協力はするが、かといって須賀慈郎殺しの捜査に関与させるつもりはないのだ。

「泊まりは、まだこれからです。お宅の署の傍のビジネスホテルを見つけますよ」

「じゃ、署員の誰かに案内させましょう」

菅原は穏やかな笑顔を絶やさずに言うと、制服警官を呼び寄せて藤代に紹介した。

その後、天明谷をうながし、ふたりして藤代から遠ざかり、「事件にどう関係してるかわからんがな」と、前置きして話し始めた。

「ホトケを発見したのは、近所に住む女性たちなんだが、彼女たちは、ここの本堂で、住職と一緒にカラオケをしてたらしいんだ。で、その住職のほうが、少し気になることを言ってた。本堂の脇に力なくしゃがみ込んでいた、ホームレスかネットカフェ難民ふうの、大きなリュックを持った男がいたそうなんだ。何か事件と関係してる可能性がある。今、手分けしてそれらしい男を捜してるところだ」

「男の特徴は？」

「緑色のモッズコートに、ジーンズ。かなりの長身で、痩せ型。年齢は、三十代の半ばらしい」

やつだ。――天明谷は、胸の中で舌打ちした。他の連中よりも先に、この男を捜し出さなければならない。こいつは、金とノートの入った鞄を持っている可能性が高い。

「この男が住職に、よくこの辺りで遊んでる在日コリアンの少年のことを訊いてたそうなんだ。おまえは、この少年に会って話を聞いてくれ」

「ガキ、ですか――。ヤサは、わかってるんですか？」

「ああ、住職の話を基《もと》に、確かめた」

菅原は、メモを天明谷に差し出した。

6

母は、鼻孔を二、三度ヒクつかせた。隣に立つ康昊《ガンホ》の顔をちらっと見下ろすと、改めて視線を上げ、挑《いど》むようにドアを睨みつけた。ひとつ息を吐き、握って折り曲げた中指の第二関節でコツコツとノックし、開けた。

コリア・タウンの裏道に建つ、雑居ビルの一室だった。入ってすぐのところに応接用のソファがあり、そのソファの向こうには衝立《ついたて》が立っていたが、それはほとんど目隠しの役割を果たしてはおらず、部屋の半分以上が入口から見えた。康昊が母に連れられ、ここを訪ねるのは二度めだった。前の時も、衝立は同じ位置にあったので、たまたまではなく意図的にそこに置かれているのだと、康昊は思った。入口から見える位置のデスクから、人相の悪い男がこっちを睨んでいた。

母はその男に一瞥をくれただけでぷいとそっぽを向き、康昊の手を引いて部屋の中へと進んだ。衝立の向こうには、スチール製の机が四つ、田の字型に置かれていた。人相の悪い男が坐るのは、その席のひとつで、あとの三つはあいていた。窓辺に、同じタイプのスチールデスクがひとつ。そこには、痩身で顔立ちの整った男がいた。これが、金貸しの智勲《ジフン》だった。

智勲は黒っぽいスーツに、いつものように薄いストライプの入ったボタンダウンのシャツを、ノーネクタイで着ていた。今夜のストライプの色は、薄いブルー。自分を李炳憲《イビョンホン》に似ていると、母とふたりきりの時に話したことがあるそうだ。ファッションの好みも、あの有名俳優を真似しているのかもしれない。李炳憲をもっとずっと意地悪い感じにしたら、似ていなくもないと康昊は思う。

「電話をありがとうよ。待ってたぜ。で、どうしたんだい、今夜は？　まだ、今週の返済日にゃ、間があるがな」

智勲は誰かと話す時、いつでも相手を小馬鹿にしたような薄笑いを浮かべる。きっと、自分が誰よりも頭がいいと思っているのだ。

この男から借金を重ねていた頃、母が智勲を悪く言うことはなかった。智勲から誘いの電話があると、康昊を自宅に残していそいそと出かけ、夜遅くまで戻らなかった。そうする時の母は、どこか夢見る女の子のような顔をしていた。母は誰か新しい男を好きになるとすぐにそんな顔になり、それは三十半ばになった今でも変わらなかった。同じ相手に対して、そんな顔をしている期間が、決して長くは続かないこともだ。

金貸しの智勲は、母をあちこち連れ歩きながら、気前よく母にお金を貸しつけた。返済はいつでも構わないし、利子を払う必要なんかないといった約束が守られたのはわずかな間だけで、智勲が母に飽きるとともに、借金だけが残ることになった。

だが、母が金を稼ぐのは知り合いの店でホステスをするぐらいで、それも今つきあってる男におかしな薬をもらうようになってからは休みがちになり、利子を返済するのがやっとだった。

それで智勲がうるさいことを言わなかったのは、今でも時折気が向いた時に、母を呼び出すことにしていたからだ。利子さえ払えなくなったり、あるいは智勲がもう母に完全に興味を覚えなくなった時にはどうなるのか、康昊は想像しないようにして暮らしていた。自分と母のふたりの暮らしが、あまりにもろいものに思えてならないからだ。目をそむけなければならないことが、日に日に増えていく気がした。

だが、そんな不安な暮らしももう終わりだ。

「お金を返しに来たわ」

母は智勲を睨み返して、冷ややかに言った。

「素晴らしい。何かいいことがあったようだな。それとも、早めに俺に会いたくなったのかい。おい、利子分の領収書を用意してやれ」

智勲が人相の悪い手下に向かって指示を出すのを、母はさえぎった。

「利子分じゃないわ。全額、耳をそろえて返すと言ってるのよ」

勘違《かん》いされたことが、腹立たしくてならない様子だった。わざとそうした態度を際立てているようにも見えた。

「全額、耳をそろえて、だと――」

智勲は、ゆっくりと母の言葉を反復した。それから母の全身を、舐《な》めるように眺め回した。

「誰か、いい男を見つけたかい？」

冗談めかして笑ったが、目は細められているだけで少しも笑ってはおらず、相変わらず用心深く母の様子を窺っていた。

「そんなこと、どうでもいいでしょ。あんたには関係ないことよ」

母は、声を高めて言い放った。康昊の手を握る手に力を込めていた。

「さ、早く、いくら払えばいいのか教えてよ」

智勲は口を引き結び、ある種類の大人たちが見せる嫌な顔つきになった。相手の隙を見逃さずにつけ込もうと狙う大人たち、自分だけは決して損をしまいとする大人たち、手柄は全部自分のものにして、失敗の責任はすべて他人に押しつけようとするような大人たちが、誰も彼も共通して見せる表情だった。

母はそんな顔をしたことがない。康昊には、それが愛《いと》おしかった。しかし、たぶんそのせいで、母はたくさんの不幸を抱え込んできたような気もした。

母は康昊の手を放してバッグを開けると、中から一万円札の束を摑《つか》み出した。鞄に詰め込まれていた札束のひとつを、バッグに入れて持ってきたのだ。

紙袋に収められたわけでもなく、ただ無造作に重ねられ、輪ゴムで止められただけの札束を目にして、智勲の目が鋭くなった。

「おまえ、その金をどうしたんだ?」

声が別人のように冷たくなった。だが、そんな声のほうが、この男にはしっくり合っていた。

母が答え方を考える間に、さらに詰め寄ってきた。

「いったい、何をやらかしたんだ?」

「何もしてないわよ」

「冗談言うな。何もしないで、どうしてこんな大金が入るんだよ?」

「いい男がついたのよ。気前も、男っぷりもいい男がね」

「ついでに、あっちのほうもか?」

「そう、あんたなんかよりもずっとね」

母は吐き捨ててから、あわてて康昊の様子を窺った。裸で男といるところを子供に見せても全然気にしない時もあれば、急に康昊の耳を気にすることもある人だった。

「どんな男なんだい?」

なぶるような、どこか馬鹿にしたような口調だった。康昊の耳には、智勲はこう言っているように聞こえた。――そんな男、ほんとはいないんだろ。ほうら、ほんとのことを言っちまえよ。

「あんたに説明する必要なんかないわ。さあ、早く計算してったら！」

智勲は、低く舌打ちした。

「おい、慶南《キョンナム》。計算してやれ」

ぷいと顔をそむけ、人相の悪い男に命じた。

母はまだしばらくその場に立ち、慶南と呼ばれた人相の悪い男が借入書類をそろえ、端末を扱うのを見ていたが、やがて康昊をうながして応接ソファへと戻って坐った。

じきに運ばれて来た書類の金額を、少しもったいぶった様子で確かめると、指につばをつけて一万円札を数え始めた。康昊はその指先の動きがぎごちなく、その上いくらか震えていることにも気づき、母の緊張を知った。

「慣れねえ手つきだな。俺が数えてやろうか」

智勲の声には、どこか子供をあやすような感じがあった。何かよからぬことを考えているらしかった。

「いいわよ。自分でやるから」

母はお金を数える手元を見つめたまま、顔を上げようとはしなかった。

その時だ。――突然、ノックもなくドアが開いた。

康昊にも母の緊張が伝染していたために、ドアの開く音をいきなり背中に聞き、心臓がドキンと大きく打った。

振り返り、衝立の陰から現れた男を目にするとともに、今度は心臓がピンポン玉ほどの大きさに縮み上がってしまった。

あのマンションにいた二人組のうちの、背の高いほうの男が戸口に立っていた。真っ黒のコートを着た、すさまじく背の高い男だった。頬がそげ、わずかに隙間を開けた薄い唇が、神経質そうだった。それより何より、よどんだ両目が、錆《さ》びたナイフみたいに陰気で危険な光を放《はな》っていた。

康昊は必死で頭を働かせた。あのマンションでも、裏手の墓地でも、この男に姿を見られた記憶はなかった。いや、自分に対して、どんな注意も払ってはいなかったはずなのだ。それなのに、どうして追って来たのだろう。そうか、あの秀夫という日本人が捕まり、何もかも喋ってしまったにちがいない。だが、それにしても、自分たち親子がここにいることを、いったいどうやって突き止めたんだろう。

「何だ、おめえは――？」

智勲が、ぽんと言葉を投げかけるようにして訊いた。唇はまだにやけていたが、目は油断のないものに変わっていた。

背の高い男は、無言で部屋全体を見渡すと、最後に康昊に一瞥をくれた。男と目が合った瞬間、康昊は腹の底が冷えるような悪寒《おかん》を覚えた。

「ＫＳＰの天明谷だ。この女にちょいと訊きたいことがあってな。連れて行くぜ」

男は、慣れた手つきで警察手帳を抜き出し、提示した。

嘘だ。康昊は、胸の中で思わず叫んでいた。こんな男が、刑事であるわけがない。あのマンションでの出来事を思い返しての判断ではなかった。直感でわかる。こんな目をした男が、いい人間であるわけがないのだ。

智勲と手下が、顔を見合わせる。

「待ってくれって、刑事さん。この女は、金を返しに来たところなんだぜ」

「もう受け取ったのか？」

「見りゃわかるだろ。今、手続きをしてるとこだ」

智勲が母に顎をしゃくった。母がはっとし、あわててお金をバッグに戻す。天明谷なんていう変な名前の男は、そうする母を冷ややかに見下ろしたのち、智勲へとゆっくり顔を戻した。

「そりゃあ、幸いだったな。受け取ってたら、おまえも同罪だ」

「――――」

智勲は気圧された様子で黙り込み、目を何度かしばたたいた。

「立て。話は署でゆっくり訊く」

天明谷が母を引きずり上げる。

母は、いやいやをした。「待ってよ、刑事さん。私は何にもしてないよ。このお金は、もらったんだ」

「話は署でゆっくり聞いてやると言ってるだろ。さあ、立て」

まだ激しく首を振り続け、腰に力を入れて立つまいとしている母に舌打ちし、強引に体を引きずり上げる。

「手錠を掛けられたいのか。俺は、容赦《ようしゃ》はせんぞ」

中腰になった智勲が、あわてて手を伸ばした。

「待ってくれよ。いったい、その女が何をしたんだ？」

「それは、訊かないほうがいいぜ。俺も、おまえがここでどんな金貸しをしてるのかは、今夜は訊かないことにしてやる。さあ、歩け。行くんだ。ガキも一緒に来い」

うつむき、力なく歩き出す母を目の当《ま》たりにして、康昊の胸がざわついた。ただすうすうと息をするだけで、すっかり頼りないものになってしまった自分の喉をどやしつけ、やっとのことで声をしぼり出した。

「待って。こいつは偽《にせ》刑事だよ。悪いやつなんだ！」

智勲の目が鋭くなり、慶南という男が椅子《いす》から立った。天明谷の行く手をさえぎるように、事務所の出入口へと回り込む。

天明谷は、あわてなかった。にやにやし、母の二の腕を摑んだまま、完全に康昊のほうへと向き直った。

「おまえ、面白いことを言うガキだな」

「嘘じゃない。こいつは偽者だ。だってだって……」

説明しようとするが、どこからどう話せばいいのかわからない。

身悶《みもだ》えするような気分で言葉を探す康昊は、「あ」と声の塊を漏らして息を呑んだ。

母の手首に、手錠が食い込んでいた。天明谷が、慣れた手つきではめたのだ。

「これでも偽刑事かね。さ、一緒に来い。おまえもだ」

天明谷は康昊に顎をしゃくって、うながした。

事務所の出入口に立つ慶南の前へと歩き、相手を見据《みす》えた。

「そこをどけ」

慶南の目が泳ぐ。智勲が、ほんのわずかにうなずいた。屈せざるをえない悔しさを、表情を押し殺して何事もないように装うことで、やりすごそうとしている。

康昊は、操られるように天明谷に従った。


階段を下り、表の路地へ出てもなお、康昊の混乱は収まらなかった。この男は、偽刑事に決まっている。あのマンションで慈郎オジという男を襲い、その裏の寺で殺した男の仲間なのだ。だが、警察手帳も手錠も本物に見えた。ということは、本物の刑事が、悪い連中の仲間になっているのか。そうだとしたら、そうだとしたら……。そんなひどいことをどう理解すればいいのかわからず、康昊の頭は混乱した。

道の暗がりに停まった車の後部シートに、母と並んで押し込まれ、天明谷という男が最後に乗った。運転席にいた男が、顔をこちらに向けた瞬間、康昊はショックで呼吸を忘れた。正に墓地で慈郎オジを刺し殺した男に他ならなかった。

頭が混乱し、ちりぢりに乱れた思考が、糸が切れたビーズ玉みたいに飛び散った。そんな中で、たったひとつのことだけがわかった。——世の中というのは、こういうものらしい。

「オモニ、こいつらだよ。こいつらは、金を狙ってる悪者だ。こいつら、お墓で人を殺したんだ！」

康昊が思わず口走ると、運転席の男が大きく上半身をひねって振り返った。康昊を睨みつけてから、困惑ぎみの顔を天明谷に向けた。

「参ったな。ガキが絡んでくるとは……。天明谷さん、女だけ連れてくるわけにはいかなかったんですか？」

「一緒にいたんだ。仕方あるまい。それに、今こいつが言ったろ。おまえが人殺しなのを、しっかり見られてる。口を塞がないと、終わりだぜ」

天明谷は、どうでもよさげに吐き捨てた。この状況を、どこか楽しんでいるようでもあった。

「ガキを、ですか……。馬鹿言わないでくれ。相手はガキですぜ……。なんで連れてきたんだ。責任を取ってくれ」

「俺の知ったことか。俺が任されたのは、鞄を手に入れるところまでだ。ガキと女をどうするかは、おまえらで相談して決めるんだな」

「冗談を。親爺が、それで納得すると思いますか――」

天明谷が黙って睨みつけると、運転席の男は黙り込んだ。前方へ向き直るような直らないような、中途半端な角度まで体を戻す。

「鞄はどこだ？」

天明谷の問いかけに母がそっぽを向くと、右手が素早く伸び、母の手からバッグを奪い取った。中を開けて、あさる。キーホルダーをつまみ出したが、家の鍵だけしかついていないのを確かめ、バッグに投げ込んだ。次に、財布《さいふ》を取り出した。中を調べ、札束を抜き出し、無造作に自分のポケットに収めると、何か言いたげにそれを見ていた運転席の男に首を振った。

「だめだな。バッグにゃ、それらしい鍵の類は入ってない。事務所に連れて行くか？」

「やめてくださいよ。外で片をつけないと、親爺にどやされちまいます」

「じゃ、ここでやろう。おい、残りの金はどこだ？」

「知らないわよ。何の話？」

「おまえらの家にゃ、金はなかった。そして、おまえは札束ひとつしか持ってなかった。つまり、残りはどこかに隠したってことだ。そうだろ」

天明谷は億劫そうに手を動かし、たばこを抜き出して火をつけた。

「だから、何の話なのよ。私は知らないわよ。今時、たばこを喫《す》う男なんて、格好悪いわね」

母はそっぽを向いて吐き捨てた。だが、内心ではびくびくと怯えていることが、康昊にはすぐにわかった。

母が絶叫した。天明谷が、手の甲にたばこの先端を押しつけたのだ。母は身をよじって逃げようとするが、手錠をした手首を摑まれてしまっていた。

「やめろ、この野郎！」

摑みかかろうとした康昊は、いきなり顔面に衝撃を受けて、くらっとした。大量の水を鼻から流し込まれたみたいな痛みが生じ、どろりと生温かい液体が鼻孔から垂れてきた。

康昊は顔を押さえて上半身を折った。口の中に錆臭《さびくさ》い味が広がり、喉を下っていく。痛みと悔しさで涙がにじんだ。天明谷の肘鉄が、もろに鼻骨を直撃していた。

天明谷がまたたばこを押しつけ、母が悲鳴を上げた。

「知らない……。知らないのよ、ほんとよ……。お願い、ひどいことはやめて——」

母が涙声で懇願すると、天明谷の顔が、徐々に輝きを帯び始めた。この男は、こうして相手をいたぶることを楽しんでいるのか。康昊は思った。そうだとしたら、母は今にもっとひどい目に遭《あ》わされる。

「あの男だよ。ネットカフェ難民の男が、あんたたちが探してる鞄を持って行っちまったんだ。俺がもらえたのは、オモニが持ってる札束ひとつだけだよ。ほんとだ。信じてくれ。あの男を探せばいいだろ！」

天明谷は、そうまくし立てる康昊を見つめ返した。腹の底を見透《みす》かされそうな視線に、康昊は必死で耐え続けた。

「その男の名は？」

「秀夫。ええと、そう言ってた。苗字《みょうじ》はわからねえよ」

「秀夫か。そうか――」天明谷は、口の中で言葉を転がした。改めて康昊を見つめ、にやっとした。

「だが、その男が金を持ち逃げし、おまえがもらったのは札束ひとつだけって話は、でたらめだな」

「――」

康昊は、必死になって顔色を変えまいとした。

「もらったのが札束ひとつなら、こんなふうにしてその夜のうちに、金貸しのところに借金を返しに来るわけがないだろ。金が入ったことを、金貸しから隠しているもんさ。偉《えら》そうに金を払いに来たのは、おまえらが手に入れたのが、今、おまえらが持ってる札束ひとつだけじゃないからだ。どうだ、御明察だろ」

くそ、この男の言う通りだ。

「――どうして僕らが、金貸しの智勲のところにいるとわかったんだ？」

康昊の問いかけに、天明谷は愉快そうに唇を歪めた。

「どうしてだと思う？　例《たと》えば、おまえのあほうな母親が、喜び勇んで部屋を出て、たまたま出くわした隣の嫌味な婆《ばば》あに胸を張り、もう借金はキレイさっぱりなくなると威張《いば》ったとしたらどうだ？　そして、おまえの家を見つけて訪ねた俺は、運よくその婆さんから話を聞けた。婆さんは、おまえのお袋《ふくろ》が部屋に連れ込んでる男たちのことをよく知ってて、その中のひとりが、タチの悪い金貸しだってこともわかってたぜ」

康昊は、唖然《あぜん》として母を見つめた。

母は息子の視線を受けると、しきりと両目をまたたかせながら首をすくめた。

「だって、あのババアはいつもうるさかったんだもの……。それに、顔を合わせりゃ、何かにつけて人を蔑《さげす》むようなことを言うから……」

子供みたいな言い訳をする母を目の当たりにすると、今までも似たようなことが何度もあったと思わずにはいられなかった。

天明谷が、運転席の男に向けて顎をしゃくった。

「事務所が嫌なら、どこか人目につかないところに連れて行け」

取り壊し間近のビルは静まり返り、色濃い闇がたまっていた。降り続く小雨の湿気が陰気な臭《にお》いを立て、足元を冷気がはっていた。部屋は住居用ではなく、事務所として使われていたらしく、三十畳ぐらいの広さがあり、ほぼ正方形をしていた。奥の壁には磨《す》りガラスの窓が、部屋の横幅一杯に並んでいたが、それは今、中から板で塞がれ、開かないようになっていた。入口に立って中を見渡していた天明谷が、康昊の腕を握る手に力を込めて、振り回した。康昊がバランスをくずして、前のめりになったところを、その腰を狙って蹴りつけた。

康昊は冷たい床に転がった。肘を左右とも強く打ちつけ、痛みで声が出なかった。頭の芯が、怒りと憎悪でしびれてくる。

「歩け」

小柄な男のほうが、母を引きずって奥へ進んだ。車で走ったのは大した時間じゃなかったが、それでも走る間中、天明谷から何度もたばこを押しつけられていた母は、すっかり悲鳴を上げることに疲れ、ちょっと前からはずっとすすり泣いていた。肩を落とし、ぐったりとなって、男の意のままに引きずられるしかなかった。

「こっちを向かせろ」

天明谷が、母を引きずる男に命じた。男は母の背後に回って両肩を押さえ、天明谷に正対させた。

天明谷が微笑んだ。

「これ以上、痛い目を見てもしょうがないだろ。鞄のありかを言えよ。どこにあるんだ?」

口調は、すっかり優しくなっていた。母が、すがるような目を天明谷に向ける。

鞄のありかを話してはならないことを、康昊は本能的に知っていた。話せば、終わりだ。「終わり」とはどういうことかを具体的に理解するには、康昊の人生はまだ充分な長さがなかったが、終わりであることはわかった。だが、きっと母が話してしまうこともまた、わかっていた。母は、痛みや恐怖に耐え切れない。そして、いつでもすがってはならない相手にすがってしまう。

康昊は、肘や膝などの痛みをこらえて体を起こした。四つん這いの低い姿勢からそのまま体を前に押し出し、頭から天明谷にぶつかって行った。

まさか、子供がそんなふうにするとは思っていなかったのだろう、天明谷ももうひとりの男も母にだけ注意を払い、康昊を見てはいなかった。

頭蓋骨《ずがいこつ》と腰骨がぶつかり合い、天明谷が苦しげに息を吐いた。憎悪に満ちた目で康昊を睨みつけると、胸ぐらを掴み、ビンタを見舞い始めた。

康昊の目の奥に青白い火花が散った。首の骨がきしみ、すっと意識が遠のきかけた瞬間、体を床に投げ出された。右半身から落ち、肩と腰の骨を、硬い床にしたたかに打ちつけて息がとまる。背中に靴先が刺さり、激痛が走った。いろいろな場所を狙って、続けざまに蹴ってくる。

「ねえ、やめてよ。やめてったら！　まだ子供なのよ！」

母の声が、えらく遠くから聞こえた。

「天明谷さん、ちょっと。——相手はガキですぜ」

もうひとりの男の声がした。

すとんと自分が暗い闇の中へと落ち込む感覚に襲われ、気がつくと頬が冷たい床に張りついていた。いつ倒れたのか、わからなかった。胸の中に熱い塊があり、それが体を焦《こ》がしていた。それは生まれてから十年の間で、一度も経験したことのない感覚だった。様々な感情を押しのけ、体の痛みすら押しやって、たったひとつの意志だけが燃えたぎる感覚。

負けるものか。

立ち向かってやる。

康昊は、目を開けた。左のまぶたが重たかった。殴られた頬の肉が熱を持って盛り上がり、左目の視界を圧迫していた。四肢《しし》に必死で力を込め、泥のように重たい体を持ち上げた。

頭がくらくらし、康昊は自分が船に乗っているような気がした。映画のスクリーンが風で揺れるみたいに、目の前の景色がぐにゃぐにゃと躍《おど》っていた。天明谷がこっちを見下し、歪んだ醜《みにく》い笑みを浮かべた。

「大したガキだぜ」

面白そうに言った。

再び靴の先が飛んでくるのがわかり、康昊は両手で防ぎながら体を靴先の軌道からそらした。だが、逃げきれず、肩をしたたかに蹴られてしまった。

「――――」

床に転がった康昊は、信じられないものを目にして息を呑んだ。母が、体をひるがえしていた。天明谷ともうひとりとが康昊に注意を引かれている隙をついて動き、ひとりで、一目散《いちもくさん》に出口を目指していたのだ。

見えない大きな手に胴体を摑まれ、力任せにしぼられたみたいで、息をすることができなくなった。胸の奥底に落ちた小さな水滴が、同心円の波紋《はもん》を広げ、胸全体がじんじんする。

ふたりが気づいて、天明谷ではないもうひとりのほうがすぐに母のあとを追った。母は、廊下に出るドアのすぐ手前で捕まってしまい、引きずられて戻ってきた。

「お願い、助けて。鞄なんか知らない。お金は、さっき持ってたので全部よ。あなたち、何か勘違いをしてるのよ！」

必死で訴えかける母の声はすっかり嗄《か》れ、恐怖に震えて聞き取りにくいものだった。化粧が剝げた顔が、どこか初めて見る他人みたいに見えた。

「おまえ、子供を見捨てたのか？」

天明谷が訊いた。

「え？　何よ……。なんなのよ……」

戸惑う母へと、天明谷が無言で近づいた。ゆっくりとした静かな足取りだった。やけに無表情な顔になって母の前に立つと、ひょいと両手を動かした。何か身の回りの品を棚に置くかのような気楽な動きだったが、合計十本の指が母の首にからみついた。

母は呆然と両目を見開き、天明谷を見つめ返した。驚き、怯え、首にかかった手を必死に外そうともがき、背中を弓のようにのけぞらせた。

「天明谷さん、天明谷さん。待ってくれ。あんた、何のつもりだ⁉」

もうひとりの男が天明谷に呼びかけ、途中からはあわててその腕に取りついた。

「おい、あんた。ちょっと、あんた。——死んじまうぞ」

男は天明谷のただならぬ力に振り回され、両脚を踏ん張って飛ばされないようにするのに精一杯で、首から手を引き離すことができなかった。

母がぱくぱくと口を動かす。みずからの首に巻きついた天明谷の両手を引き剝がそうとするがびくともせず、顔がふくれて青ざめてくる。右手で相手の手を何度か叩き、さらには爪を立てたのち、みずからの胸元をまさぐり始めた。

康昊は母が何をしようとしているのか察し、必死で声を張り上げた。

「ブラジャーの中だよ。そこに、コインロッカーの鍵が入ってる！」

天明谷が、康昊を振り返った。その顔に満ちた狂気が迫り、康昊はたじろいだ。不思議《ふしぎ》な一瞬の間隙《かんげき》が生じた。

天明谷自身も、みずからの狂気にたじろいだのかもしれない。だが、その後、すべてが予定の行動だったと言わんばかりににんまりすると、右手を母のドレスの胸元に伸ばした。

胸の割れ目に指を差し入れ、じきに何かを探《さぐ》り当て、唇の笑みを大きくした。

人差し指と親指で、コインロッカーのキーをつまみ出し、目の前に持って行く。

「どこのロッカーだ？」

母が青白い顔をさかんに振り、咎め立てする視線で康昊を刺した。だが、いったい他にどうすることができただろう。康昊がキーのありかを言っていなかったならば、母はきっと絞め殺されていたにちがいない。

「おい、聞こえないのか？　どこのキーかと訊いてるんだ？」

天明谷が、右手で母の下顎を掴んだ。自分のほうを向かせ、さらには上向かせる。

「もう一度、首を絞められたいか？　それとも、また熱い思いをしたいか？　どっちも嫌だろ。言っちまえよ。そしたら、帰してやる。ほんとだぜ。言っちまえば、それで楽になるんだ」

優しく、誘惑に満ちた声につられて、母の唇が少しずつ開いた。

「大久保……」

小さな声がこぼれた。

「大久保の、どこだ？　自宅の傍か？」

天明谷が訊き返し、母がまた口を開きかけた時だった。廊下に面した戸口から、ものすごい勢いで黒い影が飛び込んで来るのに、康昊が真っ先に気がついた。天明谷たちふたりは、戸口に背中を向けて立っていた。

部屋に飛び込んできた男は、天明谷を目指して真っ直《ます》ぐに突進した。右手に、バットぐらいの長さの角材を握っていて、それを振り上げ、天明谷を目がけて振り下ろした。

気配を察して振り返った天明谷は、あわてて体をずらしたが、逃げ切れずに肩を叩かれてうめき声を上げた。顔を歪め、片膝をついて腰を落とす。

「てめえ、あの時の――」

もうひとりの男が喚《わめ》き、襲ってきた男に対峙《たいじ》したが、気持ちが逃げているのがわかる動きだった。襲ってきたのは、あの寺の墓地でこの男をのした、ネットカフェ難民の秀夫だった。どうやってここがわかったんだろう。

秀夫は、角材を横なぎに振り回した。今度は最初よりも加減した動きだった。顔を狙っていたが、相手が一歩背後に引いた瞬間、角材を持ち直して胸の真ん中を突いた。顔を狙うように見せかけて、最初からそれを狙っていたらしい。

「ぐ……」

みぞおちを押さえてうずくまる男を押しのけ、秀夫は母の腕を摑んで引いた。

「来い。逃げるんだ！　小僧、おまえもだ！」

「くそ、逃がすな」

天明谷が、肩を押さえて立ち上がる。秀夫がその顔を狙い、バットを振るように角材を振った。天明谷は横面《よこつら》を殴られ、顔からもろに床に倒れた。

ロッカーキーが、手から跳《と》んで床を滑る。康昊は、そのキーへと走ろうとしたが、秀夫が先に拾ってしまった。

「行くぞ」と、再び康昊たちをうながした。

「待って。まだよ」

母が、天明谷のもとへと走り寄る。コートのポケットに手を突っ込むと、輪ゴムで止めた札束を抜き出した。

「これは、私のものなんだから」

声高《こわだか》に宣言し、自分のバッグに突っ込んだ。

「いいから、とにかく来い！」

秀夫にどやしつけられ、康昊と母のふたりは出口へと走った。まだめまいが収まってはおらず、康昊は走るとふらふらした。つんのめりそうになりながら廊下に出て、さっきは怯えて冷たくなった体を一段ずつ押し上げるようにして上った階段を、今度は手すりに摑まりながら、小走りぐらいのスピードで駆け下りる。足元がちょっと危《あや》ういけれど、大丈夫だ。気分は、百万倍もマシだった。

「てめえら、殺すぞ！　戻って来い。どこにも逃げられねえぞ」

天明谷と一緒にいた男の声が追ってきたが、足音はまだ遠い。一階の廊下を駆けて、ロビーを目指した。古い昭和の建築物は、エントランスが半円形をなして表に突き出していた。廊下からその玄関口に向かってひとつ段差があり、康昊はそこに足を取られ、前のめりに倒れてしまった。

「平気か？」

秀夫に助け起こされ、うなずいた。

「へっちゃらさ」と答えながら、胸の中でもう一度問いかけた。この男は、どうやってここがわかったんだろう。しかし、本当に訊きたいことは、もうひとつその向こうにあった。この男は、どうして助けてくれたんだ？

「先に行け」

秀夫は康昊の背中を押し、母とふたりで先に行かせ、自分が最後に表に出た。

振り返った康昊の目に、廊下の角を曲がってエントランスホールに現れた天明谷たちの姿が飛び込んできた。くそ、足音が遠かったのは、どこか別のところにもうひとつ階段があったからにちがいない。

玄関は、両開きのガラス戸だった。磨りガラスの真ん中で、ビル名がもう読めないほどにかすれていた。表に飛び出した秀夫は、そのガラス戸をあわてて閉めると、戸の合わせ目の左右にあるコの字型の取っ手部分に、まだ持ったままだった角材を突っ込んだ。

ほぼ同時に、向こう側からドアが激しく押され、けたたましい音を立てて揺れた。だが、角材が閂《かんぬき》がわりになって、すぐには開かない。

秀夫は何歩か後ろ向きに下がってから、くるりと体の向きを変えた。

「これでいい。逃げようぜ」

「ざまあみろ、あいつら！　ざまあみろ！」

母が両腕を折って持ち上げ、跳《は》ねんばかりに喜びを表した。

康昊は、背後でガラス戸ががたがた鳴るのを聞きながら、母の腕を摑んで走り出した。

夜が更《ふ》け、路地には人気《ひとけ》がなかった。康昊には見覚えのない場所だったが、広い通りに走り出ると、そこは靖国通りだった。

突如《とつじょ》、強いめまいに襲われ、康昊は力を込めて母の手を握った。くそ、どういうことだ……。

「オモニ」

声に出して呼んだ気がするが、わからない。くらっとして足の力が抜け、少年は暗い闇の中へと落ちていった。

7

歩いていた。農業用水に沿って伸びる舗《ほ》装《そう》道路の先に、大きな古い日本家屋《かおく》が見えた。入口まで回るのが億劫で、道路沿いの石垣を登る。そして、植え込みの隙間から、庭へと体を押し入れる。祖母《ガンホ》は入口以外の場所から出入りするのを嫌ったが、あの鬼婆《おにばば》が見ていないところでは、康昊は必ずそうした。今日は、一緒に石垣を登る人がいた。不器用によじ登ると、康昊を見て、いくらか照れ臭そうに微笑みかける。父だった。

康昊は父に笑い返し、それから屋敷の窓に立つ母に手を振った。石垣のこの場所を登って帰る理由のひとつは、こうして石垣の上に立つと、夕食の準備をする母の姿が台所の窓に見えるからだ。母が、康昊に手を振り返す。一緒にいる父にも手を振る。夕暮れの景色の中に、味噌汁《みそしる》の匂いが漂《ただよ》ってくる。

今日は仕事が休みだった父とふたり、康昊は山登りに行ってきたのだった。山登りとはいっても、なだらかなハイキングコースを行くだけだったが、それでも朝から半日以上はずっと歩き通しだった。

父は山歩きが趣味だと言っていたくせに、仕事が忙しいことを理由にして、康昊を山に連れて行ってくれたことなど滅多《めった》になかった。あの日は、貴重な一日だったのだ。そう思うと同時に、わかった。そうか、これは夢なのだ。

しかし、懐かしさを味わうより先に、嫌なことが起こった。農機具小屋として使う納屋《なや》の陰から祖母が出てきて、がみがみと康昊を叱り始めたのだった。父にかばって欲しいのに、気がつくと父の姿が見当たらない。父は、鬼婆が怒り出すと、どこかに消えてしまう人だった。たとえ消えてしまわなくても、話が何も聞こえない振りをして、あたかも自分がそこにはいないかのように振る舞う人だった。そして、母は少しずつ追い詰められていったのだ。

康昊にはわからなかった。いったいあの鬼婆は、どうして母や康昊のことを、あんなに目の敵《かたき》にしたのだろう。自分の息子の嫁と、その嫁が産んだ息子に対して、なぜ四六時中いらいらと腹を立てていたのだろう。康昊には、未だにわからない。

あの鬼婆の目を思い出すたび、今でも胸が締めつけられるような気分になった。深い水の底へと沈み込んでいくような息苦しさに襲われる。

不快な悲しさが、康昊の眠りを浅くした。同時に、体のあちこちから痛みの感覚が押し寄せ、やがて一斉に大声で存在を主張し始めた。

オモニ……。母を呼んだような気もするが、わからない。唇の隙間から、低いうめき声が漏れた。

目を開けると、男がすぐ間近に顔を寄せ、心配そうに康昊の顔を覗き込んでいた。目が合い、ほっとした様子で微笑みかけてきた。康昊には、その笑顔が、夢の中で見た父の顔にどこか似ているように感じられた。あの家での暮らしの中で、途中からはずっとつきまとうようになったきまり悪げな笑顔じゃない。ふたりで野山を歩いていた時の、朗《ほが》らかで優しげな笑顔だ。

母はどこだ——。

「オモニ」

つぶやき、体を起こそうとすると、いっそう激しい痛みに襲われた。男が、あわてて康昊の肩を押さえて止める。

「動くな。動かないほうがいい。大人《おとな》しく寝てるんだ。ひどい連中だぜ。体中、アザだらけじゃないか」

康昊は、男を見つめ返した。濃い霧がかかったみたいに、記憶の一部が欠落し、何も思い出せなかった。ここは、どこだ……？　周囲を見回す。ホテルの部屋らしいが、それ以上はわからない。どうしてここにいるんだろう？　自分に何が起こったのかわからず、不安でまどろっこしい気分に襲われた。母はどこだ――。

「心配するな。おまえの母さんなら、今、シャワーを浴びてるところだ。立派だったぞ。おまえが、母さんを守ったんだ」

「――」

「おまえ、思い出せないのか？」

男が、心配そうに訊いた。持ち前の負けん気が刺激された。

「そんなことねえや。石垣を登って……」

そんな言葉が口をついて出かかり、康昊はあわてて呑み込んだ。

男は何も言わず、しばらくじっと康昊を見ていた。

「大丈夫だ。心配することはない。体を痛めつけられた時に、きっと頭も打ったのさ。気を失った時ってのは、一時的に何も思い出せなくなることがあるんだ」

シャワーの音がとまり、じきに頭にバスタオルを巻いたバスローブ姿の母が浴室から出てきた。

「ああ、よかった。康昊、意識が戻ったんだね。体はどうだい？　どこか痛むかい？」

あちこち痛んだが、康昊はそれを母に告げるのはやめにした。告げても、心配させてしまうだけだ。

母はタオルで頭の毛を揉《も》むようにして拭きながら近づいてくると、康昊が横たわるベッドサイドの、男が坐るすぐ横に坐った。風呂上がりのいい匂いがした。

康昊は、改めて部屋を見渡した。ここがどこかのホテルの一室らしいことはもう確かだったが、母と一緒に泊まりたいと話していた高級ホテルとはほど遠かった。ベッドが大きな面積を取ってしまっていて、あとは安っぽいソファとテーブルが、残りの狭いスペースに無理やり押し込められていた。大型のテレビと小型冷蔵庫が、部屋の片側の壁に納まっている。他にも、カラオケセットらしきものまで並んでいたが、今夜はちょっと無理そうだ。

「ありがとう。この子の意識も戻ったんだし、あなたもシャワーを浴びてしまったら」

母が言い、男のほうに体を寄せた。その声には甘えかかる響きがあり、微笑みには媚《こび》がつきまとっていた。

「俺は別段、今じゃなくてもいいよ」

男は戸惑った様子で少し体を引くと、頭を強く打った時には、一時的に何も思い出せなくなるが、きっと少しすれば元に戻るといった話を、どこかやりにくそうな口調で繰り返した。

そうだ、この男は秀夫という名前だ。

深い井戸の底から、そんな名前がふっと浮かび上がると、あとは雪崩《なだれ》を打ったように様々な記憶が押し寄せた。

そして、すぐにひとつの疑問が浮かんだ。──金はどこだ？

「おまえ、康昊っていうんだな。喉は渇《かわ》いてないか？」

秀夫に訊かれ、康昊は戸惑った。なんでこいつ、こんなふうにいいやつぶってるんだ？

言葉が上手く出てこないのは、口の中がかさかさに乾《かわ》いているためだと気がついた。

「冷蔵庫に飲み物があるよ。何がいいね？」

母が言い、部屋の冷蔵庫へと歩いて開ける。

「ジュースかい？　コーラかい？　あんたも何か飲むだろ、ビールにする？」

母は、康昊が答えるのを待たずに秀夫の好みを訊いた。

今、母の目はしっとりと濡《ぬ》れ、顔全体の筋が緩んでしまったみたいになっていた。康昊はそんな顔つきをした時の母を好きにはなれなかったが、こういう様子の母に惹かれる男がいることもわかっていた。さらには、母のそんな様子から、もっと重要なことも察していた。主導権は、秀夫という男が握ってしまっている。鞄を入れたコインロッカーの鍵は、あの男が持っているのだ。強い立場を使って母を跪《ひざまず》かせるのが、あらゆる男たちのやり方だった。

「俺は、喉は渇いてないよ。おまえ、何を飲みたいんだ?」

秀夫は応え、康昊に訊いた。相変わらず、母と視線を合わせようとはしなかった。その態度は、母をなんとなく毛嫌いしているようにも、恐れているようにも見える。

「お茶でいい——」

康昊がかさかさの声で言うと、母がペットボトルの烏龍茶《ウーロン》を手渡してくれた。

「あんたは、ほんとにいいのかい?」

秀夫に確かめながら缶ビールを出し、「じゃ、私がもらうよ」とタブを開けた。ソファに歩きかけたみたいだったが、途中で思い直し、秀夫のすぐ横へと戻ってあぐらをかいた。バスローブから出た腿が、康昊の目にもまぶしかった。缶を大きく口にかたむけ、手の甲で唇を拭《ぬぐ》うと、体ごと秀夫に向き直った。何か、始めるつもりだ。

「ねえ、はっきりさせたいんだけれど、あなた、このままじゃ困ったことになるわよ。たとえお金が手に入ったって、どこにどうやって逃げればいいのかわからない。そうでしょ」

何もかもわかってる、という口調で、母はいきなりそう切り出したが、ほんとは何ひとつわかってなどいないのだ。

　秀夫は、母の顔を居心地悪そうに見つめ返した。

「じゃ、あんたならわかるというのか？」

　たぶん、母は、そんなふうに訊かれるのを待っていたにちがいない。いくらか鼻孔をふくらませ、バスローブを突き上げる胸をそびやかした。

「在日のネットワークを使うわ。私が頼めば、あんたもふくめて逃がしてもらえる。その代わり、それ相応のお礼はしなけりゃならないから、その点は覚悟してちょうだい。でも、私に任せなさいよ。必ずあなたも逃がしてあげるから、大丈夫」

　康昊は、驚いた。大久保のコリア・タウンでさえ知り合いが少なくて寂しがってる母に、在日のネットワークなどあるわけがなかった。

　秀夫は母の言葉を聞いて、薄く開いた唇の隙間から息をゆっくりと吐いた。目を伏せ、何か考えているのかいないのかはっきりしない顔で、しばらく黙り込んでいた。

「――俺はいいよ」

　その挙句、結局、ぼそっと低くつぶやくように言った。なんだか疲れた声だった。

　母が目をしばたたく。「いいって、どういう意味――？」

「俺にゃ、助けは要《い》らない。ひとりでどうにかするさ」

「待ってよ。待ってって。いったい、ひとりでどうするって言うのよ？　あなたがお金を持ってる限り、あの男たちは、きっといつまでも追ってくるわよ。それに、まだ知らないかもしれないけれど、あの背の高い男のほうは、本物の刑事かもしれないのよ。そうだとしたら、警察だってあなたの敵ってこと。そうでしょ」

「きっと、みんながみんな敵ってわけじゃないさ」

「そんなこと言って、手遅れになるわよ。悪いことは言わないから、私に任せなさいよ」

「俺は、いいと言ってるだろ」

今度は、少し不機嫌そうな言い方だった。腰を上げた秀夫は、冷蔵庫へと歩いた。ドアを開け、缶ビールを出して飲み出した。

「なんだ、やっぱり飲むんじゃないの。ねえ、あんたってばさ。鞄にどれだけお金が入ってたか、わかってるの？　知らないんでしょ。ちょっと取りに行って、数えてみましょうよ。あなだって、気になってるはずよ」

「今はいい」

「今はいいって、どういうこと？　ねえ、ねえ、仲よくやりましょうよ。子供は大丈夫なのよ、もう一部屋取ったっていいし。私の言う意味、わかるでしょ？」

秀夫は、何も答えずにビールを飲んだ。それから、頭痛をこらえる時みたいに、人差し指でこめかみを押した。母がまだ何か言おうとする気配を察し、もう一方の手を前に突き出して、なだめるように振った。

「なあ、少し黙っててくれないか。あれこれ、考えてるところなんだ」

「だから、一緒に考えましょうよ。私とあなたで、考えるの」

秀夫がすごい顔で母を睨み、康昊は思わずかっとした。そんな顔で母を睨むやつは、許せない。

だが、秀夫の口から罵声が飛び出ることはなかった。

「シャワーを浴びてくる」

吐き捨てるように言い、浴室のドアへと向かった。

康昊は、黙って烏龍茶を飲んだ。母は、恨みを込めた目で浴室の磨りガラスのドアを睨みつけたあと、部屋に備《そな》えつけのキャビネットのほうへと顔の向きを変えた。シャワーの音が始まった。それを待っていたかのように、母が動いた。ベッドの背もたれに背中をつけてペットボトルをちびちび飲んでいる康昊に、秘密めかして顔を寄せてきた。口を開きかけて、一旦閉じ、テレビのリモコンを取り上げてつける。そして、ボリュームを大きくしてから口を開いた。

「覚えてるかい？　あの男が、鍵を持ってるんだよ」

「コインロッカーの鍵？」

「そう。私とあんたで、金の詰まったあの鞄を入れたコインロッカーの鍵よ」

母は、「私とあんたで」というところに力を込めて言った。だからこそ、あの金は自分たちのものなのだと主張したがっているようだった。

「だけどね、私はまだ、コインロッカーの場所をあいつには言ってないんだ。だから、あいつだって、ひとりで取り出しには行けない。だからさ、頃合いを見計らって、鍵を盗むのよ。あの男が持ってる鍵さえ奪えば、金庫から出して逃げられる」

康昊はうなずき、母の顔を見つめ返した。

「だけど、金を持って逃げたって、さっきの男たちに見つかったらお終《しま》いだよ」

心配事を口にすると、母は不愉快そうに顔をしかめた。

「この子は、相変わらず心配性だね。在日のネットワークを使えばいいって、言ってるじゃない」

康昊は、今度は本当に驚いた。さっきは秀夫を騙すために言っているとばかり思ったのに、母はほんとにそんなネットワークをあてにしているのだろうか。

「誰に頼むのさ?」

「それは、在旭《ジエウク》とか、智勲《ジフン》とか……」

呆《あき》れるしかなかった。あんな男たちに、いったい何ができるのだろう。何をしてくれるというのだろう。

康昊の雰囲気の変化に気づき、母はますます不機嫌になった。

「とにかく、金さえ私たちのものにしちまえば、あとはきっと何とかなるんだよ。大事なのは、あの秀夫ってやつからコインロッカーの鍵を取り返し、中身を取り戻すことさ。何かいい考えはないかね」

「――――」

母は、黙り込んでうつむいた。両手の指を組み合わせて、五指をこね回すみたいに動かしている。こんなふうにして考え込む母は、いつもろくなことを考えていなかった。

母は何も言わずにいきなり立つと、自分のハンドバッグに近づいて取り上げた。蓋《ふた》を開け、荒々しく中に手を突っ込み、にんまりした。バスローブを脱ぎ、康昊の前で下着一枚の姿になり、クロゼットから服を出して着始めた。浴室のほうをちらちら見ながら手早くあの胸が大きく開いたドレスに頭を通し、髪の毛を掌で撫でつける。

「一時間ぐらいで戻るから、あの男が出てきて何か言われたら、逃げる算段をしに行ったと言っておくんだよ」

「待って、オモニ。どこに行くの？」

康昊はベッドを下りようとして、体の痛みに顔をしかめた。

「心配要らないよ。善洪《ソンホ》のところさ」

「――――」

何と言っていいかわからず、康昊は声が出なかった。

善洪とは、今夜、オモニと会っていた男だった。あの時、母にお金を見せたら、すぐに部屋から追い出したくせに、いったい今になって何の用があるというのだ。母がつきあいのある連中の中でも、もっとも気に入らない男だった。善洪は、母に、おかしなクスリを教えたのだ。

そう思った瞬間、母の気持ちがわかった気がした。いや、母自身にさえわかっていない本当の気持ちが、手に取るようにわかったのだ。秀夫に取り上げられていないとすれば、母が手にしたバッグの中には、金貸しの智勲に返さなかった札束がまだ入っている。

「あんなやつと会って、どうするのさ?」

「だから、言ったろ、どうやって逃げたらいいか、相談するんだよ。それに、あの日本人から金を奪うのに協力させる手もあるし」

「オモニ、ほんとは善洪からクスリを買うつもりなんでしょ。あの男とふたりで、クスリをやるつもりなんでしょ」

母は、血相《けっそう》を変えた。

「馬鹿なことをお言いじゃないよ、この子は。私が、そんなことを考えてるわけがないだろ。――でも、クスリを手に入れて、あの秀夫って日本人に服《の》ませるのは手かもしれないね。そして、ラリったら鍵を奪って、ふたりで逃げるんだよ。お金さえあれば、遠くに逃げられるもの」

「オモニ、どこにも行かないで!」

「大きな声を出すんじゃないよ。心配ないよ。ちょっとの辛抱《しんぼう》だから、待っておいで」

康昊は痛みを我慢し、ベッドの端から両脚を下ろした。体の向きを少し変えただけでも、頭がくらくらする。

母はそんな康昊をちらっと見ただけで、ためらいなく部屋の出口へと急いだ。不吉《ふきつ》なほどに楽しげだった。靴を突っかけ、音を立てないようにそっと開けたドアの隙間に体を滑り込ませるようにして出て行く。

康昊はそんな母を、絶望的な気持ちで見送った。なぜだろう、いつでも母だけは自分を捨てずにきたというのに、こんなふうに置き去りにされた記憶も、いくつもあるような気がしてならなかった。それとも、いつか自分が母から捨てられるという予感が、自分をこんなにも苦しくするのか。

康昊は、転げ落ちるようにしてベッドを下りた。

8

秀夫は、頭から熱い湯を浴び続けていた。足を肩幅に開き、両手を目の前のタイルの壁につき、うつむいて目を閉じていた。両耳を包むようにして流れ落ちてくる熱いお湯が、頬を伝って下顎へと流れた。鼻の先端からもしたたり落ちる。

そうして熱い湯を浴び続けていれば、頭がすっきりし、何かいい考えが浮かぶような気がしたのだが、間違いだった。これからどうすべきか、相変わらず何の答えも出せなかった。あんな金を持っていたところで、危ない連中にあとを追われるだけなのだ。おかしな騒動に巻き込まれた挙句、刑務所に逆戻りする危険だってある。それだけはごめんだった。思い返してみると、慈郎オジの部屋には秀夫の指紋が残っているし、あの寺の住職には、しっかりと顔を見られてしまった。あの時、逃げるべきではなかったのかもしれない。そう悔やまれたが、他にどうすることができただろう。あんなところに、ぺたりとしゃがみ込んでいるなんて、どうかしていた。

住職から聞いた、一階に保育所のある古びたビルを訪ねても、ガキの家はわからなかった。どうするあてもなく、物陰にしゃがみ込んでいたところ、真っ黒いコートを着たあの背の高い男が現れたのだった。ビルに入ってから出て来るまで、結構時間がかかった。他に出口があって、そっちから出てしまったのではないかと疑い出した頃、ビルの玄関の階段を下りてきた男は、そこから別の場所へと向かった。あとを尾ければ、金を持って逃げたガキを見つけられるという確信があったわけではなかった。だが、やがてのっぽが別のビルの前に立つと、すぐにそこに小柄なほうの男が、車を運転して乗りつけた。のっぽのほうがビルに入り、今度はほんの数分と経たないうちに、ガキとその母親らしい女を連れて出てきたのだった。

だが、なけなしの金でタクシーを拾い、男たちを尾け、連中がガキと女を連れ込んだ空きビルへと乗りつけたのも、こっそりと中に入り、しばらく様子を窺ってから、放っておけなくなって助けたのも、ただ無我夢中《むがむちゅう》でやっただけで、別段、金が欲しかったわけじゃない。シャワーを浴びて浴室を出たら、あの在日コリアンの母子に対して、金を警察に届けると宣言しよう。それがあの母子にとっても、自分にとっても、一番いい選択だと話して聞かせよう。

秀夫はもうこれで何度めかになる同じ結論にたどり着いたが、しかし、前の時やその前の時と同様に、そんな結論のあとからすぐ、慈郎オジから言われた言葉がよみがえった。

――これはな、足がつかない金なんだ。

何度も思い返しているうちに、今ではもう段々と、これが慈郎オジの言葉だったのか、自分自身の言葉なのか、はっきりとしなくなりそうだった。もしもその通りだとしたら、追ってくる連中を振り切りさえすれば、金はすべて思いのままだということだ。

　金さえあれば何でもできるなどと、そんな安っぽいことを思う生き方をしてきたつもりはなかった。しかし、今のままではいくら懸命に努力したところで、ただ空回りをするだけではないか。いったい、いつまでこんな暮らしが続くのだろう。いや、きっと永遠に続くのだ。

　誰かに呼ばれた気がした秀夫は、浴室の入口のドアが細く開き、その隙間からこちらを覗く少年の顔に出くわしてドキッとした。少年は目の玉を大きく剝き出し、必死で何かを伝えようとしていた。

　秀夫はあわててシャワーをとめた。タオル掛けのタオルを取り、腰に巻いた。シャワーのコックの上に置いたコインロッカーの鍵を手に取るのは、忘れなかった。

「どうしたんだ?」と問いかけるのに重ねて、「オモニを連れ戻して」という少年の声が響いた。

「何?　いないのか?　ひとりでどこに行ったんだ?　おまえを置いて、何のつもりだ?」

　康昊《ガンホ》は、目を白黒させた。口の中でぼそぼそと何か答えたが、早口で聞き取れなかった。

　秀夫は少年に近づき、屈み込んだ。

「落ち着いて話せ。お袋は、誰か仲間を呼びに行ったのか？」

「違うよ。そうじゃない。だけど、在日の男に会いに行った」

「何のためだ？」

「――たぶん、クスリをやるためだよ」

「クスリ、だと……？」

「バッグの中に、札束があったろ。あの金で、クスリが買える」

「おまえのお袋は、ヤク中なのか？」

「違うよ。そんなんじゃない。だけど、つまり……、男に相談に行ったんだ。オモニは、どうしたらいいかわからないんだよ。あんな男たちに襲われて、怖くてしょうがないんだ。でも、大金さえ手に入れば、生活が変えられる。俺もオモニも、今とは違う暮らしができる。どうしても金が必要なんだ。あんただって、だからあの金を盗んだんだろ」

盗んだという言葉が、礫のように心を打ち、秀夫はついムキになった。

「盗んだわけじゃない。ジロージから受け取ったんだ。それに、俺にはあの金を使う権利がある」

みずからの口から飛び出した言葉に、秀夫自身が驚いた。金を使う権利がある、だって……。

だが、こうして口から飛び出すと、それこそが正しい唯一の答えだという気がした。市議会議員の金沢大吾が、秀夫の父親に行ったひどい仕打ちは、今なお決して許せなかった。口論の末に金沢を殴り、打ちどころが悪くて死んでしまったことに対する反省は、充分にしてきたつもりだった。刑にも服したのだ。しかし、金沢さえあんな仕打ちをしなかったら、父が苦しみの果てに死ぬこともなかった。金沢の右腕だった慈郎オジも、同罪だ。慈郎オジの金を使って人生をやり直すのは、この自分の正当な権利ではないか。

「何が権利だい。死人から受け取ったってことは、盗んだんじゃねえか」

少年の声は氷のように冷たく、そして、妙に大人びていて、秀夫は反論ができなかった。

「まあいいや、今はそんなことは。——それよりも、頼むよ。オモニを連れ戻してくれ」

「おまえのお袋が何をしようと、俺には関係ないだろ」

億劫になって、突き放した。

「お袋がいなけりゃ、コインロッカーの場所がわからないぞ」

「大久保のどこかさ」

あの廃墟のビルで、物陰から様子を窺っていた時に聞こえたのだ。

「——それだけじゃ、どうにもならないじゃないか」

「時間はたっぷりあるんだ。ひとつずつ当たるさ。大久保ってことがわかってりゃ、きっとそれほど時間はかからない」

「――――」

少年は黙り込み、恨みがましそうに秀夫を見つめて来た。

やがて、いくつかの感情が、胸の中で爆《は》ぜた。

「半分でいいんだ。俺たちにあの金を半分くれよ。頼むよ、俺たちには金が必要なんだ」

「ガキが、そんなことを言うんじゃない」

「なんでだよ。金が要るから要ると、頼んでるんじゃないか。借金を返さなけりゃならないんだ。金があれば、きっとオモニだって昔みたいに戻ってくれる。あんな男たちを、部屋に引き入れなくなるに決まってる」

秀夫の脳裏を、嫌な感じがよぎった。

「――お袋が今会いに行った男も、よく部屋に連れ込んでたのか？」

「だったら、どうした――」

「――おまえのお袋とその男が親しくしてることは、近所の人間は知ってたのか？」

「――ああ、たぶん」

康昊の声に、不安が混じった。

「あののっぽたちが、お袋を捜し出すというのかよ？」

「――わからん。だけど、隣の婆さんから聞いて、金貸しの場所も見つけたんだろ。その婆さんは、その男の素性《すじょう》を知ってるのか？」

「いや、さすがに知らねえと思うけれど……」

康昊の答えには、そう願うという響きがあった。視線を左右に激しく飛ばしたのち、小さな手で秀夫の左腕を摑んできた。

「ちきしょう！　オモニがあいつらに捕まっちまう。助けくれ。俺と一緒に来てくれ！」

「落ち着けって」

秀夫は、康昊の肩に手を置いた。時折、大人っぽいセリフを口にし、子供らしからぬ振舞いをする少年の肩は、秀夫を不安にさせるぐらいに華奢《きゃしゃ》だった。

「あんたが来てくれないなら、いい。俺ひとりで、オモニを助けに行く」

「ガキに何ができるんだ⁉」

「うるせえな。何もしてくれねえなら、黙ってろ」

秀夫は浴室を出ると、手早く服を着て、部屋の隅に置いてある登山リュックへと歩いた。

「どこに行けばいいか、わかってるのか？」

康昊はもう部屋の出口へと移動しており、そこから秀夫のほうを振り返った。

「ああ、わかってる」吐き捨てるように言ったあと、わずかにためらった。「オモニに言われて、クスリを受け取りに行ったことがある」

部屋のドアを開けた瞬間、秀夫は甘い匂いに包まれた。自分でやったことはなかったが、それがただの香《こう》の類ではないことはすぐに判断がついた。マリファナたばこだ。父の命令で、土木工事の現場に放り込まれていた頃、仲間たちの中にはそういったことに興味を示す者もあったのだ。

キッチンライトの他にはテーブルのキャンドルしか灯りのない部屋の中は、全体が泥のような闇に包まれていた。その闇の中央に、ひと組の男女が下着姿でしゃがみ込み、弛緩《しかん》した互いの体をもたせかけ合っていた。ふたりの前には、いくつかの小さな錠剤が無造作に投げ出されていた。玄関口に立つ康昊からも、この姿が見えるのは間違いなかった。少年を部屋まで上げず、外で待たせておくべきだったと悔やまれた。母親が子供に見せる姿じゃない。

「服を着ろ」

ふたりにずかずかと近づくと、秀夫は女に向かって冷たく告げた。

少年の母親は、気だるげに秀夫の顔を見上げた。その目には、苦しみも恐怖もなかった。今夜、直面し、自力で立ち向かっていかなければならない困難など、どこにも存在していなかった。秀夫にはわかった。そうなるために、この女はクスリを求めたのだ。

女——允珍《ユンジュン》という母親は、何も言わなかった。唇をわずかに動かすと、大きな音を立ててひとつげっぷをした。

「おまえ、誰だ?」

男のほうが訊いてきた。ランニングシャツから剝き出しになった肩には、それなりに筋肉がついていた。そこに施《ほどこ》されたおかしな模様の刺青《いれずみ》が、キャンドルの光を受けて揺れていた。

秀夫は男を無視することにした。

「服を着ろ。帰るぞ。息子を心配させるな」

允珍は、息子を見ようとはしなかった。かたくなに顔をそむけ続けていた。

「放っておいてよ。今、ちょうどいいとこなんだから。それとも、そこで見学してるつもり? あの子を連れて、出てってったら!」

「オモニ」

呼びかけながら近づいて来る康昊の華奢な肩に、秀夫はそっと右手を載せた。この少年が、体の痛みを必死でこらえながら、どんな思いでこの部屋までたどり着いたのかを、目の前の女に聞かせてやりたかった。

「ねえ、こいつなんだよ。私たちの金を盗んだのは」

允珍は右腕を持ち上げ、秀夫を指した。鶏《にわとり》の足みたいに、細くて筋の目立つ腕だった。

「ねえ、なんとかしてったら。今、片をつけちゃおうよ」

男が秀夫に目を据えた。「この野郎か」口の中にこもるような声で言いながら、ふらつく腰を持ち上げた。

目の前に立つと、秀夫よりもいくらか背が高かった。見下ろしていることを誇示《こじ》したいのか、下顎を突き出し、鼻をつんと持ち上げて、目の下半分で秀夫を見た。

こちらから手出しをする気はなかったが、手を出してきたらやってやる。そう思う秀夫の前で、男は突然に体の向きを変えた。何をするのかと見ていると、薄暗い部屋を横切り、クロゼットの戸を開けた。上半身を揺らしながら、その中へと屈み込んだ。

体を起こしざまにくるっと振り向き、突き出してくる手に何かが見えた。秀夫はためらわずに突っ込み、その手を狙って蹴り上げた。相手が何か武器を持ち出して来る時には、そうして先手を取るのが喧嘩の定石《じょうせき》だった。

男の手を離れて薄暗い床に転がったものを目にして、頭にかっと血が上った。こんなものを持ち出しやがって。

キャンドルの炎を浴びて黒く光っているのは、オートマチックの拳銃だった。

あわててその拳銃に飛びつこうとする男の下顎を、秀夫は思い切り蹴り上げた。よろける男の肩を右手で捉え、左のジャブをみぞおちにいくつかお見舞いした。さらにそのあと、両肩を摑んで同じ場所に右膝を叩き込むと、男は苦しげな息の塊を吐いてうずくまった。

「さあ、行くぞ。クスリなんかやりやがって。少しは息子のことを考えてやれ——」

そう言いながら振り返った秀夫は、その先の言葉を呑み込んだ。

康昊が両手で銃を構えて、秀夫の胸を狙っていた。少年の細い腕には重すぎる銃を、必死になって支《ささ》えている。

「コインロッカーの鍵を寄越せ！　俺たちには、金が必要なんだ」

秀夫はじっと康昊を見据えた。

「危ないだろ。寄越せ」

「嫌だ。鍵と引き換《か》えだ」

「子供がそんなものを持つんじゃない」

「子供扱いするな。俺がオモニを守るんだ」

「わかったから、それを下ろせ」

「鍵を出せ！」

「撃《う》ってタマが当たれば、人が死ぬんだぞ」

「おまえがな」

秀夫は、少年の目を見つめ返してゆっくりと首を振った。

「そんなことを言うんじゃない。俺が死ねば、おまえは人殺しになるんだぞ」

「そんなのへっちゃらだ」

「へっちゃらじゃない！」

黙り込んだ少年は、足元へと落ちてしまいそうな視線を、意志の力で秀夫の顔に据え続けていた。それでも不安を隠し切れず、かたわらの母親をちらちらと見るが、肝心《かんじん》の彼女は息子が奮闘中だというのに、クスリの生む幸福感の中を漂うばかりだった。

「よおし、よくやったよ、康昊。そいつから、狙いをそらすんじゃないよ」

満足げに声を上げた允珍は、両手をテーブルにつき、ふらふらする体を持ち上げ、影が漂うみたいな動きで秀夫に近づいてきた。

「ほら、鍵を出しなったら。死にたくないんだろ。どこのポケットさ」

秀夫は允珍の腕を摑んで引いた。力任せに体の向きを変えさせると、もう片方の腕を首筋に巻きつけ、盾《たて》にした。

「この野郎、何するんだよ！」

允珍は、大声で秀夫を罵り始めた。段々と声が甲高《かんだか》くなっていき、何を言っているのかわからなくなり、神経を逆撫《さか》でするただの騒音と化した。

「うるさいぞ、黙れ」秀夫は女を一喝《いっかつ》し、改めて康昊に目を据えた。「わかった。おまえの気持ちはわかったから、まず拳銃を下げろ。そんなものが、間違って暴発したらどうするんだ？　おまえのお袋が死んでもいいのか」

最後の一言が効いたらしく、少年は銃口を足元に下げた。だが、拳銃を両手で持つ構えを崩そうとはしない。

「俺たちには、金が必要なんだよ。あんただって、そうだろ。全部とは言わねえから、半分くれよ」

「いいか、よく聞け。あののっぽたちは、金を取り戻さない限り、きっといつまでも俺たちを追って来るぞ」

「何か手があるはずだ」

「金を諦《あきら》めて、明日、警察に届けるんだ」

允珍がまた喚き、どやしつけて口を閉じさせるのに苦労した。ガキのほうと話すべきだと、もう秀夫にはわかっていた。こいつはまだ小さなガキにすぎないが、それでも母子の生活は、きっとこのガキのほうにかかっている。

「嫌だ。そんなことをして、何の得があるんだ」

「あいつらに捕まったら、俺もおまえたちも殺されるぞ」

「逃げ切ればいいんだ。それに……、あののっぽが本物の刑事だとしたら、警察に助けを求めたってしょうがないだろ」

「別の刑事に事情を話せばいい」

康昊は黙り込んだが、それは秀夫の話をよく考えようとしているためではなく、どう反論するかを考えているのは明らかだった。

「――なあ、そんなことを言って、ほんとは自分だけ金を持って逃げるつもりなんだろ」

「そんな話じゃないのが、なぜわからないんだ？　ほんとはわかってるんだろ」

「俺たちには、金が必要なんだ――」

「あいつらは、危険なんだぞ」

「へっちゃらだと言ってるだろ」

「ガキが、そんなふうに金だ金だと言うんじゃない。もっと大事なものは、他にあるだろう」

「馬鹿言うな。そんなのは、金がなくて困ったことがないやつのセリフじゃないか」

いい加減にうんざりし、怒鳴《どな》りつけようとする秀夫の前で、少年がふらっとした。

白目を剝き、膝が折れ、見えない糸が切れたみたいに床に倒れる。

そして、激しい痙攣《けいれん》を始めた。

「おい、どうしたんだ？　いったい、どうしたんだよ？」

秀夫は駆け寄り、少年の体を抱え起こした。

答えはなかった。口から泡を噴いており、両目は白目を剝いたままだった。

「おい、ガキが変だぞ。今までにも、こんなふうになったことがあるのか？」

少年を抱え、顔だけ母親を向いて訊くが、女は女でいつの間にやら顔が真っ青で、老婆のように背中を丸めてへたり込んでいた。

両手で口を押さえたかと思うと、あわてて腰を上げて、浴室へと走る。

やがて、ドアを開け放ったままの浴室から、激しくもどす音と苦しげなうめき声が聞こえてきた。

「ああ、くそ。もう、なんてこった……」

秀夫は顔をしかめて天井を仰ぎ、康昊の体を抱え上げた。

9

ＪＲの最終電車が行きすぎたあと、地面よりも高いところを走る線路は静かになった。やまずに降り続く細かい雨が、高架橋のコンクリートでできた橋脚の側面に、濃淡模様を描いている。その足元に駐まった車の後部シートで、天明谷はしきりと頬を撫でていた。

秀夫という男に角材で殴られたところがじんわりと熱を持ち、掌でそっと触っただけで、皮膚の奥のほうから新たな痛みが浮き出てきた。だから触らないほうがいいのに、一旦手を引っ込めて他の場所に移しても、また少しすると触《ふ》れたくなってしまった。

吉村秀夫。

あの男のフルネームは、既に摑んでいた。須賀慈郎の部屋に残っていた指紋が、前科者のリストと一致したのだ。

頰に触れ、新たな痛みが湧き出すたびに、怒りもまた新たになった。刑事の顔に、痣《あざ》を作るなど許されない。刑事がこんな痣を作っているなんて、みっともないことこの上ない。この怒りを鎮《しず》める方法は、ふたつしかなかった。秘密裏《ひみつり》にこっそりとあの男を殺してしまうか、合法的に殺してしまうかだ。

いずれにしろ、それで自分が捕まることへの心配はなかった。この数ヶ月、金を得る見返りに刑事として得た情報を売り渡し、犯罪に加担することの恐怖は徐々に薄れ、今やほとんどなくなっていた。最初の数日、あんなに怯えて暮らしたのが嘘のようだった。

大切なのは、ひとつだけ。決してびくびくと臆《おく》さないことだ。堂々と振る舞っている限り、ほとんどの人間は、警官が悪事を働いているとは思わないものなのだ。それは警察全般に信用があるからなどではなく、多くの人間が、自分が見たいと思うものを見て、信じたいものを信じるためだと、天明谷は知っていた。須賀が潜伏していたマンションに暮らすあの老夫婦は、黒いコートを着た背の高い男を目撃したくせに、それが目の前で話を訊く刑事だとは思いもしなかった。とにかく、堂々としていることだ。

だが、顔の痣はいただけない。同僚に訊かれたら、何と答えればいいのだろう。みっともない嘘はつきたくなかった。

小雨の中を歩いてくる男が見えて、反射的に天明谷は、サイドウインドウの先に注目した。大久保通りの方角から、薄暗い路地を歩いてきた男は千鳥足《ちどりあし》で、遠目にもだいぶ酔っているのが見て取れた。高架橋の下、現在はシャッターが下りた駅の改札付近には、自転車置き場として利用される小さな広場があり、その端っこにコインロッカーが設置されている。男は、この時間でもなお明るいコインロッカーのほうへとふらふらと近づき、その前に立った。

男は着るものが粗末で、髪やヒゲが伸び放題で、ホームレスらしいと見当がついた。骨が一、二本折れた、黒いこうもり傘を差していた。一度傘を閉じると次に開くのが大変なのか、こうもりを開いたままで地面に置くと、ポケットから鍵を取り出し、右端のロッカーのドアを開けた。

運転席の島内到《しまうちいたる》――須賀慈郎のマンションを一緒に襲い、裏手の墓地で須賀を刺殺した男が、後部シートの天明谷をちらっと振り返った。まさか、あの吉村秀夫に頼まれて、コインロッカーの金を取りに来たとでも思ったのか。天明谷は、応えるのも億劫なので、島内の視線は無視することにした。

ホームレスは、ロッカーの前で屈んで、しばらく何か出し入れしていた。持ってきた鞄に、コインロッカーの中の品をいくつか移すと、硬貨を投入口に落としてドアを閉めた。

天明谷は、あくびをした。大久保界隈にあるコインロッカーは、八ヶ所。駅構内のものは、朝になって駅が開くまでは使えないから、今の時間帯では除外してよかった。韓流ブームというやつで観光客が増え、店舗の前や側面、ちょっとした空きスペースを使って、コインロッカーを置く業者が増えたのだ。

允珍《ユンジュン》と康昊《ガンホ》の母子が暮らす貸しアパートから近いところにあるコインロッカーを重点的に見張るという考えもあったが、用心深い人間ならば、逆にできるだけ遠くのロッカーを使ったはずだ。蟻沢がそう主張し、大久保界隈のコインロッカーを、隈なく見張ることになったのだった。あとほんのもう少しだけ時間があれば、どこのロッカーなのかを女の口から聞き出せたのに。

ホームレスが去ると、コインロッカーの周辺はまた無人になった。天明谷は、そろそろ適当な言い訳を作って、この場を離れてしまう気になっていた。結局、熱心に鞄を探す理由など、何もありはしないのだ。金が出て来なくても困るのは飼い主気取りのあの異常なデブだけだし、逆に金が見つかったところであのデブが喜ぶだけで、自分の腹がふくれるわけじゃない。

それに、気だるくてならなかった。

「あ、そうだ。あの吉村だ――」

島内が、突然声を上げ、再び運転席から後部シートを振り返った。

「何だ？」

天明谷は、相変わらず顔を窓の外に向けたままで、冷たく訊き返した。

この男と話すのが面倒だった。だから、同じ車内にいても、自分は後部シートに坐ったのだ。こいつは、ただの能なしだ。須賀をあんなところで殺す必要はなかった。しかも、殺した挙句、それを目撃した相手にのされて気を失うとは、なんて間抜けだ。

「天明谷さん、あんた、あの男の名前を、吉村秀夫って言いましたよね」

天明谷は、黙ってうなずいた。

指紋照合で、身元が判明したとの報告を受けた時、蟻沢への点数稼ぎのために、それをそっくりそのまま電話で伝えた。島内は、それを横で聞いていたのだった。

島内は、嬉しげに歯茎《はぐき》を剝き出しにして笑った。

「俺、その吉村なら知ってますよ。昔、俺の故郷で、なんとかって市議会議員を殴り殺した野郎だ。須賀のやつは、その市議会議員とつるんでたんだ。それで公共工事なんかも裏で仕切ってたんだけれど、吉村って男の父親が、それに盾突《つ》いたんですよ。で、仕事を干されたり、いろいろと意地悪された挙句、心筋梗塞《しんきんこうそく》だかなんだかでおっ死《ち》んじまった。須賀のマンションの前で、あの野郎とすれ違った時、どっかで見た顔だと思ったんだけれど、これで解《げ》せた」

この島内という男が須賀と同じ地方の出身だったことを、天明谷は思い出した。だが、こうしてする話は、吉村秀夫のデータにあった記述とほぼ同じで、特に目新しいものはなかった。

「何ね、こう見えても、十年ぐらい前までは、俺だってまともに働いてたんですよ。羽振《はぶ》りのいい時期だってあって、その頃は、店を三つ持ってた。ギャンブルにはまって、店を潰し、ヤクザの手先になってノミ屋を手伝うようになったのが、転落の始まりでね。そのノミ屋の客だったひとりが、須賀ですよ。その時、須賀はさかんに愚痴《ぐち》ってました。自分だって、ちょっと前までは羽振りがよかったのに、その何とかって市議が殺されて、すっかり落ちぶれちまったって」

「だから、何なんだ？」

天明谷は、島内の声を耳から追い出していたが、いい加減、うとましくなって訊き返した。

「だから、吉村のやつが須賀を殺したっておかしくない。ネットカフェ難民に落ちぶれた吉村は、偶然に須賀と再会した。最初はただ話をしてただけかもしれないけれど、そのうちに昔の因縁《いんねん》がぶり返し、言い争いになった。そして、思わず刺しちまった。ね、どうです？　そういう筋書きで、やつに罪をなすりつけちまえばいい。凶器を握らせて、野郎の指紋をつけちまうんです。いい考えでしょ。天明谷さんなら、それぐらいのことは難なくできるだろうし」

「おまえ、少し黙ってろよ」

天明谷が冷たく言い放つと、島内は顔をしかめて口を閉じた。前に向き直り、天明谷のほうに後頭部を向けたが、それでひとつ呼吸をするぐらいの間を置くと、怒りを顔にみなぎらせて睨みつけてきた。

「そんな言い方はないでしょ。俺が殺しでパクられたら、あんただって困るんだ」

「なんでだ？」

天明谷は、静かに訊いた。

「なんでって、決まってるでしょ。あんただって終わりだからさ」

天明谷は可笑《おか》しくなり、自然と微笑みが唇に浮いた。素早く島内の胸ぐらを摑み、締め上げた。

「おまえ、何を勘違いしてんだ？　終わる時は、おまえ、ひとりで終わるんだぜ。おまえが何か喋りそうだと勘ぐったら、あの異常なデブが、おまえを生かしておくと思うのか？　たとえデブが見逃しても、俺が見逃すと思うなよ」

「――――」

島内は蒼白になり、無言で唇を蠢《うごめ》かせた。醜い中年顔を間近にして、天明谷は思った。この男を殺せば、どんな気分がするだろう。

その時、携帯の振動を感じ、天明谷は舌打ちした。ちらっと車のデジタル時計に目をやる。午前二時を、少し回ったところだった。携帯のディスプレイを見なくてもわかる。妻からだった。二時ちょうどに、亭主から連絡がなかったことに業《ごう》を煮やし、自分のほうからかけてきたのだ。昨日の朝に家を出てから、もうこれで、いったい何度めの電話だろう。

天明谷は思い直した。殺したいのは、目の前にいるこの間抜けじゃない。執拗《しつよう》に亭主の動向を知りたがり、頻繁《ひんぱん》に電話連絡を入れることを要求し、それがたとえ数分でも遅れると自分からこうして連絡をしてくるあの異常な女房だ。あの女の首をこの手で絞めたら、どんなにか気分がいいだろう。

——病気だ。

——妻は、病気なのだ。

天明谷は、島内の体を押しやった。

「ま、せいぜいはデブに殺されないように祈ることだな」

そう吐き捨てると車を降り、携帯電話を抜き出した。車を背にして遠ざかりながら、通話ボタンを押して耳元に運ぶ。

「俺だ——。今、張り込み中なんだ。こんな時間に電話を寄越すな」

——ごめんなさい。だけど、あなたのことが心配で。

妻はまたいつものように、そんなしおらしい言葉を口にした。だが、それは最初のうちだけで、結局は天明谷が誰か女といないかどうか、自分の目の届かないところで、博打《ばくち》といったおよそ刑事らしからぬ趣味にのめり込んでいないかどうか、それをねちねちと確かめにかかるのだ。

もう一度思う。

――妻は、病気なのだ。

えらく長く感じられた数分が経過し、なんとか妻をなだめて携帯をポケットに戻した時、天明谷はふと思った。

――須賀慈郎が金を着服して逃げてることを、警察は知らないはずだ。知っているのは、蟻沢泰三たち、ほんの一部の人間だけだ。

蟻沢たちさえなんとかすれば、金は思いのままになるのではないか。

それはただの思いつきにすぎず、しかも現実味を帯びた思いつきにも思えなかった。蟻沢たち全員を葬《ほうむ》るなんて、不可能だ。さすがに、発覚しないわけがない。

だが、金さえあれば、刑事を辞《や》められる。あんな女と別れ、こんな街でヤクザ者と警察組織の間を揺れ動きながら、せせこましく生きる暮らしを捨てられる。

たとえ現実味のない思いつきでも、天明谷にはとても魅力的に思えた。

10

医者は三十ちょっとぐらいの、痩せ型で背の高い男だった。真冬だというのにかなり濃い日焼けをしているのは、どこか外国の海で焼いてきたのかもしれない。スポーツ万能、と思わせるような体つきをしていることが、白衣姿でもはっきりしていた。だが、縁のないメガネをかけ、髪を清潔に短く整え、深夜のこんな時間にもかかわらずつるつるにヒゲを当たっている顔つきからは、理知的で理屈っぽい印象のほうがずっと強かった。

医者のすぐ傍《かたわ》らのベッドでは、康昊《ガンホ》がこんこんと眠り続けていた。暑い日の子犬のように、口で小刻《こきざ》みに息をする康昊の後頭部にはアイスノンがあてがわれ、衣服を脱がされた上半身を、看護師が濡れたタオルを使い、慣れた手つきで拭いていた。

「熱中症って……。だって、冬ですよ――」

そんな少年から視線を上げ、思わず訊き返した秀夫のことを、医者はメガネの奥から穏やかな目で見つめ返した。職業的に、相手よりも常《つね》に多くのことを知っていて、それを相手にわかりやすく話して聞かせることに慣れた人間の目だった。

「熱中症のような状態、と申し上げたんです。熱中症とは、暑熱《しょねつ》環境下において、体の適応能力に障害が起こることを言います。お子さんは、今日、適度な水分を採《と》りましたか？」

母親の允珍《ユンジュン》が、いくらか胸をそびやかし、挑むような目で医者を見据えた。

「採らせましたとも。それに、お腹《なか》一杯、好きなものを食べさせてます」

「好きなものとは、何を？」

「韓国料理だけど」

「焼肉ってことですか？」

「確かに焼肉とか、いろいろですよ——」

「それを、かなりの量、食べた？」

「ええ、まあ」

「時間は、いつ頃？」

允珍が答える時間を、医者はデスクのパソコンに打ち込んだ。

「その時、アルコールは飲ませてないでしょうね？」

パソコンのモニタに目をやったまま、ごくさり気ない様子で尋ねてから、目を允珍へと真っ直ぐに向け、「あくまで、念のための質問ですが」と、つけたした。

允珍の隣で話を聞いている秀夫は、医者が自分たちの様子を注意深く探っているような気がした。

「お酒なんて、馬鹿言わないでよ。この子はまだ、小学生なのよ。飲ませるわけがないでしょ」

允珍も、同じ雰囲気を感じ取ったらしい、答える口調は、いくらか腹立たしげなものだった。

医者はまたパソコンのキーボードを叩いてから、説明を続けた。

「もしかしたら、食べすぎもあったのかもしれないですね。消化のよくないものをたくさん食べると、消化器官に血が集まった状態になります。そのまま、水分補給をせずに過度の運動を続けたり、あるいは炬燵《こたつ》に長時間入るとか、熱いストーブの傍で長時間すごすとかしていると、体の適応能力が追いついていかず、体温のコントロールが効かなくなるんですよ」

——あるいは、極度の緊張を強《し》いられたり、激怒したりで、急に頭に血が上るようなことも、康昊を倒れさせた理由かもしれない。

秀夫はそう思ったが、口に出しては訊かなかった。医者の丁寧《ていねい》な対応の中に、深夜に意識を失い、痙攣を起こした子供をあわてて連れてきた自分たちへの不審の念が隠れていることに気づき出していた。

「でも、それならとにかく、体を冷やせばいいんですね？　それに、お水をたくさん飲ませれば」

允珍の問いかけに、医者は首を振った。

「いきなり大量に水分を採らせたら、胃痙攣を起こす危険があります。スポーツドリンクはナトリウム濃度が低いため、低ナトリウム血症に陥《おちい》る可能性がある。飲み物で一番いいのは、むしろ塩分がちゃんと補給できる味噌汁とか、スープです」

すらすらと手馴れた様子で説明しながら、背後に控えていた看護師のほうに合図を送った。

「生理食塩水を点滴《てんてき》しながら、様子を見ましょう」

「点滴って……、それじゃあ、すぐには帰れないんですか？」

そう訊き返す允珍の口調は、秀夫の耳にも、あわてた、どこか怯えているものに聞こえた。メガネの奥にある医者の目に、鋭い光が走ったように見えた。

だが、応対はあくまでも穏やかだった。

「なあに、時間はそれほどかかりませんよ。ええと、問診票がまだでしたね。どちらかおひとり、受付で手続きをしていただけますか？」

秀夫は、允珍に目配《めくば》せした。

「じゃ、俺が付いてるから、頼むよ」

允珍が不安げな目をして、椅子から立つ。

「じゃあ、お願い」

部屋の出口へと向かう後ろ姿が、いくらかぎごちない。緊張や心労のためだけではなく、男と一緒にやっていたクスリが、まだ抜けきっていないためかもしれなかった。

「それじゃあ、御主人は、ここに付いていてください」

医者は秀夫にそう告げると、壁を隔《へだ》てて隣にあるらしい診察室へと姿を消した。

ここは四谷三丁目にある、緊急医療対応の診療所だった。専門の救急病院ではなく、区からの割り当てで、週に何度か、夜間の診療を行っている類の施設らしい。

点滴をセットした看護師も続いて退室し、部屋には、秀夫と少年のふたりだけになった。秀夫はたばこを喫いたかったが、我慢するしかなかった。少年の額に、汗が浮いていることに気がついた。ベッドサイドのカートにティッシュを見つけ、一枚を抜き取って拭いてやった。

体をひねり、そのティッシュを壁際のゴミ箱に捨てた。それは足でペダルを踏んで開ける仕組みのゴミ箱だった。丸椅子から立った時、モッズコートの右ポケットに入った代物が、秀夫の太腿を圧迫した。ティッシュを捨て、戻った時にもまた太腿の皮膚を押した。

いや、本当はその時だけではなく、ティッシュを抜き取るために体を動かした時にも、康昊を抱えてこの診療所に飛び込んできた時にも、允珍と並んで医者の説明を聞いていた最中だって、それは、ポケットの中で騒ぎ立て、四六時中、秀夫の注意を引いていたのだ。

丸椅子に戻った秀夫は、右手をそっとポケットに当てた。布地《ぬのじ》の上から触れても、形がはっきりと感じられた。右手をポケットに突っ込むと、ひんやりと冷たい。

秀夫は体を硬くして、しばらくじっとポケットの中の右手に注意を注いでいたが、やがてどうしても我慢ができなくなり、そっとポケットから抜き出した。

みずからの右手が握り締めたオートマチック拳銃を、息をするのを忘れてじっと見つめた。

善洪《ソンホ》という男の部屋から持ってきたものだった。これさえあれば、なんとか逃げきれる。誰も追って来ない場所まで見事《みごと》逃げおおせ、金を我が物にできる。

——きっとそうにちがいない。

——大金とともに、新しい人生を始めるのだ。

いろんなためらいや心配事で取り散らかった心が、たったひとつのそんな思いで埋められていくことが心地よかった。

秀夫は、はっとし、顔を上げた。

ついさっきまで白目を剝いて痙攣をしていた康昊が、いつの間にか静かにこっちを向き、秀夫の手にある拳銃を見つめていた。

視線を動かし、秀夫を見た。そして、なぜか微笑んだ。

「山分けだぜ——」

そんな約束に応じた覚えはなかったし、どうして少年がこの状況で、そんなことを言うのかわからなかった。しかも、信頼しきったような微笑みを浮かべている。

秀夫は、うなずいた。「ああ、そうしよう。山分けだ」

その時、廊下を近づく足音を聞き、あわてて拳銃をポケットにしまった。あわただしくドアが開き、血相を変えた允珍が部屋に飛び込んできた。

「まずいよ、おトイレに行こうとして聞こえたんだけれど、あの医者のやつ、警察に連絡してるよ。児童虐待《ぎゃくたい》の疑いがあるなんて言ってる」

「――――」

くそ。秀夫は胸の中で罵声を嚙んだ。深夜に、泡を噴いた子供を担《かつ》ぎ込んできたのだ。しかも、康昊の顔にも体にも、あの天明谷っていうのっぽにやられてできた痣がある。医者としては、当然の判断なのかもしれないが、騙し討ちに遭ったようで腹立たしかった。

「オモニ、俺はもう大丈夫だから。すぐにここを出よう」

康昊が、体を起こす。点滴の針を固定したテープを剝がし、針を左腕から引き抜いた。

「行こうぜ、オモニ。俺は平気だ」

「ああ、そうだね。そうしよう、行こう。私は、いつでもあんたを大切に育ててるんだ。警察なんて、冗談じゃないよ。なあに、大丈夫だよね。あんたは、体が丈夫なんだからさ、医者なんて必要ないよ――。きっと大丈夫――」

允珍が自分に言い聞かせるみたいに、「大丈夫、大丈夫」と繰り返した。

秀夫は、青い顔でふらふらとベッドから足を下ろそうとしている康昊の手を引き、背中を向けた。

「ほら、グズグズするな」

急かされ、少年はどこかきまり悪そうな顔で秀夫の背中に乗った。

軽かった。秀夫は、少年の体重を背中に感じつつ部屋の壁際に置いた登山リュックへと歩き、手に持った。

廊下に出て出口を目指すと、さっきは無人だった待合ロビーには、今は康昊と同じぐらいの年齢の男の子を連れた夫婦者らしい男女が、子供を真ん中に置いて長椅子に坐っていた。少年が、熱で火照った顔を、康昊と、康昊を背負った秀夫のほうへと向けて来る。

「――ちょっと、あなたたち。どこへ行くんですか」

受付のカウンターで何かしていた看護師が、見咎めて声をかけてきた。ちょっと前、康昊に点滴の針を刺してくれた女だった。

「まだ点滴が始まったばかりじゃないの。針を外してしまって、どういうこと？　あなたたち、子供を何だと思ってるの⁉」

「来い！」

礫のように飛んでくる言葉を無視して出入口の自動ドアへと急ぐと、看護師がさっきの医師を呼んだ。

「君たち、待ちたまえ。児童虐待は、立派な犯罪だぞ！」

こんがりと日に焼けた青年医師は、廊下を走って追いかけてきて、秀夫たちのすぐ傍まで迫った。だが、秀夫が睨みつけると、手を出しては来なかった。

自動ドアを抜けると、表の雨はやんでいた。その分、いっそう寒さが増していた。秀夫は、必死で秀夫のペースに合わせて隣を歩く允珍へと顔を向けた。

「コインロッカーの場所を教えてくれ。金を取り出して、すぐにこの街から逃げ出そう」

允珍は何か言いかけたが、それを押し込めるように口を閉じた。どうすべきか迷っている。いや、信じるべきかどうかを迷っているのだ。

「オモニ、山分けだ。それで話がついたんだ」

背中で康昊の声がした。

11

最初に車に気づいたのは、母だった。

「ちょっと、待って」

あわてて秀夫の腕を摑み、ガード下の暗がりへと引き戻した。診療所のあった四谷三丁目から、タクシーでここまでやって来た。行き先として、新大久保の駅を指定し、ちょっと前に大久保通りで車を降りたところだった。シャッターの下りた駅の前を通り、コインロッカーがある裏側の路地へと曲がろうとしたところ、こちらに鼻先を向けて駐まっている車に気づいたのだった。コインロッカーおよび、駅や大通りの方角を見張れる位置だ。

「あれって、天明谷という男たちが乗ってた車よ」

母が声を潜めた。秀夫がうなずく。

康昊《ガンホ》にも、確かに見覚えがあった。金貸しの智勲《ジフン》のところから古びた空きビルまで、あの車で連れて行かれたのだ。うろ覚えではあったが、ナンバーも一致する。目を凝らすと、頭がふたつ、車内に見えた。ひとりは後部シートにいて、康昊には顔つきまではわからなかった。だが、運転席にいるほうは、墓地で人を殺したあの男らしかった。

「どういうこと？　このコインロッカーだなんて言ってないのに」

母が、悔しそうに顔を歪めた。物陰からもう一度様子を窺い、体を戻したところだった。

「くそ、だけどあんた、大久保だとは言ったろ。やつら、きっとここだけじゃなく、この周辺のロッカーには全部見張りを立ててるんだ」

秀夫が抑えた声で応じた。康昊は思った。大久保界隈に、いったいどれぐらいの数のコインロッカーがあるのだろう。金を取り出せないと思った途端、急に寒気が増してきた。病院に担ぎ込まれた時には、体が火照るように熱かったのを覚えていた。だが、ちょっと前からは、寒気に襲われ出していたのだ。

しかし、それを母や秀夫に訴えたくはなかった。体を気づかってもらうよりも、金をどうするかを最優先で考えて欲しい。自分ならば、きっと大丈夫。

「これじゃ、お金を取り出せないじゃないの？　どうするのよ？」

母が言い、秀夫はしばらく考えた。

「もう日付が変わって、今日は土曜日だったな」

「だから、何よ？」

「観光客が、コリア・タウンにたくさんやって来る。そうだろ。大勢の中でなら、やつらだって手出しがしにくいだろうし、それに、何かで見張りが手薄になることだって考えられる。今夜のところは、引き上げようぜ」

「そうね……」と応じたものの、母は迷っているようだった。自分では、大事なことを、なかなか決められない人なのだ。

「それに、ガキのことだってあるしな」

康昊は自分のことを言われたので、へっちゃらだと答えようとしたが、いつの間にか舌がボロ雑巾《ぞうきん》みたいにふくれ上がってしまっていて声が出なかった。

「俺は大丈夫だよ……。早く、金をなんとかして逃げようぜ」

平静《へいせい》を装って言ったつもりだったが、秀夫が首を大きくひねり、康昊のほうを見つめて来た。首に浮いた筋が間近に見える。ラブホの浴室で、ヒゲを当たる時間がなかったのだろう、まばらに無精《ぶしょう》ヒゲが生えている。康昊は、父を思い出した。いや、この男は父とは全然違う。父は痩せて華奢な体形をしていたが、そんな体形とは不釣り合いなほどにヒゲが濃かった。

「大丈夫かよ。おまえ、震えてるんじゃないのか?」

「――――」

秀夫に訊かれ、康昊は、黙って首を振った。

「なあ、あんた、体温計とか持ってるか?」

秀夫が、今度は母に訊く。

「何よ? そんなもの、持ってるわけないでしょ」

「それじゃ、深夜でもやってる薬局を探そうぜ。新宿なら、どこかにあるはずだ。それと、医者は味噌汁やスープを飲ませるといいと言ってたな。俺たちの朝飯だって必要だ。買い込んで、一旦はどこかに落ち着こう。そして、明日、人がたくさん出始めたころを狙って、金を取り出しに来るんだ」

迷い顔の母から康昊へと、秀夫はまた顔を転じた。とはいえ、まだ背中に乗ったままの少年の顔を、ちゃんと覗き込むことはできなかった。

「何か言ったか？」

「靴も買ってくれ、と言ったんだよ」

康昊は、不機嫌な声で言い返した。診療所からあわてて逃げたため、診療用のベッドに横になる時に脱いだ靴を、そのままベッドの下に置き忘れて来てしまったのだ。十歳にもなった男が他人に背負われ続けているなんて、どうしたって美意識が許さなかった。

12

張り込み等で徹夜になった時以外は、六時には目覚めるのが習慣だった。ホテルのベッドで目を開けた藤代は、すぐに浴室に移動して膀胱《ぼうこう》を空にした。入口のドアの下から朝刊が顔を出しているのを見つけて抜き取り、その場に立ったままで社会面にざっと目を通した。須賀慈郎殺しについて、ブン屋がどこまで書いているかを確かめるためだ。こうして朝一番に朝刊をチェックするのは、刑事になって以来ずっと続けている習慣だった。

該当する記事の扱いは、それほど大きくはなかった。故郷の街で殺しがあれば、間違いなく大きな扱いになるが、さすがに東京は違うと思う。一番気になるのは、吉村秀夫という男について、自分がまだ知らない手がかりが、何かほのめかされていないかという点だった。昨夜の時点で、須賀慈郎の部屋に残っていた指紋のひとつが、この吉村のものと一致したことは、藤代もＫＳＰの担当課長から電話で教えてもらっていた。

だが、新聞には、新宿の墓地で刺殺体発見とあるだけで、それ以上のことは何も書かれてはいなかった。藤代はリモコンでテレビをつけ、ニュース番組にチャンネルを合わせた。音を少し大きめにして浴室に戻り、顔を洗ってヒゲを当たった。

目覚めるとじきに腹が減ってくるのも、長い間の習慣だった。交番勤務の頃に知り合い、結婚してそろそろ二十年近くになる妻は、いつも魚と卵を焼き、おひたしや豆腐、それに納豆《なっとう》などを添《そ》えて出してくれる。魚は、藤代の好物で安価な鮭《さけ》や鯖《さば》であることが多かった。

今朝は、昨夜のうちにホテルのすぐ傍のコンビニで買っておいたおにぎりとサラダ、それに牛乳が朝飯だった。藤代は、ビジネスホテルの一室以外では滅多にお目にかからないような小さな丸テーブルにそれらを手早く並べ、新聞を広げ、テレビのニュースをちらちらと見ながら食べた。

特に急いだつもりもないのだが、すべてがあっという間に腹に消えた。食べるのが速いのは、刑事という職業を長く続けてきた人間の習性かもしれない。高校でサッカーをやっている息子でさえ、今なお藤代が食べる速度に呆れるし、中三の娘は、お父さん、もう少し落ち着いて食べてよと、段々と女房と似た口調で言うようになってきた。

食べ終わると、やることがなかった。こんな早朝では、まだ電話をするのがためらわれた。

藤代はしばらくぼんやりと椅子に坐っていたが、テレビの音量を低くしぼってベッドに戻り、両手を頭の後ろで組んで寝そべった。たばこを喫っていた頃だったら、こんな時、続けざまに何本かふかしていただろう。どこもかしこも禁煙になり、ついには取調室や捜査本部が置かれた大会議室まで喫煙が禁止されるに至り、喫煙者でい続けることを断念したのだった。煙を撒《ま》き散らすことに対して、ここまで罪の意識を植えつけられては、犯罪者にでもなったような気がしてしまう。それは、藤代が最も嫌う気分だった。

少しうとうとして七時半に目覚めた。まだ少し早いかもしれないが、一応は許容範囲だろう。それに、相手は地元で公認会計士をしている男なので、あまり待つと家を出てしまうかもしれない。

藤代はベッドの端に腰かけ、部屋の電話の受話器をフックから持ち上げた。手帳を開き、昨夜のうちに調べておいた電話番号にかけた。

相手はすぐに電話に出た。名取《なとり》という男だった。藤代は早朝の電話を丁寧に詫び、身分を名乗った上で、用件を切り出した。

「実は、吉村秀夫のことを伺いたいんです。名取さんは、吉村の保護司をなさってましたね」

「いかにも、私が彼の担当ですが、どうしましたか? まさか、吉村が、何か事件を?」

保護司が刑事からの電話で真っ先に考えることは、それだ。

「いえ、そういうわけじゃないんです。ただ、殺人事件の被害者の部屋に、彼の指紋が残っていたんです」

「そんな、それじゃあ、吉村が……」

「まだそうと決まったわけではありません」

藤代は、重ねて強く否定した。「しかし、彼の人となりを知っておきたいと思いまして。吉村とは、最近は?」

「いえ、最近は話していません。御存じかもしれませんが、去年で仮釈放が終わりましたので」

仮釈放期間中は、月に一度、必ず保護司と会うことが義務づけられている。これを怠《おこた》ると、仮釈放が取り消され、塀の中へ逆戻りだ。

「彼は新宿のネットカフェを転々としていたようなんですが、何か聞いてらっしゃいましたか？」

「ああ、そのことですか……。不運なやつですよ。七、八ヶ月前になるかな。勤めてた工務店の社長が亡くなりまして、店も倒産したんです。出所以来ずっと、そこで真面目にやってきたんですがね。刑事さんも、こっちの人間なら、おわかりでしょ。仕事が少ないこの辺りじゃ、普通の人間だって、なかなか勤めが見つからないですから。短期のバイトや派遣だって、そうそうないですし。それで、吉村は、東京へ出ることにしたんです。その旨《むね》を、会いに来て、ちゃんと話して行きましたよ」

「吉村というのは、どんな男です？」

「真面目なやつですよ。ほんとです。私が担当した人間の中でも、真面目さに於《お》いては、際立ってました」

　もう一歩踏み込んだ質問をすることにした。

「七年前の事件について、少し詳しく話していただきたいんですが、吉村が市議だった被害者を殺害した理由は、何だったんですか？」

「ああ、その件については、いろいろありましてね。吉村の父親も、工務店を経営してたんです。土木工事からマンションやビルなどの大型建造物、それに個人の住居作りにも対応している、それなりの規模の会社でした。この父親と被害者の金沢大吾とは、実は古くからの知り合いでしてね。公共工事の発注などで、持ちつ持たれつの関係を続けてたんです。しかし、その関係にひびが入った。金沢は別の業者と懇意《こんい》になり、関係を深めました。吉村の父親は、公共工事の仕事を失い、心労がたたって亡くなりました。元々、心臓に持病を抱えていたんです。吉村秀夫は、将来的には、個人向けの戸建《こだ》てを設計、建築するのが夢だったんですが、父親の方針で、早くから土木部門の荒っぽい連中の中に叩き込まれましてね。そういうこともあって、腕《うで》っ節《ぷし》や、度胸には自信があったんでしょう。真面目な男で、決して切れやすいわけでもないんですが、かっとすると自分をとめられなくなるところがたまにキズでした。亡くなった父親の葬儀にやって来た被害者と言い争いになりまして、つい、手が出たんです。吉村に殴り倒された被害者は、打ちどころが悪くて、そのまま意識不明に陥りました。病院に搬送されたのですが、じきに亡くなりました」

「――そうだったんですか。ところで、須賀慈郎という名前にお聞き覚えは？」

藤代が須賀の名前を出すと、電話に短い沈黙が下りた。

「もちろん、ありますよ。刑事さんこそ、どうして須賀のことを？」

「詳細は申し上げられないんですが、ある捜査に関連して、須賀の居所を捜してたんです。で、東京に潜伏しているとわかりまして、訪ねたんですが、一足違いで殺されましてね」

「須賀が……。全然知らなかった。いつのことです？」

「昨夜です」

「――そうすると、吉村秀夫がそれに関わっていると？」

「吉村が須賀を訪ねたことは間違いありません。須賀がこっそりと借りていたマンションの部屋から、吉村の指紋が見つかりました」

「いや、そんな……。しかし、やつに限って……」

「私も吉村を疑っているわけではありません。教えてください。なぜ須賀の名前を御存じだったんです？」

「それは、他でもない。かつて金沢大吾と吉村の父親の間を取り持っていたのが、この男だからですよ。須賀というのは、ちょっとしたフィクサー気取りの男だったようです。七年前の事件の捜査資料にも、名前があるんじゃないでしょうか」

「なるほど、わかりました。吉村から連絡が入ったら、すぐに教えていただけますね？」

「はい、承知しました。刑事さん、私からかけてみましょうか？」

「いや、それは結構です。かえって、本人を警戒させるだけだと思いますので。東京で、吉村に誰か知り合いは？　立ち回りそうな先を御存じじゃありませんか？」

名取は、わずかなためらいを感じさせた。

「何か？」

「実は、いるかもしれないんですが、吉村は住所を知りませんよ。私もです」

「どういうことでしょう？　誰がいるんです？」

「やつの婚約者だった女性です。結婚を約束していたんですけれど、待ちきれなくなったんでしょうね。途中で便りが来なくなり、面会にも現れなくなりました。吉村が仮釈放で出た時には、姿を消してしまっていたそうです。やつはあちこち捜したんですが、見つかりませんでした。ただ、東京へ行ったらしいという噂を聞きつけたそうでしてね。仕事を失った吉村が東京に出たのは、もちろん、こっちで新しい仕事が見つからなかったからなんですけれど、かつての婚約者に会いたい思いも、心のどこかにあったんじゃないでしょうか。息子とも、非常に会いたがってました」

「吉村には、子供がいるんですか――？」

「ええ、やつが逮捕された時、生後まだ十日かそこらだったと聞いてます。今は、授《さず》かり婚、というらしいですね。あんなことがなければ、赤ん坊を抱いて式を挙《あ》げてたはずですよ」

「その女性の名前を、御存じですか？」

「覚えやすい名前でしたからね。桜子。桜の子供です。苗字は確か、橘《たちばな》。柑橘《かんきつ》類のほうの橘でした」

藤代は礼を言って、手帳に控えた。

「どうでしょう、須賀ならば、その桜子という女性の居所を知っていたのでは？」

「須賀が、ですか――。ううん、どうでしょうね。もしかしたら、知ってたかもしれないですね。吉村と桜子は、高校の先輩後輩だったんですよ。それに、金沢の息子も同じ高校でしてね。いわば、みんなして、家族ぐるみのつきあいをしてたんです。あ、思い出した。須賀は、この桜子の親戚ですよ。確か、母親の弟じゃなかったかな。ええ、だから、この須賀ならば、桜子の居場所を知ってたかもしれないですよ」

もう一度礼を口にすると、名取は藤代が電話を終えようとしている雰囲気を察し、自分のほうから言葉を継いだ。

「刑事さん、彼は、真面目に努力してるんですよ。少しずつ金を貯めて、もう一度、工務店を開きたいと願ってます。さっきも言いましたが、あの男は、自分の手で個人の住宅を作りたいというのが夢でしてね。父親の会社が倒産しなければ、将来的にはそっちの部門を担当する予定だったそうです。服役中も、建築士を目指して勉強を続けてたそうです。出所後、建築士になるのは無理そうだとわかってからも、まだ夢を諦めてはいないんです」

「無理そうとは、なぜ？」

「いやあ、私も吉村から打ち明けられるまで知らなかったんですが、前科がある人間の場合、たとえ試験にパスをしても、協会が承認してくれない限り、免許が下りないらしいんです」

「――――」

「刑事さんにこんなことを言っても仕方ないのかもしれないですが、なんとかならないものですかね」

ＫＳＰ、警視庁歌舞伎町特別分署は、犯罪が多発する新宿を管轄《かんかつ》とする日本で唯一の分署だ。その庁舎は、大久保通りに面して建っていた。

藤代は受付で身分を名乗り、昨夜話した天明谷と菅原の名前を出してみた。天明谷のほうはまだ出勤していなかったが、捜査一課長の菅原が対応し、刑事部屋の端末を使わせてくれた。礼儀正しいし、率直《そつちょく》な雰囲気もある男だったが、須賀慈郎殺しの捜査の進展について、自分のほうから何か話そうとはしなかった。ようするに、この件については、引っ込んでいろということだ。

どこの警察でも、午前中の刑事部屋というのは閑散《かんさん》としているか、もしくは一般企業のオフィスのような雰囲気に包まれている。大きな事件を抱えた刑事たちは、早朝の会議に出席する以外は捜査に走り回っているし、抱えた事件がない刑事たちだって、街を見回る者が多い。一方、机に坐る者たちは、ワープロやパソコンで書類作りに勤《いそ》しんでいる。

ＫＳＰ捜査一課の部屋は、たまたまなのか、いつもなのか、全員が出払っていて、ひとり課長のみが、窓辺の席で新聞を読んでいるだけだった。

端末で、七年前に起こった吉村秀夫の事件の資料に目を通し終えた藤代は、同じ署の後輩に連絡を入れた。吉村の供述書に、一ヶ所、気になる曖昧《あいまい》な点があったのだ。吉村秀夫が、父親の葬儀が行われた斎場の一室で、被害者の金沢大吾を殴りつけた時、ふたりが会話した内容が、いまひとつはっきりしなかった。父親を罵倒《ばとう》され、かっとして、とか、父の会社を潰された恨みで、といった文言《もんごん》が何度か繰り返されてはいたが、具体的にどんな言葉のやりとりがあったのかが、きちんと記されてはいなかった。

ただの考えすぎかもしれない。刑事を続ける間に、ひとつ得た実感は、時として人は、驚くほどあっけなく、大した意味もなく命を落としてしまうということだった。この時も、状況からすれば、ただかっとなって殴りつけた吉村の一撃が、運悪く倒れて打ちどころの悪かった金沢の命を奪ってしまっただけかもしれない。何か重大なやりとりがあったわけではなく、ささいな感情のもつれが、怒りの爆発を招いたのかもしれない。

だが、自分がもしも取調官だったとしたら、この時になされたやりとりについては、しつこいぐらいに何度も確認する。動機に関連する事項だからだ。調書の文言からは、吉村の取調べを担当した取調官も、そうした結果、決定的な言葉を聞き出せなかったような感じもした。

以上のようなことを告げた上で、取調べに当たった刑事に会い、直接話を訊くことを、藤代は署の後輩に依頼したのだった。

天明谷が刑事部屋に姿を現すのが見えたので、藤代は手早く電話を終わりにした。

受付の人間から、来ていることを聞いたのだろう、天明谷は部屋に入ってくるとすぐにきょろきょろし、端末の椅子に坐る藤代を見つけて近づいてきた。

「ああ、早いですな」

ぼさぼさで、いかにも睡眠不足と思わせる頭髪を指先で掻きながら、薄ら笑いを浮かべた。

「おはようございます。端末をお借りして、七年前に吉村が起こした事件の捜査資料を読んでましたよ。今度の事件と、何か関係するかもしれないと思ったものですから」

会話の端緒《たんしょ》になればと思ってそう言ったのだが、天明谷は、何の関心も示さなかった。

「そうですか。ま、コーヒーでもどうです？　自販機ですが、買ってきますよ。ちょっと待っててください」

「ああ、私も行きます」

藤代は、天明谷と連れ立って部屋を出た。東京の刑事たちの、どことなく冷たい態度に対して、少しでも溝を埋めたいという気持ちがあった。藤代としては、少しでも情報が欲しかった。地元のＮＰＯ法人絡みの不正を隠蔽《いんぺい》するために、須賀慈郎が殺された可能性を思っていた。

「吉村の居所について、何か手がかりは？」

廊下の先にある自販機へと歩きながら、そう話を振ってみた。

「いやあ、だめですな。情報屋も使って、あちこち当たってるんですがね」

「寺の住職が言っていた在日の子供のほうは、どうなりましたか？　吉村も、住職に、この少年のことを訊いていたんでしたね」

「自宅は留守でしたよ。あとでまた連絡してみます」

藤代は、ポケットの小銭を探る天明谷のスーツとネクタイが、昨夜と同じものであることに気がついた。ぼさぼさの髪といい、自宅に帰る時間さえ惜《お》しんで、ずっと吉村を捜していたのだろうか。そうだとすると、見かけよりも、ずっと熱心な刑事らしい。

「今朝、吉村の保護司だった男と電話で話しましたよ」

「ほお。で、何かわかりましたか？」

小銭が見つからない天明谷に代わって、藤代が小銭入れを出した。尾行の時、公共の乗り物の支払いに困らないようにと、いつでも一定以上の小銭を用意している。

「私がおごりますよ。何がいいです？」

藤代が言うと、天明谷はきまり悪そうな顔をしたが、案外ためらうこともなく「それじゃ、ブラックを」と応じた。

「吉村が須賀慈郎に会いに行った理由に、見当がつきました。須賀は、吉村の元婚約者の叔父なんです。これはまだ私の推測にすぎませんが、この婚約者の行方《ゆくえ》を知りたくて、須賀を訪ねたんじゃないですかね」

自販機の取り出し口に紙コップが落ち、ノズルからコーヒーが注がれた。ランプが消えるのを確かめ、藤代はコップを取り出して天明谷に差し出した。

天明谷はしきりと何か考えるのに夢中で、礼も言わずにカップを受け取った。

「しかし、それはどうでしょう。その保護司が、本人からはっきりそう聞いたんですか？」

話し方にも目つきにも、微妙に拒絶感がにじんでいた。藤代は、慎重に応対することにした。

「いや、違います。ですから、まだこれは私の推測にすぎないと」

「吉村が須賀慈郎を訪ねた理由は、やつを殺すためでしょ。須賀は、表沙汰《おもてざた》にできない金の運び役をやっていた可能性が濃厚だと、昨夜、あなた自身がそう説明したじゃないですか。その部屋に、須賀と同じ地方の出身で、前科がある男の指紋が残っていた。しかも、その男らしい人物が、須賀をマンションの裏手の墓地へと追い、命を奪ってる。端《はな》から殺すことが目的だったんですよ」

藤代は自販機を見つめ、何にするか考えている振りをしながら、別のことを自問していた。この刑事は、なぜこんなに強く断定できるのだろう。ＫＳＰには、何か自分には隠している情報があるのか。

「墓地で須賀を刺したのが吉村だと、その後、はっきりした目撃者が出たんでしょうか？」

藤代は、クリームだけ入れたコーヒーを選び、ボタンを押した。

「いや、それはまだです。雨の降る寒い夜で、しかも墓地ですからね。だが、住職や目撃者の前から逃げたのは、吉村ですよ。その後、顔写真で確認が取れました」

「吉村がホシだとしたら、自分が殺した死体が転がっているのと同じ寺の敷地内にいつまでも残って、そこの住職と話などしないと思うんですが――」

「ま、それは本人を捕まえたら、訊いてみましょうよ」

気のない応対をする天明谷を、藤代は黙って見つめてから、自販機に屈み込み、自分の紙コップを取り出した。

どうも摑みどころのない男だ、という気がし始めていた。続きは刑事部屋に戻り、課長の菅原という男も交《まじ》えて話したほうがいいかもしれない。

だが、天明谷が自販機横の長椅子に坐ってしまったので、仕方なく藤代も並んで坐った。

「ところで、死体の解剖は？」

「今日か明日にはってとこでしょう。刺殺と、はっきりしてますからね。優先してもらうわけにはいかんのですよ」

「被害者の携帯は?」

「見つかってません」

「通話記録は、判明しましたか?」

「ええと、どうだったかな?」

藤代は、ちびちびとコーヒーを飲んだ。

「まだ、確認していないんですか?」

「もう、課長のところには来てるかもしれんですが、こっちは何しろ、ずっと外を回ってましたからね」

腰を上げて動こうとはしない天明谷に、ぴんときた。この刑事は、できるだけ手の内を明かすまいとしている。抱え込み、自分の手で事件を解決したいと望むタイプのデカなのだ。

「確かめてください」

藤代がそう言う声に重なって、天明谷の携帯が鳴り始めた。

「ちょっと失敬」

天明谷は、左手を顔の前に立て、携帯電話を抜き出した。人を食ったような態度だった。

「女房だ。申し訳ない。捜査で昨夜、帰ってないもんですから」

口早に言うと、藤代の答えも待たずに通話ボタンを押して口元へと運び、話しながら遠ざかった。廊下の片側に寄り、顔を壁のほうに向け、小声でぼそぼそとやりとりを始める。

藤代は、カップに残ったコーヒーを、努めてゆっくりと飲んだ。

だが、飲み終えてもなお終わらない電話に、段々と苛立ちが募《つの》ってきた。なんとなく漏れ聞こえてくるやりとりによると、妻のほうがねちねちと夫を責めているらしい。

呆れたものだ。刑事が仕事で家を空けるのは、日常茶飯事《にちじょうさはんじ》だ。それに対して、翌朝になってわざわざ電話をしてくる妻も、それに取り合ってちまちまとやりとりをする夫も、藤代には理解できなかった。少なくとも、自分の妻は、一度もそんなことをしたことはない。

やっと話を終えて戻ってきた天明谷は、さすがにきまりが悪そうな顔をしていた。

「ええと、被害者の通話記録ですね」

目を合わせずに言い、そそくさと刑事部屋のほうへと戻る。

藤代は、長椅子の足元に置きっぱなしになっていた天明谷の紙コップを、自分のコップと一緒に専用のゴミ箱に捨て、小走りでそのあとを追った。

近づく藤代たちを見て、課長の菅原は新聞を置いた。

「課長、ガイ者の携帯の通話記録はどうなってますか？」

「別の捜査員に当たらせてはいるが、今のところ、当たりは何もないな。藤代さん、何本か、そちらの地元と通話してるので、これらについては、そちらで捜査していただけますか？」

願ってもないことだった。ＮＰＯの関係者や市議会議員の中島浩介につながる筋が出るかもしれない。

「承知しました。上司に話します」

菅原はうなずいた。だが、手にした通話リストをまだ藤代に見せようとはしないまま、顔の向きを天明谷のほうへと戻してしまった。

「ところで、ちょっと前に情報が来たんだが、真夜中すぎに、おかしな男女が、十歳ぐらいの男の子を抱えて、四谷三丁目にある夜間診療の診療所を訪ねたそうだ」

「おかしな男女――？」

「問診票に書かれた名前も住所も、でたらめだった。少年はショックや激しい興奮が原因で、体温調節機能が麻痺《まひ》して、熱中症や日射病に近い症状で担ぎ込まれて来たらしい。だが、顔や体が痣だらけだったので、ＤＶを疑った医師が通報すると、それを漏れ聞いたんだろう、点滴を始めてまだ間もないというのに、子供をおぶって強引に帰ってしまった。男のほうは緑色のモッズコートを着て、大きな登山リュックを持っていたというんだ」

「吉村の特徴と一致する」

藤代が、独り言《ひとごと》とも取れるような控えめな声で指摘した。

「まさか……」天明谷が首を振る。「じゃあ、その子供と女は、誰なんです？」

菅原は、ちらっと藤代を見てから、口を開いた。

「寺の住職が言っていた韓国人の母子じゃないだろうか」

「どうでしょうね、それは。吉村は、その子の自宅の場所を住職に聞くまでは知らなかったんですよ。別段、親しい間柄でもないでしょ」

「親しくなくたって、自宅を訪ねた時に、たまたま子供の具合が悪くなり、他に男手がなかったとしたら、医者に連れて行くのを手伝ったかもしれんだろ。ええと、子供の名は、何だったかな？」

「康昊《ガンホ》です」

「その康昊の家は、天《てん》さんが訪ねた時には留守だったんだな？」

「ええ、電話でそう報告しましたでしょ。留守でしたよ」

「もう一度、当たってくれ」

「わかりました」

ふたりのやりとりを聞きつつ、菅原が手にした通話記録のリストの名を目で追っていた藤代は、そこに今朝の電話で聞いたばかりの名前を見つけて「あっ」と声を漏らした。

菅原と天明谷が、そろって藤代に顔を向ける。

「どうしました」と尋ねる菅原の声の途中で、藤代はもう右手を伸ばしていた。

「ちょっとそのリストを見せてください」

手に取り、改めて確かめる。間違いない。

「通話記録の最後に、金沢桜子の名前があります」

指差す先を、菅原たちが覗き込む。

「誰です、それは？」

天明谷が訊いた。

「旧姓が橘だとしたら、吉村秀夫の元婚約者です。桜子という名前は、比較的珍しいですから、おそらく、間違いないでしょう」

天明谷は、何ミリか眉を持ち上げ、菅原と顔を見合わせた。

藤代は、通話記録にある時刻に着目した。八時ちょっと前だ。「ちょっと待ってくださいよ。もしかしたらこれは、須賀慈郎が殺された時刻よりも、あとじゃないですか」

「司法解剖の結果が出ていないので、なんとも言えませんけれどね」

天明谷は、木で鼻をくくるような答えをした。

だが、昨夜、藤代があのマンションを訪ねたのが八時半頃で、その時にはもう、裏手の墓地で死体が発見され、騒ぎになっていた。

「通報があったのが、八時すぎぐらいじゃなかったですか？」

天明谷は「そうでしたかな」と気のない返事をしたが、上司の菅原は覚えていた。

「そうでしたね。通報は確か、八時五分とか、そんなものだったはずですよ」

そう答えてから、一拍《いっぱく》置き、藤代の頭をよぎったのと同じ疑問を口にした。

「そうしたら、これは、被害者が殺されたあとで、吉村がかけたものかもしれない」

「まだ、携帯そのものは見つかっていないんですよね？」

藤代が訊く。菅原が答えた。

「ええ、見つかってません。吉村が、そのまま持ってるのかもしれないな」

藤代は、顔を菅原から天明谷のほうへと向けた。

「吉村が元婚約者に電話したのだとしたら、やはり吉村が須賀を訪ねたのは、彼女の連絡先を訊くためだったんじゃないでしょうか？」

天明谷は、しきりと何かを考えているようだった。

「そうかもしれんですが、教えないと突っぱねられ、言い争いになったのかもしれない」

それで、吉村が須賀を殺したと言いたいのか。藤代はふと疑問を覚えた。なぜ天明谷という刑事は、吉村がホシだとする説に、こんなに固執《こしゅう》するのだろう。

「通話時間は、わずかなものだな」

菅原が指摘し、指差した。

「わずか二秒足らずで、いわゆるワン切りというやつですね。何かの合図か、あるいは相手の携帯に、須賀の携帯の番号を残す意図があったのでないとすれば、かけはしたものの、あわてて切ったことになる」

藤代はそこまで言って口を閉じ、あとはじっと菅原を見つめた。

菅原がうなずいた。「よし、少年の家は、別の人間に当たらせよう。天さん、おまえさんは、藤代刑事とふたりで、彼女を訪ねて話を訊いてくれ」

そうこなくっちゃいけない。藤代は、不服そうにうなずく天明谷の前で、菅原の判断に礼を述べた。

13

レースのカーテンの影を身にまとった遅い朝の光が、窓辺の床に射《さ》していた。ベッドの端から両脚を下ろして坐り、ぼんやりと外を眺める桜子の腰から下に、その光がまとわりついている。起きて間もない彼女はまだ素肌にバスローブを着ただけで、いくらか天然パーマが入った長い髪はふんわりとふくれていた。腫《は》れぼったい目をしているのは、起きがけであるためよりもむしろ、ほんの何時間か前まで飲み続けていたウィスキーのせいだった。口の中が粘《ねば》つき、アルコールでやられた胃が、革の袋みたいに固く凝ってしまっていた。

窓の外には、吉祥寺駅が見下ろせた。線路が延びる先の空に、桜子がおかしな突起物を見つけたのは、一年ちょっと前のことだった。晴れ渡った日の、しかもまだ排気ガスが少ない朝にしかはっきりと見ることができなかった突起物は、少しずつ姿形を変え、しかも、注意して見ていると、高さを増しているのがわかった。

やがて桜子は、毎朝、窓の外を眺めるうちに、いつからかその変化を心待ちにするようになった。展望デッキができ上がったあと、さらにその上にまだ二層めの建造物が造られているらしいことを発見した時には、何ができるのかと思わず検索してしまったし、電波塔部分が建造された最後の数ヶ月は、完成予定日が既にわかっていたにもかかわらず、今日にはでき上がるか、明日には完成した形を見られるかと、毎朝、わずかとはいえ、胸が沸《わ》き立つ気分を感じたものだった。この武蔵野《むさしの》に引っかけた六三四メートルの高さを持つ、世界一のタワーなのだ。

だが、今ではもう、それは高層ビルの隙間に垣間《かいま》見える遠くの高層タワーにすぎず、なぜ自分があんなものに興味を覚えたのか、桜子にはよくわからなかった。ただ完成するまでのわくわく感を楽しんでいたかっただけなのか。あるいは、何でもない何かを待っていただけかもしれない。

桜子は何度めかのトライの末、やっと心のはずみをつけてベッドを抜け出すと、シャワーを浴びた。今日もどこに出る予定もなかったので、部屋着を着て、髪を念入りに乾かした。

食欲はなかった。コーヒーだけ飲んで済ませてしまうつもりで、コーヒーメーカーをセットした。新聞はもちろん、テレビを観《み》る気にもならず、FMでかかっていた音楽を聴《き》きながら、ただぼんやりとコーヒーを飲んだ。

玄関のロックが外れてドアの開く、けたたましい音がした。勇が帰って来たのだ。朝帰りの気まずさを押し隠すために、わざと激しくドアを開けたに決まっている。桜子は、ドアにチェーンをかけておけばよかったと思ったが、そんなことをすれば、朝からまた言い争いになるのは、火を見るよりも明らかだった。

もう、そんなことはしたくなかった。言い争いをする段階は、とっくにすぎてしまっていた。桜子は左頰に指先で触れた。そこには内出血の紫色と、唇の端が切れた傷痕が、今なお薄《うっす》らと残っていた。先週、言い争いの中で、勇の手が飛んできてできたものだった。あの時に、また何かが終わったのだ。

部屋に現れた勇は、リビングのテーブルでコーヒーを飲む桜子を横目にしつつ、カウンターによってリビングと隔てられたキッチンに入った。冷蔵庫を開け、牛乳の一リットルパックを取り出すと、注ぎ口に口をつけて直《じか》に飲んだ。勇は牛乳が好きで、暑い日でも寒い日でも、食事の間でもセックスのあとでも、こうして牛乳を飲むのだった。いつからか、そのことが、桜子にはやけに疎《うと》ましく思えるようになっていた。牛乳が自分の体を作った。剛速球を投げ込むこの肩もだ、というのが、昔の勇の口癖だった。

「ああ、疲れた。シャワーを浴びて、少し休む」

勇は目を合わせようとはせずに言い放ち、コートを脱いだ。

桜子は何も言わなかった。どこで何をしていたかと訊けば、金策に走り回っていたと答えるか、断れない筋とのつきあいだったと答えるに決まっていた。その同じ言い訳で、段々と帰宅の時間が遅くなり、ついにはこうして明るくなってから帰るようになってしまった。それればかりか勇は、やがて別の女の匂いを隠さなくなり、今では向こう側が透けて見えるぐらい近くに、公然の秘密として横たわっている。それを秘密のままに保っているのは、勇と桜子のふたりとも、薄いベールを剝がして真実をあらわにすることが億劫だからだ。

「牛乳を、冷蔵庫に戻しておいて」

脱いだコートを片腕に引っかけて、クロゼットのある寝室へと向かいかける勇の背中に、桜子はそう声をかけた。

彼女の坐る位置から、キッチンカウンターに立つ牛乳の一リットルパックの頭部が見えた。紙パックの三角の口が開いたままなのが、いかにもだらしない。

勇はリビングの出口から、桜子のほうを振り返った。ちらっとキッチンに目をやり、苛立たしげに舌打ちした。

「もう、空だよ」

「それなら、ゴミ箱に捨ててちょうだいよ」

勇の顔が、強い風を真正面から受けたみたいになり、桜子はみずからの剣幕《けんまく》に気がついた。

「――ああ、あとでな」

「捨ててよ。大した手間じゃないでしょ?」

「あとで捨てるさ」

「今、やって!」

勇が桜子を睨みつけた。険しい目の中に、どこか人を小馬鹿にしたような感じがある。その感じこそが、桜子には許せないものだった。この男が自分を求めたのだ。どうしても一緒になって欲しいと、すがりついたではないか。それなのに、なぜこんな目を向けるのか。

勇はキッチンへ引き返すと、紙パックを摑み、水道の水を出した。三角形の口から水を注《そそ》ぎ込むと、揺すって捨てる。それを二回繰り返したあと、水切りに逆さまに立てた。

「紙パックは、捨てるんじゃない。リサイクルするんだ。まだ東京の暮らしに馴染まないみたいだな」

桜子は、顔が火照るのを感じた。

「そんなところに、放っておかないでという意味で言ったのよ！」

「それなら、こうしたんだから、もういいだろ。キンキン声を出すのはやめろ。俺は、疲れてるんだ。少し眠るからな」

「いったい、なんで疲れてるのよ？　どこで何をしていたの⁉」

結局、言ってしまった。口にした瞬間、早くも後悔がこみ上げた。言い争いは、億劫なのだ。だが、もう火蓋は切られてしまった。きっと二十分は言い争いが続く。いや、きっと三十分か四十分。とにかくふたりともくたくたになり、そして、お互いのことをとことんうんざり思うまで続くのだ。

リビングの出口から振り返った勇の顔に、ぽっと光が灯《とも》ったように見えた。何かに魅入《みい》られたような目をしている。

目の前にいる男の胸の内が、手に取るようにわかった。言い争いの火蓋が切られたことに、自虐《じぎゃく》的な喜びを感じている。ぬかるんだ斜面で足を滑らせ、今まさに落下せんとする瞬間に、なぜだか心のざわめきを感じる人の顔だ。痛みがぶり返すことがわかっていながら、指先でかさぶたを剝いてしまう少年の顔だ。勇が時折垣間見せる子供っぽい表情を、愛しく可愛らしいと思っていた頃もあった。もしかしたら、そんなところに最大の魅力を感じていたのかもしれない。しかし、段々とそれは、大人の男として、何か大切なものが欠けているからだとわかるようになった。

勇が一歩近づいて来た。両目に、怒りの炎が燃えている。唇は、内なる怒りを表に出すことへの喜びに、左右の端がわずかに吊り上がっていた。

だが、正に青い火花が散らんとした時にチャイムが鳴り、ふたりは互いの顔を見合わせた。憎み合い、いがみ合っていた男女は消え去り、肩を寄せ合って身を潜め、不安や恐怖を必死でやりすごそうとする一組の夫婦に戻っていた。誰かがマンションのエントランスホールに訪ねてきたのだ。

勇の目の合図を受けて、桜子が動いた。

金貸しだとしても、立ち退《の》きを迫っている大家《おおや》の代理人の不動産屋だとしても、桜子が応対したほうがいい。主人は留守ですという決まり文句を、もういったい何度繰り返したことだろう。管理費だけでちょっとしたワンルームが借りられてしまうクラスのマンションに、今の自分たちが暮らすのは間違いだった。店が上手くいかなくなり、借金だけがかさみ、部屋の家賃の支払いも、もう二ヶ月もできずに滞《とどこお》っている。もう、終わりだ。終わりにすべきだ。それなのに、ぐずぐずとその瞬間を引き延ばしているのは、終わりにしたあとの人生に見当がつかず、その場に身を置くことが恐ろしくてならないためだった。

桜子は、ほつれ毛を指先で直しながら、インタフォンへと歩いた。

「どちら様ですか？」

「警視庁歌舞伎町特別分署《K・S・P》の天明谷と申します。須賀慈郎さんのことで、少しお話を伺いたいのですが、宜《よろ》しいでしょうか？」

「叔父のことで――」

桜子はいぶかり、背後を振り向いた。勇がじっとこっちを見ていた。

「わかりました。どうぞ、お入りになってください」

桜子は、エントランスのロックを解除した。


「叔父が、死んだですって……？」

桜子はあっけに取られ、思わず刑事の言葉を反復した。玄関口で、ふたりの刑事たちはそれぞれに姓名と所属を名乗ったのち、天明谷という背の高いほうが、おごそかにそう告げたのだった。

「何も御存じなかったですか？　ニュースでも、既に報じられているんですが」

「知りませんでした……。私、今朝はまだテレビを見てませんでしたので……。それとも、もっと前のことなんですか？　いったい、何があったんです？　刑事さんが来ることは、何か事件が?」

ショックで問いかける桜子の前で、刑事たちは、ちらっと目を見交わした。

「残念ながら、須賀さんは、何者かによって殺害されました。昨夜のことです」

再び背の高いほうが答えて言った。

「そんな……、どうして、叔父さんが……」

「それを調べているんです。少しお話を聞かせていただきたいんですが、宜しいでしょうか?」

中に上がらせてくれという意味だった。リビングで聞き耳を立てているにちがいない勇の姿が思い浮かぶ。

「わかりました。散らかってますが、どうぞ、お上がりになってください」

刑事たちは礼を述べ、靴をそろえて丁寧に脱いだ。

桜子が先に立ってリビングに戻ると、勇はカウンターを背にして立ち、腰の辺りをカウンターに押しつけて体をもたせかけていた。案の定、刑事たちを通したことに対して、目立たないように桜子を睨んでくる。

如才《じょさい》なく挨拶する刑事たちに、いかにもくつろいだ様子で挨拶を返したが、桜子と刑事たちがソファに向かい合って坐っても、勇はそこから動こうとはしなかった。刑事はあくまでも桜子を訪ねてきたのであり、自分はたまたま居合わせただけだ、という姿勢を貫《つらぬ》いているつもりらしい。

桜子は、応接テーブルに載ったままだったウィスキーのボトルを、さり気なく足元に下げた。

「ところで、吉村秀夫を御存じですね？」

背の高いほうの刑事が、いきなり訊いてきた。不意打ちをかけることを、予め狙っていたのだろう。さり気ない風を装ってはいたが、じっと注意深い目で桜子の様子を窺っている。

桜子は動揺を押し隠そうとした。その名前を耳にした瞬間、体の中で、何か大きなものが動き出していた。

「秀夫……」

胸の中で名前を呼んだつもりでいたが、実際には小さな声になって出てしまったのかもしれない。

「昨夜、須賀さんの携帯から、あなた名義の携帯へ電話が入っているんです」

「叔父が、私に……。いえ、知りません。最近、叔父とは話してませんので」

「いえ、叔父さんではなく、吉村がかけたのだろうと我々は考えています。ただ、相手と話していないというのは、わかります。通話記録によると、ほんの二秒で切られてますので。ところが、その通話がなされた時刻というのが、須賀慈郎さんが殺害されたと思われる時刻よりも、あとなんです。それに、殺害現場付近に、同時刻、吉村らしき男がいたことも確認が取れています」

「そうしたら……、つまり、秀夫が——」言いかけて、桜子はあわてて口をつぐんだ。この三年の間、勇の前で、その名前を口にしたことは一度もなかった。

「ちょっと待ってください」と言い置き、ソファを立って壁に作りつけられた電話台へと歩いた。固定電話の隣に携帯の充電器が置いてあり、今、桜子の携帯はそこに立っていた。抜き取った携帯を開いて操作すると、確かに慈郎オジの名前が、昨夜の履歴に並んでいた。その時刻ならば、猛烈に酔っていた頃だった。携帯が一度鳴って切れたことになど、気がつくはずもなかった。

「そうしたら、吉村が慈郎叔父さんの携帯を借りて、かけたと仰るんですか?」

桜子に代わって、勇が訊いた。

「いいや、普通、携帯は貸し借りしないでしょ」

背の高い刑事は、勇を見て首を振ると、顔を桜子のほうへと戻して続けた。

「吉村秀夫があなたに連絡を取りたがっていて、被害者の須賀慈郎さんが番号を知っていたのなら、その番号を教えればいいだけの話です」

「つまり、どういうことです?」

桜子は、相手が自分にそう尋ねさせるために、その前で話を区切ったような気がした。

「つまり、吉村秀夫が、勝手に須賀さんの携帯を使ってかけた」

「待ってくれ」勇が言った。「あなたたちは、何を言いたいんです。秀夫がジロージを殺したと思ってるんですか？　それはないですよ。やつが、そんなことをするわけがない」

勇の口から秀夫の名前が飛び出すのを聞いて、桜子の胸が騒いだ。それは自分が口にするよりもずっと、自然で馴染みある響きを伴《ともな》っていた。

「なぜそう言い切れるんです？」

背の低い、五十前ぐらいの年格好のほうの刑事が、初めてそう質問を向けてきた。

そっちの刑事の喋り方には、いくらかふるさとの訛《なま》りがあった。この男のほうは、桜子たちと同じ県の刑事だと名乗ったはずだ。慈郎オジが何かしでかし、それを追って東京へ来たのだろうか。

「なぜって……、だって、やつには、ジロージを殺す動機がないですよ。そうでしょ」

実際には秀夫のことを、誰よりも深く憎んでいるはずなのに、勇はすっかり善人らしい雰囲気を身にまとっていた。いつかしら自分自身でも、どこまでが演技かわからなくなっているのかもしれない。

「吉村と、最近、お会いになったんですか？」

「いいえ、会ってませんけれど――」

「つかぬことを伺いますが、金沢さんと仰るのですね」

「そうですけれど、それが何か？」

「七年前、吉村秀夫が殺害した市議会議員の名前も金沢でしたが、何か御関係が？　まさか、御親族ですか？」

勇の顔が、硬く引き攣《つ》った。

「殺された金沢大吾は、僕の父ですよ。それがどうしたんです？」

「そうしたら、あなたはずいぶん吉村を恨んでおいでなんでしょうな？」

藤代は、ほとんど表情を動かさずに淡々と訊いた。同じ故郷の人間という理由だけではなく、もうひとりの背の高い刑事と比較して、人好きのするタイプの男ではあった。しかし、眼光はあくまでも鋭く、桜子は自分たちの手の内を見透かされているような気がした。

「もう、七年も前のことですよ」

「だが、父親を殺された恨みは、消えるもんじゃない。違いますか？」

「だったら、何なんです？　安心してください。もしも吉村が妻に連絡してくるようならば、僕がすぐあなた方に報《しら》せますよ」

「お願いします」

藤代は、礼儀正しく頭を下げたが、それで話を切り上げる様子は少しもなかった。

「最近、須賀慈郎さんと話されたことは？」

「いいえ、ありません。故郷を離れて以来、会っていませんよ」

「奥さんはどうです？」

「私も会ってません」

「須賀さんは、亡くなられたお父さんの右腕だったと聞きましたが」

「右腕かどうかは知りません。確かに、父とは親しくしてましたね。だけど、それだけですよ」

「須賀さんの近況については、何か？」

「だから、何も知りませんよ。故郷を出て以来、会ってないと言ってるでしょ。そろそろいいでしょうか。実は、朝まで仕事でしてね。もうくたくたなんです」

勇はカウンターの前を離れ、ダイニングテーブルへと歩いて椅子に坐った。組んだ足を小さく揺すり、右手の指先でテーブルをこつこつと叩く。そんなふうに体のどこかを動かし始めるのは、勇が嘘をついている時の癖だった。刑事たちにそれを見抜かれそうな気がして、桜子は内心ひやひやした。

「失礼しました。お暇《いとま》します」藤代は丁寧に言い、背の高い刑事と目配せしたが、まだ腰を上げようとはせずにローチェストに置かれた仏壇の遺影を指差した。

「ところで、そちらは、息子さんでしょうか？」

桜子は顔が引き攣るのを感じた。

「失礼ですが、それは、吉村との間の——？」

語尾を途切《とぎ》れさせるような訊き方に遠慮があったが、視線は不躾《ぶしつけ》なほどに桜子に向けられたままだった。

「——そうです」

自分の声が、どこか遠くから聞こえた。

「亡くなられたのは、いつ——？」

そんなこと、いったい何の関係があるのだ。

「なんでそんなことを訊くんですか。あんた方に、何も関係ないでしょ！」

だが、勇がそう声を荒らげるのを見たら、桜子は急に話したくなった。

「今から三年前。吉村が服役して四年めの夏でした。事故で、あっけなく」

藤代は、初めて目をそらした。「——お悔やみ申し上げます」

天明谷という刑事のほうは無言のまま、ふたりともソファから立った。

「お手数を取らせました。それじゃあ、名刺を残して行きますので、吉村秀夫から連絡が入ったら、すぐに知らせてくださいますね」

「ええ、そうです」

藤代が念を押し、名刺を差し出し、時間を取ってもらったことに礼を述べた。

「まさか、秀夫に連絡を取ろうと思ってるんじゃないだろうな」

刑事たちを送った桜子がリビングに戻ると、勇はソファに坐り、牛乳の入ったグラスを口に傾けていた。冷蔵庫の新しい牛乳パックを開けたのだ。睨《ね》めつけるように桜子を見て、低い押し殺した声で訊いてきた。

「するわけないでしょ。今さら、どんな顔であの人に会えるというの」

今度は桜子が声を荒らげた。腹立たしさの奥に、やるせない悲しみがあった。胸に刻み込むように、もう一度思う。――今さら、どんな顔で秀夫に会えるというのだ。勇との人生を選んだのは、他でもないこの自分自身だった。息子が亡くなり、母の残した料亭も立ちゆかなくなり、あの街であれ以上、ひとりで秀夫を待ち続けることはできなかった。

「それにしても、秀夫のやつはとんでもないぜ。うちの親父に次《つ》いで、今度はジロージとは。あいつは、とんでもない疫病神《やくびょうがみ》だ」

「待ってよ。ヒデが殺したとは限らないでしょ。あなただって、刑事にそう言ったじゃないのよ」

「それは、やつをかばってやっただけに決まってるだろ。だけど、ああして刑事が話を訊きに来たんだぞ」

「――――」

桜子は否定しようとしてできず、はっとした。七年前も、やはり刑事から話を訊かれた。事件が起きた時、桜子は、赤ん坊の世話のため、ちょうど斎場を離れていた。戻ったら、パトカーが斎場を取り囲み、たくさんの警官が行き来していた。誰かが桜子と秀夫の関係を話したのだろう、警官のひとりが桜子の姿を見つけるとすぐに刑事たちを呼び、桜子はこの刑事たちから、斎場の事務所の片隅で、根掘り葉掘りと質問を浴びせかけられたのだった。

あの時と同じだ。いや、違う。今度は刑事たちは、ただ話を訊きに来ただけだ……。しばらく口を閉じ、何かを考え込んでいた勇は、やがていきなり激昂《げっこう》し、貧乏《びんぼう》ゆすりを始めた。

「くそ、まただ。あいつが、いつでも俺の人生を邪魔するのさ」

「――何を言ってるの?」

「だって、そうだろ。ジロージなら、金を用立ててくれたかもしれないんだぞ。俺は、ちょうどそう思ってたところだったんだ。ほら、覚えてるだろ。ジロージがしてた話を」

勇がひとりで喋り続けるのを、桜子はしらけた気分で聞いた。

この人の人生は、いつでも必ず誰かに邪魔されてきたのだ。特に、いくつかの事業を始めては潰すことを繰り返すようになってからは、その原因は必ず誰か自分以外の人間の邪魔や意地悪にあり、決してみずからの努力不足や判断ミス、それに何よりいつでも持病のようにつきまとう見通しの甘さが原因だと認めようとはしなかった。

刑事たちにああは言ったものの、本当はひと月ほど前に、慈郎オジと会っていた。ふらっと勇の店に現れ、高い酒を注文して飲んだあと、店が終わる頃になって自宅にいた桜子まで呼び出し、一緒に深夜の焼肉に繰り出したのだ。

その夜、慈郎オジはだいぶ酔った。焼肉屋から桜子たちが暮らすマンションへと移り、勇の買い置きの焼酎《しょうちゅう》を飲み続けた。桜子にとっては母の弟なので、幼い時分からずっと知っていたが、そんなふうに酔う慈郎オジを見たことは滅多になかった。勇に向かい、おまえの父親さえ生きていたら、自分だってこんなことにはならなかったのにとさんざん愚痴る合間《あいま》に、おまえらだけは幸せになって欲しいと、時折、思い出したように桜子と勇の将来を案じ、そして、最後は酔い潰れて眠ってしまった。

だが、そうして酔い潰れる直前に、妙なことを口にしたのだ。刑事たちに訊かれた時、勇が咄嗟に嘘をついたのは、慈郎オジが口にした言葉が気にかかっていたからにちがいなかった。

俺はじきに姿を消す。そして、どこか新しい土地で、新しい生活を始める。慈郎オジは、泥のようによどんだ目を今にも閉じそうになりながらそうつぶやき、さらにはこんなふうに言ったのだった。

「金ならある」

だが、興味を示した勇が根掘り葉掘り訊いても、もう慈郎オジはまともな応対ができない状態で、それからじきに酔い潰れて眠ってしまった。翌朝になると、何も覚えていないと答えるばかりで埒《らち》が明かなかった。しかし、慈郎オジが何かを隠す一方、その一部を前夜、酔った勢いでぽろっと漏らしてしまったのを悔やんでいたのは確かだった。

――だが、だから何だというのだ。あんなあやふやな話をここで持ち出し、それでこの人はいったいどうしようというのか。

「まあ、聞けよ。ジロージが、うちの親父が殺されたあと、それまでずっと親父の右腕だった中島って野郎を選挙に担いだ話はしたろ」

勇が言った。何も慈郎オジが担いだわけではなく、中島という男が自分で選挙に打って出たのだと聞いていたが、桜子は黙ってうなずくことで先をうながした。

「その中島は、ジロージに、どうやら金の運び屋をやらせてたらしいんだ。どんな金かはわからねえが、表沙汰にできない金だったことは、確かさ。ジロージは、それをうちの親父の時代からの腐《くさ》れ縁《えん》の筋とか、中島が開拓した裏の筋とか、あちこちに運んでいたらしい」

「ちょっと待って。そんな話を、いつ聞いたの？」

桜子は驚き、訊き返した。

「まあ、それはいいじゃねえか」

「ひとりで、ジロージを訪ねたのね？　ジロージのことを、調べたんでしょ」

「ま、そんなようなことだよ」

金の無心に行ったにちがいない。だが、それを断られたのだ。そうでなければ、訪ねたことを、秘密になどしなかったはずだ。

桜子はキッチンに歩き、冷蔵庫から炭酸水を出して飲んだ。

「待てよ……」

勇が、ふいにソファの背もたれから体を起こすのを、キッチンカウンター越しに見た。両肘を自分の両膝につき、顔を前に突き出した勇は、焦点が合っているようないないような視線を少し先の床に落としていた。

何かを思いついた時の顔だった。それはここ数年、ろくな思いつきであった例《ため》しがなかった。最初のうちは勇に説得され、途中からは引きずられ、最近では、他にもう手がないというどこか捨鉢《すてばち》な気持ちによって、その思いつきに従って動いてきたが、共通していることはただひとつ。一度として、それが上手くいった例しがないということだった。

だが、今度という今度は、今までとは大きく事情が違う。今度、もしも勇のくだらない思いつきが上手くいかなかったならば、自分たちにはもう先がない。破滅が待っている。母の料亭を人手に渡して得た金も、勇が父親から引き継いだ財産も、父親の死によって得た保険金と同様、「今度こそは」という言葉とともに繰り返された勇の新事業によって食い潰され、今では何も残ってはいなかった。現在、手元にあるのは、いよいよ払える当てのなくなった借金だけだ。

「秀夫は、ジロージの金を持ってるかもしれねえぞ」

桜子は、低い声でつぶやくように言う勇の顔を見つめ返した。

「——待ってよ。秀夫がお金のために、ジロージを殺したというの？」

「そうは言ってねえよ。でも、あいつはジロージが死んだあと、ジロージの携帯からおまえに電話してきてるんだぞ。その場にいたのは間違いねえだろ」

「でも、だからといって——」

「殺したか殺してねえかは、どっちでもいいんだ」

「何言ってるの。どっちでもいいことないでしょ」

「なあ、今は議論はやめようぜ。俺たちにゃ、議論してる余裕はねえんだから。そうだろ。とにかく、金を持ってるのかどうかを本人に確かめるんだ。警察より先に、秀夫を見つけて会うんだよ」

桜子は、ゆっくりとキッチンを出た。

「会うって、どうやって——？」

「おまえが電話して確かめるんじゃねえか。秀夫は、ジロージの携帯を持って逃げてるらしい。そこにかけりゃいい。電源を切っていたら、メッセージを残すんだ」

桜子はリビングに戻ったものの、はたと立ちどまり、激しく首を振った。

「――嫌よ、私。ヒデと話すなんて」

「なんでだよ、嘘つくな。話したいはずだぞ」

「嫌だって言ってるでしょ」

「おまえは電話で話すだけでいい。あとは俺がやる。おまえがどこかに呼び出したら、俺がそこに待ってるのさ。どうだ、いい考えだろ」

「自分でかければいいじゃない」

「だめだ。俺がかけたんじゃ、来ないかもしれない。だけど、おまえの声を聞けば、あいつは必ずやって来る。そしたら、ジロージの金を寄越せと言ってやる」

勇は鼻孔をひくつかせ、肩でひとつ息を吐いてから、自分に言い聞かせるようにあとを続けた。

「俺には、そう主張する権利があるんだ」

桜子はソファに戻り、炭酸水のボトルをテーブルに置き、勇の隣に体を沈めた。この人は、なぜこんな子供のような主張を、疑いもなく堂々とできるのだろう。

勇の腕が肩に回り、桜子は最初、拒絶の気持ちで体を固くしていたが、やがてそこに頭をもたせかけた。

ふっと別の考えが浮かんでいた。勇はただ、秀夫に助けを求めたいだけなのかもしれない。昔、バッテリーを組んでいた頃のように、それぞれが社会に出てあたふたしながら、時折会っては語り合っていた頃のように、自分が置かれた窮状《きゅうじょう》を包み隠さずにぶちまけ、愚痴を言ったり、弱音《よわね》を吐いたりしてみたいだけなのかもしれない。

——いや、それはこの私の願いなのか。

私も、秀夫に救って欲しいのだ。この私を、こんな暮らしから引きずり出して欲しい。憎みながらも離れられずにいる勇との関係を終わらせて欲しい。

桜子は体をずらし、勇の右腕から抜け出した。

「とにかく、嫌。私、ヒデと話すのは、絶対に嫌よ。どうしても連絡したいなら、あなたがして」

14

エレベーターに乗り、地下のボタンを押した。

それを待って、藤代は口を開いた。

「あの亭主のほうは、何か隠してますね。いや、夫婦そろって隠してるのかもしれない」

天明谷はエレベーターのドアに正対したまま、顔だけをわずかに藤代のほうへと動かした。身長差があるため、上から見下ろされる形になった。

「何かって、何です？」

口調は丁寧だが、相手の指摘に大した興味を払っていないような声に聞こえ、見下ろしてくる視線と相まって、小馬鹿にされているような感じがした。

「わからんですが、もしかしたら金沢って男は、須賀慈郎の最近の動向を何か知ってたのかもしれない。あの男は、死んだ金沢大吾の息子です。須賀は金沢の右腕と言われてた男だし、その姪が妻となれば、須賀と親しい関係だったはずだ」

「うむ、そうかもしれんですね」

天明谷は、言葉少なに応じるだけだった。案山子《かかし》だってもう少し愛想を振りまく。

これが地元での捜査であり、組んでいるのが同じ署の同僚だったとしたら、もっとお互いの手応えを確認し合いたいところだったが、藤代はそれを思いとどまった。この天明谷というのっぽの刑事に対して、何か言うに言われぬ感じとして、心を許し、手の内を明かしすぎることを警戒する気持ちが起こり始めていた。この男には、何か得体《えたい》の知れないところがある。

「あの夫婦、おそらくは上手くいってませんな」

天明谷が言った。ふっとそんな感想が口をついたといった様子で、一拍遅れてこちらに向けてきた顔には、別段、藤代の意見を求める表情はなかった。

「そうでしょうか……。なぜ、そう思ったんです?」

「臭《にお》いですよ」

「臭い——?」

「ええ、上手くいっていない男女がひとつの部屋にいると、何か嫌な臭いがするものなんだ」

「——」

エレベーターが地下に着き、応え方を考える藤代の前でドアが開いた。このマンションは駐車場が地下にあり、そこには訪問客が車を駐めるスペースも確保されている。

「私はもう少しあの夫婦を張ってみたいんですが」

エレベーターを降り、駐車場を歩き出しながら、藤代は言った。

「吉村が現れると思ってるんですか?」

「妻のほうは、吉村のかつての婚約者です。吉村が須賀慈郎に会いに行ったのも、彼女の連絡先を訊くためだったにちがいない」

「それじゃ、お願いします。ただし、吉村が現れたら、必ず連絡をくださいよ。やつは、マエ持ちだ。ひとりで接触するのは危険です」

「わかってます。で、天明谷さんはどちらに?」

「そうですね。ま、それは上司に訊いてみないことには」

　さらっと言葉を濁す相手に対して、わずかに苛立ちがこみ上げる。確かにこちらは協力を要請する立場にすぎないが、これは県警本部からの正式な書類を介しての仕事なのだ。もう少し、手の内を見せてもよさそうなものではないか。

　駐車スペースに駐まる警察車両に着いた時、携帯の振動音が聞こえた。天明谷のポケットだった。

　天明谷は携帯を抜き出してディスプレイを見やり、不機嫌そうに眉間《みけん》にしわを寄せた。

「ちょっと失敬《しっけい》」

　短く告《つ》げ、こちらの答えも待たずに背中を向けて遠ざかる姿が、分署で示したのと同じだった。どうやら、またかみさんからのものらしい。勤務中だというのに、いったいどういう夫婦なのだ。

　意地悪な気分でなかったならば、他人の、それもプライベートなやりとりを盗み聞きしようなどという気はもちろん起こらなかったろうが、今の藤代は違った。何歩か天明谷のほうに近づいた。地下駐車場のコンクリート壁が声を反響させ、小声で交わされる会話も比較的はっきりと聞こえる。

「ああ、仕方ないだろ。仕事だったんだぞ。別段、やましいことをしてたわけじゃない。——こっちは、寝ずに仕事をしてるんだぞ。こういう電話は、いい加減にしてくれ。——

違う。怒ってなどないよ。――ああ、わかった。時間が取れたら、すぐに帰る。だから、気にしないで、ゆっくりしてるんだ。いいか、気分を落ち着けて、あんまりくよくよと考え込むんじゃないぞ。医者の薬は服んだのか？」

時には相手に媚《こ》び、時には相手をなだめ、時には誠心誠意謝《あやま》ったり気遣《きづか》ったりする天明谷には、刑事として振る舞っている時とは違う雰囲気が漂っていた。あの男は、困り者のつれあいに右往左往《うおうさおう》しながら、なんとか相手を傷つけまいとする小心で誠実な夫でもあるらしい。

それにしても、かなりのかみさんだ。藤代は意地の悪い興味を持ったことにやましさを覚えて、引き返した。来客用の駐車スペースに駐まった警察車両へと歩きながら、みずからの携帯を抜き出した。吉村秀夫の取調べに当たった捜査員に会って話を訊くように頼んだ署の後輩に、連絡をしてみるつもりだった。

金沢夫婦に話を訊く間は電源を切っていた携帯をオンにして、通話履歴から後輩の番号を呼び出す。

「――――」

だが、藤代は、はっと手を止めた。

小さく首をかしげ、肩ごしに背後を振り返り、こちらに背中を向けて携帯でやりとりを続ける天明谷を見つめてから、もう一度みずからの携帯のディスプレイへと目を落とした。

ディスプレイの隅に表示されたマークと青白い二文字に、間違いはなかった。ここは、携帯の電波圏外なのだ。

それではあの男は、いったい誰と話しているのだ――。

15

コンビニで、スポーツ飲料と氷をかごに入れた。さらにはサンドイッチやおにぎり、お惣菜《そうざい》などを見つくろったあと、允珍《ユンジユン》は秀夫の頼みを思い出し、レジ脇の新聞立てから新聞を二紙抜き取った。これからあの秀夫という男と康昊《ガンホ》と三人で囲むことになる、朝の食卓が想像された。そして、そんな想像をすると、自分とあの秀夫という男とが、いつか親しい間柄になるような気がした。允珍は誰か新しい男に出会うたびに、その男が自分と康昊とを愛してくれて、懸命に守ってくれることを想像するのが好きだった。もしもそうしてくれたなら、自分だってその男のことを、心から愛するにちがいない。誰でもいいから、傍にいて欲しかった。

レジカウンターにかごを置き、財布をバッグから出すとともに、ゆったりとした気分が訪れた。無造作に突っ込まれた一万円札でふくれ上がった財布を持つのは、初めてだった。ここ数年は、したくもない細かい計算をしながら買い物をするのが常だったし、しかもレジに立つ前には、先生に指されて黒板の前で問題を解いた時のような気分で、レジカウンターが表示する合計金額を見つめていなければならなかった。

結婚生活の間だって、大差はなかった。足かけ四年の間、義母は決してお金の管理を允珍に任せようとはしなかった。夫がもらってくる給料を預かり、使い方を細かく割り振り、最後にはそれを家計簿に記録するまで、すべてが義母の仕事だった。

高校中退後、家出同然にして母親のもとを飛び出した允珍は、その頃つきあっていた男にくっついて横浜《よこはま》に流れた。男の紹介で働き出した野毛《のげ》のスナックで、その男と別れたあともしばらく働いたのち、数年に亘《わた》り、野毛や宮川町《みやがわちょう》の店をいくつか転々とした。その間にも何人かつきあった人や、つい体の関係になった男はいたが、あの彼ほど優しくて允珍を大事にしてくれる男と出会ったことはなかった。

それなのに、結婚したら、何もかもがそれまでとは違ってしまった。優しさや思いやりに見えていたものが、ただの優柔不断だとわかるまで、それほど時間はかからなかった。母親と妻との間で板挟《いたばさ》みになっているように見せていたのはただのポーズで、実際には何もかも母親の言いなりだった。

義母は買い物のたびに自分が必要と判断した金額だけを允珍に持たせ、そして、允珍が戻ったあとは、何か無駄遣いをしていないか、必ずレシートを点検した。

老眼鏡をいくらか鼻のほうにずらしてかけ、目を細めてレシートに目を走らせる義母の横顔を、允珍は今なおはっきり覚えていた。

今でもわからないのは、あの女は息子の妻になった女が在日コリアンだったからあんな態度を取り続けたのか、それとも、どんな女だったとしてもそうだったのかということだ。大概の時は前者だと思えたが、ほんの時折、滅多にないことではあったが、後者だと思う時もあった。どっちにしろ、ひどい話であることには変わりなかった。

母のもとを飛び出したのは、もちろん母親と上手くいっていなかったからだが、在日の世界の雰囲気に嫌気が差していたのも確かだった。大久保のコリア・タウンをあとにして横浜で新しい生活を始めれば、今まで自分を縛っていた在日同士の同族意識を消し去れるような気がした。そして、実際に野毛や宮川町で働いていた間、そんなことは意識の彼方《かなた》——とまではいわないまでも、かなり遠くへと追いやられていた。

それなのに、四年の結婚生活が終わった時、最後に自問しなければならなかったのは、やっぱりこのことだったのだ。——義母は、私が在日だから、こんな態度を取り続けたのだろうか。

今でも到底許すことはできないあの小さな日本人女の向こうに、生まれてからずっと感じてきた、薄ぼんやりとして実体の見えない無数の嫌な視線の存在を感じずにはいられなかった。大久保に戻ってからの允珍は、横浜ですごした数年間とは反対に、在日の男としかつきあわないようになった。しかし、そうした男たちの誰ひとりとして、允珍を大事にしてはくれなかった。

レジがはじき出した合計金額を払う時、允珍は店員の視線が手元にそそがれているのを感じた。厚い財布に驚いているにちがいないと思うと、いい気分だった。誰も守ってくれなくても、お金さえあれば、こういう気分を味わい続けられる。

店を出た允珍は、昨夜、康昊の薬を買う時に一緒に買ったマスクをつけ、伏し目がちにホテルへと急いだ。戻ったら、秀夫の目を盗み、康昊とこっそり相談をしたかった。コインロッカーに眠る金を、なんとかしてすべて自分たちのものにする必要があるのだ。

隙を見つけて、ロッカーの鍵を取り上げられたら一番いいが、さすがに人のいいあの日本人だって、それは警戒しているだろう。それに、鍵を取り上げても、ロッカーから金を出したところで、日本のヤクザ者たちに見つかってしまったら元も子もない。

具体的にどうすればいいのか、まだ見当はつかなかった。だが、とにかく金をすべてせしめて逃げなければならない。一万円札でふくらんだ財布を持ち歩く幸せを、いつまでもずっと味わっていたかった。

背後から肩に手を置く者があり、物思いが中断され、允珍は飛び上がらんばかりに驚いた。

振り返り、体を硬くした。

「よお、允珍。捜したぜ。いったい、何を驚いてるんだ？」

金貸しの智勲《ジフン》が、いつものニヤニヤ笑いを浮かべて立っていた。

しかも、智勲はひとりではなく、何人もの手下を引き連れており、その中には、いつも事務所で用心棒をしている慶南《キヨンナム》ばかりか、血も涙もない冷血な取立てで有名な勲児《フナ》の、変にてかてかとして爬虫類《はちゆうるい》じみた気色の悪い顔も混じっていた。勲児の目に宿った好色そうな光にぞっとし、允珍はあわてて目をそらした。気色の悪い男だ。

「おまえ、手助けが必要だろ。俺に任せろよ」

智勲が允珍の肩に手を回して顔を近づけ、親しげに話しかけてきた。口臭に混じるキムチの臭いに、允珍は思わず顔をそむけた。允珍が結婚生活を続ける間にあっけなく亡くなってしまった母も、允珍たちを捨てて出ていった父も不思議がったが、允珍は昔からどうしてもキムチの臭いがだめで、特に思春期からは、体が受けつけなくなっていた。

「何を言ってるのさ？　私、あんたなんかに用はないわよ。お金は、今度まとめて返してあげるから。だから、その時まで大人しくしてなさいよ」

允珍が言い返すのを、智勲は涼しい顔で聞き流した。

「よく聞け、おまえが生きていくためには、在日の同胞《どうほう》の助けがいるんだ。死んだお袋から、そう教わっただろ。わけのわからねえ日本人を頼っていたって、どうにもならねえぞ。その男とふたり、日本のヤクザに追い詰められて終わりだ。そうだろ、允珍。それよりも、俺に任せな。そしたら、コインロッカーから金を取り出してやる。大久保は、俺たちのホームタウンだぜ。ここで、日本人どもに好き勝手させる法はねえんだ」

允珍は驚き、いよいよ訝《いぶか》り、智勲の顔を見上げた。どうしてこの男は、私の置かれた状況を、こんなに詳しく知っているのだ。

智勲が顎をしゃくった先に目をやり、馬鹿馬鹿しい展開を知った。智勲の手下たちに混じって、ヤク中の善洪《ソンホ》が立っていた。目が合い、色男ぶって微笑みかけてきたが、允珍は微笑み返す気にはならなかった。ちきしょう、自業自得というやつだ。昨夜、お楽しみの最中に、善洪に何もかも喋ってしまった自分の愚《おろ》かさが呪《のろ》わしかった。

始末の悪いことに、この街で暮らす在日の男たちは、誰も彼もが大概は顔見知りで、たとえ実際には仲が悪かったとしても、表面上は親しいつきあいを続けている。つまり、允珍が寝た男たちは、誰も彼もがツーカーの仲なのだ。

「まあ、俺の話を聞けよ」

智勲はそう耳打ちすると、がっちりと首筋を押さえて離そうとせず、允珍を歩道の端っこへと引っ張っていった。道行く人たちがちらちらと允珍たちのほうを見るが、智勲の手下たちが睨みつけると、誰もが関わりを避けるように目をそらして通りすぎていく。

「たとえコインロッカーから無事に金を取り出せたとしても、そのあと、いったいどうするつもりなんだ？　え？　その日本人が、おまえと息子を、ずっと守ってくれるのかよ？」

「――――」

允珍は智勲と目を合わせたくなくて、両肩の間に顔をうずめた。

確かに、この男の言う通りなのだ。運よくコインロッカーから金を取り出せたとしても、いったいそのあと、どうなるというのだ。どこに逃げ場があるだろうか。日本人のヤクザは、きっと自分たちの逃げた先を見つける。誰か守ってくれる人間が必要で、そしてそれは、秀夫なんていうあのネットカフェ難民ではないことは確かだった。

だが、問題は、もっと別にあるとわかっていた。問題は、この目の前の智勲を信じて言う通りにしたとしても、金が自分のものになるとは到底思えないことだった。この男は、口から出任せの約束を押しつけた挙句、最後には何のためらいもなくそれを破るだろう。そして、小指の先ほどの罪の意識も感じないまま、ほんの数分後には何もかも忘れて平然としているにちがいない。

「允珍、この俺を信じろよ。俺とおまえの仲じゃねえか」

「――――」

允珍は体を硬くしてうつむいた。今まで、うなずいてはいけない時に、うなずいてはならない相手に対して、何度となくうなずくことを繰り返してきたような気がした。それが、私の人生なのだ。

智勲は、少しもあわてなかった。ゆっくりと間を置き、静かな声で訊いてきた。

「金は、いくらあるんだ?」

「――――」

「教えてくれよ。なあ、金は、どれぐらいあるんだ? おまえ、善洪のやつに、五本は下らないと言ったそうじゃねえか。それは、ほんとなんだな?」

「――ほんとよ。鞄が一杯にふくらんでたもの」

「おまえ、昨日、俺んところへ札束をひとつ持ってきたよな」

允珍が反射的に財布を入れたバッグを抱え直すと、智勲は穏やかな笑いを浮かべた。

「安心しなって。それは、おまえのもんさ。誰も取りゃあしねえ。ああいう札束が、鞄にびっしりと詰まってたんだな?」

允珍は、黙ってうなずいた。

「よし、それじゃあ、二対一だ」

「――――?」

「俺のほうは、こんだけ手下を集めてるんだ。これから、ヤクザとやりあうことになるし、その先だって、おまえをずっと責任を持って守っていかなけりゃならねえ。だから、二はもらうぜ。だが、仮に五千万として、その三分の一ならば、千六百万か七百万。どうだ、親子ふたりで生きていくにゃ、充分すぎる額だと思わねえか。おまえは、それを元手にして店でもやれよ。なんなら、俺がいい物件を見つくろってやるぞ。コリア・タウンのメインストリートだ」

山分けだと言われるよりも、まだ少しは信じられる。允珍はそう思い込もうとした。

「私、大久保はもう、嫌。どこか、誰も知らないところへ行きたいの……」

ちょっとの間に口の中が乾き、声がかすれてしまった。

「それなら、そうすりゃあいい。俺が責任を持って送り届けてやるさ。どうだ、じゃあ、決まりだな」

「――――」

智勲は、允珍の手を取った。指先をそっと摑んで掌を開かせると、手品みたいにして出した小さな紙包みをそこに載せた。

「ほら、おまえの好きなクスリだぜ。水臭いじゃねえか。善洪の野郎なんかを頼るぐらいなら、俺に言えよ。そっちの楽しみだって、今度、ふたりで、な。さ、ポケットにしまっちまいな。人が見てるぜ」

允珍が言われた通りにすると、智勲は満足そうにうなずいた。

「もう少し聞かせてもらう必要があるぜ。金を追ってる連中は、どこの誰なんだ？」

「——それは、わからないわ。私、そういうことはわからない」

「なんでえ。どこの組かわからねえのかよ？」

智勲は、いかにも不愉快な顔つきになった。自分の思い通りにいかないと、すぐにこういう顔をする男だった。

允珍はなんとか機嫌を直して欲しくて、必死で頭を巡らせた。

「——だけど、コインロッカーの前には、そいつらの手下が張りついてたわ。この手下を捕まえて話を訊けば、いいんじゃないの？」

「張りついてるのは、何人だ？」

「夜中は、ふたり見張ってた」

智勲は何か考えていたが、決して長い時間は費やさず、さり気なく次の質問を続けた。

「で、金はどこのコインロッカーにあるんだ？」

「新大久保の駅の裏側よ」允珍はそう答えてしまう自分の声を、誰か他人のもののように感じた。「だけど、鍵がなければ開けられないわ。私、持ってないもの」

「ネットカフェ難民の野郎が、持ってるんだな？」

「そうよ」

「そうしたら、こうさ。おまえはこれから、その日本人とガキのところに戻れ。そして、やつをコインロッカーのところに連れて来い。そうだな、一時間後でいい。そして、やつがロッカーを開けて金を取り出しそうになったら、おまえはガキを連れて素早く離れるんだ。あとは、俺たちで料理する」

「――お金は、いつもらえるのよ」

「すぐだよ。そのあと、すぐさ。な、簡単なことだろ」

黙ってうなずいた時、いつもの諦めの気持ちが允珍を包んだ。この智勲とつきあっていた短い間の浮《うわ》ついた喜びがよみがえり、ほろ苦《にが》い気分が加わった。コンビニで会計をした時に、秀夫という男と三人で食卓を囲むことを想像して思い描いた妄想《もうそう》の未来の姿が、急にまた頭をよぎっていた。理由はなぜだかわからないが、自分はいつでも男との間で、つかの間の短い関係しか結べないのだ。歳を重ねるにつれ、そんな関係さえ減っていき、いつかは完全になくなってしまうにちがいない。允珍の体を、時折襲う不安が駆け抜けた。未来を思うと、たまらなく不安な気分になる。

でも、まとまった金をもらえれば、しばらくはそんな不安を忘れていられるにちがいない。智勲を信じていればいいのだと、允珍は思うことにした。

16

目覚めてすぐに、康昊《ガンホ》はあわてた。パニックに陥ろうとする自分を、必死でなだめなければならなかった。部屋には、康昊以外には誰もいなかった。母も秀夫も消えてしまい、たったひとりでここに取り残されていた。いつかはこんな日が来る。母が自分を残して、いなくなってしまう日がやって来る。そう恐れていた瞬間が、ついに来てしまったのだ。康昊は、ベッドに体を起こした。体のあちこちが痛んだが、構わなかった。オモニはどこだ。

胃がきゅっと縮こまって猛烈な痛みが走り、ベッドを下りかけていた康昊は動きをとめ、上半身を折ってうめき声を漏らした。なんとか呼吸を整える。頭がくらっとして、仕方なく体をベッドにもう一度横たえた。なあに、大丈夫だ。母が自分を置いて行くわけがない。用足しにちょっと出ているだけにちがいない。自分にそう言い聞かせつつ、ゆっくりと部屋を見回した。昨日、入ったラブホテルとは違う。もう少しちゃんとしたホテルっぽくて、ベッドもテーブルも普通の設えだし、窓が塞がれていなくて、カーテンの隙間から色を失った冬の曇り空が見えた。そうだ、クスリをやってる母を連れ戻し、ホテルを移ったのだ。その前に、病院にも行った。

康昊はじっと天井を見つめ、何か楽しいことを考えようとした。金さえ手に入れば、何もかもが変わる。母とふたり、幸せな新しい生活を始められる。——そう思ってはみたものの、それがどんな生活なのかを想像しようとすると、考えまいとしていた黒い疑いがにわかにはびこり、明るい気分を押しやってしまった。金が入ったって、母が生活を変えるわけがない。またおかしな男とつきあい、酒を飲み、クスリをやり、同じ生活が続いていく。どうにもこうにも行き場のない終末が、何ヶ月か何年か先送りできるだけではないのか。

しかし、それでもいいのだ。きっと今の自分たちふたりにとっては、それが最良の選択なんだろう。

なぜ自分には居場所がないのか、康昊にはわからなかった。家はもちろん、学校だって、決して安心して身を置いていられる場所ではなかった。

母は康昊が学校でいじめられることを心配するが、本当の問題はそんなことではなかった。康昊が通う区立小学校には、在日コリアン以外にも、中国人やフィリピン人、タイ人など、多くの国の子供たちがいた。中には日本語がろくに喋れない連中も混じっていて、そういった子供たちのために、主に英語を使って授業をするクラスも用意されていた。

だが、康昊の母国語は、日本語なのだ。母の允珍だって、ほとんど韓国語は喋れない。家の中で使う言葉だって、もちろん日本語だ。だから、自分が在日のコリアンと呼ばれることに、康昊は時折、違和感を覚えた。肌の色だって他の日本人たちと同じだし、使っている言葉だって同じなのに、なぜ日本人じゃないのだろう。

康昊が学校で感じる居心地の悪さは、いじめへの恐れから来るのではなかった。康昊は誰かに目をつけられないように注意深く行動していたので、いじめの標的にされたことはなかった。そもそも、担任の先生は休み時間中もずっと教室から動かないようにしていたし、副校長先生やクラスを持たない先生たちは、四六時中校内を歩き回り、大人の目の届かないところで何かやっている子供がいないかをチェックしていたので、いじめっ子もいじめられっ子も自由に振る舞える余地などなかった。

なぜ級友たちはみな、そんな窮屈《きゅうくつ》な場所で落ち着いて勉強をしたり遊んだり給食を食べたりしていられるのか、康昊にはよくわからなかった。自分もまたそんな中の一員であり、先生たちに監視されながら学校生活を送ることをあたりまえのように続けてはいたが、目に見えない薄いベールがふわりと下り、周囲との間を隔ててしまっているように思えることがあった。先生も、友達も、誰もが誰か他人から教えられたことを、さも自分の考えであるかのように振る舞っているだけではないのか。彼らを真似てそんなふうにすれば、自分にも居場所ができるのだろうか。

夜、母に部屋から追い出された時に、こっそりと時間を潰すことにしているいくつかの場所を、康昊は順に思い浮かべた。子供がひとりでいても、大人たちの注意を引きにくい場所ばかりだった。通行人が、軽く注意を払っても、問題ない。時折、声をかけてくる大人がいたが、親を待ってるだけだと言えば、それですんだ。そんな場所ですごしていると、段々と自分が透明人間に思えてくる。

　中でもあの寺の本堂の縁の下は、特別な場所だった。あそこに潜り込んでいる限り、誰ひとりとして康昊に気がつかない。金が入れば、あんなふうに誰にも見つからない場所をどこかに見つけ、そこに母とふたりで籠《こ》もってすごせればいいのに。そして、母の隣に寄り添いながら、何か自分の好きなものを作り、それを世の中に売って暮らしていくのだ。何を作ればいいのだろう。今はまだわからなかったが、何かきっと自分に向いているものが見つかる。職人、という響きへのあこがれが、今の康昊にとって唯一の救いだった。

　ああ、オモニは、いつになったら帰ってくるのだろう。部屋のドアに目をやるとともに、不安がどうしようもないほどの大きさにふくれ上がった。あのドアの外のどこかに母がいるが、もう遠くに離れてしまっていて、到底居場所を見つけることなどできないのかもしれない。

　ひとりぼっちになってしまった。

　康昊は、再びベッドに起き上がった。体の痛みは変わらないが、めまいはいくらかマシになったような気がした。よろよろと部屋の出口を目指す。ノブに手をかけて引く。ドアの隙間から冷たい空気が流れ込んできて、子供用のガウンから出た素足に触れる。

廊下は部屋よりも温度が低く、空気がよどんでいた。廊下のどこか先で、掃除機をかける音がしていた。背後でドアが動き、康昊はあわてて振り向いた。手を伸ばしたが、間に合わず、あっと思った時にはもう閉まっていた。ノブに手をかけて力を込めるが、開かなかった。自動でロックがかかってしまったのだ。

ちきしょう。康昊は胸の中で罵りながら、自分の体を抱きしめた。フロントに行って開けてもらおうとしたら、部屋番号と一緒に名前も訊かれやしないだろうか。そうしたら、何と答えればいいだろう。母や秀夫は、偽名を使ってチェックインしたのかもしれない。自分がほんとの名前を告げれば、まずいことにならないだろうか。体や顔の傷を見て、変に気を回したフロントの人間が、警察に連絡したりはしまいか。

きょろきょろしていた康昊は、はっとして廊下の先に目を凝らした。少し先が廊下の行きどまりで、非常階段のドアがある。ドアは大人の胸から上ぐらいの高さに長方形の窓があって、表が見える。その窓の中を、たった今、秀夫の姿が横切ったところだった。

康昊は、廊下を小走りで進んだ。そうするうちに、秀夫が窓の前に立ちどまり、はっきりと横顔が見えた。秀夫はうつむき、思い悩む表情を浮かべた末、窓を背にして遠ざかった。

非常ドアにたどり着いた康昊が背伸びして覗くと、秀夫は階段にしゃがみ込み、踊り場に両脚を投げ出していた。右手に持った携帯を、じっと覗き込んでいる。いや、ただ目をそこに据えているだけで、実際には何も見てはいないのかもしれない。携帯は電源が切られていて、ディスプレイには光がなかった。

暗いディスプレイに目を据えて、秀夫はみずからの頭の中を探るのに必死で、鉄線が入った二重ガラス越しに覗く康昊にはまったく気づいていなかった。やがて、何かを思い切るように、携帯電話の電源を入れた。

17

「もしもし、秀夫か？　俺だ」

携帯から飛び出してきた無愛想《ぶあいそう》な声が耳に刺さり、秀夫は息を呑んで沈黙した。勇だった。ちょっと前に慈郎オジの携帯の電源を入れたところ、桜子の携帯からの伝言が残っていた。だが、喜びと恐れが綯交《ないま》ぜになった気持ちで留守電のコールセンターにアクセスすると、残されていたのは勇からの伝言だった。勇は、怒ったような声で、すぐに連絡を寄越せと高飛車に告げていた。それで秀夫はルームキーと携帯を持ち、モッズコートを着込み、こうして非常階段に出て来たのだった。

だが、覚悟を決めて電話をしたはずなのに、こうして本人の声を直接聞くと、何も言葉が出てこなかった。あの事件以来、一度として直接話をしたことはなかった。

「聞こえてるんだろ。おい、何とか答えろよ」

勇は、苛立たしげに言い募った。だが、「ああ、俺だ」と答えると、飛んできたタマをあわててよけたみたいに、今度は勇のほうが沈黙した。

「――久しぶりだな」

「ああ、久しぶりだ」

秀夫は低い声で言ったきり、口を閉じた。詫びねばならない。勇と話す機会があれば、その時には真っ先に詫びねばならない。長いことずっとそう思っていた。今だって、電話をかける前に、自分にそう言い聞かせていたにもかかわらず、現にこうして話し出すと、用意していた言葉が出てこなかった。金沢大吾さえ、あんなふうに父のことを罵らなかったなら、けっして殴りつけはしなかった。あいつは、父を小悪党だとぬかした大嘘つきだ。

もちろん、反省はしている。この手で、人の命を奪ってしまったのだ。だが、その代償として、自分も人生の多くの時間を、そして、大切な人たちとの絆《きずな》を失った。あんなことさえ起こらなかったならば、桜子と生きる人生が待っていたはずなのに。

「はっきり訊くぞ。ヒデ、おまえ、ジロージの金を持ってるな？　あれは、俺がもらうべき金だ。すぐにこっちに持って来い」

勇は、唐突《とうとつ》に切り出した。何かに蹴つまずき、つんのめるような早口だった。

「――どういうことだ？」

「説明は、あとでする。とにかく、持って来い。おまえにゃ、そうする義理があるはずだぞ。俺の言ってる意味が、わかるな？　住所を言うから、メモしろ。そこに俺の店がある。イブって店だ」

「イブ、だな」

一方的に告げられる住所を、秀夫はあわてて書き取った。

「そこに一時間後だ。裏口を開けておく」

だが、そこまで言われて初めて、摑みどころのない話に直面している実感が湧いた。どうして勇は、ジロージが持っていた金のことを知っているのだ。それが今、秀夫の手にあることまで知っていて、しかも、自分がもらうべき金だと声高に主張するのは、どうしてだ？

「待て。無理を言うな」

「なんで無理なんだ？」

「金は今、手元にない」

「金を持ってくれば、桜子に会わせてやるぞ」

まるで秀夫の気持ちを読んだかのように、勇が言い放った。

「――――」

「ジロージから聞いたんだろ。あいつは、俺と暮らしてる。俺たちは、結婚したんだ」

「――桜子が、そこにいるのか？」

思い切って尋ねると、短い沈黙が下りた。何かを言いよどんだり、迷っているわけではなく、どう答え、この会話をどう運ぶかを決める権利は自分にあると、そう主張するための沈黙に思えた。

「――いいや、今はいねえよ。俺ひとりだ」

「嘘だ。いるんだろ？」

「いねえと言ってるだろ」

勇が、激昂した。

「おい、秀夫。そんなことじゃなく、もっと他に俺に言うことがあるんじゃないのか？」

「――――」

「聞いてるのか。他に、言うことがあるだろ⁉」

目を閉じると、驚くほど鮮明に、ぴくりとも動かなくなった金沢大吾の姿が眼前に浮かんだ。年を経《へ》るごとに薄れていく多くの記憶の中で、この瞬間だけは、なぜかいつまでも鮮明なままでよみがえる。せせらぎの渦に巻かれた葉っぱのように、時の流れに押されてくるくる踊りながら、何度も何度も記憶の表面に顔を出す。くそ、いつになったら解放されるのだ。

「——すまなかった」

「口先だけで言うな」

「………」

「おまえは、口先で詫びてるだけだ。心の中じゃ、ほんとは何ひとつ詫びてなどいない」

「そんなことはない……」

「嘘だ。おまえは、俺の親父のほうが悪かったと思ってるんだ」

「そんなことはないよ、勇……。すまなかった。親父さんを殴るつもりなんかなかったんだ」

勇は何も答えようとはしなかった。息遣いだけが、かすかに聞こえる。

「——で、金は今、どこにあるんだ？」

「コインロッカーに入ってる。だけど、妙な連中が目を光らせていて、すぐに取り出せるかどうかはわからない」

「正午だ。それじゃ、正午まで待ってやる。取り出して、正午に店に持って来い。いいな。わかったな」

「とにかく、行くよ。会って、話そう」

「おまえと話すことなんか、何もねえよ。金を持って来い。それだけだ。そしたら、桜子は、おまえの元に返してやる」

「え――」

「どうせ、本人もそれを望んでるんだ。金と引き換えに、桜子は返してやるよ」

いきなり切れた電話を見つめ、秀夫はひとつ長く息を吐いた。

勇が最後に口にした言葉は、自分をなぶるためのものにちがいなかった。きっと金を持って行ったとしても、桜子はそこにいやしない。――そうは思ってみても、彼女と会えなかった間の激しい飢《う》えに似た感覚が、秀夫の気持ちをひとつの方向へと駆り立てていた。なんとしても、桜子に会いたい。金を持って行けば、彼女に会える。

体の向きを変え、はっとした。少年の視線が突き刺さってきた。非常ドアの窓の向こうから、康昊《ガンホ》がこっちを睨んでいた。

秀夫はきまり悪さを覚えつつ、腰を上げた。

ドアを開けると、屋外の冷たい風が廊下へと流れ込み、ガウン姿の康昊は寒そうに首を縮めた。

「起きたのか。調子はどうだ?」

秀夫は、硬い笑顔しか浮かべられなかった。

「大丈夫だよ。俺はへっちゃらだ。それより、オモニはどこに行ったんだ？」

「朝飯を買いに行った」

「あんたは、ここで何をしてたんだ？」

「何をしてたって、いいだろ。おまえにゃ関係ない。さ、寒いだろ。部屋へ帰ろう」

秀夫が廊下を進むと、康昊は不服そうについてきた。

案の定、部屋に足を踏み入れた途端、康昊は気だるそうにベッドに戻って腰を下ろしたにもかかわらず、秀夫を睨んでもう一度訊いた。

「携帯で、誰に連絡してたんだ？」

「別に誰にも連絡などしないさ」

「嘘だ。非常階段で、携帯で話してたじゃないか」康昊はそう言ってから、まだそれでは足りない気がしたらしくてさらに言い足した。「俺はちゃんと見てたんだぞ」

本人にはそんなつもりはないのだろうが、言い立てる少年の顔が愛らしくて、秀夫は思わず笑みをこぼした。

「何がおかしいんだ」

「別に何でもない。電話は、おまえとは無関係だ」

「嘘をつけ。金を全部せしめるつもりで、誰か仲間と相談してたんだろ」

秀夫は顔をしかめて、目をそらした。今は、こういう話の相手をするのが億劫だった。

自分には他に、たくさん考えねばならないことがあるのだ。だが、なぜだか理由はわからないが、ちゃんと答える気になった。

「あれは、死んだジロージの携帯だ。俺は昨日、結婚するはずだった女の居所を聞きたくて、ジロージを訪ねたのさ」

「――で、居所は、わかったのか？」

「携帯に、彼女の電話番号が入ってた。それで電話をしたが、本人とは話せなかった。俺の友人が彼女と結婚していて、そいつと話したんだ」

「金がどうとか言ってたのは、何だ？」

「――おまえ、盗み聞きしてたのか？」

驚いて訊き返すと、康昊はきまり悪そうに目をそらした。

「そうじゃない。なんとなく聞こえただけだ。女が金に困ってるのか？」

「そんなはずはないが、わからない。亭主のほうと話しただけだ」

「――その女、なんで違う男と結婚したんだ？」

「俺が悪いんだ。長いこと、ムショに入ってた。待ちきれなくなって、当然だった……」

「だけど、金を渡せば、女が帰ってくるのか？」

「そんな簡単な話じゃない。ガキが大人の話に口を出すな」

「どうして刑務所に入ってたんだ？」

「人を殺した……。今、電話で話してたやつの父親だ。殺すつもりなんかなかった……。かっとなって、気づいたら、死んでたんだ……」

口を濁して答えない手もあったし、目の前にいるのが十歳のガキであることを思えばそうすべきだとも思ったが、胸の奥に巣食った苛立ちが秀夫に違う答えをさせた。

康昊はぎょっとしたらしかったが、驚きを押し殺したのか、それともこういった話には比較的慣れているのか、思ったほどに大きな反応はなかった。やがて、鼻から息が抜ける音を漏らして笑った。

「まあ、いいや。金は山分けだ。男同士の約束だぜ。そうだろ。それなら、あんたがあんたの金をどう使おうと、俺の知ったこっちゃねえや」

いかにも信用しきったような笑顔を浮かべてはいたが、そのくせ注意深く相手の様子を窺っているらしかった。

秀夫はクロゼットに歩き、引き戸を開けて屈み込み、中の床から白いビニール袋を取り上げた。

「おまえにだ」

康昊に振り向き、差し出した。

「さっき、窓の外に見えてた靴屋が開いたんで、スニーカーを買って来た。サイズは、お袋さんに聞いた。デザインは俺が適当に選んだから、我慢しろ」

秀夫は、手を出そうとしない康昊のほうへ、ビニール袋に入った靴の箱を近づけた。

「ほら、俺の奢《おご》りだ。履《は》いてみろ。もしも合わなかったら、替えてもらう」

康昊は、無愛想に礼を言って受け取った。

その時、ドアにノックの音がして、「私よ、入れて」と言う允珍《ユンジュン》の声が聞こえた。

康昊が弾《はじ》かれたようにドアに駆け寄り、開けた。

「さあ、いろいろ買ってきたわよ。あんたに頼まれた新聞もあるわ。腹ごしらえをしたら、お金を取り出しに行きましょう。そうしたら、山分けして、お別れよ！」

允珍はいかにも上機嫌で、不思議なぐらいに楽しそうだった。

18

島内到は睡魔《すいま》をこらえつつ、ぼんやりと路肩《ろかた》の縁石《えんせき》に坐っていた。夜間は人通りも少なく、道の端に寄せて車を駐めておけたのだが、土曜日の今日、こんな裏手の路地にまで腕章をつけた民間監視員が回ってきて注意されてしまい、仕方なくコインパーキングに移したのだった。一緒にこの駅裏のコインロッカーを見張っていた天明谷のほうは、明け方前にはちゃっかり引き上げて、今、ここを見張るのは島内ひとりだった。

車内にいた時とは違い、寒風《かんぷう》に直接吹きつけられてかなわなかったが、ちょっと前から日が射し始めて日だまりができ、うなじや両肩がほんわかと暖かかった。睡眠不足の体に降り注ぐ日射しが、気持ちいい。昨夜は、ほとんど眠っていなかったため、眠気が押し寄せていた。

徐行する車が一台、膝をかかえて坐る島内の目の前へと近づいてきた。ほんの少し手前で停止したものの、エンジンはアイドリングのままで止めようとはしなかった。運転席には、薄いサングラスをかけた三十代ぐらいの男が坐っていた。誰かを待っているのか、しきりと周囲をきょろきょろしていたが、すぐ傍に坐る島内に注意を払う様子はなかった。

民間監視員が回ってきたら、あいつもじきに注意されるぞ。

島内はあくびを放ち、伸びをした。いったい、いつまでここでこうしていなければならないのだろう。金がどこのコインロッカーにあるにしろ、それはここではないような気がした。島内は、子供の頃からくじ運が悪く、当たった例しがなかったからだ。迷ってふたつのうちからひとつを選ぶような時ですら、不思議と損なほうばかり選んできたような気がする。

「よお、調子はどうだ？」

肩を背後から摑む者があり、そう声をかけられた。

誰か仲間が張り込みを代わりに来たものと思って振り返った島内は、自分を見下ろすふたり組を目にして表情を硬くした。見たことのない男たちだったが、警戒すべき相手だというのは、雰囲気でわかる。服装、髪型、それに何より酷薄《こくはく》な目つきが、嫌な臭いを放っていた。

「何だ、おまえら？」

島内はガンを飛ばし返したが、立ち上がれなかった。

右膝を立てて腰を持ち上げた時、片方の男が右腕を振った。何かが握られているのは見えたが、正確に何かはわからなかった。

黒いものが、島内の側頭部《そくとうぶ》を目がけて飛んできた。腕を上げようとしたが間に合わず、こめかみの辺りを直撃した。

目の奥に白い火花が散った。空と地面がひっくり返り、気がつくと冷たいアスファルトに頬をくっつけて横たわっていた。

さっき停まった車が、いつの間にか真横に来ていた。島内は誰かに抱え起こされ、その車の後部シートに押し込まれるのを感じた。

その先は暗い闇が訪れて何もわからなくなった。

19

中年婦人たちのグループだった。コリア・タウンに行って、李炳憲《イビョンホン》や裵勇浚《ペヨンジュン》似の韓国人と会った時に少しでもアピールしたいとでも考えているのか、濃い化粧と派手な服で思い切り自分を飾り立てていた。彼女たちが数人でひとつずつコインロッカーを使い、持ち運びに不便な大きさの荷物を入れるのを、秀夫たちは離れたところから見ていた。ＪＲの線路を基準にして、コリア・タウンがあるのとは反対側の路地に当たるため、ひっきりなしに人通りがあるわけではなかったが、かといって完全に途切《とぎ》れるわけでもなかった。

慈郎オジを殺した男と天明谷というのっぽのふたり組は、どこにも姿が見えなかった。しびれを切らして、引き上げたのだという楽観的な見方と、いや、どこか見つかりにくい場所に移り、そこから執念深く見張っているにちがいないという警戒心とが交互に頭をもたげ、秀夫はまだ身動きを取れずにいた。

「ねえ、大丈夫よ。ラッキーじゃないの。こうしてもたもたしている間に、また見張りが戻ってきたらどうするのよ」

隣に立つ允珍《ユンジュン》が、秀夫を急かした。そうするのはこれでもう三度めで、今度はさすがに苛立ちが混じっていた。

「ねえったら。どうして、いつまでもこんなとこでぐずぐずしてるのよ⁉」

そうして允珍に急かされるたびに、よし、と胸の中で声をかけるのだが、どうしても足が前に出なかった。どうも、何かが引っかかる。なぜだか理由はわからないが、コインロッカーに近づくのは間違いだという気がしていた。

しかし、ついにそのためらいを振り切った。これはきっと、チャンスで打者が打席に向かう時の緊張感にちがいない。打席に立たないことには、始まらない。

「あんたたちは、ここにいろ」

念のため、康昊《ガンホ》たち母子にそう告げることは忘れなかったが、康昊が聞かなかった。

「ダメだ。俺も一緒に行く」

秀夫は少年の顔を見下ろし、薄々感じていたことを確信した。そうか、こいつはやはり、金を持ち逃げされるという疑いを抱き続けている。

「わかったよ。それなら、来い」

低い声でつぶやき返した秀夫は、中年女のグループがコインロッカーから離れたのをきっかけに、物陰から飛び出した。周囲に注意を払いつつ足早に進み、ポケットのキーを指先で探る。

ロッカーの番号は、既に頭にこびりついていた。だから、ポケットからキーを抜き出すよりも早く、該当する番号のロッカーに視線が行き、そこが《使用中》であることを見て取った。背中の登山リュックを足元に下ろす。つまみ出したキーの番号が、そのロッカーの番号と一致することを一応は確かめてから、差し込んだ。追加料金を払い、キーをひねる直前に、反射的に背後を振り返ったが、誰もこちらに注意を払う者はいなかった。康昊と、康昊の二の腕を摑んで硬くなった母親の允珍とが並んで立ち、じっと秀夫の手元を見つめている。康昊は目を上げ、秀夫の目を見つめて来た。信じてるぞ、裏切るなよ、と、そう言われているような気がした。

指先の確かな感触とともにキーが回り、ロックが外れてドアが開いた。中に収まっていた安手のよれた鞄は、確かに見覚えのあるものだった。手を突っ込み、引っ張り出すと、その重さの感じにも覚えがある。昨夜、この鞄を手にしてから、まだ丸一日も経ってはいないのに、えらく長い時間が経過したような気がした。

体の向きを変えた瞬間、うなじがざわついた。

路地の死角やビルの陰に潜んでいたらしい男たちが、いつの間にか湧き出たみたいに姿を現し、こっちを冷ややかに見つめていた。ほんの一瞬前までは、たまたまこの場に居合わせ、誰かと待ち合わせたり、友人同士で話をしたり、ただ時間潰しにたばこを喫っていると見えた人間たちが、今や明確な敵意を持って、じっとこっちを睨んでいた。

全部で、八人か。九人か。

いや、もっといる。

誰もが一定の間隔を置いて周囲を取り囲んでおり、どこか一方を目指して逃げようとしても、すぐに寄ってたかって押さえつけられてしまうことが察せられた。男たちの中にひとり、見覚えのある男がいた。昨夜、允珍とクスリをやっていたやつだった。秀夫はちらっと允珍を見た。目を合わせようとはしない女の様子から、何もかも悟《さと》った。くそ、そういうことか。あの男としっぽり楽しんでいる最中に、金のことを、あれこれと話してしまったにちがいない。

允珍が、隣にいる康昊の腕を強く引いた。

「おいで、康昊。こっちにおいで」

驚いて顔を上げ、いやいやをするように首を振った康昊が、男たちの中のひとりを睨みつけた。ひとりだけ、他の連中からいくらか離れ、我関せずという顔で郵便ポストに寄りかかって立つ男だった。

そんな顔つきや立つ位置にもかかわらず、この男が他の連中を束《たば》ねるリーダーであることは、雰囲気でわかった。頬がそげ、暗い目をしていた。

「――オモニのばか。あんな金貸しを、智勲《ジフン》や慶南《キョンナム》を信じたのか？　なんであんなやつらを信じたんだよ！」

康昊の低い、しかし怒りに充《み》ちた声が聞こえ、秀夫は事の成り行きをさらに知った。昨夜、允珍と康昊の母子が、在日コリアンの闇金業者に借りた金を叩きつけに行った話は、既にふたりから聞いていた。その業者が、允珍とクスリをやっていたあの男から話を聞き、欲をかいて乗り出してきたのだ。

子供の力では抗《あらが》いきれず、康昊が遠くへ引きずられて行く。それに代わって、男たちがじりじりと近づき、秀夫を取り囲む輪を縮めた。

「うるせえな。允珍を一喝した。

慶南が、允珍を一喝した。

離れて立つほうが智勳で、男たちの先頭に立つ、ひときわ人相の悪いごつい男が慶南というらしい。

――どうする。

秀夫は、鞄を両手で抱え上げた。

時折現れる通行人たちは、ちらちらとこちらを盗み見しつつも、決して歩調を緩めようとはせずに行きすぎていた。たまたま居合わせた何人かは、男たちの仲間によって追い払われ、コインロッカーに用がある感じで近づいてきた人間も、無言の威嚇《いかく》で遠ざけられ、た。秀夫たちと彼らの間には、まるで薄い膜が張ってしまっているみたいだった。秀夫は悟った。この場で何が起こったとしても、薄い膜の向こうにいる誰ひとりとして、指先一本動かしてはくれないはずだ。向こうには日常の世界が、そして、こちら側には、そうではない世界がある。

「鞄を渡しな。そしたら、別におまえをどうこうするつもりはねえんだ」

慶南が言い、ゆっくりと右手を差し出してきた。今や、お互いにあと一歩踏み出せば殴り合える間合いにまで近づいていた。声に脅《おど》すような響きはなく、むしろ年端《としは》もいかない子供に大事なことを言い聞かせるような口調だった。

だが、秀夫が右手をモッズコートのポケットに入れると、男たちの間に電流が走った。数人が上着やコートの内ポケットに片手を突っ込み、それ以外の男たちはいつでも飛びされるようにと身構《みがま》えた。

――こいつらは、このポケットの中にあるものを知っている。拳銃の件も、允珍と一緒にクスリをやっていた善洪《ソンホ》とかいう男が、あの金貸しに話したにちがいない。いや、允珍があの金貸しに直接言ったのか。

秀夫は、銃を握り締めた。そっとその手を動かすと、拳銃の重みが感じられた。しびれたような感覚が広がり、頭を急に靄《もや》がおおい、細かい思考ができなくなった。

だが、そんな漠《ばく》とした状態にあっても、ひとつのことだけははっきりとわかった。ポケットの中にあるものを抜き出した途端、自分の人生は決定的に変わる。拳銃がポケットの中にある限りは、まだかろうじて間に合うが、出した途端、取り返しのつかない場所へと引きずり出され、もう後戻りはできなくなる。

秀夫は、ゆっくりと右手だけをポケットから出した。人生が、唐突《とうとつ》に何もかも変わってしまうのはもうこりごりだった。

何も握っていない手を凝視した上で、慶南は唇の両端を歪め、いっそう人相を悪くした。

「それでいいのさ。素人《しろうと》さんが、コケ脅《おど》しはなしだぜ。さ、それじゃ、大人しく鞄を寄越せ」

「――――」

これでいい。

――こうして金はどこか手の届かないところに消え、その代償として、自分は薄い膜の向こう側にある日常生活へと戻ってゆく。

秀夫は、両側から男たちに肩を摑まれた。その片方は、爬虫類のような顔をした、気色の悪い男だった。同時に二の腕も摑まれ、身動きを封じられてしまった。

正面の慶南がついと間合いを詰め、秀夫の手から鞄をもぎ取った。

いくらか勿体《もったい》ぶった動きで鞄を胸に抱えてファスナーを開く。

「返せ――」

食ってかかろうとした秀夫のみぞおちに、拳が飛び込んだ。

秀夫はうめき、体を折った。慶南は札束を確かめ、ニヤッとした。相手をなぶる雰囲気が色濃く溢れていた。顎を突き出し、わざわざ見下すように黒目を下げ、唇をいびつに歪めている。軽く首を背後にひねり、離れて立つボスらしき男に合図を送った。

だが、そこではっとした。

薄い膜の向こうを歩く通行人たちの中から、ひとり、秀夫たちのほうに向かって真っ直ぐに歩いて来る男がいた。

のしのしと、脇目も振らずに近づいて来る。牛のような大男だ。秀夫も、慶南も、秀夫を左右から押さえつける男たちやその他も、誰もが気圧され、息を呑み、じっと大男を凝視した。

「なんだ、おまえは――？」

慶南が、低く凄《すご》みを利かせた声で問いかけた。

その正面に立った男は、泥のように濁った目で相手を睨めつけたのち、ついと視線をコインロッカーへと向けた。慶南が、半ば無意識のように道を空ける。

牛のような男が、そうして動きかけた慶南の顔に、無造作に拳を叩き込んだ。慶南が空気人形のように背後へと飛び、後頭部をコインロッカーにぶつけてずり落ちた。

「てめえ――」

秀夫を押さえ込んでいた男たちが、牛のような男に突っ込んだ。

男が、蚊でも払うように腕を振る。平手で片方の男の頰を打ち、もうひとりはその軌道をよけて男の腕を捉えたものの、すごい力で振り回されて飛ばされた。

あちこちで、ほぼ一斉に罵声が湧き起こった。

いつの間にか、金貸しの手下たちが、別の男たちに襲われていた。あっちでもこっちでも、殴り合いが起こっている。襲ってきた男たちの何人かはバットや棍棒《こんぼう》を握り締めており、力任せに相手を殴りつけていた。

牛のような大男が、ぎろりと秀夫を睨めつけた。悠々《ゆうゆう》と屈み込み、地面の鞄を持ち上げる。

秀夫が夢中で大男に取りつくと、大男がまた左腕をひと振りした。顔面を襲ってくる腕をよけようとしたが、よけきれず、秀夫は背後に飛ばされた。すさまじい衝撃を受け、一瞬、ふわっと体が宙に浮くのを感じた。

だが、かろうじて踏ん張り、倒れなかった。すぐに攻撃に転じ、大男の腰の辺りを狙って蹴りつける。

背中を向けて遠ざかろうとしていた大男は、ふいを食らったはずだったが、びくともしなかった。腰を狙ってもう一度爪先を叩き込もうとすると、鞄のひと振りで軽々と跳ねのけられてしまった。

さっき秀夫を押さえていた男たちが、もう一度大男に突っ込んでいく。喧嘩慣れした様子で、ふたりの動きが連動していた。片方が先に注意を引き、残るもう一方が攻撃を仕かける狙いだ。

だが、脇腹に入った拳は、大男の厚い筋肉と脂肪によって跳ね返され、男たちは再び軽々と弾き飛ばされた。地面に叩きつけられ、蹴りを入れられ、痛みにのたうち回る目からは段々と戦意が失せ、代わりに諦めと服従の色が増す。

身構えた秀夫は、牛のような男が向かおうとしている先に停まる車に気がついた。黒い高級車だった。異常に太った男がひとり、完全に開いた後部ウインドウの中でふんぞり返り、事の成り行きを楽しんでいた。

その男を見た途端、反射的に嫌悪感がこみ上げた。あの男に鞄を渡してはならない。あいう男こそが、他人から見つからないところに身を潜め、他人にはわからないようなやり方で、好き勝手に甘い汁を啜っている。きっとそうにちがいない。

しかし、それならばいったいどうすればいい。このままでは、誰も牛のような大男を止めることはできない。タイミングを見計らって襲ってきた男たちの全面勝利だ。金貸しの手下たちをのし、金の入った鞄を持って引き上げてしまう。

乾いた、重たい音がした。爆竹《ばくちく》よりもずっと地味で、むしろタイヤや湿った段ボールなどをバットで殴りつけたような音だった。だが、不吉さがずっと違う。

銃声だ。

秀夫は、おのれの腹を撃ち抜かれたような衝撃に貫《つらぬ》かれ、一瞬、息をすることさえできなかった。硬直した首を一ミリまた一ミリと回すと、銃を両手で構えた若い男が見えた。

金貸しの手下のひとりだった。ジーンズにスタジアムジャンパー姿。二十代半ばぐらい。両腕を体の前に突き出し、両脚を肩幅に開いてどこかへっぴり腰な姿勢で腰を落とし、目の前の男に銃口を向けていた。

銃口の前の男が、ぐらっとした。何歩か背後に下がってから、あわてて両手を腹に当てた。鳩尾《みぞおち》、下腹、胸、腰と、忙《せわ》しなく掌を巡《めぐ》らせたのち、指先の水を払うように両手を振る。どこも撃たれてはいないことをやっと理解し、体を翻《ひるがえ》して逃げようとしたが、腰から下が言うことを聞かなかった。腰を抜かし、地面をずっていく。

さらに数人の男たちが銃を抜き、どこかで女の悲鳴が上がった。通行人の誰かだった。ひとり、またひとりと、大あわてで逃げていく。今や、日常とそうでない場所を隔《へだ》てる薄い膜は消え失せ、辺りを混沌《こんとん》が包んでいた。金貸しの手下だけでなく、遅れて襲ってきた男たちのほうも銃を出し、お互いが牽制《けんせい》し合う形になった。男たちはみな、みずからがその元凶であるにもかかわらず、周囲のパニックに戸惑い、あたふたし、銃の先を右へ左へと振っていた。

「馬鹿野郎、やめろ。やめねえか！」

ひとり離れて立ち、乱闘が始まってもなお我関せずといったポーズを取っていた金貸しの男が、あわてて両手を振り回した。

「やめろ！　何をおっ始《ぱじ》めるつもりだ！　すぐに銃をしまえ！　馬鹿野郎！」

手下たちを抑えるために、両手を突き出し、走り出す。

秀夫は、牛のような大男の腕に食らいついた。鞄を摑み、力任せに引っ張る。不意を突き、奪い返したと思った瞬間、横から邪魔が飛び込んできた。くそ、昨夜、允珍と一緒にいた優男《やさおとこ》だった。秀夫は体当たりを食らってよろけ、鞄は大男の手にそのまま残った。

その腕に、優男と仲間とが取りつき、牛のような男と三人してもつれた。だが、優男――善洪が急に悲鳴を上げた。肘から先が、おかしな方向を向いていた。折れたのだ。

別の仲間がさらに数人、大男に食らいついていったが、あっという間に殴り倒された。次には銃を持った男がひとり、大男に走り寄った。さっき大男に殴り飛ばされた慶南だった。今や悪鬼のような顔つきになり、ぎらぎらと両目を憎しみに燃やし、大男を睨んでいる。

「鞄を置いて下がれ！　すぐに言う通りにしねえと、弾くぞ」

慶南が喚く。だが、大男は、軽く唇の端を歪めただけだった。小馬鹿にしたように鼻を鳴らし、慶南の目を見据えて近づいた。凶暴な顔が一瞬、意表を突かれた驚きに歪み、気圧されてわずかに後ずさる。しかし、すぐその直後には、新たなる怒りが湧いてきたらしく、大声で、吠《ほ》えた。

「おまえ、俺を舐めてるんじゃねえぞ」

大男は無言で唇の両端を吊り上げ、わざわざ胸を張るような仕草をして見せた。

慶南がさらに顔を歪め、怒っているのか泣きかけているのか、どちらにも見えるような顔つきになる。

「よせ！　馬鹿。やめろ。これ以上、騒ぎをでかくするんじゃねえ！」

智勲の悲鳴にも似た声が響き渡ったが、それに重なって銃声がし、秀夫は思わず顔をそむけた。だが、その一瞬前に、大男のジャンパーの胸が黒く穿《うが》たれ、体がぐらっと揺れるのが見えた。くそ、なんていうことだ。目の前で、人が撃たれたのだ！

大男の腕から、鞄が落ちる。しかし、慶南はそれを拾うことすら忘れ、呆然と立ち尽くしていた。この男の中で何が起こっているのか、秀夫には手に取るようにわかった。殴り倒した金沢大吾が死んでしまっていると知った時の自分と同じだ。突然、目の前にぽかりと口を開けた陥穽《かんせい》の奥に、長い懲罰《ちょうばつ》の未来が待ち受けている。長く長く続く灰色の日々への恐れが体を締めつけ、息をするのもままならない。

「逃げるぞ！　馬鹿野郎！　すぐにずらかるぞ」

智勲が喚き、在日コリアンの仲間たちが一斉に逃げ出す。

大男の仲間のひとりが、地面に転がった鞄を目指して走って来るのに気づいた秀夫は、一歩先に飛びつき、取り上げた。

「寄越せ！　金は俺のもんだ」

我に返った慶南が銃を向けてくる。

撃たれる予感は驚くべき早さで、秀夫の全身を冷たく貫いた。

だが、引き金が引かれることはなかった。撃たれてうずくまっていた大男がぬっと上半身を起こし、立ち上がりざまに慶南の腕をひねり上げていた。片手で相手の手首をねじり上げつつ、拳を腹に叩き込んだ。

慶南の口から、ひしゃげた呻き声が漏《も》れた。拳銃が右手から地面に落ちる。顔から血の気が引き、くずおれた。

秀夫は、あんぐりと口を開いて大男を見上げた。撃たれたはずだ。胸の真ん中に、確かに弾《たま》が飛び込んだはずだ。こいつは、化け物なのか……。

パトカーのサイレンが四方から折り重なって聞こえ始め、空気が凍りついた。

大男も、鞄を目指して迫りつつあった大男の仲間たちも、秀夫と同様にはっとして、反射的に視線を周囲に飛ばした。

秀夫に一瞬の利があった。秀夫は鞄を抱え、背中を向けて走り出した。駅を目指していた。新大久保の駅に飛び込む時になって、登山リュックをコインロッカー前に置きっぱなしにしたと気づいたが、後の祭りだ。秀夫は自動改札を飛び越えた。ホームからの階段を下りてくる人波に出くわし、電車が来ていることを知った。既に朝のラッシュアワーはすぎているため、階段左端の上りレーンを駆け上れた。ホームに飛び出た瞬間、ベルが鳴りやみ、電車のドアが閉まり出した。

電車はかなり空《す》いていた。シートこそほぼすべてが埋まっているものの、吊り革に摑まって立つ乗客はほとんどいなかった。間一髪《かんいっぱつ》でドアの隙間から滑り込んだ秀夫のほうに視線をやる者が何人かあったが、誰もそれ以上の注意を払いはしなかった。

秀夫は鞄の重みを感じながら窓の外に目を向け、呼吸を整えた。

20

今なお信じられない気分だった。康昊《ガンホ》は、自分の気持ちを持て余しつつ、ちらちらと母を盗み見ていた。路地に停まった車の後部シートに、康昊と並んで坐った母は、うつむいたり、サイドウインドウに顔を向けたりしつつ、落ち着かなげに唇をもぞもぞと動かしていた。

「何よ。どうしてそんな目で私を見るのさ⁉」

だが、ついにたまりかねた様子で、隣の息子を睨み返した。

康昊にはわかっていた。母がこんな顔でこんなふうに声を荒らげる時、内心では自分でも自分の行いを悔いているのだ。

「なんであんな野郎を信じたんだよ。どうして、秀夫の言う通りにしなかったんだ⁉」

「今さら、そんなことを言ったってしょうがないでしょ」

「今じゃなけりゃ、いつ言うんだ。あんな金貸しの口車《くちぐるま》に乗りやがって」

「私が悪いから、こうなったわけじゃないでしょ。変な連中が襲ってきたから、失敗したんじゃない」

「智勲《ジフン》たちがいなけりゃ、俺たちだけでとっとと金を持って逃げられた」

「無理よ。襲われてたわ」

「そんな話をしてるんじゃないのは、わかってるんだろ。智勲なんかを信じて、もしもそれで上手くいってたって、金は全部やつらに取られてた」

「ああ、もううるさい。子供は黙りなさいよ。——分け前の話はちゃんとできてたんだから」

母の声は上《うわ》ずっていて、自分でも自分の主張を信じていないのが明らかだった。

車の外で見張っていた男がよけ、智勲が助手席に滑り込んできた。それに一歩遅れて、智勲の右腕といわれる勲児《フナ》が運転席へと坐る。智勲とは従兄弟《いとこ》同士だという噂もあるが、康昊はよくは知らなかった。

勲児がそうして運転席へと入る動きの途中で、母をいやらしい目で見たことに康昊は気がついた。気色の悪い目つきだった。この男がいかれているというのは、コリア・タウンでは子供でも知っている。智勲に借りた金をいよいよ返せない人間が出ると、この勲児が差し向けられるらしかった。

「ねえ、どうすんのさ。あんたを信じて任せたのに、こんな騒ぎになってしまって」

母が鬱憤《うつぷん》をぶつけても、智勲はこちらを振り向こうとはしなかった。

「出せ」と、勲児に一言命じ、腕組みをして、身じろぎもしない。

「ねえったら。どうするのさ、これから。金を取り戻せるの？　どうやって秀夫の行方を捜すのよ」

「うるせえな、少し黙ってろ」

一喝したのは智勲ではなく、ハンドルを握る勲児のほうだった。

「あの野郎、俺たちをコケにしやがった。ただじゃおかねえ」

荒っぽい運転で路地を抜けつつ、声を荒らげた。クラクションをけたたましく鳴らし、通行人を脇へと追いやる。この爬虫類のような顔の男が誰に腹を立てているのかは、言うまでもなかった。あの牛のような大男は、勲児を軽々と背後に跳ね飛ばし、地面に叩きつけ、何度も容赦ない蹴りを入れたのだった。力で他人を蹂躙《じゆうりん》することにこの上ない喜びを感じるこういう男にとって、それがどれほどの屈辱《くつじよく》だったかは考えるまでもなかった。しかも、善洪《ソンホ》は腕が折れていたし、いつも用心棒としてでかい顔をしていた慶南《キョンナム》は腹を殴られ、仲間に抱えられるようにして逃げるのがやっとだった。

「威勢がいいのは結構だけどさ、それだけじゃどうにもならないよ。そうでしょ。あいつらが誰だか、わかったの？」

「うるせえな。すぐにわかる。こっちは、あの連中の仲間をひとり押さえてるんだ」

勲児が後部シートへと上半身をひねり、康昊はぞっとした。すぐ目の前に大通りが近づき、歩道を行く歩行者がひっきりなしに横切っている。だが、勲児はブレーキを踏むことはおろか、徐行する気配すらない。

「危ねえだろ。前を見て、ちゃんと運転しろ」

智勲が勲児を叱りつけた。他人を小馬鹿にしたあのにやにや笑いは姿を消し、今は陰険で抜け目のない顔つきになっていた。

「ひとりが腕を折られ、たぶん、もうひとりは肋《あばら》がいってる。このままじゃ、治療費と家族への見舞金だけでも、大赤字だ。どうしても、あの鞄の金はいただくぞ。連中よりも先に、金を持って逃げたあの野郎を見つけ出すんだ！」

冷たい目をフロントガラスの先へと据えた横顔には、およそ人間的と思える温もりが感じられず、康昊はふいに秀夫のことを思った。ほんのちょっと前まで一緒だったあの男と、もう二度とは会えない予感がし、たまらなく寂しい気分に襲われた。

いや、それは予感などではなく、至極当然の流れにすぎなかった。金をコインロッカーから取り出した今、あの男が自分や母の傍に戻る理由は何もなかった。

21

真冬の公園は閑散《かんさん》としていた。ベンチに坐ると目立ってしまう気がして、秀夫は公園の片隅《かたすみ》に立ったままでノートを見つめていた。どこにでも売っているような大学ノートだった。表紙には、「NPO法人《被災者ワークス》覚書」とうたってあった。新聞の活字を真似したような四角張った文字は、慈郎オジの字に間違いなかった。慈郎オジの筆跡は、自分だけが見えるマス目の中に、そのマス目の四角に合わせたような文字を書くのが特徴だった。

新大久保からJRに飛び乗ったものの、警察に駅を封鎖されてしまえば逃げ場がなくなるとの推測から、すぐ隣の高田馬場《たかだのばば》で降りた。大通りを避けて線路沿いに伸びる商店街を抜け、神田川《かんだがわ》沿いにある公園にこうして身を潜めたのだった。鞄を開けて中を確かめてみると、押し込まれた札束の端っこに、この大学ノートが入っていた。

そこに書かれた内容を理解するにつれ、秀夫は段々と呼吸が速くなるのを感じた。これは、故郷であるあの市を裏で牛耳《ぎゅうじ》ってきた連中が、NPO法人を食い物にし、おそらくはそこへの補助金を、様々な名目で私物化してきたことを示すメモなのだ。いや、その範囲は、ひとりあの市だけには限らない。秀夫も名前を聞いたことがある県議会議員や代議士も、そのリストの中には入っていた。

慈郎オジは、こうした連中に、裏でせっせと金を運んでいたにちがいない。「ただの使い走りさ」そんなふうに言っていたのを、秀夫は思い出した。そして、おそらくはその金を少しずつせしめ、自分の懐に入れていた。そういうことか。

リストには、中島浩介の名前もあった。いや、少し丹念《たんねん》に金の流れを追ってみると、中島浩介こそが慈郎オジに命じ、金を方々《ほうぼう》へと運ばせていた黒幕らしいと見当がついた。金沢大吾が生きていた時分には秘書を務め、金沢の死後、その地盤を引き継いで、みずから市議会議員となった男だった。自分に万が一のことがあった時、中島だけは真っ先に槍《やり》玉《だま》に挙げて告発せねば収まらない。このリストには、慈郎オジのそんな気持ちが込められているような気がした。

これを警察に持って行き、慈郎オジの身に何が起こったのかを洗いざらい話せばいい。そうすれば、何もかも解決だ。これがあれば、慈郎オジの背後にいた人間たちを告発できる。あの街を裏で好き勝手に牛耳ってきた連中の悪事を、世間に知らせることができる。

草葉の陰で、亡くなった親父だって喜んでくれるにちがいない。

だが、そう思ったのも束《つか》の間《ま》、風がサイレンの音を運んできて、秀夫ははっとした。背中をどやしつけられたような気分で、あわてて周囲を見渡した。ノートを鞄に戻し、鞄を両手で抱え込む。

ついさっきまでは、坐っていると目立ってしまう気がして落ち着かなかったにもかかわらず、今度は急に反対に思えてベンチに坐り、背を丸めた。モッズコートのポケットに手を突っ込むと、拳銃が手に触れた。固く冷たい塊だった。どうしてこんなものに頼ろうと思ったのか、今ではもうわからなかった。

警察は、すぐにでも身元を割り出すだろう。いや、もうとっくにわかってしまっているに決まっている。あそこに登山リュックを置いてきてしまったのだ。中には、財布も、身分証明書の類も入っている。

——これできっとまた刑務所に逆戻りだ。

そう思った瞬間、血の気が引き、体の芯が冷たくなった。自分では何ひとつ思い通りにできない時間が、この先、また何年も続くなんて……。いったい、どれぐらいの時間を、奪い取られることになるのか……。

公園とぶつかる道の先に制服警官の姿が見え、秀夫はぎょっとして顔をそむけた。コインロッカー前の騒動の影響でパトロールが強化されたのだとすれば、自分の服装も情報が回ってしまっているかもしれない。あわててベンチを立ち、移動した。

都会的な、いかにも作り物っぽいスペースの真ん中に、コンクリートの丘があった。滑り台や吊り橋を備え、斜面の何ヶ所かには、子供たちが足をかけて登る出っ張りがついている。秀夫は、その丘の背後へと回った。

制服警官はふたりで、ともに自転車に乗っていた。そう思って見るからなのかもしれないが、ふたりともただ移動するだけではなく、周囲に隙なく注意を払っているように見える。見咎められたら、それで終わりだ。

だが、今はまだ捕まるわけにはいかなかった。

22

天明谷は、いらいらと現場を眺め回していた。最初に銃を持ち出したやつの身元を洗い出し、秘密裏に息の根を止めてしまいたかった。たとえコインロッカーの前で、ちょいと小さな騒動が起こったところで、誰も大した注意を払いはしない。もちろん警察に通報する人間などいるはずもないというのが、天明谷の読みだった。蟻沢も、同様の読みだったにちがいない。それなのに、妙な連中が絡んできた挙句、馬鹿野郎がひとり、白昼に堂々と銃を抜き出したのだ。ひとりが出せば、身を守るために、他の人間だって出さねばならなくなる。武器とは、そういうものだ。結果として、大騒ぎになってしまった。

——白昼の大久保の裏通りで発砲事件。組同士の抗争か⁉

テレビのワイドショーやニュース、そして新聞の紙面に躍《おど》るにちがいない、そんなタイトルが目に浮かぶ。

くそ！

そして、警察は、男たちの身元を洗い出しにかかる。無論、事件の裏の事情ってやつもだ。捜査の手をどこで食い止めるか。それが、今後の勝負になる。

「おい、聞いてるのか、天明谷」

目撃証言を総合し、事件の経緯を説明していた菅原が、額に青筋《あおすじ》を立てて声を荒らげた。KSPの分署庁舎は大久保通りにあり、新大久保駅から徒歩で五分とかからない距離だった。駅の裏手の事件現場は、いわばKSPのお膝元《ひざもと》であり、捜査一課長の菅原のみならず、分署の幹部たちも一様《いちよう》にいきり立っている。

「聞いてますよ。どうぞ、続けてください。俺は俺で、耳だけじゃなく、両目も使って現場を観察してるんです」

菅原は嫌な顔をしたが、天明谷は構わずに周囲を見回し続けた。事件の経緯について、わざわざ菅原の説明を聞く必要はなかった。物陰から、一部始終を見ていたからだ。

小一時間前、須賀慈郎の携帯電話の電源がオンになって通話がなされた。相手が金沢桜子の携帯だったことまで含めて、懇意にしている電話会社の人間から情報を得たのは天明谷だった。もちろんのこと、携帯電話の通話履歴の確認にも、通信エリアの特定にも、持ち主のプライバシー保護の観点から、捜査令状が必要とされる。だが、捜査上、どうしてもそれでは間に合わない時がある。そんな時に便宜《べんぎ》を図《はか》ってもらう人間を、何人かの刑事はこっそりと抱えている。天明谷もそんなひとりであり、今回はその情報網を、自分のために役立てたのだった。

通話エリアから吉村秀夫たちのいるホテルが特定され、天明谷はそれを、上司に報告する代わりに蟻沢に知らせた。蟻沢の命令で、吉村たちが金をコインロッカーから取り出した時点で襲うことにして、数人であとを尾けた。だが、おかしな連中が先に割り込んできた挙句、こんな事態になってしまった。

現場を見回していた天明谷は、登山リュックを提《さ》げて走って来る若手捜査員の姿を見つけて、胸騒《むなさわ》ぎを覚えた。ちょっと目を離した隙に、どこかに行ってしまった吉村のリュックではないか。

「課長、これを見てください。ホームレスらしき男が中をあさってるのを見つけて問い詰めましたところ、ここのコインロッカーの付近に落ちていたのを見つけて盗んだことを認めました」

口早に報告を始める若い捜査員の顔は、興奮でいくらか紅潮《こうちょう》していた。手にした登山リュックを地面に置くと、そのサイドポケットから札入れを抜き出した。

「中に、これが入ってました。見てください。このリュックは、昨夜の殺しの被害者の部屋に指紋があった、吉村というマエ持ちのものらしいんです」

「ほんとか――」

菅原は、札入れをひったくるような勢いで受け取り、中を開けた。札はわずかだが、カード入れのほうには、キャッシュカードと保険証の他、ネットカフェの会員証、スーパーのスタンプカード、割引券などが、かなりの枚数入っていた。

居合わせた捜査員全員が、菅原の手元を覗き込む。保険証やネットカフェの会員証に吉村秀夫の名前を見つけ、低いため息が伝染した。

「――つまり、今日のこの騒動は、昨夜の殺しと関係してるってことか」

低くつぶやくように言う菅原の声に、緊張と興奮が入り混じっている。

天明谷は、目立たぬように顔をしかめた。一番、警察に知られたくない線が、これであっさりと知られてしまったことになる。

「争っていた男たちは、どことどこの組なのか。そして、前科のある吉村とは、どういう関係なのか。この吉村って男を見つけ出せば、はっきりしますね」

捜査員のひとりが、指摘した。

「場所を考えると、争っていたのは、日本のヤクザに限定しないほうがいいでしょう。むしろ、在日の線を、積極的に洗ったほうがいいかもしれない」

すぐに別の捜査員が言い、

「気になるのは、鞄の中身ですね。双方のグループとも、吉村が鞄をロッカーから出したところを狙って襲って来たと見るべきでしょう」

さらにはそう指摘する捜査員もいた。

思案顔をしていた菅原が、全員を見渡した。

「この吉村が銃を持っていたかどうか、誰か目撃情報を得た者は？」

捜査員たちが顔を見合わせ、ひとりが今度はためらいがちに口を開く。

「それはまだ、はっきりはしません。ですが、最終的に鞄を持って逃げた男と、鞄をコインロッカーから取り出した男は、どうやら同一人物らしいです」

「登山リュックを下ろしてロッカーを開け、鞄を取り出したところを襲われた。鞄はなんとか持って逃げたが、リュックに気を回す暇《ひま》はなかった。そんなところか──」

また思案顔をする菅原を、天明谷は苦々しい思いで見ていた。案の定、菅原はじきにこう言葉を継いだ。

「とにかく、吉村秀夫を全力で見つけ出すことだな。やつの顔写真を、都内全署に配布するぞ。主要駅に捜査員を配置する一方、パトロールを強化。それに、ネットカフェを含む宿泊施設のチェックも強化する。昨夜の殺しとの関連も、徹底的に洗うぞ」

くそ、全力を挙げて吉村の居所を洗い出しにかかる警察に先んじて、本人を捕らえなければならないのだ。時間との勝負だ。

菅原が、部下たちの顔を見回した。

「よし、それじゃ、よろしく頼むぞ。各々、持ち場に戻ってくれ」

捜査員たちが、低いが勇ましい返事を口々に散開する。

天明谷は、急く気持ちをなだめつつ、大久保通りの方角を目指した。大通りに出たところで、さり気なく背後を振り返る。左右に注意を払うことも怠らず、JRの高架線を背にして小滝橋《おたきばし》通りの方角へと歩いた。

百メートルほど行ったところで、改めて背後に注意を払ってから、歩道に寄せて停まる黒い高級車の後部シートへと素早く滑り込んだ。

蟻沢泰三は、たっぷりと横幅のあるシートの半分以上の面積に、解《と》けかけた雪だるまのように肉体を拡《ひろ》げて坐っていた。

不機嫌であることは、一目でわかった。この病的に太った男の体から、男物の香水の匂いがぷんぷんとしていた。怒りで、汗をかいたにちがいない。脂肪の塊からにじみ出す汗は、腐臭を思わせるような悪臭がする。それを隠すために、高級な香水を惜しげもなく振りかけるのだが、実際にはその香水と体臭が入り混じることで、いっそうすさまじい臭いになってしまう。だが、無論のこと、それを指摘する人間は誰もいなかった。

「で、警察はノートのことは？」

蟻沢は、長い手足を窮屈に折り曲げて坐る天明谷にひょいと視線を投げ、どこか優しげな声で訊いた。そんな声もまた、この男が腹を立てている時の特徴のひとつだった。

「いや、鞄の中身については、今のところはまだ何もはっきりしたことはわかっちゃいない。須賀を追ってきた地元の刑事がひとり、金の他に、金の流れを記したノートが入っているはずだと主張しているだけだ。だが、鞄を持って逃げたのが吉村であることは、わかってしまった。課長が、たった今、吉村の徹底捜索を決めたところだ。マスコミにも、すぐに情報が流れることだろう。吉村の登山リュックが見つかり、中からやつの札入れが出て来て、身元が特定されてしまったんだ」

天明谷は、まずい話は先に済ませてしまうことにして、そう切り出した。

蟻沢は、しばらく何も言わなかった。やがて、たるんだ下顎の肉をたわませながら、ゆっくりと顔をこちらにひねってきた。

「つまり、昨夜の殺しとの関連も、警察に気づかれたんだな？」

「その通りだ」

天明谷は、醜いものと身を寄せ合って坐る不快さを表に出さないように努めつつ、うなずいた。そのあとは、蟻沢が何か言い出すのを、ひたすら待った。そうせねばならない相手だった。

運転席の男はもちろん、ボディーガードとして助手席に陣取った牛のような大男も、今は借りてきた猫のように大人しく坐り、じっとフロントガラスを見つめ、決して背後を振り返らなかった。蟻沢の教育が、行き届いている。いくら大型の高級車とはいえ、大柄な男ばかりが四人、誰もが黙りこくって坐る姿はいかにも狭苦しくて滑稽《こっけい》な気がして、天明谷はなんとなくうら悲しくなった。

「吉村と一緒にいた母子は、何と言ったかな？」

唐突に訊かれ、天明谷が名前を告げると、蟻沢は満足そうにうなずいた。

「吉村の他に、その母子ふたりも、鞄の中を見てノートの内容を知ってる可能性がある。もしそうなら、三人とも始末せねばならん。天明谷さん、コインロッカーのところで割り込んできて、あの母子を連れ去った連中の正体は？」

「あれは、在日コリアンの金貸しで、智勳《ジフン》って男のグループだ。智勳は目立たないようにしていたが、あの場にいたのを確かに見た。やつの事務所で見かけた男たちも一緒だった」

「女から事情を聞き、金に興味を示したわけか」

「そうだろう。白昼、銃を出したのはまずかった。あんたの手下たちのほうもだ。警察が、本気で動くことになった」

ついそんな意見を述べたが、蟻沢は無視し、何も応えようとはしなかった。自分だけの思考の中に入っている。こんな時、この男の頭は、外見からは想像もできないような速度で動いている。

「そのコリアンの連中とは、手打ちだな」

ぽんと投げ出すように口にされた言葉に、天明谷は驚いた。

「――――？」

「そうしなけりゃ、事態の収拾がつかなくなる。あんたら警察だって、収まりがつかない。そうだろ。たかだか数千万ぽっちのはした金はどうでもいいが、問題はノートだ。ノートは是《ぜ》が非《ひ》でも手に入れ、そのノートの内容を知る人間は始末せにゃならん」

「――まあ、それはそうだが。しかし、在日の連中と手打ちにするって言っても、いったい、どうするんだ？」

「それは、あんたが知らなくていいことだ。おい」

蟻沢は、運転手役の男に顎をしゃくった。

「誰か五人ほど、まだ杯《さかずき》をやってない連中を見つくろっておけ」

今は組の関係者が逮捕されれば、芋《いも》づる式に上まで挙げられる時代だ。この五人は、警察に差し出す逮捕要員ということだろう。それにしても、在日の連中とは、どうやって話をつけるつもりなのか。

　蟻沢は、有り余った顎の下の肉を指先でつまみ、しきりと引っ張ったりねじったりし始めた。

「さて、それじゃあ吉村のことに話を戻すぞ。天明谷さん、あんたが言ってた金沢って夫婦のところに、吉村は現れると思うか？」

「どうかな。断言はできないが、吉村にゃ、金沢に引け目がある。それに、かみさんのほうは、やつの昔の女だ」

　間違っていた場合、あとで蟻沢から責められるのが面倒だったので、いくらか曖昧な言い方を選んだが、現れる可能性は高い気がした。

　少なくとも、なんらかの連絡はあるはずだ。

23

マンションの地下駐車場から上がってきた車の運転席に、金沢勇の顔が見えた。車に乗るのは勇ひとりで、妻の桜子は一緒ではなかった。ここでこのままマンションに張りついているか、夫のほうを追うべきか、藤代は咄嗟の判断を迫られたことを知った。

だが、実際には判断を下すよりも先に、車が走り去ってしまっていた。張り込みに車を使えなかったための不手際《ふてぎわ》だ。どうも、地元とは勝手が違う。せめて、捜査員ふたりで上京するべきだったのではないか。今さらながら、そう悔やまれてならなかった。

しかし、警察だって自治体から予算をもらう組織のひとつにすぎず、不景気で予算の緊縮を余儀《よぎ》なくされている。まして、須賀慈郎が今度の事件のキーパーソンになるということも、その須賀が金の流れの詳細を記したノートが存在することも、藤代が主張するだけで、捜査本部全体の意見ではなかった。上司に無理を言い、単身で上京するのがやっとだったのだ。

マナーモードにしている携帯が振動し、取り出してディスプレイを見ると、後輩の刑事からだった。七年前、吉村秀夫の取調べを担当した捜査員に会って話を聞いてくることを頼んだ男だった。

「すまんな、どうだった？」

先ほど、藤代のほうから電話した時には、先方が今日は非番で、まだ会えていなかった。自宅を訪ねて、話を聞いてくることになっていた。

「ええ、今度は会えましたよ。藤代さんの言った通りでした。取調べ中、いったい何が被害者に対して怒りを爆発させるきっかけになったのか、具体的に、どんな会話をしていたのかという点について、しつこく何度も問いただしたそうです。しかし、吉村はただ言葉を濁し、父を仕事で追いつめた金沢大吾が葬儀に現れ、言葉を交わすうちにカッとなり、気がついたら殴りつけてしまっていたと繰り返すばかりで、それ以上のことは決して話そうとしなかったとのことでした。しかし、容疑は素直に認めているし、状況もすべて、吉村の犯行であることを示唆《しさ》していたので、最後はそのまま送検したと言ってました」

それで、ああいった調書になったわけだ。

「当時の捜査の中で、何かそれらしい理由に見当はつかなかったんだろうか？」

「いえ、その点も訊いてみましたが、つかなかったと」

「もしかして、事件の関係者の誰かが、何か知ってるかもしれないな」

そう話を振ってみると、後輩は少し誇らしげに応じた。

「僕もそう思いましてね。ひとり、状況を知っていそうな人間を紹介してもらいました。当時、亡くなった吉村幸蔵《こうぞう》、つまり、秀夫の父の右腕だった市川康男《いちかわやすお》という男ならば、何か知ってるかもしれないそうです。若い頃からずっと、社長の吉村を助けてきた男で、最後は、専務でした」

「事件から七年が経ってる。今なら、何か話してくれるかもしれんな。居所はわかるのか?」

「ええ、調べましたよ。そしたらなんと、東京にいるんです。ちょっと前から、東京で暮らす息子夫婦のところに身を寄せてるそうです」

「東京の、どこだ?」

「調布《ちょうふ》です。訪ねてみますか?」

藤代は住所を訊き、書き留《と》めた。土地鑑がないため、同じ東京とはいえ、ここからどれぐらいかかるのかわからない。

「御苦労だったな。ありがとう」

礼を言って、通話を終えるとすぐに、藤代は携帯のアプリで検索を行った。携帯でちまちまと何か調べること自体が好かないのだが、必要に迫られ、ルートと乗り換えの検索だけは、若い連中に教わってやれるようになっていた。

その作業の途中で再び携帯が振動し、ディスプレイに携帯電話の番号が表示された。見覚えのない番号だった。

通話ボタンを押して耳元に運ぶと、菅原の声が聞こえてきた。

「KSPの菅原です。一応、お耳に入れておいたほうがいいと思いまして、連絡しました。新大久保で、発砲事件がありましてね。それに、吉村秀夫も絡んでいることがわかりました。吉村を緊急手配し、現在、全力で捜しているところです」

事実のみを淡々と告げる菅原の口調は、幾分《いくぶん》急いてもいた。現場で指揮を執っている最中なのだろう。

「――絡んでいるとは、いったい、どんなふうに？」

「吉村と思われる人物が、駅裏のコインロッカーから鞄を取り出したところ、異《こと》なるふたつのグループが襲ってきたんです。争いになり、幸い、死傷者はありませんでしたが、弾丸が二発、発砲されました」

「双方のグループとも、武器を？」

「ええ、そうです」

「どんなグループか、正体はもうわかってるんですか？」

「いや、現在、全力で探索中です」

「吉村は、どうです？　吉村も、銃を持っていたんでしょうか？」

「それはまだわかっていません。ただ、現場で武器を発砲したのは吉村ではないようです。コインロッカーから鞄を取り出した人間が、最後にはこの鞄を持って逃げました。この男は、ほぼ間違いなく吉村であろうと思われます」

愚かなことを……。保護司の名取から聞いた話がよみがえり、藤代は歯噛みした。吉村秀夫は、決して悪い人間じゃないはずだ。むしろ、一瞬の激情によって犯罪者となった重みを背負いつつ、必死に真面目に生き抜こうとしてきたような気がする。

それでも、勤めていた工務店が倒産し、新宿で明日をも知れずネットカフェを転々とするような生活を続ける不安が、金への執着を生んでしまったのか。

金に取り憑《つ》かれた人間を、藤代は今まで無数に見てきた。犯罪のきっかけとなる大きな要素は、恨みと金、といっていいかもしれない。

今度もまた、そんな例のひとつなのか。

吉村秀夫と須賀慈郎の間で、いったい何があったのだろう。吉村が須賀を殺して、金を奪った。そういうことか。それを何らかの理由で一晩、コインロッカーに預けたが、それを知ったどこかのグループが襲ってきた――。

「鞄の中身は？　ノートについては、何かわかりませんでしたか？」

藤代は、訊いた。

「さあ、それはまだわかっていませんね。何か判明しましたら、すぐにまた連絡しますよ」

菅原の返事は、そっけないものだった。自分たちが追うのは、須賀慈郎殺しのホシであり、今度の発砲事件の関係者であって、ノートにはほとんど興味がないように聞こえた。

そもそも、須賀慈郎が残したノートの存在など、信じていないのかもしれない。

菅原が電話を切ろうとしている雰囲気を察し、藤代は頭の隅に引っかかっていたことを確かめることにした。相手のペースに合わせていては、訊きたいことを訊き逃す。

「ところで、つかぬことを伺いますが、天明谷さんの奥さんはどういった方なんでしょう？」

「――なぜ、そんなことを？」

そう問い返す声には、どこかうるさがるような雰囲気があったが、

「ああ、もしかして、電話の件ですか？」

すぐに続けてそう訊いた声からは、ふっと緊張が解けたような感じがした。

「ええ、まあ。すごい奥さんだと思いまして」

「そうですね。毎時間はオーバーにしろ、二時間おきぐらいには電話をかけてくるんじゃないかな。同僚からも、時折、苦情が出てますよ。ですが、注意をしても、今のあの男ではね」

「というと？」

「やつと私は、今の分署ができる前からのつきあいでしてね。かつては、ああいうデカではなかったんです。出世頭で、幹部のお嬢さんと結婚話が持ち上がったことだってあったんですよ」

「それじゃ、今の奥さんとは?」

「その話を蹴って、結ばれたわけです。まあ、純愛のつもりだったのかもしれないが、どうでしょうね。やつからは、何か?」

「いえ」

「そうですか。かみさんとは、確か高校時代からの知り合いだったようです。それが再会してくっついたわけですが、現実ってのは、ドラマのようにはいきませんよ。幹部のお嬢さんは、才色兼備《さいしょくけんび》で、夫に尽くしそうな優しい女性でしてね。ところが、その女性を振ってくっついた相手となると、自由奔放《ほんぽう》というか、結婚してからずっと、天明谷を心配させ通しでした。最初はね、天明谷のほうが、それこそ日に何度もしつこく電話してたんです。張り込みの最中ですら、ちょっと抜け出して電話に行ってしまうんですから、呆れたものでしたよ」

「ほお、そんなだったんですか。じゃあ、それが完全にひっくり返ってしまった」

「仕事をやめて、家に落ち着くことにしたんです。大喧嘩があったようですよ。天明谷も、顔や首に引っかき傷を作って署に現れ、きまり悪そうにしてました。だけど、それでかみさんが家に落ち着いたら、今度は外で動き回る夫の行動が、何から何まで気になり出しましてね。ああして、日に何度も電話がかかってくるようになっちまった。あれは絶対に結婚相手を間違えたな」

「いつからなんです？　いつから、そんなふうに奥さんから頻繁に電話が来るようになったんでしょう？」

「そうだな。大喧嘩があってじきだから、一年ちょっと前じゃないかな。おっと、すっかり無駄話をしてしまいました」

菅原は口調を改めると、何かわかったら、また連絡をすると言って話を締めくくった。

24

金貸しの事務所があるのと同じビルの地下だった。事務所と同じ間取りらしかったが、天井も壁も床もコンクリートが剝き出しで、配線やパイプの類も丸見えだった。壁に寄せて、パソコンを載せたデスクがひとつと、ソファがひとつ。ソファのほうは、坐るためよりもむしろ眠るために使われることが多いらしく、無造作に丸めた毛布と枕が投げ出されていた。それ以外には何の家具もなかったが、部屋の奥に大《だい》の大人が四、五人は車座《くるまざ》になって坐れるぐらいの大きさのカーペットが敷いてあり、そのすぐ横には、焼酎の徳用ペットボトルと日本酒の一升瓶《いっしょうびん》が立っていた。

背中を押されてそこに足を踏み入れた康昊《ガンホ》は、殺風景で殺伐《さつばつ》とした部屋に視線を巡らせる途中で、何かの動物がうめく声を聞いてドキッとした。

部屋の奥に、もうひとつ、ここよりは小ぶりの部屋があるのもまた、上階の事務所と同じだった。今、その奥の部屋のドアが半開きになっており、うめき声は、ドアの奥からのものだった。

違う。あれは動物の声なんかじゃない。人だ。

母が康昊の手を握り締めてくる。康昊は、力を込めてその手を握り返した。

一歩先に部屋に入った智勲《ジフン》が、背後の康昊と允珍《ユンジュン》を振り返った。康昊にはもうそのほうを見なくてもわかった。その日には、残虐《ざんぎゃく》で卑《いや》しい光がある。

「奥の部屋のことは、気にしなくていい。允珍、今度はもっとよく考えて答えるんだ。金を持って逃げた秀夫ってやつが立ち回りそうな先について、ほんとに何も心当たりはないのか？」

「ないわよ。金を取り出したら、それでバイバイ、って約束だったんだから。だけど、別れた女に会いたがってたわ。金を手に入れたのだから、その女に会いに行ったのかも。ねえ、なんとかして、女の居所を見つけられないかしら。あ、そういえば——」

「そういえば、何だ？」

「その女の亭主が、新宿で店をやってるそうよ」

「新宿か。店の名は？」

「それはわからないわ……。秀夫だってわかってなかったんだもの」

「ち、それじゃ、使えねえじゃねえか」

舌打ちしつつ、智勲は康昊のほうに顔を向けた。

「おい、おまえはどうだ。何か聞いてねえのか？」

康昊は体を硬くした。母がいない時に、秀夫が非常階段でしていた電話のやりとりを思い出していた。あの時、秀夫は店の名前を口で反復し、メモに住所を書き取ってポケットに収めたのだ。店の名は確か、イブだった。

「聞いてねえよ。俺だって、金が欲しいんだ。何か知ってたら、あんたに教えてる。このままじゃ、あいつの逃げ得だろ」

さらっと嘘をつく自分に、康昊は内心、驚いた。どうして、あいつをかばうんだろう。そうか、金は秀夫が持っていたほうがいいのだ。この連中が分捕《ぶんど》っても、どうせ母に一円も寄越すわけがない。それなら、秀夫が持って逃げおおせればいい。

「くそ、役立たずどもめ。ちょっと、そこに坐ってろ」

智勲が部屋の奥に敷かれたカーペットを顎で指すと、母と康昊のふたりをこの部屋まで連れてきた手下の男が、そのカーペットに向かって母の体を押しやった。

だが、わざわざそうする必要などなかった。母はさっきからすっかり腑抜《ふぬ》けたみたいになってしまい、すべて智勲の言うがままだった。今も、みずからそのカーペットへと歩くと、そここそが唯一、安らげる場所だというように素直に腰を下ろした。

いつでも母はそうだった。自分の頭で考え、判断し、何かを決断することを、ふっとどこかで放棄《ほうき》し、やめてしまう。そして、目の前にいる人間の思惑《おもわく》にみずからを添わせてしまう。それで何かがうまくいった例しなどただの一度もないのに、そのほうが楽で、そしてなぜだか安心なことだと考えてしまう。

だが、それは今は危険な間違いに思えた。カーペットの位置からだと角度が変わって、奥の部屋の中が見えた。床に、男が転がっていた。背中で両手を縛られ、抵抗のできない状態にした上で、周囲の男たちが好き勝手にその男をいたぶっていた。男たちの数は三人で、その中のひとりは、あの残虐でいかれているという噂の勲児《フナ》だった。

康昊は思った。智勲は、こうした光景を、母と自分に見せつけるつもりなのだ。見せつけ、恐れを抱かせ、そして、ひざまずかせるつもりだ。そうに決まってる。

「――――」

母が声にならない声を漏らし、康昊にすがりついてきた。

康昊は黙って母の肩を抱いた。大丈夫だから、と言おうとしたのに、言葉が舌に張りついてしまって出てこなかった。

智勲がちらっとこっちを見る。

——オモニを見たんじゃない。間違いなく、この俺を見てる。

だが、康昊が睨み返すと、いなすように顔をそむけてしまい、男たちに命じた。

「そろそろいいだろ。そいつを起こせ」

勲児ともうひとりが動き、床に転がった男の両肩を押さえて上半身を持ち上げた。

床に起き上がった男の顔を見て、康昊はあっと息を呑んだ。まぶたも頬も、顔の輪郭《りんかく》が変わってしまうほどに腫れ上がってはいたが、間違いない。

母のことをそっとつつき、耳元に口を寄せて小声でささやいた。

「ねえ、寺の墓地で、慈郎オジという男を殺したやつだよ」

母が驚き、男の顔を凝視する。

「おまえら、こんなことをして、どうなるかわかってるのか……」

男が言った。何かをこすり合わせたようなかさかさの声だった。

勲児が智勲に札入れを差し出した。

「中に免許が入ってた。こいつは、島内って名だ」

智勲は札入れから免許証を抜き出した。それから男の前で膝を折り、その顔を間近から覗き込んだ。

「島内到か。おまえ、どこの組のもんだ？」

「ちんぴらが……、おまえら、みんな、殺されるぞ」

島内と呼ばれた男が言い返す。だが、絶え絶えの息遣いに威厳はなく、両目は恐怖で占められていた。少しでも自分を大きく見せることで、なんとか助かろうとしている人の目だった。智勲が冷笑した。

「おい、この野郎に口の利き方を教えてやれ」

勲児が何も言わずに島内の正面に回り、拳で顔を殴りつけた。一定のリズムをつけて、右、左と繰り出すたびに、島内の頭部がぐらぐらした。乾いた音がする。薄い肉におおわれた頬骨や頭蓋骨が叩かれる音だった。やがてそこに、すすり泣く声が混じってきた。

勲児の肩に触れて脇へとよけさせた智勲が、島内の前髪を摑み上げた。

「もう一度訊くぞ、どこの組の者だ？」

「蟻沢さんに世話になってる……」

「蟻沢というと、あの有名なデブか――」

智勲は口の中で転がすように言ってから、しばらく不機嫌そうに口を閉じ、誰もいない壁のほうを見つめていた。どうやら、目の前にはいない相手の力を推し量《おしはか》っているらしい。

やがてひとつ息を吐き、次の質問に移った。「金は、いくらある？」

「金って――」

「決まってるだろ！　てめえが見張ってたコインロッカーに入ってた金だよ」

怯え切った島内は、あわてて口を開いた。

「もう殴らないでくれ！　そうか、やっぱりあすこのロッカーに入ってたのか。ちきしょう。俺も正確なことは知らねえが、たぶん五千万はあるはずだ」

「どういう類の金か、説明しろ」

「それはもうわかってるから、襲って来たんだろ」

「おまえが話せと言ってるんだよ。まだ、殴られたいのか」

「――昨日、殺された須賀って男は、裏で動く金の運び役だった。この男が、こっそりと抜き続けていた金だ。だから、もしもあんたらがそれを狙ってるのなら、奪ったところで誰も困らねえよ」

「余計なことは言わなくていい」

「だけど、蟻沢さんと事を構えるなんて、無理だぜ。バックにゃ、デカい組織がついてるんだ。あんたら、全員、殺されるぞ。悪いことは言わねえ。諦めて手を引け」

智勲の爪先が脇腹に飛び込み、島内は甲高い悲鳴を上げて体を折った。

「余計なことは言わなくていいと言ってるだろ」

智勲はまた何か考え込んだが、今度は長くではなく、すぐに傍に立つ手下に顎をしゃくった。

「おい、何人か連れて、蟻沢の事務所を見張れ。蟻沢が事務所にいるのかどうかを確かめ、いないなら、居所を探すんだ。そして、やつの動きから目を離すな。俺はこれから、長老のところに行かなけりゃならねえ」

「そしたら、金を持って逃げたやつを捜すのに、人手を頼むのか？　それとも、蟻沢と事を構えるのか？」

勲児が期待を込めた目で智勲を見、話に割って入った。

「馬鹿野郎、そんなことをしたら、どれだけ謝礼を求められるかわからねえぞ。なんとしても、俺たちだけで金を手に入れる。老《お》いぼれどもに、がめつく上前《うわまえ》をはねられたんじゃ、元も子もねえや。蟻沢は、金をくすねてた須賀って男と同じ穴の狢《むじな》だ。須賀の身辺を、俺たちよりもよく知ってる。それに、秀夫ってやつは、女の居所を知りたくて須賀を訪ねたんだ。そうだったな？」

「そうよ」と、允珍が応じた。

「そしたら、蟻沢のほうで、女の行方を見つけるさ」

「野郎が見つけたら、それをいただくってわけか？」

「そういうことだ。だから、蟻沢を見張るんだよ。俺たちの頭数だけで、金を持って逃げてる野郎ひとりを見つけ出せるわけがねえ」

「よし、そしたらまた、俺の出番だな。智勲の兄貴、任せてくれよ。足のつかないチャカをもっと用意しとくぜ。——なあ、だけど、そうしたら、何のために長老に会いに行くんだ？」

「わからねえのか。阿呆《あほう》が、あんなところで銃をぶっぱなしたからだろが。騒動のあらましを説明に行き、詫びを入れて来なけりゃならねえ。警察だって、もう真剣に動き始めてる。事情を説明して、ことを穏便《おんびん》に収めることを約束して来るんだよ。長老たちは、警察に睨まれることをとことん嫌ってるんだ。何人かは、ムショに行くことになるぞ。覚悟しておけ」

智勲は、手下たちを見渡した。

「覚えておけよ。このままじゃ、儲けゼロのムショ暮らしだ。それじゃ、家族や惚れた女に対しても済まねえだろ。なんとしても、金を手に入れるぞ」

手下たちが、押し殺した低い声で応じる。

その声をさえぎるようにして、允珍が突然、甲高い声を上げた。

「ねえ、ちょっと。私、いいこと思いついちゃった。思い出したのよ。それで、思いついちゃったわ」

男たちが母を見たが、その目には冷たい光しかなかった。

「何だ？」

智勲が、億劫そうに訊く。そこには何の期待も込められていないことを感じ、康昊は母がこの男たちからどう見られているのかを知った。

允珍は、智勲たちの足元で顔を腫らして動けなくなっている男に、勢いよく指を突きつけた。

「そいつよ。須賀って男を殺したのは、こいつなのよ。ね、そうでしょ、康昊。あんたが見たって言ったわよね」

康昊は母に話を振られ、仕方なくしぶしぶとうなずいた。なんだか嫌な予感がした。母が何を考えているのかわからなかった。そんな時、いつもろくなことを考えていないのだ。

「ふうん、そりゃあ、面白《おもしれ》えな」

「でしょ。蟻沢たちがうまく金のありかを見つけたら、この島内って男を警察に突き出されたくなければ金を寄越せと、取り引きを持ちかければいいんじゃない」

智勲は何か言い返そうとして、やめた。しばらく考え、ニヤッとした。

「ま、それは状況によっちゃ、ありうる手だな。おい、この野郎から目を離すなよ。死なれたんじゃ、元も子もねえ」

母に顔の向きを戻し、ニヤけた顔のままであとを続けた。

「允珍、金を手に入れたら、おまえにゃ百万やる。それを持って、ガキと一緒にこの街を出な。おまえは、すっかりここに長居しすぎただろ」

「――ちょっと待って。馬鹿を言わないでよ。なんで百万ぽっちなのさ」

「理由は簡単さ。五千万を手に入れるのに、汗を流すのはこの俺だからだ。働いた人間が、稼ぎを手にする。金ってのは、そういうもんだ。仲間のひとりは腕を折られてるし、他にも、たくさん怪我をさせられた。そいつらの治療費や家族への手当ては、俺が見てやらなけりゃならねえ。それが、俺たちの社会で上に立つ人間の務めだからだ。それに比べて、おまえは何かひとつでも苦労したか？　何もしてねえだろ。百万は、おまえへの餞別《せんべつ》だよ。もらえるだけでも、ありがたいと思え。どこか知らない街で部屋を借りて、新しく生活をやり直すぐらいなら、それで充分だろ。今の歳なら、おまえみたいな女でも、まだ、少しは稼げる先があるぜ。クスリなんぞやってねえで、身を粉《こ》にして働いて、ガキを立派に育てろよ」

「あんた、何を言ってんのさ。説教なんか、聞きたくもないよ」

「話は終わりだ。これでも、昔の女に対して、充分に温情をかけてやってるつもりだぜ。嫌なら、とっととここから出て行け」

「――――」

唇を嚙んでうつむく允珍からつと顔をそむけると、智勲は部屋の出口を目指した。

「じゃあ、一時間ぐらいで戻る」

「おい、兄貴。ちょっと待った。例の頼みを聞いてくれよ」

勲児が智勲に追いすがった。そう声をかけられ、部屋を出ようとしていた智勲が振り返る。呆れ顔をしていた。

「今なのか――?」

「ああ、今さ。だって、この女は街を出ちまうんだろ。他にあるかよ。約束だぜ」

智勲は一瞬、顔に嫌悪感をにじませたが、それはほんのわずかなものだった。きっと、勲児のような男は何も気づかなかったろう。

「おい、允珍。おまえもまだ、捨てたもんじゃねえな。俺の従弟《いとこ》が、お前に御執心《ごしゆうしん》なんだとさ。街を出る前にひとつ、やることができた。百万の見返りと思えば、安いもんだろ。それに、クスリをただで射《う》ってもらえるぜ。女でなけりゃ得られない特権ってやつだ」

「ちょっと、あんた。何言ってるのよ――?」

母の顔が引き攣った。勲児が舐めるような目で母を見ていることに気づき、康昊は嫌悪と恐怖に身震いした。

「おい、ガキをあっちの部屋にやっとけ」

「――――」

近づいて来る男たちを睨みつけた。母の手を強く握り返したが、男たちの力で難なく引き離されてしまった。引きずられる途中で、康昊は片方の男の脛を蹴りつけてやった。命中し、男は低くうめいたのち、康昊の顔を嫌というほどに殴りつけた。

さっきまで島内が痛めつけられていた小部屋に投げ込まれ、したたかに腰を打ちつけて痛さにうめいているうちに、ドアに鍵のかかる音がした。

「おい、開けろ！　オモニをどうするつもりだ!?　開けろったら、開けろ！」

康昊はドアに走り寄り、激しく叩き続けた。

「うるさいぞ。静かにしてろ」

そう叱りつける声が聞こえた。ドアの向こうからするその声には、この状況を楽しんでいるような響きがあった。

母はしばらく泣き喚き、叫び続けていた。

そのうちに、段々と違う種類の声が聞こえてきた。

康昊は、耳を塞いでうずくまった。母が何をされているのか、理解できないほどにもう子供ではなかった。それを防ぐ力を持てるほどには、大人ではなかった。

25

裏口のドアの鍵を開けて中に入ると、安物の香水の匂いがした。女たちを雇《やと》い、必死で店を切り盛りしていた頃には感じなかった匂いが、店を手放すことにして、女たちも全員解雇した今ではやけに鼻についた。勇は慣れた手つきで天井灯のスイッチを押したが、思い直して消し、その隣にある間接照明の光量調節スイッチをしぼりぎみにつけた。壁の天井付近にある照明が、店内を薄暮《はくぼ》の明るさにする。今の勇には、このほうが落ち着いた。

人生の歯車が狂い出したのは、いつからなのか。このところ、ふっと気を緩めるとすぐに、そんなことを考え出す自分がいた。車を走らせていても道を歩いていても、誰かと酒を飲んでいる最中でさえ、そんな問いかけを性懲《しょうこ》りもなく繰り返してしまっている。夜、眠る前に考え出すと、頭が冴《さ》えてしまって眠れない。たとえ答えを得たところで、それでどうなるわけでもないのは明白なのに、もうちょっとだけ正確な答えが摑めれば、あとほんの少しでも真実に近づければ、それで気持ちが落ち着くような気がしてならないのだ。そして、ふっと腑に落ちる答えを見つけた気になる瞬間はあるのだが、それからほんのちょっと時間が経つと、また一から考え直してみなければ気が済まなくなる。

故郷にいた時分には、たとえ父が死んだあとでも、残された貸しビルやマンションなどの不動産を運用していれば、かなり高水準の暮らしを維持していられた。しかも、そうした不動産を担保《たんぽ》に銀行から融資《ゆうし》を受けることで、新たに運用する不動産を着実に増やしてもいたのだ。

だが、それが自分の望む暮らしではないといった気持ちは、いつでも勇にまとわりつき、濡れた服を着たままでいるような違和感をもたらし続けた。もっと手応えのある仕事がしたかった。

勇はやがて、故郷の街で飲食店を始めた。最初の店は、安い値段で本格的なステーキが食べられるステーキハウスだった。父の支援者のひとりに肉の卸売《おろしうり》業者がいて、勇も子供の頃から知っていた。この業者に相談して、安いステーキ肉を仕入れるルートを得られたことが幸いし、店は順調に繁盛《はんじょう》した。

その後、ステーキハウスの二号店を出すという考えもあったが、勇はそれを採らなかった。それよりも、勇が考えたのは、空洞《くうどう》化が進み、シャッター商店が続く駅前の一角に様々な種類の店舗をそろえ、そこに客の足を向けさせることだった。ステーキハウスのあとは、焼肉店、イタリアン、郷土料理、ラーメン店と、どれもそこそこの成功を収めた。開店当時は赤字だった店も、存在がある程度知られるようになると集客率が伸びた。赤字分は他の店の売上げで補塡《ほてん》できたし、一定期間を経ても黒字に転じない場合には、その店を閉めて別の店を試してみればいい。飲食店につきものの浮き沈みを、何種類かの店を並行して経営することで回避できた。それは、不動産の管理運営によってかなりの収入を得られる人間だからこそできるビジネスモデルだった。

あのまま、あの街で、ああした飲食店ビジネスを続けていればよかったのかもしれない。あの頃は、父があれこれと面倒を見ていた桜子の母の料亭にも手を差し伸べることができた。桜子だってそれに感謝し、そして、頼りにも思っていたはずだ。不動産の管理運営と飲食店の多角経営とは、根っ子は同じひとつのものであるといった持論を、勇はあちこちで吹聴《ふいちょう》した。

だが、手を広げすぎたのが災《わざわ》いした。あの街を離れ、もっと大きな別の街へ、そして、最後には東京へと進出を試みたことが首を絞《し》めた。自分を担ぎ上げ、美味い話を吹き込んだ人間たちの顔をひとつひとつ思い出すたびに、苦々しい気分に襲われる。今から思えば、その何人かは人に取り入ることで生き延びている詐欺《さぎ》師まがいの男たちで、さらに何人かは完全な詐欺師だった。そうでない連中も、自分が自信を持って勧めた物件や商売がつまずくと、さっさと勇の前から姿を消した。

そして、いつしか父から譲り受けた不動産もすべて勇の手を離れ、最後にはただ借金だけが残されていた。

自宅のマンションで桜子にした話には、ひとつ、嘘が混じっていた。もしも慈郎オジが隠し持っていた金を自分のものにできたら、それを元手に新しい仕事や生活を始めるなど、大嘘だ。とにかく、少しでいいから休みたい。一ヶ月なんて贅沢は言わない。せめて半月、いや一週間でも、ほんの二、三日でもいい。金のことを考えずに済む生活がしたかった。あれとあれが間違いだったと、過去の出来事を思い返して悔やむことのない時間が欲しかった。どうして人生はずっとひと続きなのだろう。束の間でいい、心の休日が欲しいのだ。慈郎オジの金さえあれば……。

勇は、フロアを横切った。簡単な調理ぐらいならばできる小さなキッチンに入り、棚からインスタントコーヒーの瓶を下ろした。コーヒーとクリームの粉を適当なカップにぶちまけ、水道水を入れ、電子レンジで温めた。キッチンには家庭用の冷蔵庫が置いてあり、中にはまだ缶ビールが何本か冷えているのを覚えていたが、酔った状態で秀夫と会いたくはなかった。

テーブルにひっくり返して載せた椅子のひとつを下ろし、体を沈めた。舌にまとわりつくだけのまずいコーヒーを啜るうちに、部屋の静けさがうとましくなり、テレビのリモコンを探しに立った。

リモコンは、カウンターのいつも置く場所にあった。取り上げ、天井の端に取りつけられたテレビに向ける。客がカラオケを歌う時には、カラオケ用のモニターとして使うものだった。

適当に昼前のワイドショーか再放送のドラマにでもチャンネルを合わせようとした勇

は、オンになったテレビ画面のニュースに目を釘づけにされた。

《新大久保で銃撃戦。ヤクザ同士の抗争か》

そんなテロップが目に飛び込んで来るとともに、取り澄ました感じの女のアナウンサーが、聞き慣れた名前を口にするのが聞こえた気がした。

――この女、今、須賀慈郎と言わなかったか……。

勇は、リモコンを胸の前に突き出したままの姿勢で固まり、椅子に戻ることも忘れて、呆然とテレビモニターを見上げた。

気になってならないのは、新大久保の銃撃戦と、昨夜、須賀慈郎が殺された事件には何らかの関係があるものと見て、警察が捜査を進めている。アナウンサーが、そう言ったらしいことだった。

ヤクザの抗争がどうしたとか……。それに、銃が、どうしたとか……。

――いったい、どういうことなのだ。

テレビはすぐに別のニュースに切り替わってしまい、チャンネルを次々に替えてみたが、他で同じニュースをやっている局も見つからなかった。

しかし、秀夫は朝の電話で、慈郎オジの金はコインロッカーに預けてあると言っていたはずだ。

慈郎オジの金が、とんでもない出来事を引き起こした。そして、秀夫もそれに巻き込まれた。——そういうことか。

携帯を取り出した勇は、反射的に桜子に電話しそうになり、あわててやめた。秀夫のことであたふたなどしたくなかった。やつは、勇の父を殺した殺人犯なのだ。

いや、まだはっきりしないことを桜子の耳に入れ、心配させたくないだけだ。

勇は、そんな相反するふたつの感情が、ふたつとも同時に湧き起こることに驚き、戸惑いを覚えた。

考えるのが億劫になった時の習慣でキッチンに戻り、棚から飲みかけのウィスキーを下ろした。強い酒が必要に思えた。

グラスに適当に注ぎ、その半分ほどを一気に飲んだ。アルコールが喉を焼く。熱が食道をかすめ、やがて胃をきゅっと刺激した。

気つけ薬代わりのつもりだったが、酔いの小さな爆発が起こるとともに、楽しい気分がざわざわと体を侵食《しんしょく》し、最後には自分の人格とは無関係な笑いがこみ上げてきた。

祝杯だ。秀夫は、これでおしまいだ。慈郎オジ絡みのもめ事に巻き込まれ、きっと刑務所へと逆戻りだ。そうしたら、桜子を説得し、やつの知らない場所で新しい暮らしを始めればいい。今度こそ、この手で彼女を幸せにしてみせる。やることなすこと、裏目、裏目に出る人生はこれで終わりだ。これからは、額に汗して真面目に働き、人間らしい暮らしをする。どんな仕事をすればいいのか、まだ見当がつかないが、桜子とふたりならばきっと見つけられる。桜子だって、もう一度秀夫がムショ暮らしを始めれば、いい加減にあいつのことを諦めるはずだ。きっとそうにちがいない。

勇はボトルをテーブルに置くと、グラスを片手に、店のフロアを歩き回り始めた。一歩歩けば歩くだけ、秀夫への憎しみがこみ上げた。あの男が刑務所に戻り、二度と自分たちの前に現れなくなることが、自分と桜子にとって最良の道なのだという確信が深まった。桜子とふたり、新しい生活を始めたい。

ドアの開く音がして、冷たい風が流れ込んできた。さっき勇自身が使った裏口のドアが開いたのだ。

勇は、ドアのほうへと振り返った。

「ヒデ……」

口にした瞬間、たまらなく懐かしい気持ちがこみ上げた。

秀夫は店内を見渡してから、薄暗い光の中に立つ勇に目を向け直し、改めてその顔をじっと見つめてきた。七年ぶりに会う友人は、昔と少しも変わらないように見えたが、やがて勇の感情が落ち着くにつれ、薄皮が一枚ずつ剝《は》がれるみたいに今の姿が見えてきた。秀夫は、何キロか体重が落ちていた。頰の肉が削《そ》がれ、眼窩がいくらか落ちくぼんだ分、両目の印象が強くなっていた。記憶の中では白い歯をこぼしていることが多かった唇は、今は固く引き結ばれ、唇の両端から下顎の左右に向けて、緩い下向きのカーブを描くしわが延びていた。額にも、かつてはなかったしわが三、四本、同じ形状に波打ち刻まれている。そうしたしわが、同じ歳の友人を何歳か老けて見せているのに加え、辛苦《しんく》を舐めた孤独な印象ももたらしていた。

勇は、ふと自分の容姿《ようし》を思い浮かべた。この四、五年で十キロ近く増えた体重は、秀夫とバッテリーを組んでいた頃と比べれば、確実に二十キロは肥《こ》えてしまっている。鏡を覗く時、頰や下顎についた肉の層の奥に、昔の顔を探さなければならなかった。

秀夫は後ろ手にドアを閉めると、がれきの上を歩くみたいに慎重な足取りで、ゆっくりと勇に近づいてきた。何と声をかけるのかを、懸命に探す顔つきをしている。たぶん、勇のほうだって、似たような顔つきをしているはずだった。

だが、秀夫の動きがどこかぎごちないわけは、別にもうひとつある。やつは、顔を勇に向けたまま、途中からは目だけを時折、あちこちに飛ばすようになった。桜子が、ここにいないかと捜しているのだ。

そう気づくとともに、急激な怒りがこみ上げ、勇は冷たく言い放った。

「桜子なら、いないぞ」

「――――」

まだ何か言葉を探そうとしている秀夫を見ていると、何かひどいことを言ってやりたくなった。

「あいつは、家にいる。おまえと会う必要なんかないからな。あいつは、俺の妻なんだ」

秀夫は、薄く微笑んだ。顔色が悪く、白目には細い血管が何本か浮き立っていた。

「わかってるよ。たぶん、桜子には会えないと思ってた。きっと、そのほうがいいんだ。俺はまた、刑務所に逆戻りだ」

「――じゃあ、やっぱり、新大久保の銃撃戦ってやつに、おまえも加わってたんだな？」

「銃撃戦……」

「テレビで言ってたぞ」

「――そんなんじゃない。コインロッカーから金を取り出したところに、ふたつのグループが襲って来た。連中が、互いに鞄を取り合って、殴り合いになったんだ。最後に、ひとりが銃を出したら、驚いたことに他にも隠して持っていたやつがいて、何人かが銃を突きつけ合うことになっちまった。――だけど、発砲は二回だけだ。銃撃戦なんて、オーバーすぎる」

「言いたいことがあるなら、警察で言えよ」

勇はまた冷たく言い放ち、手にしたままだったグラスの中身を飲み干した。

「そうだな、そうするよ。ほら、金を持ってきたぞ」

秀夫が、手にした鞄を軽く掲《かか》げた。

「馬鹿か、おまえ。そんな金など、受け取れねえよ」

無性《むしょう》に腹が立ってきて、勇はテーブルからボトルを取り上げた。グラスに注ぎ、喉にまた一息に投げ込む。

「後腐《あとくさ》れのない金だ。ジロージが、そう言っていた。おまえだって、何か知ってるんだろ？」

「おまえから、そんな金など受け取れないと言ってるんだ！」

「おまえにやるんじゃない。桜子と息子に持ってきたんだ。金を、ふたりに渡してやってくれ。俺が桜子にしてやれることは、これぐらいだ。頼む、勇」

「よせよ、馬鹿野郎。俺にゃ、借金があるんだ。金が入ったら、返済に使っちまう。桜子に渡したけりゃ、自分で渡せ」

勇は、自分の言葉に驚き、呆れ、さらには怒りを覚えた。いったい何を言っているんだ。こいつを桜子に会わせるなんて、ありえない。

「言ったろ、俺は刑務所に行かなけりゃならないんだ。金を持ってたってしょうがない。借金があるなら、その返済に使えばいいさ。そして、桜子と新しい生活を始めろよ」

秀夫はテーブルに鞄を置いて、開けた。

「だけど、置いていけるのは、半分だけだ。半分は、ある親子にやると約束した。なんとかして渡してやらにゃならない」

「おまえ、俺の言ってることが聞こえないのか。おまえから金を受け取るいわれはないと言ってるんだぞ！」

秀夫は鞄に手を突っ込み、輪ゴムでとめられた札束をひとつずつ摑み出してはテーブルに重ね始めた。

鞄の中身に、勇の視線が引き寄せられた。いくつあるとも知れない札束で、ぱんぱんにふくれ上がっていた。それに、端っこに、大学ノートが突っ込まれていた。

「おい、秀夫、聞いてるのか⁉」

勇を無視し、秀夫は黙々《もくもく》と単純作業を続ける人間の動きで、鞄の金をテーブルへと移し続ける。

勇は猛烈に腹が立ってきて、グラスを持つのとは反対の左手を振り、札束をテーブルから払い落とした。

「金なんか要らねえと言ってるだろが！」

秀夫が、怒りを込めて勇を睨みつけた。

「何をするんだ！　金を持って来いと言ったのは、おまえだろ」

「なんで、おまえはそうやっていつでもお人好《よ》しなんだ」

「お人好しなもんか」

「そうだろが」

「違う！　俺は……、罪滅《ほろ》ぼしをしたいだけだ。俺が短気を起こしたばかりに、おまえの親父さんを殺しちまった。申し訳なかったと思ってる。それだけじゃない。親父さんがいなくなることで、おまえも、桜子のお袋も、桜子も、それにジロージや多くの人間の人生が狂っちまった。俺さえ短気を起こさなければ、みんな、違った人生をすごしてたはずなんだ……」

勇は息を吸い込む時、自分の胸が震えていることに気がついた。だが、声はなんとか震えなかった。

「自惚《うぬぼ》れるな。馬鹿を言うんじゃない。おまえのやったことなんかで、俺の人生が変わるもんか。俺は俺で、精一杯にやって来た。しくじって、今はどん底にいるが、必ずまた巻き返せる。桜子だって、桜子のお袋だって、ジロージだってそうだ。誰も、おまえのせいで人生が変わったりなどしてねえ。みんな、それぞれに、自分らしく生きてきただけだ。自惚れるんじゃねえよ、馬鹿野郎」

「…………」

秀夫は、何も言わなかった。勇がまくし立てる途中で一度、両目が背後から押し出されたみたいに肥大したが、すぐにしょぼつき、小さくなり、視線がゆっくりと床に落ちた。力なく何歩か移動すると、さっき勇が下ろした椅子に体を沈めた。

勇は別の椅子をテーブルから下ろし、自分も坐った。向き合うのは照れ臭く、ふたりで同じ方向を向いていた。

「金をやるっていうのは、いったいどんな親子なんだ？」

「まあ、いいじゃないか」

「母親にでも、惚れたのか？」

「そんなんじゃない」

勇はポケットを探り、車のキーをつまみ出した。

「駐車場に俺の車がある。裏口を出たすぐのところだ。自宅のマンションの場所は、カーナビに入ってる。吉祥寺のちょっと先だ。この時間帯なら、三、四十分で着くはずだ。桜子に、会いに行ってやってくれ。俺は、ここにいる」

手を伸ばそうとしない秀夫に向けて、しばらく右手を差し出していたが、やがて、キーをテーブルの秀夫に近い場所に置いた。

「――だが、その前に、おまえに話さなければならないことがある。おまえの息子は、死んだ」

「――――」

もっと離れて坐るべきだったと、勇は思った。この事実を、もっと意地悪く告げてやればよかったと思った。現に、この三年の間、何度となくそうすることを想像していたのだ。想像の中の秀夫は、打ちひしがれてうずくまり、そして、自分は、密《ひそ》かに小気味《こきみ》よい気分を味わいながら秀夫を見下ろしていた。

だが、現実には、秀夫のほうに目をやることすらできなかった。

恐る恐る顔を向けると、秀夫は疲れて考える気力を失った男になっていた。表情を形作る筋肉のひとつひとつが緩み、顔が平板で陰影に乏《とぼ》しく見えた。

だが、その顔つきの中に、勇はたった今、答えを見つけた。

「——知っていたのか？」

秀夫はうつむき、首を振った。

「いや——。だが、そんな気がしていた」

勇は、秀夫が顔を上げるとあわてて視線をそらした。

「何か飲むか？　店は潰れちまったが、飲み物はまだ売るほどあるぜ？」

軽口を言ってはみたが、勇自身ですらうまく笑えなかった。

「ヒデ、あいつと、よく話してくれ」

くそ、と、胸の中で罵った。どうして俺は、こんなことを言ってるんだ。

「俺が、あいつを強引にあの街から連れ出した。あいつは、子供を亡くして途方に暮れていた。おまえに合わせる顔がないと言っていた。あいつのせいじゃない。ほんとに事故だったんだ。だが、あいつは自分を責め続けてた。あのままだったなら、あいつはきっと死んでたはずだ……」

「俺は、いつ警察に捕まるかわからない。半分は、ここに置いていく。おまえが取ってくれ」

「金を忘れるな。持っていけ」

「すまん、車を借りる」

秀夫はテーブルのキーを見つめ、ゆっくりと手を伸ばして摑み上げた。

「それは、あいつの口から聞け」

「——何があったんだ？」

「———？」

「逃げきれるわけがない。警察へ行くよ。それに、警察に、渡したいものがあるんだ」

「母子に金を渡したあとは、どうするんだ？」

「ノートさ。鞄に、金と一緒に入ってた。このノートを警察に渡せば、あの街の腐敗が表に出せる。ジロージが運んでいた金の流れが、そこに細かくメモされてたんだ。七年前に、俺の親父を追い込んだ連中の名前も混じっていた。親父さんのあとで市議会議員になった中島が、どうやら裏で金の流れを牛耳ってる黒幕らしい」

「もう俺とは、何の関係もない男だよ」

秀夫は床に屈み込み、札束を拾い集めてテーブルに戻した。鞄からあといくつか摑み出すと、その上に重ねた。鞄の口を閉じ、手に持った。

裏口へと続く短い廊下が始まる辺りで足をとめ、勇のほうに振り返った。

「勇……、すまなかった」

「済んだことだよ。俺の親父だって、悪かった」

勇は、反射的にそう応じた。

秀夫がドアを出て行ってもなお、勇はドアを見つめて動かずにいたが、やがてグラスを取り上げると、またウィスキーを注ぎ足した。今のこの気分を、できるだけ長く味わっていたくて、グラスの酒をちびちびと飲んだ。自分が友人らしく振る舞えたことにも、おそらくはそれなりに男らしく振る舞えたことにも、及第点《きゅうだいてん》をやってよかった。それに、秀夫が置いていった金があれば、借金を帳消しにできる。そうしたら、新しい生活を始められる。悪いことじゃない。

だが、久々に訪れた穏やかな気分のすぐ下には、いつも以上のどろどろとしたマイナスの感情が沸き立ち、硫黄臭《いおうくさ》い臭《にお》いを放っていた。抑え込もうとしても、もうすぐ限界がやって来る。そしてまた、いつものように、かつては友人だった男に対する怒りに包まれて、時を重ねていくことになる。たぶん、これは嫉妬《しっと》なのだ。

グラスが空になりかけた頃、裏口のドアが再び開いた。秀夫が戻って来たものと思った勇は、酔いが回り始めた頰を緩めてドアを見た。

だが、ドアからずかずかと入って来たのは旧友ではなく、見知らぬふたりの男たちだった。

テーブルには、秀夫が置いていった札束が、まだそのまま山になって残っている。たじろぎつつ、咄嗟にそこに目が行ったのは、男たちを金の取り立て屋だと思ったためだった。

男たちのほうでもテーブルの札束に気づき、お互いに顔を見合わせた。何か言いかけたが、言わず、さらに後ろからゆっくりと現れた大きな男に道を譲った。牛のような大男は、それほど広くもない店内で念入りに警戒の視線を巡らすと、さらに後ろから来る男へと道を譲った。前のふたりよりも、ずっと芝居《しばい》がかった仕草《しぐさ》だった。

最後にゆっくりと現れた男は、先に現れた牛のような男よりも背は遥《はる》かに低かったが、異常なほどに太っていた。薄暗い照明の中で見ると、頭部から両肩までの線の中に首らしい引っ込みが見当たらず、腹部から臀部《でんぶ》にかけては今にもしたたり落ちそうなほどの肉がふくらんでいた。その異常な体形が、勇には、非常に不気味でしかも禍々《まがまが》しいものに思えてならなかった。

「あんたたち、いったい誰なんだ……？」

かさかさの声しか出せなかった。ビールが飲みたい。冷蔵庫に冷えているビールが強烈に飲みたくなった。

「さあて、誰かな」

デブが、にやにやした。こういった状況に身を置くことが、好きでたまらない男の顔だ。

「おまえが金沢勇か」

「――――」

勇は何も答えずに、男たちを見回した。知らぬうちにまばたきが多くなっており、気を抜くと両脚から力が抜けてしまいそうだった。

デブの目配《めくば》せを受け、男たちが四方に散った。キッチンやトイレ、それに女たちの更衣《こうい》室兼休憩《きゅうけい》室として使っていた小部屋などのドアを開けて回る。出てきて、誰もいない旨を告げた。

「金がここにあるとは、ラッキーだった」

デブが言った。

「吉村は、いつここに来たんだ?」

「――そんな男なんか、知らねえよ」

デブのにやにや笑いは、相変わらず続いている。だが、重たそうに垂れたまぶたの奥の目は冷たく、残忍な色をしていた。勇は、気分が悪くなってきた。吐きそうだ。

「ちょっと訊くがな、鞄に、ノートが入っていたな」

「――何のことだ」

デブは敏感に反応し、小馬鹿にする笑みを浮かべた。

「これは、ゆっくりと話を訊く必要がありそうだな」

「ほんとだよ。ノートのことなんか、何も知らない。そういや、札束と一緒に押し込まれているのがちらっと見えたが、それだけだ。確かに秀夫はここに来て、その金を置いていったよ。金が要るなら、持っていってくれ。俺とあいつは関係ない。もう、七年も会っていなかったんだ。とっとと金を持って帰ってくれ」

デブの右手がすいと動き、ぶにょぶにょの掌が突き出された。勇は、おもわず口をつぐんだ。

「それでいい。口を閉じてろ。お喋りなやつは、面倒だ。少し訊き方を変えてみよう」

勇は一歩後ろに下がり、男たちを見回した。裏口のドアのすぐ傍には、やけに背が高く、痩身で、鋼《はがね》のような印象の男が、いつの間にか現れて立っていた。男は真っ黒いコートを着て、闇に潜むカラスみたいに見えた。あいつ、午前中にマンションの部屋に訪ねてきた刑事ではないのか。だが、それならなんでこんなやつらと一緒にいる？　助けようとはしてくれないんだ……。勇は現実の薄っぺらな膜が破れ、その向こうから危険な世界が迫って来るのを感じた。様々なことが上手くいかなくなってから、時折、膜が破れそうになったことはあったが、必死で懇願し、金を工面《くめん》し、なんとか持ちこたえてきたのだ。

だが、今度は違うらしかった。

ノートパソコンを開き、電源を入れた。パソコンが立ち上がるまでの数分間を、桜子はイライラしながら待ち続けた。ウインドウズの初期画面が表示されたあと、トップ画面に各種ソフトのアイコンが現れる。アンチウイルスソフトが立ち上がり、すべてのアイコンが一度、白くなる。そうした一連の見慣れた動きが、今はひどくまどろっこしく感じられた。桜子は、勇が出て行ってから飲み始めたラム酒を、まだ氷の残ったグラスに注ぎ足した。

26

小一時間前、勇とは、さんざん言い争いをしていた。電話では、秀夫に対して、ふたりで店に行って待っていると言ったくせに、いざ部屋を出るとなると、おまえはここにいろ、秀夫と会う必要などないと決めつけ、ひとりで店に行くことを主張する勇に桜子が怒りを爆発させたのがきっかけだった。

今頃はもう、秀夫と勇が会い、何か話しているのだろうか。勇は、息子に起こったことを、秀夫に話してしまったろうか。息子が亡くなったあとの、私のボロ雑巾のような日々のことを――。

自問自答の迷路に迷い込み、いつものように身動きが取れなくなる自分が嫌で、テレビをつけたところ、ニュースをやっていた。そして、桜子は息を呑んだのだった。

新大久保のコインロッカー周辺で発砲事件。現場に居合わせた無職の男は、昨夜、大久保×丁目にある寺の墓地で須賀慈郎さん五十六歳の死体が見つかった殺人事件とも何らかの関連があるものとして、警察が全力で行方を捜している。

アナウンサーは、取り澄ました顔でそんなふうに告げたのち、新大久保付近の地図を示し、慈郎オジの死体が見つかった場所とコインロッカーの置かれた場所とがほんの一、二キロの圏内にあることを指摘した。

人権等、様々な慮《おもんぱか》りによる縛りが弱い分、ネットは常にテレビのニュースの先を行く。パソコンの状態が落ち着くのを待ちかねてネット検索を行った桜子は、必死になってこの発砲事件と慈郎オジの事件を検索した。幸い、秀夫の名前はどこにも見つからなかったが、しかし、決して安心することはできなかった。秀夫が事件に巻き込まれたにちがいない。打ち消し難い実感が湧いてきた。なんということだ……。秀夫はこれで、また刑務所に逆戻りだ……。

絶望的な気持ちでそう思うとともに、桜子は驚愕《きょうがく》に見舞われた。あの街から逃げ出し、勇と新しい暮らしを始めた時に、秀夫との未来などとっくに捨てたつもりでいたのだ。それなのに、事あるごとに私は、秀夫との未来を夢に描いていた。たとえ何年も時間が経ち、様々なことがどれほど形を変えようとも、最後にはきっと自分と秀夫は元の鞘《さや》に収まり、そして、新しい赤ん坊が生まれてくる。心の奥底で、そう願うことをやめられなかった。

悪いのは、外《ほか》でもない自分自身なのだ。勇との生活がすさんでいったのは、勇のせいなんかじゃない。秀夫への思いを断《た》ち切れず、どんなに忘れたつもりでいても、心のどこかで常に秀夫を追い求め、秀夫との未来を待ち望んでいた。勇が、それに気づかなかったわけはない。

桜子は、ラム酒の入ったグラスに手を伸ばしかけたが思いとどまり、立ってキッチンに向かった。グラスの中身を流しに捨てると、コーヒーメーカーをセットし、思い切り濃いコーヒーを淹《い》れ始めた。

わかっていた。秀夫は、きっと私に会いに来る。

27

涙と鼻水でぐちょぐちょになった勇の顔を、天明谷は冷ややかに眺めていた。蟻沢は時折、男たちの手をとめさせては、同じ質問を三度繰り返した。同じ質問ではあっても、少しずつ訊き方を変えていた。天明谷の目には、二度めの段階で既に勇は何もかも正直に答えているのが確認できたが、蟻沢は三度めもやめなかった。それは、慎重さのためよりもむしろ、楽しみのために思われた。

暴力に訴えたほうが、取調室でしち面倒《めんどう》臭い駆け引きをするよりもずっと早くに真実にたどり着けることが愉快だった。そう感じるようになったのは最近のことだが、本当はもっとずっと以前から、心のどこか片隅では、同じように思っていたような気がした。ただ、それは刑事としてルール違反であり、悪いことだと教えられていたので、本当の気持ちを押し隠していただけではないか。その意味でいえば、今のほうが、自分にずっと正直に生きている。問題は、それにもかかわらず、今でもなお昔と変わらない束縛《そくばく》感から逃れられずにいることだった。

一度めの拷問《ごうもん》が終わったところで、蟻沢は既に牛のような大男と、柳井《やない》という部下のふたりを、勇の自宅がある吉祥寺のマンションへと走らせていた。金の残り半分とノートの入った鞄を入手し、吉村たちを拉致《らち》するためだった。

「で、この男はどうしますか？」

店に残った鍋島《なべしま》という男が訊いた。蟻沢のボディーガードを長年務めてきた腹心で、血の気の多い男だった。

「ノートのことを知られてるんだ。このままってわけにゃいかんだろ。深夜になったら、ここから連れ出す。女のほうと一緒に、例の場所に埋めちまえ」

「——待ってくれ。もう何度も言ってるだろ。俺はただ秀夫からノートのことを聞いただけなんだ。中は見てないし、そこにどんな名前が書かれてあったのかも知らない。助けてくれ……。俺は、無関係なんだよ……。頼む……」

勇の声はかさかさで、喋るとどこかが痛むのだろう、一語一語を必死で押し出していた。

腹の肉をたぷたぷとたわませ、勇のほうへとわずかに身を乗り出すと、蟻沢は楽しげに笑みを浮かべた。この異常に太った男は、無力な相手をいたぶり出してからずっとどこか楽しげだったが、それが際立った瞬間だった。

「もう、それはわかってるさ。だけど、面倒だから殺しちまうんだよ」

「——」

「だって、おまえはノートのことを伝え聞いちまったじゃないか。で、吉村とも会ってる。生かしておいて、あとで何か警察に喋られると、面倒だろが。な、そういうことだ。いいか、おまえは面倒だから殺されるんだ。よく噛み締めとけ」

勇は唇を薄く開いた。だが、ぜいぜいという苦しげな呼吸音が聞こえるだけで、その隙間から何か言葉が漏れてくることはなかった。それなりに身なりを整えて、もうちょっときちんと体を引き締めれば、一応はそれなりに異性の目を引きそうな男は、生活に疲れ果てた中年女のようにさめざめと泣き始めた。

蟻沢は、それを楽しげに眺めていたが、じきに飽きた。

「奥に小部屋があったろ。そこにぶち込んでおけ」

鍋島が、足に力の入らない勇を無理やりに立たせ、店をやっていた当時は女たちの控え室にでも使っていたらしい小部屋へと引きずって行く。

もう勇にはすっかり興味を失った蟻沢は、ソファにどっぷりと体を沈めて坐り、目を閉じた。両手を巨大な下腹の肉の上で組み合わせ、太腿をだらっと開いていた。端《はた》からは突然の睡魔《すいま》に襲われたとしか見えなかったが、こういう時に何か話しかければ逆鱗《げきりん》に触れることを、この男の手下たちは全員が知っていた。自分だけの世界の中で、何か物思いにふけっているのだ。

それほど時間がかからずにまぶたが持ち上がり、現れた両目には楽しげな光があった。

「ちょっと面白いことを思いついたぜ。おい、島内の馬鹿が須賀のやつを刺した刃物《ヤッパ》は、どこにやった？」

鍋島がすぐに応じ、新聞紙に包み、安全な場所に隠してあると言った。

「そしたら、すぐに誰かやって、取ってこさせろ。吉村のほうは、山ん中に埋めるんじゃなく、自殺させよう。どっかで首でも吊らせりゃいい。で、須賀を刺したヤッパを持たせとけ。そして、鞄に四、五十万ぐらい入れて、一緒に置いとくんだ。ネットカフェを転々としてる野郎にとっちゃ、大金だ。昔の女に会いたくて、行方を知る須賀を訪ねたが、口論になって殺しちまった。盗んで逃げようとしたが、手配され、逃げきれないと諦め、追い詰められて首を吊った。めでたし、めでたしだ。どうだ、それでいいな、天明谷さん？」

「――――」

天明谷は、意見を言いたくなったが、ただ黙ってうなずいた。お世辞《せじ》にも緻密《ちみつ》な計画とはいえなかったが、何か批判めいたことを口にしようものなら、この男の機嫌を損《そこ》ねることは目に見えていた。それに、犯罪をおおい隠すのに、ほんとは緻密な計画など必要ないのだ。何か変だと誰もが感じながら、そのまま一件落着となってしまう事件は、ごまんとある。曲がりなりにも落としどころがあれば、あとはどうにでもなる。それが、現代的な正義というやつだ。

「さてと、そしたら、俺は、嫌な仕事をひとつ片づけなけりゃならねえ」

蟻沢は低くうめくような声で言い、椅子に深く坐り直した。鍋島に携帯を出させて受け取り、二、三度咳《せき》払いをして喉の調子を整えると、両足を閉じて背筋を伸ばした。急に作法教室に来た処女みたいな坐り方をする異常なデブに戸惑い、天明谷は軽口を言いかけたが、鍋島の雰囲気がそれを思いとどまらせた。

蟻沢は、携帯を操作して口元へ運んだ。じきに相手が出ると、実に礼儀正しく名乗った上で、取り次ぎを頼んだ。蟻沢が口にした名前は、新宿界隈で働いたことのある刑事ならば誰でも知る巨大暴力団組織の幹部だった。

本人はなかなか電話口に出なかった。その間、蟻沢は忠犬ハチ公よろしく、ぴんと背筋を伸ばした姿勢で正面を見つめ、じっと相手のお出ましを待った。

やがて相手が電話口に出て、やりとりが始まるとともに、非常に几帳面《きちょうめん》で律儀《りちぎ》な営業マンの精霊が、禍々しいデブに憑依《ひょうい》した。蟻沢は、口調だけではなく顔つきまでもが邪気《じゃき》のない福顔《ふくがお》になり、自分の提案が相手にとり、そして、組織全体にとってもいかに有益かということを、よどみない口調で語って聞かせた。

半ば呆れ、半ば不気味さに圧倒されながらやりとりを聞いていた天明谷は、ふと鍋島の視線を感じて目をやった。刈り上げた頭に白髪《しらが》が目立つ四十男の鍋島は、天明谷と目が合うと、目立たないように小さく首を振った。

上の人間と喋る時には、あたかも優秀な銀行員か公務員のごとくに律儀で折り目正しい口調になる蟻沢のことを、もしもくすりとでも笑っているところが本人の目にとまったら、どんな目に遭うかを覚悟しておけ。鍋島は、無言でそう言っていた。息を詰め、ひたすら何も聞こえないかのように振る舞い続けるのが、正しい選択だ。

電話はおそらく、四、五分で終わった。だが、居心地の悪さに耐え続けるのに精力を使っていたため、天明谷にはもっと長く感じられた。

その後、同じようにして電話を何本かしたのち、向こうからも電話がかかってきてやっと用件が済んだ。

役目を終えた携帯を鍋島に放って返すと、蟻沢はネクタイの結び目を手でつまみ、右へ左へと振って緩めた。

「おい、喉が渇いたな。水を持って来い。それと、調理場に何かつまめるものがないか見てみろ」

鍋島に命じる蟻沢からは、困難な仕事をひとつ無事にやり終えたことに対する誇らしさが漂っていた。

命じられた通りに調理場へと走った鍋島は、すぐに水を満たしたグラスと二リットルのペットボトルとを両手に持って戻って来た。

蟻沢はボトルもそのままテーブルに置くように命じた。グラスの水を一息に飲み干すと、今度は太い指でペットボトルを潰しそうにして摑み、喉を鳴らした。

「親爺さん、こんなものしかありませんでした」

調理場にとんぼ返りしていた鍋島が、業務用と思われる大袋に入ったピスタチオを持ってまた戻って来る。

「おお、いいじゃねえか。ここに置け」

蟻沢はピスタチオを袋ごとテーブルに置かせ、袋を破り、貪《むさぼ》り始めた。

一個運んでは前歯で割り、忙しなく嚙む間にもう次の一個を指先でつまむ。そんなふうにしてまたたく間にピスタチオを食べ散らかしながら、ペットボトルの水を飲む。

「じゃあ、天明谷さん。車の中での話の続きだ」

再びソファに深く体を沈めた蟻沢は、気だるそうに太い腕を持ち上げ、天明谷を手招きした。

「上から、話を通してもらった。コリアンの連中とは、手打ちだ。あんたは連中を訪ね、女と息子、それにたぶんやつらに捕まってる島内の三人を連れて戻って来い。連中のほうで三人をこっちの事務所に連れてくるって言ったが、警察に目をつけられたかねえや。金貸しの事務所が入ってるのと同じビルの地下に、連中はもうひとつ、秘密の部屋を借りてるそうだ。そこに行け」

「女と息子を、どうするんだ?」

「わかってるんだろ。一々訊くなよ、気が滅入《めい》るだろ。考えてみりゃあ、なんで俺たちが、こんなに汗を流して駆けずり回らなけりゃならねえんだ。ああ、面倒だ。腹が立つぜ。さあ、もう行きな」

蟻沢は太い腕を持ち上げ、手の甲をこちらに向けて二、三度振った。会話を早々に切り上げたのは、携帯での折り目正しい会話に、この男なりに疲労を覚えたためかもしれない。

天明谷はうなずき、背中を向けた。

だが、裏口へと続く短い廊下に足を踏み入れた時、おぞましいものから目をそむけたいのについ見てしまう気持ちが働き、ちらっと背後を振り向いた。

異常に太った男はピスタチオを食べ続けていた。ソファにだらっと坐っているため、テーブルの上だけではなくワイシャツの胸や腹にまで、すごい数のピスタチオの殻《から》が散らばっていた。頬の肉を揺らしながら忙しなく動き続ける唇の周《まわ》りは、唾液でねちょねちょに湿っていて、本来は体の内側にあるべき粘液混じりの粘膜が、表にまではみ出してきているみたいに見えた。

足早に表へ出た天明谷は、冬の凍《い》てつく空気を何度か深呼吸した。ビルの隣のコインパーキングに駐めた車へと歩き、支払いを済ませて乗り込んだ。それでもなお、おぞましいデブの幻影に取り憑かれているような気がした。ああいう人間は殺しても構わないし、殺すべきなのだろう。

気分を取り直して車を出そうとした時、携帯電話が鳴り出した。車の時計に目をやり、妻からの電話じゃないとわかった。まだ定められた時間じゃない。携帯を抜き出してディスプレイを見ると、捜査一課長の菅原だった。話すのが億劫ではあったが、今は状況がどう変わるかわからない。通話ボタンを押して、耳元へ運んだ。

無視してしまわなくてよかった。

「銃撃戦のグループの片方が割れたぞ。コリア・タウンで闇金《やみきん》をしてる智勲《ジフン》って男たちだ。目撃者のひとりが情報をくれた。このグループの勲児《フナ》って男があの場にいるのを見たらしい。智勲と勲児は、従兄弟同士だ。智勲も当然、関わってるはずだ。既に他の捜査員も向かわせた。天さん、おまえも合流するんだ」

28

河川敷《かせんしき》に並んだグラウンドはほとんどが使われていなかったが、ひとつだけ、かなり年配の男たちばかりのチームが練習をしていた。男はそこからほど近い場所に設《もう》けられたベンチに坐り、薄ぼんやりとした冬の日射しを浴びながら、練習風景を眺めるような、河川の景色全体を眺めるような、どちらとも思える視線を送っていた。

その足元には、秋田犬《あきたいぬ》の雑種らしい大型犬が寝そべっていた。男の風体《ふうてい》が、家人から聞いたものと一致したのもさることながら、むしろ足元に寝そべる大型犬が目印となって、意中の相手らしいと見当がついた。

　近づく藤代に気づいた男が、こちらを向いた。藤代は、微笑みながら声をかけた。

「市川康男さんですね」

　七十前後で、頭髪にはほとんど黒いものが残ってはいなかった。がっしりした体つきであることは、ジャンパーを着ていてもわかる。胸板《むないた》が厚く、肩が張っていて、胴回りはきちんと引き締まっている。男は、自分をフルネームで呼ぶ藤代に、何事かという目を向けた。

「そうですが。そちらは？」

「私、こういう者でして。藤代と申します」

　市川は、藤代が提示した警察手帳の文字を読んだ。顔は、無表情なままだった。

「同郷の方でしたか。向こうの刑事さんが、東京で何を？」

「まあ、捜査の一環でして。それで、ちょっとお聞きしたいことがあって伺ったんです。よろしいでしょうか？」

「ええ、私にわかることでしたら」

　市川はほとんど表情を変えなかったが、長年、大勢の人間から話を聞いてきた藤代には、相手が警戒したことが感じ取れた。

「七年前、あなたは吉村幸蔵氏が取締役を務める、吉村建設の専務でしたね。長いこと吉村さんと苦楽を共にし、右腕として信頼されていたと聞いてきたのですが」

「——確かに、社長には、長いことといろいろとよくしていただきましたよ。右腕だなんて言われると、お恥ずかしいですがね」

「隣、よろしいですか？」

「ああ、これは気づきませんで、失礼しました。どうぞ。ただし、ケツが冷えるかもしれませんよ」

藤代は礼を述べ、市川の隣に並んで坐った。

野球をするシニアたちの向こうに、多摩川《たまがわ》が見えた。故郷の川と同様に、この季節には水流が少なかった。故郷とは違い、川を間近に望むところに、マンション等のビルがちらほらと建っていたが、昨日から藤代が滞在している新宿の近辺よりは、ずっと空が広かった。それに、故郷よりも暖かい。

藤代は、市川のほうに顔を向けた。

「率直《そっちょく》に申しますが、七年前に吉村さんの御子息《ごしそく》である秀夫君が起こした事件について、お聞きしたいんです」

「あの事件の、何をお聞きになりたいんでしょう？」

態度はほとんど変わらなかった。それは、この男の腹が据わっているためとともに、この質問をある程度予期していたためらしい。

「吉村秀夫の取調べ調書を読みました。しかし、被害者の金沢大吾氏と何を口論したのかが、不明なままでした。激昂して手を上げてしまうまでになった理由について、ただ口論とあるだけで、具体的なことは何も語られていない。取調べに当たった捜査員に確認しましたが、いくら訊いても、吉村がかたくなに喋るのを拒《こば》んだそうです。社長の右腕だったあなたならば、何か御存じかもしれないと思って、やって来ました」

「なぜ、今になってそんなことをお知りになりたいんですか？」

「須賀慈郎の名前に、お聞き覚えは？」

　市川は答えるまでにわずかな時間を置いたが、思い出すのに時間がかかったためには見えなかった。

「無論、ありますよ。捉えようのない男でしたが、あの街ではそれなりに有名人でしたからね」

「その須賀が、殺害されました。そして、須賀の部屋には、吉村秀夫の指紋が残っていたんです」

　市川の顔に初めて動揺が走った。

「何ですって……。いったい、いつですか？」

「事件があったのは、昨夜です。新聞にも載りましたが、御覧になりませんでしたか？」

「いや、最近、目を悪くしてましてな。新聞は、あまり……。そしたら、警察は、秀夫が須賀を殺したと考えているんですか？」

「そう考えている人間もいますが、私にはまだわかりません。彼の指紋は、須賀の部屋にあったビールの空き缶にも残っていました。須賀を訪ね、話をしただけかもしれない」

「だが、話をしている間にかっとなり、殺害した可能性もある。そういうことですか……」

「そう考える人間もいます」

藤代は、静かに応じた。市川は、今度は何かを考え込むように、しばらく黙り込んでいた。やがて、足元に寝そべる秋田犬へと視線を下ろした。その目には、愛犬家が犬を見る時の慈愛が満ちてはいたが、他の雰囲気も混じり込んでいた。話すかどうか、迷っている。

「秀夫は、いつ刑務所を出たんです？」

犬を見たまま、ぽつりと訊いた。

「二年前です」

「そうでしたか……。私は、歳を取りました。あんなに世話になった社長の御子息なのだから、居所を捜して会いに行くべきだったんでしょうが、そうしないうちに時間が経ってしまった」

ひとりごつように言ったあと、顔を上げて藤代を見た。

「──秀夫が口を閉ざしていることを、私が知るはずがありません。推測ならば、お話しすることができます」

「それで結構です。お願いします」

「秀夫が激怒したのは、金沢氏がキックバックの件を持ち出したからです。あくまでも推論にすぎませんが、私はそう思ってます」

「キックバック、ですか？　それは──？」

「聞いたことがありませんか。下請《したう》けへの支払いの一部を、そっと戻させ、それを元請けの秘密の資金にするんです」

「待ってください。それは、誰の話なんです？　吉村が、キックバックをしていたんですか？」

「いや、秀夫じゃありませんよ。もちろん、亡くなった先代の社長でもありません。社の幹部社員のひとりです。ただ、私の口から、ここで名前を言うことはできません。社長も、秀夫も、彼のことをかばっていたんです。ですから、その気持ちを裏切るわけにはいかんのです」

「わかりました。名前は結構です。ですが、事情はもう少し詳しくお聞かせ願えませんか。かばっていたとは？」

「建築業界には、多くのグレーゾーンがあります。キックバックについても、詐欺や背任に当たるようなケースから、慣習的にずっと行われてきたようなケースまで、様々なんです。この社員を、仮にAと呼びます。Aがやったことは、もちろん褒《ほ》められたことじゃありませんが、会社のためにやむをえない側面がありました。刑事さんも向こうの人なら、あの当時、県や市が懸命に誘致した工業団地のことは、御存じでしょ。地元の建築土木業界が、これでやっと息を吹き返せると、我々業界の人間はみんなそう思ったものです。うちも、地元の建設業者のひとつとして、大手ゼネコンから仕事を請負《うけお》うのに必死でした。しかし、話すと長くなるのですが、うちの社はそれ以前から、地元の他の業者といろいろありましてね。この時も、爪弾《つまはじ》きになりそうだったんです。そんな中で、大手ゼネコンのある幹部が、このAに秘密のキックバックを求めましてね」

「つまり、それが、御社《おんしや》に仕事を発注する条件だったと？」

「そうです。社長はそういったことを、とことん嫌う人でした。だが、うちの社も長引く不景気で、それこそ青息吐息《あおいきといき》の状態だった。Aは、自分が腹を切るつもりで、社長には内緒で、この話に乗ったんです」

そこまで話すと、市川はすっと口を閉じた。その表情は相変わらずどこか弛緩《しかん》して、暇潰しに野球の練習を眺める老人そのものだったが、目だけはさっきまでとは違い、油を流し込んだように奥の深い光を放っていた。矍鑠《かくしやく》とした老人の中で、今、何か激しい感情が起こっている。藤代は黙って待つことにした。

市川はやがてひとつ咳払いをして、同じ口調で再び話し始めた。

「だが、この話には、もっと裏がありました。このキックバックの話は、うちの社と敵対する地元業者たちが、社長の吉村を押さえ込むために、大手ゼネコンの幹部を抱き込んで起こしたものだったんです。他の社と同様にキックバックをすれば、うちの社だけ独自な動きはできなくなる。それが彼らの狙いでした。話すと長くなるんですが、あの街の公共工事の多くは、裏で一部の人間たちによって牛耳られてきました」

「そのことは、我々もある程度耳にしています。牛耳っていたひとりが、吉村秀夫によって殺害された金沢大吾ですね。それに、昨日、殺された須賀慈郎は、この金沢と極めて親しい関係にあった」

「その通りです……」

市川の顔に不安が走ったように見えた。こういった背後関係から、それ故にこそ秀夫が須賀慈郎を殺害したというふうに、警察が推測することを恐れているのかもしれない。

「話の腰を折って、失礼しました。どうぞ、続けてください」

藤代が先を促《うなが》すと、市川はベンチから立った。歩き出すことを期待した犬が足元にまとわりつき、小刻みに息を吐きながら主人を見上げる。だが、やがて主人の様子を察し、元の通りに寝そべった。

「――秀夫の調書をお読みになったのなら、こういう点についても何か御存じかもしれませんが、社長はある時期から、金沢や須賀たちの一派とは、完全に一線を画《かく》すようになりました」

市川は、足を肩幅ぐらいに開いて立ち、横顔を藤代のほうに向けたままで改めて口を開いた。

「何も金沢たちに対して、敵対する気持ちがあったわけじゃありません。社長と金沢は古くからの友人同士でしたし、秀夫と金沢の息子の勇とは、高校時代はバッテリーを組んでいた仲です。それに、須賀というのは、どこか憎めない男でしてね。私も、何度か酒を酌《く》み交わしたことがありますよ。ちょっと酔い出すと、すぐにカラオケに行きたがるような陽気な男でした。だけど、社長の中には、息子たちの代まで、自分たちのような狎《な》れ合いの関係を続けさせたくないという思いがあったんだろうと思います。秀夫は、ずいぶん早くから、社長のあとを継ぐつもりでいました。厳密《げんみつ》に言うと、社長とは少し志向が違って、大型の建造物や土木工事よりも、個人の住宅を造りたいという夢を持っていました。一級建築士の免許を取るために、あの頃からよく勉強してましたよ。社長は、そんな秀夫を、かなり早くから土木の現場に叩き込みました。先々、自分のやりたい道に進むのは勝手だが、まずは会社を支える多くの職人たちと接する機会を持たせ、彼らのものの考え方を教えようとしたんです」

市川は、ふっと息を吐いた。

「おっと、話がそれてしまいましたね。申し訳ない。キックバックの話でした。社長が過労で倒れ、亡くなった時、社長と長く一緒にやってきた我々数人で相談して、Aがやったことについては、当分は秀夫の耳には入れないことにしようと決めました。たとえ金沢や須賀がまた何か言ってきたとしても、その時には、我々で対応するつもりでした」

「それは、つまり、金沢たちと断固闘《たたか》うつもりだった、という意味ですか？　それとも？」

話をとめないほうがいいと思いつつも、藤代はつい口を挟《はさ》んで訊いた。市川は、突風に横面を吹きつけられたような顔でこっちを向きかけたが、目が合うまで振り向くことはなかった。だが、藤代のところからでも、両目を忙しなくまたたかせているのが見えた。その寂しげな顔つきが、答えだった。

「――刑事さんが、今、思った通りです。老人は、長いものに巻かれたがる。私は今ほど歳を食ってはおらんかったが、だが、もう若くはなかった。社長を亡くした不安と、会社を守るという重圧から、誰もが私と同じ考えに流れました。しかし、社長の葬儀の日に、思いがけないことが起こった。そろそろ葬儀が始まる時刻で、社員たちはそれぞれが持ち場につき始めていました。私はちょうど、受付や案内の担当者を集め、最後の確認をしているところでしたが、ふと見やると、物陰で、Aが秀夫に土下座をしていたんです。私はあわててふたりの間に飛んで入り、Aを別室に引きずって行きました。だが、既に遅かった。Ａは、自分が関わったキックバックの話を、もう包み隠さず秀夫に話してしまっておりました。それが、金沢たちの画策《かくさく》だったらしいことまで含めてです。葬儀に参列した金沢大吾と秀夫が、ふたりきりで別室で話し、そしてあんなことになってしまったのは、それからほんの一、二時間後のことでした――」

藤代は、目を通した取調べ調書の文言を思い出した。別室で話すことを望んだのは金沢のほうで、秀夫は金沢に誘われてついて行ったとのことだった。

金沢は、何を話すつもりだったのだろう。父親の幸蔵が亡くなってしまったあと、社の経営を安定して続けていくためには、自分たちの傘下《さんか》に留まり、提案という形でなされる命令に従うほうが得策であることを説《と》いたのだろうか。あるいは、父親の旧友として、遺《のこ》された息子をただ慰《なぐさ》めるだけのつもりだったのか。

いずれにしろ、タイミングが悪かったのだ。これが口論の原因にちがいない。市川ではなくても、そう推測できる。

「お話しくださって、ありがとうございました。感謝します」

藤代は礼を述べて腰を上げた。丁寧《ていねい》に頭を下げ、市川に背中を向けて歩き出した。

移動に、それに場合によっては張り込みにも必要だろうと思って借りたレンタカーが、市川の自宅近くのコインパーキングに駐めてあった。藤代はそこに向かって歩きつつ、改めてひとつの問いかけをしていた。――須賀慈郎の鞄には、やつが金の流れを記したノートが入っているのだろうか。

　もしも入っているならば、それが吉村秀夫の関心を引くことは間違いなかった。そこには吉村の父親が断ち切ろうとした人間たちの関係が書かれているにちがいない。だが、それを見た吉村が、どう動くのかがわからなかった。素直に警察に届ける気持ちになってくれればいいが、自分の手で片をつける気になったりしたら、危険極まりない。須賀慈郎を襲って来た人間たちの目的は、鞄の金よりもむしろ、そのノートを入手することにあると見るべきだろう。もしも連中が秀夫を捕らえたら、生かしておくとは思えなかった。

　ここに来る途中で聞いたカーラジオのニュースも、藤代の気持ちを重たくしていた。ニュースは、須賀慈郎殺しと今日の午前中に大久保のコインロッカー付近であった発砲事件を関連づけて報じていた。こっちの警察は、吉村秀夫を、須賀慈郎殺しの重要参考人――すなわち、いつでも容疑者に変わる存在として考え始めているということだ。

　一刻も早く、吉村秀夫を捕らえねばならない。藤代は早足になり、ついには走り出した。

29

誰かに呼ばれたようにも、ただの空耳にも聞こえた。両手で耳を塞ぎ、顔を膝小僧の間に押し込むようにして伏せ、ぎゅっときつく目を閉じていた康昊《ガンホ》は、ハッとして薄く目を開けた。怖々《こわごわ》と両手の力を緩めると、隣の部屋は静かになっていた。きつく押さえすぎていたために熱を持った耳たぶが、頭の両側でじんじんしている。

「おい、坊主……。おい、坊主——」

そう繰り返される声が空耳ではないとわかり、康昊は顔を上げた。

声のするほうを向くと、まぶたも両頬も腫れ上がり、顔全体がボロ雑巾のように醜くふくれ上がった島内という男が、片頬を床につけた格好で、必死に康昊を見つめていた。どうやら、上半身を起こす元気すらないらしい。

「おい、坊主……」

「なに？　何と言ったの？」

訊き直さねばならないほどに島内の声はかすれ、しかも発音も不明瞭《ふめいりよう》で、何を言っているのかわからなかった。

「大きな声を出すな」島内はあわててそう吐きつけてから、今度はゆっくり、康昊が聞き取りやすいようにと、できるだけはっきり言った。「頼むから、俺の手の縄をほどいてくれ」

「無理だよ。逃げようとしたって、隣の部屋にゃ誰かいる」

康昊はそう言い返した。今度は、声を潜めることを忘れなかった。

「なんとかするさ。あそこに窓があるだろ。あすこから、逃げられる」

島内は、目の動きで奥の壁を指した。確かに、島内の言う通り、この地下室の天井付近には横に長い窓がふたつ、ほぼ部屋の横幅いっぱいに設えられており、曇りガラスがはまっていた。子供ならば楽々通り抜けられそうだし、大人だって、なんとか抜けられるだろう。だが、足をかけて窓まで登るものがない。

「こっちに来い。頼むから、こっちに来てくれ」

島内は必死で顎を引いては戻し、康昊を呼び寄せようとしたが、康昊は動けなかった。すると島内は、痛みに顔を歪めつつ体を起こした。それだけですっかり乱れてしまった呼吸をなんとか整え、改めてもう一度懇願した。

「頼むから、ほどいてくれ。俺は、このままここにいたら、殺される」

「――――」

康昊は、判断に困って島内を見つめ返した。「殺される」という言葉が、今ひとつ実感を伴《ともな》ったものとして感じられなかった。目の前の男のぼろぼろの姿を見れば、あの男たちならばやるだろうと思われた。この男自身、須賀という男の腹を刺して殺している。それを、康昊は確かにこの目で見たのだ。だが、それでもなお人が人を殺すという行為はどこか遠いところにあるもので、自分がそこに関わる実感は持てなかった。持ちたくなかったのかもしれない。

「あんなとこになんか登れないよ」

「なんとかするさ」

「誰か仲間が助けに来るさ。そうだ、きっとあんたを引き渡すように、智勲《ジフン》たちに掛け合ってくれる」

顔の肉がひくついたのは、どうやら笑ったものらしい。

「おまえにゃ、何にもわかっちゃいない。引き渡されたら、蟻沢が俺を生かしておくわけがない。あのデブは、そういう怖い男なんだ。ここにいて、ここの連中に殺されるか、引き渡されて、それから殺されるか。どっちにしても、俺は殺される。このままじゃ、もうどうにもならねえんだよ」

「――――」

黒い絶望の縁《ふち》から下を覗き見たような気がした。これが大人の世界なのか。自分がこれから生きていかなければならない世界の正体なのか。

どうしようもない不安を振り払いたくて、康昊は立った。素早く島内の背後に回り込み、両手を縛る縄に手をかけた。だが、縄は島内の両手が紫色になるほどにきつく巻かれており、結び目の隙間に指を入れることすらできなかった。

島内が痛みにうめき声を噛み殺し、康昊ははっとした。

「大丈夫？」

「大丈夫だ。だから、急いでくれ」

隣の部屋から、けたたましい笑い声が聞こえた。母だった。

母は空虚《くうきょ》で嬉しげな嬌声を上げ、けたたましく笑っていた。

康昊は顔が火照ってくるのを感じながら、なんとか縄をほどこうと指に強く力を込め続けた。

だが、鍵のはずれる音がした。

あわてて島内の体から離れて坐ると、母が勲児《フナ》に背中を押されて部屋に入ってきた。ふらふらと右に左に揺れながら歩き、ぺたりと床に尻をつく。

勲児は唇の片端を吊り上げて笑い、母から康昊のほうへと顔の向きを変えた。康昊が目をそらすとやっと見つめるのをやめ、隣の部屋へと戻ってドアを閉めた。

元の通りに鍵のかかる音がした。勲児はそのまま隣の部屋に陣取ったらしく、ラジオの音が聞こえて来た。

「オモニ」

母の服は乱れ、裾《すそ》から白い太腿が覗いていた。頭の歯車が何本か抜けたみたいにけらけらと笑い続けていたが、康昊が走り寄ろうとすると、左右の腕を顔の前に持ち上げ、霧を振り払うかのようにめちゃくちゃに振り回し始めた。

「触るな！　触らないで！」

「オモニ、オモニ」

「大丈夫だから。私は何でもないから、だから、あんたはそのまま坐ってて」

「――――」

「こんなことは、何でもないんだ。何も起こりはしなかった。何でもないんだよ」

允珍《ユンジュン》は康昊の顔から横に何センチかずれたところに誰かがいるみたいに、誰もいないところを見つめて話し続けた。誰かにじゃなく、自分自身に言っているのかもしれない。

康昊の目の前で、母の顔が悲しみに壊れた。

「私には何もない……」

「オモニ」

「私には何もない……。何かができるわけでもないし、何をして生きればいいかもわからない……」

「オモニ」

康昊は、恐る恐る母の肩に手を伸ばした。細い肩が震えていた。このままでいいわけがなかった。自分が強くなって、母を守ってやらなければならない。

「ごめんね、康昊。何でもないよ。何でもないんだ……」

母はひとしきりすすり泣いたあと、どこか照れ臭そうに微笑んだ。

「お金が欲しいね……」

「――――」

「お金さえ入れば、こんなところとはおさらばだよ……。どこかで、ふたりで、新しい暮らしをするんだ。ふたりで、ずっと幸せに暮らすのさ……」

康昊は黙ってうなずいた。母の言う「幸せ」とはどんなものなのか、想像することができなかったが、金さえ入ればきっと実現できるはずだった。

表のドアの開く音がして、何人かが隣の部屋に入ってきたことがわかった。どこか不機嫌そうな早口で何かまくし立てているのは、智勲らしかった。

少ししてまた部屋のドアが開き、智勲と勲児、それに康昊は名前を知らない智勲の手下の三人が入ってきた。そいつは髪を金ピカに染め、鼻にピアスをしていた。

智勲の顔が非常に険しかったため、康昊は思わず母を背中にかばった。

智勲が口を開きかけた時、ポケットの携帯電話が鳴った。抜き出し、ディスプレイを確かめ、通話ボタンを押す。

「ああ、そうか。歌舞伎町の店か。――どういうことだ？　なるほど、吉村のダチ公がやってるわけか」

吉村とは、秀夫の苗字に間違いない。康昊は思わず聞き耳を立てた。

だが、やりとりは長くは続かなかった。

「わかった。じゃ、そこにしばらく張りついてろ。あとでまた指示するから、しばらく待ってるんだ」

智勲が言い置き、電話を切った。終始、不機嫌そうな口調だった。部屋に現れた時からずっと、この金貸しは苦虫《にがむし》を嚙み潰したような顔をしていた。

今もそんな顔つきのままで携帯を上着の内ポケットにしまい、険しい目で允珍と康昊のふたりを見た。

「くそ、俺はムショに行かなけりゃならなくなった。なんでだか、わかるか?」

康昊は智勲の視線の行方を追い、背後にいる母を振り向いた。

「なんでよ?」

母が訊く。

「街中でチャカを出し、撃っちまったことの責任を取れだとよ。笑わせやがる。こっちはもう、ムショに送るつもりの人間をそろえているんだぞ。それなのに、俺が責任を取らなけりゃならないんだそうだ。それが、街を仕切る老いぼれどもの結論さ」

智勲は、憎々しげに舌打ちした。

「ちきしょう、上の連中は、いつでもそうだ。おい、允珍。ガキのほうでもいいぞ。なんでこういうことになったか、わかるか?」

「――なんでよ?」

「決まってる。日本のヤクザと手打ちをしやがったのさ。しかも、ヤクザから俺たちの上の人間に、相応の金が渡ったんだよ。だから、お互い、もめ事は慎重に避けようってわけだ。で、俺はムショに行かなければならねえ。そして、おまえらは、蟻沢のもとへ行くんだ。そこの、島内って野郎と一緒にな」

允珍は、黙って目をまたたいた。不安げな視線を、智勲から康昊のほうへと移す。改めて智勲を見た時には、もっと不安そうな顔つきになっていた。

「――どういうことよ。なんで、私たちが日本のヤクザのところに行かなければならないの?」

「連中がそれを望んでるからだよ。そこの島内って野郎と一緒に、おまえらを引き渡せとさ」

康昊は、母の手を引いた。

「オモニ、行ったらだめだ。行ったら、きっと殺される。俺は、この島内ってやつが人を殺してるのを見てるんだから」

允珍は、呆然とした顔で康昊を見つめ返した。必死で頭を働かせているとわかる表情を浮かべる。だが、それは康昊には、もうすっかり馴染みのものだった。こんな顔をした時の母は、自分では結局、何の結論も出せないのだ。

「ちょっと待ってよ！　そんな馬鹿な話ってないでしょ。ねえ、智勲。まさか、私たちを引き渡したりはしないわよね」

母は最初、激昂しかけたが、途中からは媚を売る声になった。

智勲は、そんな母を冷ややかに見つめ返した。

「命乞いは、向こうで待ってる気色の悪いデブにしろ。俺にゃ、どうにもできない」

「できないことないでしょ。私、何もかもあんたの言う通りにしたじゃない。コインロッカーの場所を教えたし、あんたの従弟とだって寝たのよ」

「だが、金は入らなかった」

「それは、あんたがドジを踏んだからでしょ」

「おい、その話はもう終わったはずだぜ」

「終わってないわ。ドジを踏んだから、こうなったんじゃない」

「黙れ！　それ以上言うと、引っぱたくぞ」

「智勲、お願いよ」

「つべこべ言うな。俺はムショに行くんだ！」

「で、私たちは殺されるってわけ。御立派な男ね。つきあってた女を、わけもわからないヤクザに渡して、平気なの」

「なんなら、ガキだけやれよ。ガキは、殺しの現場を見ちまったんだろ。どうしようもねえや」

母は、表情を押し殺した。康昊は体を硬くした。母が一瞬、何を思ったのか、わかったような気がしたのだが、それを認めることはできなかった。

「――馬鹿を言わないでよ。母親が、息子だけ差し出せるはずがないでしょ。馬鹿」

声が、いつもよりも甲高い。智勲が嫌な笑みを浮かべた。

「じゃ、決まりだな」

「なんて男よ……」

「大人しく来るなら、手荒な真似はしねえ。わかったな」

「…………」

母は口を尖《とが》らせ、そっぽを向いた。

その時、低い笑いが始まった。

部屋の床を、乾いた木片《もくへん》が風に吹かれて転がるような、ざらついた力のない笑い声は、床に横たわる島内の口から漏れたものだった。首を持ち上げる力もないくせに嫌な目つきをして、唇を嘲笑《ちょうしょう》の形に歪めていた。

「欲をかいたばかりに、とんだ貧乏くじを引いたな」

「もっと殴られたいようだな」

冷ややかに言う智勲を、島内は目を細めて見つめ返した。

「俺を殴ったところで、この状況は変わらない。そうだろ。だけどな、俺の話を聞けば、蟻沢に対して切り返せるぞ。五千万はあんたのものだ。いや、もっと多いかもな」

「何を言ってるんだ、この野郎」

「あんたに、逆転するチャンスをやろうって言ってるんだよ。金は入るし、ムショに行く必要もなくなる。当初の思惑通り、下のやつらを何人か見つくろい、しばらくお勤めに行かせりゃいいさ。あんたの好きなようにやれるぞ」

島内に近づこうとする勲児の肩を摑んでとめると、智勲は自分が近づいた。

力を込めた爪先が脇腹に飛び込み、島内は苦痛にうめき声を上げた。

「待てって。とにかく俺の話を聞け」

次の爪先がまた飛んでくる気配を察し、島内はあわてて言い張ったのち、激しくむせた。

智勲が腕を組み、島内を見下ろす。当てになどしていないが、一応話を聞いてやるといった雰囲気を際立たせていた。

「つまらん話で時間を無駄にするようならば、覚悟しておけよ」

「わかってるよ。絶対にあんたが興味を持つ話さ。須賀の鞄にゃ、金だけじゃない。ノートも入ってる。蟻沢がほんとに取り戻したいのは、金なんかじゃなくて、そのノートだ。やつが興味があるのは、ノートだけなのさ。だから、金はお宅らの上の人間に、惜しげもなく差し出す気になったんだ」

「どんなノートだ――？」

「こんな格好じゃ、落ち着いて話せねえ。体を起こしてくれ」

「ち――」

智勲が舌を鳴らしつつ顎をしゃくり、手下が島内の上半身を起こした。

体の痛みにしばらく顔を歪めていた島内は、こっちはこっちで精一杯に虚勢《きよせい》を張って口を開いた。

「いいか、よく聞け。俺が昨日、須賀って男を襲ったのは、何も金が目当てじゃない。無論、須賀の野郎がかすめた金を取り返すことが目的のひとつじゃあったが、全部じゃない。むしろ五千万ぽっちの金は二の次で、一番の目的は、野郎がつけてるノートを回収することだったんだ。そこには、あるNPO法人に割り当てられた補助金を着服し、関係した政治家どもや裏の社会に流す様子が、事細《ことこま》かに書かれてる。須賀って男は、そういう金を、様々な方面へと持っていく運び屋だったのさ。このノートを手に入れれば、蟻沢の首根っこを押さえられるぞ。蟻沢を押さえ込めば、新宿の街で、在日の連中がずっとデカい顔をできる。そうだろ。おたくの長老たちだって大喜びだぜ。いいや、それだけじゃない。ノートに名前の出て来る人間たち全員の弱みを握れるんだ。この先ずっと、口止め料として、一定の金を要求できるし、必要に応じて、様々な便宜を図ってもらうことだってできる。今のあんたたちは、儲けはゼロなのに、あんたも含めた何人かがムショに行かなけりゃならないんだ。割に合わないだろ。な、男なら、賭けてみたらどうだ」

智勲は腕組みをしたまま、ちらっと従弟の勲児を見た。それから手下の若造のほうにも視線を向けたが、すぐに島内の向こう側にある正面の壁を見つめた。決定権は自分にある。他人に口を挟ませれば、おのれの権威がそれだけ損なわれると思っているらしい。

「鞄に、そのノートが入ってたのは確かなのか?」

「入ってたよ。それ、入ってたわ。私、見たもの」

答えたのは島内ではなく、康昊の母の允珍だった。

「私たち、昨日、鞄を開けてみたのよ。そしたら、ノートが入ってた。中に、名前がたくさん並んでたわ。ね、そうよね」

母から同意を求められ、康昊は仕方なく黙ってうなずいた。いつものこととはいえ、知っていることを何でもぺらぺらと喋ってしまうのは何とかならないものか。

智勲は腕を組んだまま、右手の指先で下顎を掻き始めた。

「なあ、悪い話じゃないぜ。このままムショに行くなんぞ、いくらなんでも芸がねえよ。そのノートさえ手に入れりゃあ、老いぼれどもだって、何も文句は言わねえだろ。な、兄貴、やっちまおうぜ」

勲児がまくし立てるのを、不快そうに見つめる。

「おまえは、しばらく黙ってろ。決めるのは、この俺だ」

「それはわかってるけどよ」

勲児は何か言い返しかけたが、智勲に睨まれ、わかったわかったとでも言うように、掌を相手に向けて胸の前へと持ち上げた。

智勲は壁の一点を見つめ、何かをしきりと考える顔をしていたが、実際にはこれから下す決断が、よく熟考した結果であることを示すために間を取っているだけにすぎないように見えた。自分は頭がいいと思っているこの男の思考力は、たぶんその程度のものなのだろう。

「よし、わかった。やろうじゃねえか。そのノートを手に入れて、長老どもも蟻沢もぎゃふんと言わせてやろうぜ」

智勲が高らかに言い放つ途中で、携帯が鳴った。

通話ボタンを押して耳元へと運んだ智勲が、顔色を変える。

「何だと。いったい、どういうことだ？　――くそ、手出しはするな。――しょうがねえだろ。鍵を開けないことには――」

口早に告げて携帯を切った時には、幾分顔が引き攣っていた。

「上の事務所に、警察が来たそうだ」

勲児が弾かれたようにドア口へと走る。ゆっくりと細くドアを開けると、遠くに人のざわめきが聞こえた。

「くそ、どうやら一階のロビーも押さえられてるようだな。だけど、上の連中は、この部屋のことは喋らねえだろ。どうする、兄貴。しばらくここで様子を見るか?」

「おい、梯子《はしご》を持って来い」

智勲に命じられた若造が、部屋の一方の壁にあるクロゼットへと走り、中から折りたたみ式の梯子を持ち出した。三角形に開いて留め金をかければ脚立《きやたつ》として使えるタイプの梯子を完全に開き、智勲はそれを奥の壁に立てかけた。その壁の天井付近に、横に長い窓がある。さっき島内が、あそこから逃げると主張した窓だった。

智勲は梯子に足をかけて登ると、慎重な手つきで窓を開け、隙間から外の様子を窺った。

30

午後も遅い時間に入り、冬の太陽はだいぶ西へと傾き始めていた。この時間帯になると、新宿の通りはもうどこもかしこも渋滞で、車ではほんの四、五百メートル走るのにさえ何分もかかる。二キロ先、三キロ先となると、時間が読めないという意味では、数十キロ先を目指すのと変わらない。車で移動するのを諦めた天明谷は、長身を前のめりに倒し、黒いコートの裾をなびかせながら走っていた。大股《おおまた》で人ゴミを縫《ぬ》っていく様《さま》は、巨大なカラスのように見える。通行人たちは、その姿に気づくと自然に道を空けた。

ほんのちょっと前に入った携帯への連絡が、天明谷を焦らせていた。智勲《ジフン》たちが捕まるのは構わなかったし、むしろ、蟻沢の思い描くシナリオ通りだといえた。しかし、警察がコリアンの母子と島内の三人をまとめて押さえるのがどれだけまずいかは、考えるまでもなかった。あのガキは、島内が須賀を殺害するのを目撃している。そして、天明谷はその共犯になる。

金貸しの事務所が入った雑居ビルの表は、昨夜、天明谷が乗り込んだ時とは打って変わり、狭い路地が何台もの警察車両で埋め尽くされていた。制服、私服が入り混じった警察官が、ビルのエントランスを忙しなく出入りしている。

天明谷がエントランスに駆け込んだ正にその時、手錠をはめられ、腰縄でつながれた男たちが数人、捜査員に取り囲まれて階段を下りてきた。

「おう、天さん。今回は、さほど遅れなかったな」

その一団について現れた萱原が、エントランスホールに立つ天明谷に声をかけてきた。「さほど」を強調しているのはいつもの嫌味だが、逮捕劇のあととあって、機嫌はそれほど悪くなかった。

天明谷はきまり悪そうな顔をして見せつつ、逮捕者の中に智勲や勲児《フナ》の姿がないかと見回した。

「逮捕者は、これだけですか？　他に誰か確保した人間は？」

「いや、今のところは、これだけだ。もうひとつのグループのほうも、じきに割れるだろ。だが、言うまでもなく、問題は、鞄を持って逃げてる吉村秀夫だ。この連中の取調べは、若い連中に任せるから、おまえさんは引き続き吉村の追跡に当たってくれ」

天明谷は、萱原たちに道を明け渡し、エントランスホールを奥へと向かった。他の捜査員たちからさり気なく離れ、地下への階段を下る。

廊下をたどり、目当ての部屋の前に着くと、一度背後を振り返った。部屋に入るところを、他の捜査員に見られたくなかった。本当は、こんなふうに同僚たちが大勢近くにいる中で、こんなことはしたくないのだ。だが、いつこの部屋の存在が、他の捜査員たちに知られないとも限らない。

　天明谷はドアのほうに上半身を近づけ、インタフォンを押した。通話口に唇を近づけ、応答があったらすぐに小声で応じられるようにして待つが、インタフォンは沈黙したままだった。ドアに右耳を押し当てた。何の物音も聞こえないし、人がいそうな気配もない。連中は、逃げたのか。

　天明谷はもう一度背後を振り向き、誰も下りてくる気配がないことを確かめてから、上着の内ポケットに入れてあるピルケースを取り出した。中に入っているのは常備薬の類ではなく、開錠工具《かいじょう》だった。こうした道具をこっそりと捜査に役立てる捜査員は、決して多くはないが皆無《かいむ》でもないことを、天明谷は知っていた。天明谷の場合には、捜査にも、捜査以外の目的にも役立てるところが、若干《じゃっかん》違うだけだ。

　古い雑居ビルのドアに使われているのはオーソドックスなシリンダー錠で、開けるのに一分とかからなかった。ドアの隙間に素早く体を滑り込ませて、そっと閉める。

　内装がされておらず、天井も壁も床もコンクリートが剝き出しのままの殺風景《さっぷうけい》な部屋を、天明谷は黙って見回した。誰もいなかった。

　だが、低く繰り返される苦しげな息遣いに気がついた。奥の部屋だ。

　戸口に立った天明谷を、床にへたり込んでしゃがんだ島内が見上げた。両手を背中でくくられ、両足もひとつに縛られていた。痛めつけられ、顔が輪郭をとどめないぐらいにふくれ上がり、あっちもこっちも内出血で紫色になっていた。服の下も、同じような状態にちがいない。

「あんたか……」

島内は言い、かすかに唇を歪めた。笑ったつもりらしかった。

「智勲たちは、どうした?」

天明谷が訊くと、顎で奥の壁の天井付近にある細長い窓を指した。その壁にはスチール式の梯子が立てかけてある。

「逃げたよ」

「いつごろだ?」

「ほんのちょっと前さ。上の部屋から、警察が来たって連絡があったんだ」

「コリアンの母子も一緒か?」

「一緒だった」

「どこに行った?」

「そんなこと、俺が知るか」

天明谷は黙って部屋の中を見渡し、一旦、大きな部屋のほうへと引き返した。部屋の片隅に凹《くぼ》みがあり、小さな洗い場とガス台が並んで設えられていた。

そこに歩き、シンクの縁にかけてある台拭きとも雑巾ともつかない布を手に取った。乾いて硬くなっていたので、水道の水で湿らせた。しぼり、元の部屋へと戻る。

戸口を入った天明谷が近づくと、島内は悲しげに目をまたたいた。

だが、天明谷がいよいよ真正面に立つと、今度はふてぶてしく唇の片端を吊り上げた。

「コリアンたちは、ノートのことを知ったぜ。俺が教えてやったんだ。蟻沢が必死になって手に入れようとしてるのが、金なんかじゃなく、須賀の作った覚書だってことをな。もちろん、何が書かれてあるのかも、それがどんなふうに重要なのかも、わかりやすく全部話してやった」

天明谷は濡れた布を胸の前に持ち上げ、両手の指で左右に引っ張って伸ばした。

島内は恐怖を覚えたはずだが、努めて表情を動かさないようにしていた。たぶん、怯えを表に出せば、相手を喜ばせるだけだと考えたのだろう。それとも、最後のプライドってやつか。

天明谷は、島内の胸を蹴りつけた。大して力を入れてはいなかったが、島内は苦しげに顔を歪めた。次には太腿を踏みつけ、靴のかかとで筋肉をこねくり回した。島内はいよいよ苦しげに顔を歪め、ぜいぜいと苦しげな呼吸音を立て始めたが、やはりそれほど面白くはなかった。

天明谷は、島内の胸に左足の膝をつけ、体重をかけて押さえつけた。両手で広げた布をゆっくりと顔に近づけると、島内の目の中に怯えが走った。それもまだ天明谷を満足させるほどのものではなかった。

「待て……。最後に教えてくれ。これは、あんたの考えなのか？　それとも、蟻沢の命令か……？」

天明谷は、少し考えた。

「どっちでも、おまえにとっちゃ違いはあるまい」

島内は、黙ってまばたきした。必死で頭を働かせているのがわかる。何か助かる術はないかと、懸命に考えようとしているのか。いや、既にそんな大それた望みは持てないが、話している間だけは生きていられるという、希望とも何ともつかない考えにすがっているのか。目の前の男にとっては、今や一分一秒の経過そのものが、命なのだ。

さて、ピリオドを打つ時だ。

天明谷がそう思った途端、島内の顔が恐怖に歪んだ。

「なあ、待ってくれ。助けちゃくれないか。天明谷さん、お願いだ。あんた、デカだろ……。こんなことをして、あとあと、寝覚めがよくねえだろ……。逃がしてくれ。な、頼む。たとえ警察に捕まったとしても、あんたのことも、蟻沢たちのことも、決して何も喋らねえよ――。な、頼むよ。誓って何も喋らねえから」

天明谷は小さく首を振った。濡れた布を島内の鼻と口に押し当て、両手ですっぽりと全体をおおうようにして力を込めた。

島内がそれを押し戻し、天明谷は体のバランスを崩しかけた。腹筋を使って、頭を前方に突き出したのだ。さんざん痛めつけられた男のいったいどこに、こんな力が残っていたのかと思うような強い力だった。

体勢を整え直した天明谷が改めて力を込めると、今度は顔を左右に振り始めた。これまたすごい力ではあったが、濡れた布が呼吸を塞ぎ、抵抗は段々と弱まっていく。

こうして命の火が消えるのに立ち会うのが、自分は決して嫌いではないことを、天明谷は知っていた。刑事が相手にする死とは、既に確固《かっこ》たる存在となって、目の前に横たわるものだが、それはあくまでも死の一局面にすぎない。死は淡い境目《さかいめ》によって生と隣り合わせており、その境目を越えるのは、普段、誰もが思っているよりもずっと簡単なことなのだ。暴力であろうと、偶然であろうと、想像もしなかったほど唐突に命を奪っていく。生はたやすく死へとひっくり返り、生が死の一部にすぎないことを、本人にも周囲の人間にも嫌というほどに思い知らせる。

天明谷は、充分に待ってから、濡れた布を島内の顔からどけた。島内はとっくに意識を失《な》くしていたが、まだ微《かす》かに胸が上下しており、首筋の血管もか弱く打っている。

頬を平手で叩くと、息を吹き返した。

「おい、もう一度訊くぞ。ノートのことを知って、智勲たちはどこに行ったんだ？　吉村を捜しに行ったのか？」

島内は、激しく咳《せ》き込んだ。

どこか夢見るような目で、天明谷を見つめて来た。我が身に何が起こっているのかを、一瞬、理解できずにいるらしかった。

「連中は、蟻沢を押さえるつもりだ。蟻沢の手下が吉村を連れてきたら、ノートと金をいただくんだ」

「智勲たちは、蟻沢の居所を知ってるのか？」

「歌舞伎町の、何とかって店だろ。野郎の事務所を見張って突きとめたらしい」

天明谷は、頭を働かせ始めた。今、あの店にいるのは、蟻沢の他にはボディーガードがひとりだけだ。牛のような大男は、別の手下ひとりと組んで、金沢勇の自宅がある吉祥寺のマンションへと向かっている。

「おい、ちょっと聞い――」

島内がさらに何か言いかけたが、もうそれはどうでもよかった。天明谷がもう一度濡れた布を顔に押しつけると、絶望に両目を見開いた。

なるほど、一度死にかけてからいよいよ死ぬとなると、恐怖と絶望はひときわ大きくなるものらしい。

ちょっとした発見だと、天明谷は思った。

31

息子は、もういない。――この事実を確かめるために、長い時間をずっと生きてきたのだ。他の車の流れに合わせて慣れない都会の道を運転しつつ、秀夫はそう思えてならなかった。勇から話を聞かされた時、体の中が急に空洞になってしまったような、不安でいたたまれない気分に襲われはしたが、驚きはなかった。むしろ、はまるべきピースがはまるべき場所に収まったような気がして不思議だった。

いや、息子がもうこの世にはいない気がしたのは、決して最近のことじゃない。本当は三年前、桜子から突然に連絡が来なくなった時、心のどこかでもうわかっていたのだ。桜子の行方が知れなくなり、そうわかった。しかし、それを認めてしまうと、刑務所での灰色の日々に耐えられなかった。だから、考えまいとした。辛抱していれば、息子に会える。あと一日、あと一日と言い聞かせ、歯を食いしばって生きていた。塀の中にいた間だけじゃない。出所したあとだってずっと、同じ思いで生きてきたのだ。あと一日、あと一日と。

だが、これからは、いったいどうすればいいのだろう……。

午後の渋滞に巻き込まれたため、カーナビの到着予想時間が大幅にずれ込んだ挙句に、やっとマンション付近に差しかかった。あの建物がそうらしい、と見当がつくとともに、胸の鼓動《こどう》が速まった。秀夫は、車を減速した。カーナビが、目的地に到着したことを味気ない音声で告げた。

地上七、八階ぐらいの高さのマンションは、三階から上は外壁が白く塗られており、その下は飾りレンガがアクセントになっていた。周辺道路との間に植え込みが設けられていて、広く取られた歩道には、一定の間隔で裸木《はだかぎ》の桜が並んでいた。勇から聞いてきた通り、建物の向かって右側に、地下駐車場へと下るスロープがあった。

そのスロープに向けてハンドルを切りながら、心のどこか奥底に臆する自分がいた。桜子は、ここで勇と暮らしてきたのだ。

地下駐車場はかなりの広さがあったが、駐車スペースの割り振りがわかりやすくて、すぐに勇たちの部屋番号の場所を見つけられた。

切り返し、慎重にバックで駐車した。車の運転は慣れていたし、刑務所に入っている間に失効してしまった免許も、出所後、職場に頼んで改めて取り直していた。だが、今は緊張で体が固くなり、手足の動きを一々確かめなければならないぎごちなさにつきまとわれていた。

エンジンを切り、車を出た。ドアをロックし、エレベーターへと歩く。エレベーターは、すぐに来た。目当ての階にも、あっけないほどすぐに着いた。

　インタフォンに指先を伸ばした時、桜子と何を話せばいいかを、何ひとつ思いつけないことに気がついた。ここに来る運転中、何度も頭に思い描いていたものが、綺麗に消え去ってしまっていた。この七年の間ずっと、桜子と外で再会する時のことばかり思い描いていたというのに。

　何もかもが間違いなのだ。この七年のすべてが間違いだった。いつからか、時折《ときおり》、秀夫を襲うようになった疲労感が、またもや両肩に重たく載っていた。自分が無力に思えてならない。取り返しのつかない時間を生きてしまった。

　しかし、聞き覚えのある声がインタフォンから聞こえるとともに、何もかもが一変した。

「俺だ。勇に会ったよ。きみが自宅にいると聞いてやって来た」

　秀夫は、インタフォンに口をつけて一息に言った。幾分、早口にもなっていた。

「――――」

　インタフォンの沈黙が、長い時間に思われた。もっと何か言ったほうがいいのかと不安になりかけた時、「待ってて。すぐに開けるから」と声がした。

　ドアの向こうに、人の気配が立った。ロックがはずれ、ドアが開き、桜子が目の前に現れて、急に周囲の空気がやわらかくなった。七年の間、自分を取り囲む空気がずっと険しくてざらついたものだったのは、彼女が傍にいなかったからなのだ。

「元気だったか？　捜したんだ。どこで、何をしてるのかとずっと思っていた」

言葉がするすると流れ出てきて、額の真ん中辺りが熱くなった。

だが、桜子はどこか困惑した様子で、かすかに微笑むだけだった。

「とにかく、上がって」

桜子は、秀夫の言葉を待たずに背中を向けた。彼女の中に居坐る何かが、微笑みも、言葉も、彼女らしいものになるのをせき止めている。そんなふうに感じさせる表情であり、声だった。

秀夫は、スニーカーを脱いだ。桜子は先に立って廊下を歩き、突き当たりにあるリビングのドアを開けた。

「お茶を淹れるわ。坐ってて」

秀夫のほうをあまり見ないようにしながらソファを指し、自分はリビングとの間をカウンターによって隔てられたキッチンへと入った。

リビングの入口から見てすぐ右側の壁に電話台があり、その向こうに、壁紙の色に合わせた白いローチェストが置いてある。

すぐにそのローチェストの上のものに注意が行ったが、意を決してそれに目をやれたのは、ソファに坐ってからだった。

ローチェストに載った仏壇の中から、息子が微笑みかけていた。赤ん坊の時にしか触れたことのない息子だった。服役中に送ってもらった写真の少年よりも少し成長しているように見えた。そして、もう死んでしまっていた。

桜子がキッチンカウンターの奥から、やけに無表情にこっちを見ていた。

「焼香させてもらっても、いいか」

「わざわざ、そんなふうに訊かないで。あなたの子でしょ」

秀夫はたった今坐ったばかりのソファから立つと、息子の仏壇へと歩いた。りんをそっと鳴らし、マッチでロウソクに火をともした。綺麗に整えられた線香の一本を指先でつまみ、ロウソクの火を移して立て、手を合わせる。目を閉じると、貧血を起こした時のように頭がくらっとした。

勇から息子が死んだと聞かされた時、その事実を前から予感していたような気がしたが、嘘だった。自分は、何ひとつわかってなどいなかった。こんな事態など、おかしすぎる。なぜここで、息子に手を合わせているのだろう。

「あの街に、海がなくてよかった。あの子が死んでから、そう思うことがよくあった」

桜子の声に、秀夫は目を開け、左右の掌を離して下げた。

振り返ると、何歳も年を取ってしまった桜子が、そこにいた。

「勇から、聞かなかった？　あの子、海で死んだのよ」

「──」

「初めて連れて行った海だった。砂浜でお城を作って、磯《いそ》遊びをしながら蟹《かに》を捕まえて、それから、突堤《とってい》へと歩いたわ。ほんの一瞬、目を離した間の出来事だった。手をつないで歩いていたのに、ほんの一瞬だけ放してしまって──。誰かの声がして振り返ると、あの子の姿が消えていた。遠くで釣りをしていた人のひとりが、すごい顔をして腕をしきりと振っていた。何が起こったのかわかって、頭が真っ白になったわ。あわてて突堤の端っこに寄って覗くと、波にもまれながら、あの子が必死で助けを求めていた……」

桜子は口を閉じ、両腕でみずからを抱きしめるようにして首を垂れた。眉間に浅くしわを寄せ、短い、苦しげな息遣いを繰り返した。

今、彼女の中で記憶がフラッシュバックし、息子がまた死んでいる。金沢大吾を殺してしまった記憶がよみがえるたびに、何百回、何千回とあの日のあの場所へと連れ戻されてくる秀夫には、桜子の中で起こっている出来事が我がことのように感じられた。逃れられない鮮やかな記憶に囚われ、胸が締めつけられ、息ができなくなっているのだ。

秀夫は、そっと前に出た。桜子に近づき、ためらいがちに肩へと手を伸ばす。

だが、抱き寄せることはかなわなかった。桜子は顔を伏せたまま、小さな子供がいやいやをするように首を振り、体を後ろに引いてしまった。

「──周囲を見回したけれど、誰もいなかった。あの子が落ちたことを教えてくれた釣り人が、大声で助けを呼んでくれたわ。でも、その人はただ尻込みするだけで、決して近づいては来なかった。他にも何人かまばらに人がいたの。だけども、何が起こったのかわからない人だ大半だったのかもしれない。ふたりか三人、こっちに向かって走って来る人が見えたけれど、遠くて、このままじゃあもう間に合わないとわかった。だから、私、夢中で、飛び込んだの……」

「――――」

秀夫は、桜子の手を握った。桜子は、泳げないのだ。

その手は、死んだ魚のように冷たかった。温めてやりたくて両手を添え、やわらかくそっとこすったが、握り返してはこなかった。

「水が鼻と口から入ってきて、すぐにパニックになってしまった。めちゃくちゃに水をかいて、なんとかあの子の体に触った気がするけれど、よくわからない。胸の奥が焼けるみたいに痛くなって意識が遠ざかり、真っ黒な世界に落ちていった。ヒデ、あの子は、あれからずっと、あの真っ黒な世界にいるんだわ」

「違う。きっと違う世界があるんだ」

「そんなこと、どうしてわかるのよ」

「――――」

「ごめんなさい……。あなたの子供を、私の不注意で死なせてしまった」

「きみのせいじゃない――」
「私のせいよ。それはよくわかってるの」
唇の震えが頬に広がり、わななかいた。日常の中に埋もれた顔と、何もかもかなぐり捨て
て幼子《おさなご》のように泣きじゃくろうとする顔とが、忙しなく交互に現れる。
「きみのせいじゃない。きみも死にかけたんじゃないか。必死で子供を助けようとしたん
だ」
「でも、あの子は死んでしまったわ……。私、それを、どうしてもあなたに知らせられな
かった。この先まだ、何年もの間、塀の中に閉じ込められてすごさなければならないあな
たがこのことを知ったら、どんなふうになってしまうのかと思うと、怖かった」
「桜子……」
「だけど、そう思ったのはほんとは、きっと表面だけのことだった。私は結局、自分の逃
げ場所を探したのよ。どんどんお酒を飲む量が増えて、それでも毎日眠れなくて、睡眠薬
に頼るようになった。もう母も死んでしまっていなくて、誰も頼ることができなくて、そ
れなのに亡くなったあの子の記憶だけは、ずっといつまでもついて回って……。私、どう
していいかわからなかった……。ふたりで東京へ行こうという勇の誘いは、私には、とっ
ても甘い言葉に聞こえたの。東京で新しく生き直せばいい。勇は、そう言ってくれたの
よ。今ならばわかるわ。勇は、私と一緒に逃げてくれたの。そして、そのあともずっとふ

たりで逃げ続けてる。ふたりでいるのが限界だと、とっくにお互いにわかってるくせに、逃げ続けるために一緒に寄り添ってきたの」

「――――」

もう一度、ふたりでやり直そう。新しく、ふたりで生き直すのだ。

そんな言葉が、胸の奥底から湧いてきた。三年間、ずっと胸に仕舞《しま》い込んでいた言葉だった。桜子と会えたら必ず言うと決めていた。そして、それを口にしている自分と聞いている彼女の姿を、何度も思い描いてきたのだ。

だが、言えなかった。

「桜子、聞いてくれ……。金を半分、勇のところに置いてきた。二千万以上はあるはずだ。その金で、勇とふたりで幸せになってくれ」

桜子は、はっと顔を上げた。驚きのすぐあとから、怒りの表情が湧いてきた。

「聞こえなかったの。ふたりでいるのは、もう限界なのよ」

「聞こえたさ……。でも、借金はこれで帳消しにできる」

「それで、ヒデはどうするのよ？」

「――俺は、どうせ刑務所に逆戻りさ」

桜子は、そっと手を下ろした。秀夫の前から離れると、ソファへと歩いて腰を下ろした。

「ここに、刑事が来たわ……。あなた、ジロージを殺したの――?」

「馬鹿を言うな。俺が、そんなことをするわけがないだろ。ジロージを殺したのは、別の連中だ」

「でも、お金は、ジロージが持ってたものなんでしょ?」

「とにかく、俺は何もやっちゃいない。金は、ジロージからもらったんだ。足のつかない金だと言われた」

「そんな大金を、どうしてジロージがくれるのよ?」

「ジロージは、もう死にかけてた。死ぬところだったんだ」

「――ジロージが死ぬところにいたってこと?」

「ああ。だけど、やったのは俺じゃない……」

「ジロージを殺したんじゃないなら、どうして刑務所へ戻らなければならないのよ?」

「この鞄を、コインロッカーに預けてた。それを取り出す時を狙って、おかしな連中が襲ってきた。連中のひとりが発砲して、大変な騒ぎになってしまった。俺だって、その場に居合わせたんだ」

桜子は黙り込み、何か考え込んだ。何を考えているのかわからないのが不安で、秀夫は桜子に近づいた。隣に坐り、ぎごちなく手を握った。

「ニュースをやってた。警察は、コインロッカーの前で起こった発砲事件とジロージが殺された事件には関係があると見てるって言ってた……」

「――――」

「だけど、あなたは何もやってないんだもの。そうでしょ。警察だって、きっとわかってくれるわ」

「――だめさ。俺は、警察に行かなけりゃ」

「嫌よ。警察になんか行ったら、また何年も会えないのよ。何かきっと手があるはずよ。ふたりで逃げましょうよ。それから、いい弁護士を雇うの。お金があるんだもの。きっと何とかなるはずよ。そして……、そうよ、子供を作るの。きっとまた男の子が生まれるわ。そしたら、ふたりで何もかもやり直すのよ」

「金は、勇にやっちまった」

「あなたの分が、半分あるでしょ。それで充分よ」

「これは、俺の分じゃない。ある親と子供に、渡す約束をしてる金だ」

「じゃあ、ヒデの分は……？」

「――俺は、刑務所に行くんだぞ」

「――そのふたりとは、どんな関係なの？　つきあってる人？」

「そんなんじゃない。ちょっと前に、ガキと友達になったんだ」

「他には？」

「いったい、何が言いたいんだ？」

「だって、あなた、自分が変なこと言ってるの、わからないの？　友達というだけの子供に、大金をあげる約束をしたって言うの？」

「いろいろあったんだ」

桜子は何も言わずに、ただうつむくだけだった。

言葉を探す秀夫の隣で、桜子の小さな声がした。「その子って、男の子——？」

「——」

秀夫は、桜子の横顔を見つめた。

答えようとした時に、インタフォンが鳴った。

桜子が、「ちょっと待ってて」と立つ。インタフォンへと歩いて通話ボタンを押すと、男の野太い声が聞こえてきた。

「警察の者です。お時間を取らせて悪いんですが、ちょっとお訊きしたいことがありまして。少しよろしいでしょうか」

秀夫のほうを振り返った桜子の顔は、すっかり蒼白《そうはく》になっていた。

「刑事が来たわ……」

秀夫は、黙ってうなずいた。

「あなたは、見えないところに隠れてて。私がなんとかするから」

桜子は口早に言い、再びインタフォンの通話ボタンを押した。「わかりました。ちょっと待ってください」と言い置き、廊下を歩く。秀夫はキッチンに姿を隠し、リビングのドアの隙間から玄関の様子を窺った。

桜子が靴脱ぎに屈み込み、秀夫の靴を下足箱の下に隠す。玄関ドアのロックを解除して開けた瞬間、大きな男がその隙間からものすごい勢いで滑り込んできた。コインロッカー前で騒ぎが起こるきっかけとなった、あの牛のような大男だった。すぐ後ろにもうひとりいる。

「野郎はどこだ?」

大男は桜子を押しのけると、土足で廊下に上がり込んだ。秀夫は物陰《ものかげ》から飛び出した。迫り来る大男に摑みかかろうとしたが、男が腕の先をひょいと薙《な》いだ。埃《ほこり》を払うような軽い動きだったのに、とてつもない衝撃が来た。秀夫は二の腕で防いだが、体全体がそのまま横の壁へと弾き飛ばされた。大男の右手が喉元に飛び込み、摑まれた。すさまじい力で絞めつけられ、呼吸ができなくなってしまった。もがきつつ、指先をなんとか隙間に差し入れようとするが、びくともしない。両足が宙に浮きそうになってくる。

大男が、にんまりした。

32

「悪い悪い、ちょっと待ったか？」

フロントガラスの先から小走りで戻って来た勲児《フナ》は、軽くスキップするような足取りで、それは今の状況にはおよそ似つかわしくないものだった。母を犯した時にやったクスリの影響が、まだ残っているのかもしれない。後部シートに滑り込むと、得意げに顔をニヤつかせた。蟻沢たちを襲うとなると、もう少し武器が必要だ。自分に当てがある。この男がそう主張し、車でここに回ったのだった。荒木町《あらきちよう》の細い路地に建つ、モルタル塗りの古びたアパートだった。

「おまえ、何かやってるのか？」

智勲《ジフン》が、眉間にしわを寄せて訊いた。

「何かって、何だよ。馬鹿言え、これから大仕事じゃねえか。そんな時に、ハイになったりしねえよ」

勲児はムッとしたが、すぐにまた上機嫌なにやにや笑いを復活させ、左手でみずからが着るロングコートの裾をまくって見せた。

「これさ。これを見てくれ、兄貴」

勲児は鋼《はがね》の黒い光を放つ大きな銃器を、太腿にぴたりと押しつけて持っていた。ふたりの間に押し込められて坐る康昊《ガンホ》は、それを間近に見て目を見張った。サブマシンガンだ。映画やマンガで目にすることはあっても、現実に見るのはもちろん初めてだった。

「そんなもの、おまえ、どうしたんだ？」

「大丈夫さ、足はつかねえ。半年ぐらい前に、ダチから譲ってもらったんだ。MAC10だぜ。９ミリ弾だ。毎分、千二百発撃てる。すげえだろ」

得意げに話す勲児は、途中で康昊の視線に気づき、見下ろした。

「どうだ、おめえだってこんなの、見たことねえだろ」

「待てよ、待て待て。おい、おまえ、勘違いしてねえか。相手をバラしに行くんじゃねえんだぞ」

智勲は、少しも感心しなかった。そればかりか、不快感をあらわにした。

「だけど、少人数で乗り込むんだ。これぐらいあったほうがいいじゃねえか」

「向こうだって、少人数だ。見張りにつけてるやつが、そう言って来てる」

「応援が来るかもしれないだろ。こっちは、サツの手入れを食らって、動けるのは俺たちだけなんだぜ」

助手席には母の允珍《ユンジュン》が、それに運転席には、智勲の手下が乗っていた。

智勲は指で下顎をなでつつ、しばらく考えた。

「なあ、智勲の兄貴。頼むよ、俺を信用してくれよ。これがありゃあ、安心だって。な」

勲児が、猫撫で声を出す。

「――わかったが、いいか、勲児、決してぶっぱなすなよ。あくまでも、脅しに使うだけだ」

「大丈夫だって、任せてくれ、兄貴。じゃあ、とっとと済ませちまおうぜ」

勲児が相好《そうごう》を崩すのを見ながら、康昊は嫌な予感に襲われた。今朝、コインロッカーの前で、ひとりが拳銃を抜き出したばかりに、あんな騒ぎになってしまったのだ。こんなものを持って行ったら、何が起こるかわからない。それなのに、勲児は子供が新しいオモチャを買ってもらった時のように、嬉しげで誇らしげな顔をしていた。

智勲が手下に命じて車を出した。


「まずはおまえだけ来い」

目当ての店の傍に車を停めると、智勲は康昊の腕を引いた。康昊の手首を握った掌は、汗ばんでいるのに冷たかった。

「いいか、おまえは女から目を離すなよ」

運転席の手下に命じたのち、反対側のドアからもう片足を下ろして外に出かかっている勲児を呼びとめた。

「おい、待てよ、勲児。忘れるなよ。おまえの武器は、あくまでも脅しだぜ。蟻沢たちを殺す必要なんかねえんだ。ノートを手に入れさえすりゃ、やつら、こっちに手を出せなくなるんだからな」

「わかってるって」

勲児はうるさそうに手の先を振り、車を降りて上半身を伸ばすと、コートの下のふくらみが目立たないように裾を直した。

智勲に引きずられるようにして車を降りた康昊は、助手席の窓から心配そうにこっちを見つめる允珍を見つめ返した。大丈夫だ、というつもりで、黙ってうなずいて見せる。

「来い」

智勲が、康昊の肘の辺りを摑んで引っ張った。智勲は表情が硬く、顔色がいくらか悪かった。自分は頭がいいと言いたげな、あの相手をさげすむ笑みが、さっきから影を潜めている。そうか、この男は緊張しているのだ。そう思うとともに、康昊の背中にも冷たい汗が浮いてきた。

曇天のために、辺りは既に薄暗くなり始めてはいるが、夜の訪れにはまだいくらか間がある時刻だった。酔客《すいきゃく》も、もっと他の刺激的な喜びを求める客たちもまだ繰り出してきてはおらず、新宿の、特に夜は不《ふ》夜城《やじょう》となるこの一角にとっては、逆に最も人通りが減る時間帯だ。

智勲は何メートルか先に駐まるワンボックスカーの運転席の前に立つと、サイドウインドウをこつこつと軽く叩《たた》いた。

運転席から、男が降り立った。確か宣映《ソニヨン》という名の男だった。蟻沢の事務所からあとを尾けてここを見つけ出し、張りついて様子を窺っていたのは、この男らしい。宣映はいつもはメガネをかけていなかったはずだが、変装のつもりなのか、それとも運転の時などには必要な弱い近眼なのか、今は薄いブルーがかったメガネをかけていた。

宣映が、目当ての商業ビルを顎で指した。五、六階建てのビルは各種の店の看板で飾り立てられ、夜の訪れを待っていた。

「吉村のダチがやってる店は、一階です。ビルの右側に裏口があって、蟻沢たちは、そこから出入りしてましたね。連中の車は、隣のコインパーキングに入ってます」

ビルの隣は、五、六台分の駐車スペースが確保されたコインパーキングになっていた。ビルの裏口のドアは、そのコインパーキングに面していた。

「今、店の中にいるのは、蟻沢とボディーガードのふたりだけですよ。それに、吉村のダチも出て来ないので、人質になってるんでしょう」

「ボディーガードってのは、あのどデカい男か？」

「いや、あのデカいやつは、もうひとりと一緒に飛び出していきました。今、蟻沢についてるのは、別のやつです」

「おまえ、チャカは？」

「持ってますよ」

やつこりは、ずっと低い声で続けられた。

「車には、誰も残ってないのか？」

智勲が、訊きながら自分でも目をこらす。

「大丈夫です。今はいません」

「よし、おまえも一緒に来い」

智勲が歩き出す。勲児と宣映が、ちょっと遅れて続いた。康昊は、自分の肘を握って放さない智勲の手に、段々と力が込められてくるのを感じた。

道を渡り、ビルの正面から横の隙間へと回る。コインパーキングとの間を隔てる金網に沿って、一間《けん》ほどの隙間を進む。白く塗られた鋼鉄製のドアの前に立つと、智勲の指先が腕の皮膚に食い込んだ。

智勲がドアノブに手を回すが、鍵がかかっていて開かなかった。智勲はちらっと勲児を見てから、拳を握り、中指の第二関節でノックした。少し待つと、中から「誰だ？」と声がした。

「ガキを連れて来てやったぞ」

「――何のことだ？」

「おまえらの望みだろ。長老から聞いた。目撃者のガキを連れて来た。詳しい話は、中でするから、開けろ」

「——うちのもんが、ガキと女と島内を受け取りに行ったはずだぞ」

ドアの向こうの声に、警戒がにじんだ。

「警察の手入れがあったんだ。事務所にいた人間は、軒並《のきな》み挙げられちまった」

「女と島内はどうしたんだ？」

「表の車の中だよ。まずはガキだけだ。あとは、好きにすりゃいいだろ。おい、いつまでこんなところでお喋りをさせるんだ。俺は、ぐずぐずしたくねえんだ。ガキが必要じゃねえなら、放って帰るぞ」

警戒より、わずかに戸惑いが大きくなる。

「——ちょっと待ってろ」

男は言い置き、一旦ドアの傍から離れた。智勲が勲児と宣映の顔を順番に見回す。誰も何も言わなかった。

ドアの向こうに男が戻るまで、飴《あめ》のように引き伸ばされた数分が経った。

「今、開ける」

ロックの外れる音がし、智勲はあの相手を小馬鹿にしたような笑みを浮かべた。しばらく忘れていた自分の賢さに、満足したらしい。

ドアの隙間に体をねじ込むようにして、まずは宣映が飛び込んだ。呆然と目を見開く男の下顎に、拳銃の先を突きつける。勲児は廊下を先に進んだ。

「先に歩け」

宣映が男の二の腕を摑み、銃口を下顎から右耳の下辺りへとずらして押す。

廊下は大して長くはなくて、ドア口の康昊からも奥に広がるフロアが見えた。ドアをロックし直した智勲と一緒に奥に向かった康昊は、フロアに足を踏み入れた途端、異様な男を目にして息を呑んだ。

かなり広いフロアの壁際に、異常に太った男が坐っていた。ふたり分のスペースを占領しても収まりきらない肉体は、重力に抵抗している部分がどこにも見当たらず、解けかけのアイスクリームを連想させた。その異常に太った男は今、両手を忙しなく顔の前に運び、餌を食《は》むリスさながらのスピードで口を動かしていた。ピスタチオを、ものすごい勢いで食べている。これが蟻沢というヤクザなのか。

食べ散らかされた殻が、男の前のテーブルに山をなし、足元に散らばるだけでなく、さらには男の胸元にも大量にへばりついていた。

「おい、手を挙げろと言ってるんだぞ、俺は！　このデブが！　聞こえねえのか、この野郎！」

サブマシンガンを両手に構えた勲児が、そんな男の前で苛立ち、地団駄《じだんだ》を踏んでいる。

蟻沢はまたひとつピスタチオを口に運ぶと、前歯で割った。その唇の動きを見ているうちに、康昊は言いようのない気色の悪さに襲われた。唾液が唇にまとわりついて、テカっている。厚い頰の肉が、唇と連動してわさわさと揺れる。わずかに覗く前歯は、汚れた便器を連想させるほど黄色かった。

デブはソーセージみたいに太い指をなめ、一息つくと、大きなゲップを漏らした。胃にたまったガスの臭いが濃厚に漂い、康昊は吐き気をもよおした。

「おい、新しいビールを持って来い」

その言葉に操られるみたいにして、康昊たちからは死角になっていたテーブルの陰から、男がぬっと姿を現した。片隅に寄せて置かれたテーブルの陰だった。小太りで、三十代半ばぐらいの歳の男だった。元はちょっといい男だったのかもしれないが、今は顔がふくれ上がり、恐怖で悲しい犬のような目をしていた。

「おまえも動くな」

勲児があわてて銃口を向けると、男は床から何センチか飛び上がって両手を上げた。

「おいおい、そいつに何ができるっていうんだ。見りゃ、わかるだろ」

蟻沢はにんまりし、行け行け、というように、男に向かって手を振った。

銃にすくんだ男が動けずにいると、蟻沢の癇癪《かんしゃく》が爆発した。

「聞こえなかったのか。さっさとビールを持って来い！」

いったい、何なんだこの男は……、と言いたげに顔を見合わせる智勲たちの前で、悲しい犬のような目をした男が店の調理場へと走る。ビールを満たしたグラスを大事そうに捧《ささ》げ持ち、今にもつまずいて倒れそうな危うい足取りで戻って来た。

「おい、あれ」

その時、勲児が素《す》っ頓狂《とんきょう》な声を上げた。

康昊もほんのちょっと前に気づいたところだが、テーブルのひとつに、札束の山が載っていた。

「吉村が、ここに来たんだな――」

智勲が言った。

吉村の名前が出た瞬間、ビールを持つ男の手が震えた。そうか、これが秀夫の友人だ。金を持った秀夫は、ここにこの男に会いに来たのだ。で、秀夫は、今、どこだ？

ビールグラスを奪うように取り、美味そうに喉を鳴らした蟻沢が、唇についた泡をスーツの袖口で拭いながら億劫そうに口を開いた。

「そうだよ。やつはここに来た。で、だから何だ？　おまえら、さっきから、何のつもりで銃を突きつけてるんだ？　わずか五千万かそこらのはした金のために、トチ狂いやがって。話は、もうついてる。それがわかってるから、そうやってガキを連れてきたんだろ？今なら、おふざけと思って許してやるから、ガキを置いて帰れ。ガキの母親とうちの島内は、どこだ？」

「おまえ、何なんだよ。偉そうにしてると、タマをぶちこむぞ」

勲児がかっと目を吊り上げ、ＭＡＣ10の銃口を揺らす。

詰め寄ろうとする勲児の胸先に、智勲が片手を突き出して止めた。

「で、吉村はどこに行った？　そいつの女房のところか？　あんたのとこの野郎も、それを追ってるってわけか？」

蟻沢のまぶたが重たげに下がる。眠たげに見える表情になったが、まぶたの奥から覗く両目には不気味な光があった。

「おまえ、それを訊いてどうするんだ？　おまえに、いったい何の関係があるんだ？　もう一度だけ言うぞ。ガキを置いて、もう帰れ」

「で、ノートもまだ、吉村が持ったままなのか？」

智勲が吐きつけると、蟻沢の眠たげなまぶたが一瞬、持ち上がった。

「どうやら、図星のようだな」

智勲が、にやりとする。相手を見下す笑みが復活した。

「おまえ、深入りしすぎだぜ」

蟻沢の声が、優しくなった。保育士が子供に言い聞かせるような響きがある。

「ノートの話は、全部聞いたぜ。それは俺たちでいただく。改めて上同士が話をつけるのは、それからだ。もっとも、ノートがこっちの手に入ってからじゃ、話のつけ方がずいぶん変わるだろうがな」

「島内の馬鹿が、全部ぺらぺらと喋ったか」

「ノートが手に入ったら、野郎はあんたのところへ返してやるよ。どう始末しようと、あんたの自由だ。どんなことになるのか、見ものだな。おい、ガキを表に連れて行け」

智勲は蟻沢に目を据えたまま、宣映に顎をしゃくって命じた。

「言っておくがな、妙な真似をするようなら、ガキと女と島内を、そろって警察に突き出すぞ。ガキは、島内が須賀を刺すのを見てるんだ」

眠たげな目に戻って何も言おうとはしない蟻沢の前で、智勲が愉快そうに笑う。

「なあ、智勲の兄貴。そこの金ももらおうぜ」

勲児がテーブルの札束に歩き、そのひとつを取り上げてぺらぺらとめくる。そして、悲しい犬のような目をした男に命じた。

「おい、何か入れ物になる紙袋を持って来い」

33

大男の巨大な手による喉輪《のどわ》が食い込み、息をすることができなかった。秀夫の頭の中で、無数の細かい泡が弾けていた。めまいがする。もうひとりの男が桜子の髪を摑んで引きずり、奥のリビングへと進むのが見えたがどうにもならなかった。

「あったぞ。鞄だ」

その男は桜子を蹴倒し、リビングの入口付近にさっき秀夫が置いた鞄に屈み込んで開けた。

「ノートも入ってる。間違いない、これだぞ」

ノートを手早く確かめて鞄に戻す。それを肘にかけると、すぐに桜子を引きずり上げて戻って来た。肩を押さえ、脇腹に拳銃を突きつけていた。

「大人しくしてろ。声を出すんじゃねえぞ」

なんとか桜子を守ろうとあがく秀夫の腹に大男の拳が飛び込み、ずんと突き上げられるような衝撃が来た。喉にかかる力が増し、今までは大男が手加減を加えていたのだと知れた。体が生ぬるい水の中へと沈み込んでいくような感覚とともに、意識が遠のきそうになる。

だが、最後の力を振り絞った。チャンスは一度。右足を繰り出すと、脛が男の股間を捉えた。手応《てごた》えを感じるだけの余裕はなかった。たぶん、それほど深くはなかったのだろう。だが、腕の力がわずかに緩んだ。秀夫はその隙を逃さず、今度は大男の目を狙って拳を繰り出した。

捉えた。

大男の口から低いうめき声が漏れ、喉への圧力も緩んだ。秀夫は大男の体を突き放し、斜め後方へと逃れた。新鮮な空気が流れ込み、ひしゃげていた肺が活動を再開する。

だが、もうひとりの男に引きずられた桜子は、とっくに玄関ドアの向こうに消えてしまっていた。彼女を取り戻さなければ――。

玄関を目指そうとするが、大男が仁王《におう》立ちで行く手を塞いでいた。

憎しみに充《み》ちた目で睨みつけて来る大男の圧力に押され、秀夫はじりじりと後ろに下がった。背中でリビングのドアを開けて、中に入る。しかし、わずかに頭の片隅では、広いところでやりあったほうがいいとの計算も働いていた。土木の現場では、口では解決のつかないトラブルに巻き込まれることがある。その頃の経験から、力の強い相手とは、素手で狭い場所で闘うのは不利だとわかっていた。さっきのように押さえ込まれたら、終わりだ。まずは、こいつを倒すしかない。

大男には、駆け引きも何もないらしい。怒りをあらわに、秀夫に摑みかかってきた。猛烈な威圧感に気圧されつつ、秀夫は脇にステップすると、もう一度大男の股間をねらった。喧嘩は、ボクシングなどの格闘技とは違う。男の一番の急所は、決まっている。

だが、今はそれがフェイントだった。秀夫は繰り出した足を素早く引くと、股間をかばって腰を後ろに引いた大男の顔を狙って拳を叩き込んだ。

腰の回転を使って体重を乗せた拳がまともに入った。動きは、それほど敏捷《びんしょう》ではないらしい。だが、拳はコンクリートを殴りつけたみたいで、肘から肩の付け根へと衝撃が走ったにもかかわらず、男は蚊に刺されたほどの痛痒《つうよう》も感じてはいない様子だった。冷ややかな目で秀夫を見下ろし、唇の片端をわずかに歪めた。小癪《こしゃく》な真似を、とでも言いたいらしい。

両腕を、肩へと伸ばしてくる。秀夫は横に逃げ、今度は脇腹を狙って蹴りつけたが、肝臓は厚い筋肉と贅肉《ぜいにく》の奥に守られていて届かなかった。それにしても爪先の衝撃があまりに吸収される感じで気がついた。そうか、この男は防弾チョッキを着ている。コインロッカーの前で弾を食らっても何ともなかった理由は、これだ。繰り出した腕を摑まれそうになり、あわてて逆側に逃げた。

またもや、両腕を肩へと伸ばしてくる。秀夫は腰を落とし、相手の股間を狙って蹴りつけた。フェイントではなかった。大男は慣れた動きで左の太腿をずらし、腰の位置を右へと振り、爪先の狙いをそらしてしまった。

右足が飛んでくる。秀夫が背後に逃げると、今度はすぐに左腕。これもよけたが、それ以上は下がる場所がなかった。横に回り込もうとしたところを真正面から蹴られ、秀夫は背後の壁へと叩きつけられた。くそ、何ていう馬鹿力なんだ……。

背中を猛烈に壁にぶつけ、一瞬、息ができなくなった。壁にかかっていた絵が落ち、額のガラスが床に飛び散る。すぐに胸ぐらを摑まれ、振り回され、秀夫はダイニングテーブルへと吹っ飛んだ。

テーブルを巻き添えに倒れた時、迫って来る大男が見え、咄嗟に椅子の足を握って振り回した。それが大男の脛に当たり、なんとか起き上がるだけの時間を稼げた。体勢を整えきれないまま、椅子を大男めがけて投げつけた。

ふたつめ、三つめの椅子も、次々に投げる。ふたつめの椅子は飛びすぎて、大男の背後にあるテレビラックにぶつかった。テレビの上にガラス戸つきの棚があるラックで、そのガラスが派手な音とともに砕《くだ》けた。

三つめの椅子は、大男の腕に払われ、壁へと飛んだ。そして、ソファの隣に立つフロアスタンドを倒して割った。椅子を投げる間に体勢を立て直した秀夫とは反対に、大男はバランスを崩していた。

秀夫はためらわなかった。相手がバランスを崩す瞬間を狙っていたのだ。テーブルに向かって投げつけられた時、そこに載っていた空のウィスキーボトルが足元に落ちていた。

それを拾って握り締め、大男に躍りかかり、頭を狙って殴りつけた。

ボトルが割れ、大男が苦痛に体を折る。その鼻面《はなづら》を目がけて掌底《しょうてい》を突き出すと、ぐしゃりと鼻の折れる感触があり、大男は両手で顔を押さえてうめき声を漏らした。

行ける。秀夫は大男にタックルを食らわせ、大男もろとも床に倒れた。馬乗りになって、滅茶苦茶《めちゃくちゃ》に顔を殴る。だが、脇腹に衝撃が来てうめいたのは秀夫のほうだった。激痛に上半身を折ると、大男の太い腕で体を薙ぎ払われ、あっという間に上下を逆転されてしまった。くそ、こいつにゃ、痛みでひるむ感覚はないのか……。

重たい拳が飛んできた。二の腕で防いだが、すぐに腕がしびれて感覚が薄れ、頭は衝撃で朦朧《もうろう》としてきた。気がつくと、首を締められていた。さっき玄関で食らった喉輪と同様に、すさまじい力だった。気管が潰れ、すぐに息ができなくなった。首の骨のきしる音がする。秀夫は、男がにやにやしていることに気がついた。この状況を楽しんでいるらしい。

薄れていく意識の中で、目の端に白いスティックを見つけた。腕を伸ばす。摑むとともに、それがスティックではなくて、さっき秀夫が投げた椅子で割れたフロアスタンドだと知れた。握り、男の側頭部に叩きつけようとして、別の考えが頭をよぎった。

電球の割れた先端部を首筋に押しつけると、大男は上半身を直立させた。まぶたが、小刻みに痙攣する。

潰れた鼻を狙って殴ると、さすがの大男も悲鳴を上げた。その体を押しのけ、秀夫は床で半回転して跳ね起きた。両手で顔を押さえた大男が、のそりと体を持ち上げようとしているところだった。体の大きさよりも敏捷さに利があった。

秀夫は、大男の側頭部を狙い、フロアスタンドをフルスイングした。

ホームラン級の手応えがあった、大男が白目を剝いて倒れたのを目にして初めて、秀夫は自分がポケットにある拳銃のことを思い出しもしなかったことに気がついた。こんなもの、必要はなかったと思うと、どこか誇らしい気分だった。

だが、この先は違う。秀夫は部屋を飛び出した。今までは思い出しもしなかった銃を、ポケットから抜き出し握り締めていた。桜子を拉致《らち》した男は、銃を持っていたのだ。手ぶらで追うわけにはいかなかった。

34

藤代はあっと声を呑んだ。地下駐車場の来客用のスペースに車を駐め、エレベーターで上がってきたところだった。藤代が車を入れたすぐ隣に、サイドガラスだけではなくてフロントとバックを含むすべてのガラスに遮光《しゃこう》フィルムを貼《は》った車が駐まっているのを見つけ、ふと気になったのだ。エレベーターのドアが開いて出くわした男を見た瞬間、その車のことを思い出した。男は女の肩を押さえ、脇腹に拳銃を突きつけ、肘に鞄を掛けていた。男のほうは初めて見る顔だったが、女は今朝話を聞いた金沢桜子だった。

「降りろ！　エレベーターから降りるんだ」

男は拳銃を藤代に向けた。片側に寄り、できるだけ藤代と距離を取りつつ、銃口を苛立たしげに振る。

両手を上げた藤代がエレベーターを降りると、男は桜子を引きずるようにして乗り込んだ。恐怖で顔を引きつらせ、必死に助けを求める目をした女を押さえつけたまま、操作盤のボタンを押した。

目の前でエレベーターのドアが閉まると、藤代はすぐに表示ランプを見上げた。結構な速さで下っていく。下りのボタンを押したが、もう一基は地上階付近におり、上がって来るのに時間がかかる。藤代は、エレベーターの隣にある階段へと走った。ここは五階だ。

一段とばしで、階段を飛び降りる。最初の踊り場では勢い余って、向かいの壁にぶつかりそうになった。間に合え。地下駐車場まで階段を駆け降りる間に、相手は車で走り出してしまうかもしれない。なんとしても、その前に押さえたかった。こんな大都会でカーチエイスなど、願い下げにしたい。

三階へ、二階へと下る間に、踊り場で体を翻すタイミングを摑んだ。地上階をすぎて地下へと差しかかるとともに、相手にけたたましい靴音を聞かせるのは不利だと気づき、そこからはできるだけ足音を控えて降りた。階段の壁に顔を寄せ、そっと駐車場を覗く。来客用の駐車場は、エレベーターや階段から見て左側、コンクリートの太い柱を三本越えた向こうだった。壁際から通路によって隔てられた先に、鼻先を壁と反対に向けて駐まる車の一台が藤代のレンタカーで、予感した通り、男はそのすぐ隣の車へと女を連れ込もうとしていた。

――とまれ！　女を放せ！　警察だ！

訓練で叩き込まれた習慣が体を突き動かし、そんな言葉が喉から出かかったが、あわてて止めた。相手は銃を持っており、それを突きつけて女を拉致しようとしている。それに対して、こっちは丸腰で出張に来た刑事がひとり。どう考えても、訓練通りにはいかない。

くそ、階段を駆け降りる途中で通報すべきだった。だが、今、ここで携帯で通話をすれば、必ず男に気づかれる。コンクリートで囲まれた地下は、非常に声が響きやすい。そもそも、通報しても、それで女を救えるわけではない。やつは確実に女を拉致して逃げる。その先、何が起こるのか。もしも女が死体で見つかった時、自分は自分にどんな言い訳をするのだろう。

藤代は階段下の壁を背にしてうずくまり、特殊警棒を抜き出した。息を大きくひとつ吐き抜いた瞬間、子供たちの顔が浮かんで見えた。ふたりを守り慈《いつく》しむ妻の顔が思い浮かんだ。銃を持つ男のもとへ飛び出そうなど、無謀にもほどがある。もう少しじっくり考える余裕があれば、警察官という仕事が、みずから命の危険へと身を投じることまで要求されるものなのかどうかをちゃんと考えられるだろう。

しかし、仕方がない。やらねば、必ず後悔する。

藤代はゆっくりと息を吸い、もう一度吐いた。これで落ち着き、集中力が高まる。緊急逮捕が必要な時も、取調室での攻防で詰め方が見え出した瞬間も、いつでもこうして集中力を高めるのが習慣だった。習慣にすることで、条件反射的にいっそう集中力が増す。

腰を低くして飛び出した。相手からは太い柱の陰で死角になる場所を選んで走り、列をなす車の後部へと回った。両手をコンクリートの床につき、いっそう上半身を低くして、そこから先にじりじりと進む。車の下から男の足のある場所と向きを確かめ、接近した。だが、残り二台分の距離まで詰めた時、それ以上は相手に気づかれぬまま近づくのが到底無理だとわかった。しかし、闇雲《やみくも》に突進するのも自殺行為だ。階段を走り降りる間にすっかり汗ばんでいた体に、冷たい汗が浮いてくる。

その時、エレベーターの開く音がして、「桜子！」と大声で呼ぶ声が響き渡った。駐車場へと走り出て来た男を直《じか》に見るのは初めてだったが、資料で顔は知っていた。吉村秀夫だ。ついに会えた。

秀夫は車に押し込まれそうになっている桜子に気づくと、それこそ闇雲に走り出した。

「女を放せ！」

藤代は、その右手に銃があることに気づいてドキっとした。

「野郎――！」

桜子を車の中へと押し込んだ男が、秀夫に銃の狙いを定める。

藤代は、夢中で飛び出した。駐まった車の脇を回り込みながら、特殊警棒のスイッチを押して先端部を伸ばす。男がこちらに気づき、あわてて銃を向けてくる。その手を狙って、思い切り警棒を振り下ろした。骨を叩く乾《かわ》いた音がして、銃がコンクリートに落ちる。

激痛に腕を押さえて体を折る男の下顎を狙い、今度は警棒のグリップ部分で下から突き上げた。さらに鳩尾を突くと、男はうめいて膝を折った。

手錠を抜き出し男の右手にはめ、助手席のドアを開けてインナーハンドルにもう片方をはめた。それからゆっくりと上半身を起こしたのは、そうする間もずっと秀夫の構えた銃がこっちを向き続けていることに気づいていたからだった。話に聞いた通りの男だとすれば、静かに話せばわかるはずだ。しかし、そんな判断はいつでも間違いを伴う。間違いだったら、差し出さねばならない代償《だいしょう》はあまりにもでかい。

「吉村秀夫だな」

藤代は、相手を見据えて言った。

35

「あんた、誰だ――?」

訊き返す自分の乾いた声で、気がついた。俺は今、たまらなく緊張し、怯《おび》えている。この男が誰かは、問うまでもなかった。警棒を使って相手を殴り、そして、手錠をはめたのだ。

「藤代という、おまえの生まれ故郷の刑事だ」

秀夫は中年のずんぐりした体形の男をまじまじと見つめ、唾《つば》を呑み下した。

痛烈に思った。刑務所には戻りたくない。ムショに戻れば、またあの灰色の日々が待っている。桜子と会うことはできないし、支えにしていた息子がもうこの世にいないことははっきりしている。結局、人生というやつがまたさらに取り返しのつかない隘路《あいろ》へと押しやられていくのを、ただ指をくわえて見ているしかない日々の始まりだ。

「なあ、それを下ろしてくれんか」

刑事が言った。慎重で、しかもやんわりと秀夫を締めつけるような圧迫感のある声だった。

秀夫は銃を構えたまま、動けなかった。動けば、灰色の日々が始まるのだ。高い崖の上に立って、足元を見下ろしているような気分だった。もう、逃げ道はない。このあと自分にできるのは、次の一歩を踏み出して落ちることだけだ。だが、なかなか簡単には踏ん切れない。

「俺はジロージを――、須賀慈郎を殺してはいない」

「わかってる。おまえは、ただその場に出くわしただけなんだろ？　おまえは、ホシを見てるのか？」

「見てる。名前は知らないが、もう一度会えばわかる。それと、刑事だと名乗ってる男が一緒だった。すごく背の高いやつで、真っ黒なコートを着てた」

藤代という刑事が、はっとするのがわかった。何か心当たりがあるのか。

「それは、天明谷《てい》という刑事か？」

呆然とした体でふたりのやりとりを聞いていた桜子が、「それって、朝、あなたと一緒にここに訪ねてきた刑事でしょ」とつぶやくように言いながら、藤代と秀夫の間に視線を往復させた。

秀夫もその名前に、ぴんと来た。允珍《ユンジュン》や康昊《ガンホ》が言っていた名もそれだ。

「そうだ。そいつだよ。金貸しのところから韓国人の母子を連れ去ったのも、その野郎だった」

「それは、何の話なんだ?」

秀夫の上手いとは言い難い説明を、藤代は黙って最後まで聞いた。

「わかった。そうすると、どう考えても天明谷と須賀慈郎を殺害したホシとは、グルだな。後ろに誰がいるのかは、こいつを締め上げれば、はっきりする」

手錠で車のドアにつないだ男を顎で指して言ったのち、さらには別の点に興味を示した。

「允珍って女が会いに行った韓国人が、金がたんまり入った鞄の存在をその在日の金貸しに教えた。金貸しは、金をそっくり横取りする気になり、新大久保のコインロッカーの前で襲ってきた。そして、もうひとつのグループと鉢合わせになり、発砲騒ぎが起こった。ありがとうよ、吉村。事件の裏がつながってきたぜ」

「この銃は、その允珍が会ってた男の部屋にあったんだ」

秀夫は、あわてて言い足した。「男も允珍もへろへろになっちまってて、そして、男が拳銃なんか持ち出してきた。くそ、こんなもの、盗むべきじゃなかったんだ。だけど、身を守るものが必要だと思って。——ほんとだぜ、それだけなんだ」

「発砲したのか？」

「してない」

「大丈夫だ。それならば、まだ間に合う。さあ、銃を下ろせ。おまえは大した罪にはならないし、起訴猶予《ゆうよ》になる可能性だってある」

「——刑務所に行かなくても済むのか？」

「ああ、その可能性もあると言ってるんだ」

秀夫は、迷いを振り切れなかった。金を康昊に渡してやりたい。いや、そう思うことで、ただ一歩を踏み出す勇気がないのをごまかしているだけなのか。

「吉村。おまえのことは、保護司の名取さんから聞いた。七年前に何があったのか、捜査資料も読んだし、おまえを取り調べた捜査員からも聞いたぞ。おまえは、決して悪い人間じゃない。二度と道を過《あやま》るな。引き返し、そして、生き直すんだ」

「————」

銃を構えた両腕をゆっくりと下ろすと、なんとも頼りない気持ちがこみ上げた。だが、堪《た》えるしかないのだと経験からわかっていた。歯を食いしばり、ひたすらに堪えていくしかない。

「よし、これから近づくぞ。いいな」

「待ってくれ」銃を持っていないほうの左手を上げ、動きかける藤代を制した。「その前に、俺の話を聞いてくれ。七年前、取調べでも話さなかったことがある」

「下請《したう》けへのキックバックの強要の件か」

「——なんで知ってるんだ？」

「おまえの親父さんの片腕だった、市川さんに会ってきた。今は調布で、息子夫婦と暮らしてる。おまえの親父は、何ら疾《やま》しいことはしていない。そうだな」

「そうさ。それなら、話が早い。聞いてくれ。あの街の裏側で、甘い汁を啜ってる連中がいる。親父の会社を潰しにかかったのも、そいつらなんだ。そこの鞄の中に、ノートが入ってる。そのノートにゃ、ジロージが運んでた金の流れが記してある。警察がそれを調べれば、今言った、あの街の裏側で甘い汁を啜ってる連中を捕まえられる」

秀夫が話す途中で、藤代は顔色を変えた。

「やはり、ノートがあったんだな⁉」と声を高めると、男を手錠でつないだ車の中へ体を差し入れた。助手席の足元に、よれた黒い鞄が置いてある。藤代は、手錠の男をじゃけんに押しやり、鞄を取って開けた。興奮を抑えきれない様子でノートを取り出し、めくった。

「感謝するぞ、吉村。俺は、これを手に入れるために東京へ来たんだ」

「ほんとか……。あんたを信じていいんだな……？」

「ああ、必ず裏にいる連中を告発してやる。それが俺の仕事だ」

秀夫は銃を持ち直し、グリップを相手に向けて差し出した。

確保した銃をみずからのポケットに収めると同時に、藤代がひとつ大きく息を吐いた。

それは目立った動きではなかったし、目立たないように気をつけたのだとも察せられた。

だが、この刑事は銃口の前に立つことで、大きなストレスにさらされていたのだ。

込み上げる苦しさを抑えつつ、桜子のほうを見た。黙って見つめ返してくる彼女の目が、いくらか潤《うる》んでいた。唇が、何か言葉を探してかすかに動いている。だが、もうふたりきりで言葉を交わす機会は奪われてしまった。夢にまで見た再会は、これで終わってしまったのだ。刑事に向けて両手を差し出す動作が、七年前の記憶を掻き立てた。手首に、冷たい手錠の感覚がよみがえる。

藤代が首を振った。

「手錠はひとつしか持ってない。それとも、おまえにも必要か？」

わずかに唇の端を吊り上げると、温かみのある表情になる男だった。

「おまえは、金をどうするつもりだったんだ？」

「――なんでそんなことを訊く？」

「いや、いいんだ。単なる興味だ」

「わからないよ。だが、たくさんの金を見た時、これで人生が変えられるような気がしたんだ」

藤代は、黙って秀夫を見つめ返した。短い間だが、何かを考えている感じがしたのち、改めて口を開いた。

「俺たちの街も、東日本大震災で被災した人たちを受け入れていることは知ってるか？」

「ああ、そうらしいな」

「避難している人たちに新たな職場を作ることを目的にして、あるＮＰＯが創設された。だが、おまえが告発したがってるような連中は、このＮＰＯを牛耳り、いい加減な会計操作を行い、多額の金を私物化していた」

「そしたら、ジロージが着服した金は……？」

「そうだ。被災して困っている人たちのために使われるはずだった金の一部だ」

「――――」

藤代は、唇を引き結んで黙り込む秀夫から目をそらすと、携帯を抜き出した。操作し、耳元に運ぶ。

だが、その背後の床に、天井灯が生む小さな薄い影が動いた気がした。同時に秀夫は、かすかな物音を聞いた。太い柱の陰に、誰かいる。

くそ、藤代に警告する間もなく、あの牛のような大男が、並んだ車の間を抜けて突進してきた。

「危ない！」と、叫んだ時には遅すぎた。足音に振り返った藤代の顔に、大男はみずからの体重を乗せた猛烈なエルボーを入れると、そのすぐ次の瞬間には、巨大な拳を鳩尾に叩き込んでいた。衝撃で、藤代の体がふわっと持ち上がり、そのまま前のめりに地面に落ちる。

助けに入るつもりで突っ込んだ秀夫には、大男は巨大な足を見舞った。腹を真正面から蹴られて体を折った秀夫の頭髪を鷲摑みにすると、拳を繰り出してきた。顔を狙っている。腕でよけたが、ものすごい衝撃が襲い、意識がすっと飛びそうになった。

体の中で何かが爆《は》ぜた。キドニーブロー。腎臓《じんぞう》を狙われたのだ。秀夫は崩れ落ちて、えずいた。顎を下から蹴り上げられて倒れ、後頭部をもろに地面に打ちつけた。

目の遠近感が狂い、景色がぐにゃぐにゃに歪み、上と下がわからなくなった。体が自分のものではなくなってしまった。

やっと首だけ動かすと、あの大男が藤代のポケットを探り、拳銃と車のキーを抜き出すのが見えた。拳銃は二丁。大男の片割れが持っていたものと、つい今しがたまで秀夫が持っていた銃だ。それに、手錠の鍵も探して抜いた。開け放たれた助手席のドアにつながれた男の手錠をはずし、何か言葉を交わしてから車のトランクを開けた。藤代のもとへと歩いて軽々と持ち上げ、トランクに戻って放り込んだ。

もうひとりの男のほうが、桜子を車に引きずって行く。ちきしょう、体が動かない。濁《だく》流《りゅう》の底で耳を澄ましているみたいに、ぐわんぐわんとすごい耳鳴りがしていた。

「ちょっと、あんたら。何をしてるんだ！　警察を呼びましたよ」

回転の狂ったCDみたいな声が聞こえて目をやると、灰色の制服にジャンパーを着た初老の男たちがふたり、階段の上り口付近に立っていた。マンションの管理人らしい。いつからそこにいたのだろう。すさまじい様《さま》を目にして、今まで声ひとつ出せずにいた。そんなところか。今なお声をかけるのが精一杯で、決して近づいてこようとはしなかった。

牛のような大男は、男たちに一瞥をくれただけだった。ノートと鞄を拾い上げると、悠々《ゆうゆう》と秀夫に近づいて来て、腕をすごい力でひねり上げた。

「女を助手席に突っ込んで、運転席に入れ」

もうひとりの男に命じ、自分は秀夫を引きずり、後部シートに収まった。

桜子を助手席に押し込んだ男に、大男が拳銃を差し出した。

「一個でいいよ。おまえがひとつ持っておけ」

二丁のうち一丁を返そうとするのを、大男は不機嫌そうに首を振って押し戻した。

「俺は、銃なんか要らない。車を出せ。行こうぜ」

36

夜が来た。普段ならば康昊《ガンホ》にとって、落ち着ける時間の始まりだった。日が高い間はいつも頭の片隅に引っかかっている学校のこと、何を考えているのかわからない先生たちや、周囲に調子を合わせることに精一杯で本当の気持ちを言おうとはしない友人たちのことなどが気になってならなかったが、お日様が姿を消すとともに、頭の片隅に追いやってしまえた。

オモニが男を引き込むことは嫌だったけれど、ひとりの時間は充足していた。街をうろつき、オモニにもらったお金で好きなものを買って食べ、周《まわ》りからは目立たない好きな場所で時間を潰す。お古のトランジスターラジオをもらってからは、イヤフォンで音楽やディスクジョッキーのお喋りに聞き入る楽しみもできた。それにもちろん、オモニが男と会っていない夜には、ふたりですごせるのだ。

だが、今夜はいつもの夜とは違った。智勲《ジフン》の手下がふたり、ワンボックスカーの運転席と二列めの席にいた。運転席のほうは遅れて合流して来た想鉄《サンチョル》という男で、もうひとりは宣映《ソニョン》だった。宣映が金と康昊とともに車に戻り、智勲と勲児《フナ》が店に陣取ることにしたのだ。

宣映はさっきから何度も三列目のシートを振り返り、どうでもいいようなくだらない話を母に振っていた。母も途中からうんざりしたようで、窓の外をぼんやり眺め、ほとんど話の相手をしなくなったのだが、それでもまだやめようとはしなかった。母の気を惹きたいのだ。勲児が母に何をしたかを伝え聞き、自分もその気になっているのだとしたら、股の間の持ち物を引きちぎってやりたい。

智勲がうまく金とノートをせしめたら、自分たちをどうするつもりなのだろうと、康昊はさっきからずっと考えていた。蟻沢にはああは言ったものの、本当は逃がしてくれるのだろうか。わずかでも金をくれて、母とふたりで新しい生活が始められるのだろうか。それとも、あの異常に太った蟻沢という男に告げた通り、自分たちふたりを差し出すつもりか。

母だって、きっとそのことが気になっているはずだが、もしかしたら違うのかもしれなかった。智勲は昔の男なのだから、最後にはきっと何か温情をかけてくれるにちがいないと、そんな当てもない希望にすがっているのかもしれない。母はいつでもそうしてきて、そして、後悔を繰り返してきたのだ。

しかし、逃げ出そうにもチャイルドロックがかかってしまっていて、後部座席のドアは運転席からしか開けられなかった。それに、二列めの席にいる宣映を押しのけて逃げるなど、到底、不可能だ。外にはそろそろ人の流れが増え始めていたが、車のガラスはサイドやバックのみならず、フロント部分に至るまで遮光フィルムが貼ってあるために、外からは見えない。大声で助けを呼ぼうとしても、ひどい目に遭わせられるのがおちだった。

康昊はフロントガラスの先に見知った人影を見つけ、目を凝らした。窓の外に、あの背の高い刑事の姿が見えたのだ。天明谷という男だった。極端に背の高い男は、今夜も黒いロングコートを着て、遠目には路上を歩く巨大なカラスみたいに見える。智勲たちが陣取っている秀夫の友達の店が入ったビルのほうへと近づく足取りはどこか慎重で、カラスというより、獲物《えもの》を狙う肉食獣を思わせた。

あの男が偽《にせ》刑事なのか、それとも本物の刑事なのかという点は、康昊の中で相変わらず結論が曖昧なままだった。本物の刑事だという気もするが、刑事はとりあえず正義を守る人たちであって欲しいという気持ちが、そんな結論を否定していた。いずれにしろ、あいつは悪い人間だ。

天明谷は秀夫の友達の店が入ったビルを通りすぎると、別のビルの出入口付近に身を隠し、そっと様子を窺い始めた。何をするつもりなのだろう。天明谷がこの車に気づいた様子はなく、宣映と想鉄のふたりもまた、天明谷には気づいていなかった。

あの男の目的はわからないが、何か動くのだとしたら、その時が逃げ出すチャンスかもしれない。何か動きがない限りは、自分とオモニのふたりは蟻沢に差し出されて、そして、殺される。

康昊は、はっとした。そうか、この先、何が起こるのかを、俺は正確にわかっている。わからない振りをしているのは、直視するのが怖いからだ。だが、智勲は必ずオモニを裏切り、自分たちを差し出すつもりだ。何か動きが起こった時を狙って逃げる以外には、母とふたりで助かるチャンスはない。

是が非でも助かってみせる。

37

電話のやりとりは、すぐに終わった。蟻沢の口元から携帯電話を離して閉じた智勲《ジフン》は、その携帯を投げ出すようにテーブルに置くと、ハンカチですぐに手を拭いた。さらには、顔の右側を丹念に拭ってもなお、気色の悪さが消えなかった。

蟻沢の携帯は、ピスタチオをむさぼり食いながら使ったからなのか、掌が異常に脂《あぶら》っぽいためか、中華料理屋の厨房の床みたいにねとついていた。さらには、電話のやりとりを盗み聞こうとしてずっと耳を近づけているうちに、煮込んだように柔らかい蟻沢の頬の肉に、携帯を握った智勲の指が何度か触れてしまうことがあった。頬は柔らかいだけではなく脂っぽい汗でてかっており、しかも、異常に太った男の体からは、妙に甘ったるい臭いがしていた。

「じきにやって来る。吉村ってやつを押さえ、ノートと金の入った鞄も手に入れたそうだ」

サブマシンガンを構えた姿勢で事問いたげな顔をする勲児《フナ》に、電話の内容を話して聞かせながらもなお、智勲はハンカチで手を拭き続けた。

視線を感じて目をやると、蟻沢が、重たげに落としたまぶたの奥からこっちを冷ややかに見ていた。

「何を見てるんだ？」

「ずいぶん綺麗好きなんだな」

「汚いものに触ったからだ」

肉厚の顔がゆっくりと変化し、笑顔というしかないがどうしても笑顔には見えない不思議な表情が現れた。目が、冷ややかに醒《さ》めている。

「若造、調子に乗るなよ。金貸し風情《ふぜい》が、この新宿で、日本人を敵に回してやっていけると思ったら大間違いだぞ。おまえ、楽な死に方はできないぜ」

声音《こわね》が妙に優しげで、この男の体臭同様、甘ったるいものになっていた。老練な教師が、低学年の子供に簡単な真理を説《と》いているみたいに聞こえる。

この気色の悪さは、何なのだ。損得抜きに、あるいはあとの憂《うれ》いがなく殺せるものならば、真っ先に殺してしまいたい類の男だ。

智勲は舌を鳴らしてそっぽを向くと、携帯を出し、表の車にいる想鉄《サンチョル》にかけた。

「俺だ。じきに車が来る。俺が表で待ち受けるから、おまえが代わって中に来い。ああ、ガキと女は、まだそのままでいいさ」

携帯をポケットに戻した智勲は、想鉄が来たら入れ替わりで表に出るために、裏口のドアへと延びる廊下との境目辺りに移動した。

38

待つのは仕事のうちだった。そう思うと、天明谷はふと懐《なつ》かしさを覚え、かすかな胸の痛みを感じた。刑事の仕事にだけ専念していた日々は、本当はその当時に思っていたほどに悪いものではなかったのかもしれない。とにかく、蟻沢とつきあいを持ったのは間違いだった。このままでは、窮屈《きゅうくつ》な日々が続くだけだ。望んでいたのは、決してこんな毎日ではなかった。

だが、多くの犯罪者が安易な判断に頼った挙句、みずからの身を滅《ほろ》ぼしたことを、天明谷はよく知っていた。それは、誰もが踏む轍《てつ》なのだ。すべてを都合《つごう》のいいように解釈した挙句、独《ひと》りよがりな見立てで犯罪に走り、自分だけはそれで捕まらないと思っている。しかし、警察には、何もかもがお見通しだ。

結局、大事なのは、あくまでも慎重に振る舞うことだ。そして、いつでも戻れる道を用意しておくことだ。その上で、チャンスが訪れた時には、一息に決着をつける。たとえ蟻沢との関係をまだしばらく我慢しなければならないとしても、しくじってすべてを台無しにし、刑務所送りになるよりはずっとマシなのだ。もしも刑務所行きになどなったら、妻がどれだけ悲しむかわからない。刑務所に入れば、あの執拗な電話攻勢からだけは逃れられるが、妻には天明谷がすぐ傍についていてやることが必要だった。

天明谷は、人差し指でこめかみを押した。妻のことを考えると、何か重要なことを忘れているような気がするが、頭の芯が濃い霧に包まれたみたいではっきりしなかった。昔、結婚して日が浅かった頃、熱海《あたみ》から十国峠《じっこくとうげ》を越えて箱根《はこね》に回ったことがあった。ちょうど峠道に差しかかる時、ミルクのように濃い霧が出て、景色のすべてをおおい尽くしてしまった。車の前も左右も後ろも見えなくなり、ライトの中へと浮き出てくる数メートル先のアスファルト道だけが視界のすべてだった。今、天明谷は、この新宿という繁華街で、その時と似たような気分になっていることに驚いた。

店の裏口から男が姿を現すのが見えて、物思いが中断された。在日の金貸しの智勲《ジフン》だった。なるほど、やはりやつは、あそこにいた。

素早くいくつかの推測が浮かんだ。それらがすべて的を射《い》ているとは限らなかったが、今は一々検証している暇はなかった。

大切なのは、ひとつだけ。あの異常に太ったデブは、あの店の中で、智勲たちの手に落ちている。

これこそ千載一遇《せんざいいちぐう》のチャンスだ。

39

「どうも変だな」

牛のような大男がつぶやいた。車は今、勇の店が入った商業ビルの前に差しかかったところだった。つぶやく声は低く潜められており、独り言なのか、それとも運転席の男の同意を求めて話しかけたものなのかわかりにくかった。ハンドルを握る男もそう感じたのだろう、何も応えようとはせずに運転し、ビルの隣にあるコインパーキングへと車を入れた。切り返し、バックで駐車する。

この男は、どうやら柳井という名らしかった。牛のような大男は無口で、車で移動する間中ほとんどむすっと黙り込み、ただ腕組みをし、時折、思い出したようにして折れた鼻を気にするだけだったが、それでも運転中の男との間でいくつかは言葉を交わし、その中で、そう呼んだのだった。

「よし、それじゃ、店へ入るぞ。言っておくがな、中じゃ、女の亭主が人質になってる。それに、妙な真似をしたら、おまえらだって容赦なく弾くからな」

柳井が運転席で体をひねり、秀夫と桜子に宣言した。桜子が秀夫に身を寄せる。

柳井は運転ドアのロックをはずして開けかけたが、大男が腕を伸ばしてそれをとめた。

「待て」

目はずっと車の外へと向けられたままで、ゆっくりと周囲を見渡した。漁師が自分にだけわかる潮目《しおめ》を読むような目つきで、何ヶ所かに注意深い視線をとめていた。腕っ節《ぷし》を頼りにここまで生きてきた男であることは間違いなかった。そんな男に特有の勘が、何か働いているのかもしれない。

「何を気にしてるんだ？　早いとこ、言いつけ通りに連れて行こうぜ」

かすかな苛立ちを感じさせる口調で柳井が言うのをさえぎるように、大男は舌打ちした。

「ちっ、くそ」

「何だよ――」

柳井が何か言いかける前で、今度は黙って顎をしゃくった。

表の通りの路肩に寄せて停まったワンボックスカーの後部ドアがスライドして開き、中から男がふたり降り立ったところだった。ひとりは金貸しの智勲《ジフン》で、もうひとりにも見覚えがあった。新大久保のコインロッカーのところで襲って来た男たちのひとりだ。

さらには、スライドドアが閉まるまでのわずかな間に、中に乗る小さな影にも気がついた。康昊《ガンホ》だ。その向こうには、允珍《ユンジュン》の姿もある。康昊がこちらを見つめる目の強さから、向こうでも秀夫に気づいたのだと察せられた。

智勲たちが近づいて来る。足早ではあったが、あわてた感じはなかった。

「おい、後ろのふたりから目を離すな」

大男が柳井に告げ、ドアを開けた。

だが、片足を外に下ろしたところで、歩調を速めた智勲に止められた。

「おっと、車を降りるなよ。面倒を起こしたくないんでな。携帯を持ってるだろ。そのままで、店の中のデブと話せ」

大男と柳井が顔を見合わせる。柳井がポケットから携帯を抜き出し、通話ボタンを押して耳元へと運んだ。すぐに相手が出て、何か指示を受け始める。

やりとりには、それほど時間はかからなかった。苦虫を噛み潰したような顔で携帯をポケットに戻す柳井とは対照的に、智勲のほうはいかにも得意げで、どこか人を食ったようなにやにや笑いを浮かべた。

「状況がわかったろ。さ、鞄を寄越せ」

柳井が憎々しげに唇を歪めつつ、足元から鞄を取り上げた。

鞄に手を伸ばした智勲は、しかし、助手席の大男が体の重心をわずかに前に移すのを見て、はっと後ろに飛びすさった。

「つまらない考えを起こすなよ。言っておくがな、島内は俺たちが押さえてる。それに、殺しを目撃してるガキの身柄《みがら》もだ。野郎が殺しのホシでパクられたら、今の状況なら、蟻沢だって芋づる式に引っ張られるぜ。だが、鞄の金とノートをこっちに渡せば、島内もガキも、おまえらに引き渡す。話は、もうついてるんだ。わかったな」

大男は無言で智勲を見つめ、何も答えなかった。

「わかったな」

もう一度問い直すも、石像のように黙り込んだままで動かない。

智勲は舌打ちし、運転席の柳井に顎をしゃくった。

「おまえ、鞄を持って、車を降りろ。ゆっくりとだぞ」

柳井が言う通りにすると、智勲は鞄をひったくり、みずからは中を確かめる一方、手下に命じて柳井の身体検査をさせた。

「二丁も持ってましたよ」

「おまえが持ってろ。いや、待て。ひとつ寄越せ」

智勲は受け取った銃を目立たないように大男に突きつけ、手下に命じて体を探らせた。両手を軽く顔の左右に上げた大男が、冷ややかな笑みをよぎらせる。

「銃なんか、要らねえ」

「確かに持ってませんぜ」

智勲はうなずいた。鞄の口を閉めるかに見えたが、それはただの振りにすぎず、大男の鼻面を狙って肘を突き出した。

不意打ちを食らった大男には、かわすことはできなかった。さすがに苦痛のうめき声を漏らし、顔の中心部を両手でおおって体を折る。

智勲は鞄を閉めて脇に抱え、周囲をさり気なく見渡した。今や完全に日は暮れて、街灯が街ゆく人たちを照らしていた。早めに仕事を終えた勤め人たちが既に闊歩《かっぽ》し始めており、小一時間もしないうちに、本格的な夜の訪れとともに、街はどこもかしこも人でごった返すことだろう。通行人の中には、ちらちらとこちらを見る者もあったが、誰もそれ以上の関心を示しはしなかった。

「見張ってろ」

智勲は手下に命じ、鞄を持ってワンボックスカーへと歩いた。運転席の窓が開き、そこに乗る男に鞄を渡す。二言《ふたこと》三言《みこと》交わして戻って来ると、大男に命じた。

「おまえが運転席に移れ」

折れた鼻がすっかり腫れ上がり、鼻腔《びこう》からだらだらと鼻血を流す大男は、益々《ますます》人間離れした印象を強めていた。大男が運転席に坐ると、智勲はポケットから出したガムテープを柳井に放った。

「これで、野郎の両手をハンドルにぐるぐる巻きにしろ。どうもこの野郎は、危なくっていけねえや」

柳井が渋々従う。何度か手の動きを緩めて様子を窺うが、その度に智勲から「もっとだ」と言われ、最後は大男の手首の周りがガムテープでふくれ上がるぐらいになった。

「よし、それでいい。じゃ、おまえは後ろに乗れ」

「こいつらは、どうするんだ？」

柳井が、秀夫たちを指して訊く。

「心配するな。俺たちが、店の中へ連れて行ってやるよ。あとは、おまえらで始末すりゃいいだろ。向こうのガキと島内は、俺たちがここを離れて、ノートと金を安全な場所に隠したら渡してやる。蟻沢にそう伝えとけ。さ、早く乗れ」

また渋々従った柳井が後部ドアを開けて屈みかけると、智勲は銃のグリップでその後頭部を殴りつけた。低くうめいてシートへと倒れ込んだ柳井の両手を背中にテープで貼りつけたのち、両足もひとつにくくりつけた。

「さて、じゃあ行こうぜ」

智勲は嫌な笑みを浮かべ、秀夫と桜子に車を降りるように命じた。桜子が、真っ青な顔で秀夫を見つめる。仕方なく秀夫は、俺がついているというつもりで小さくうなずいて見せた。

智勲と桜子が先に歩き出し、秀夫はそれに続く形で進んだ。桜子同様、秀夫の脇腹にも、智勲の手下が銃を突きつけていた。

夜の帳《とばり》が下り、周囲にはかなりの数の通行人がいた。ここで大声を出して助けを求めたら、どうなるだろう。どんな事態になるのか想像がつかないが、ひとつだけはっきりしていることがある。あの男が引き金を引けば、桜子は死んでしまうのだ。

こんな場所でそんなことをすれば、この智勲という男だって終わりだ。必ず警察に捕まり、この先の長い人生を、刑務所の中ですごすことになる。だが、そんなことなど考えもせずに犯罪を重ねてしまう人間がどれだけ多いかを、秀夫は刑務所で嫌というほどに見て知っていた。それに、昨日からの数十時間で出会った男たちがみな、たやすく一線を越える人間たちばかりであることは考えるまでもなかった。

なす術《すべ》もなく歩く秀夫には、道行く人たちがみな、目の前にあるのに手の届かない世界にいる存在に感じられた。連れのある人間たちは、話に花を咲かせながら歩いていた。ひとりで行く人たちは、誰もがせかせかと急ぎ足で、どこかの目的地を目指していた。時折、笑い声がする。これは、いつもの夜なのだ。自分とは無関係に、周囲がお祭り騒ぎを始めようとしている夜。彼らとの間を、目に見えない壁が隔ててしまっている。誰もが前を素通りするだけで、秀夫に注意を払おうとはしない。

――いや、違う。

秀夫は道行く人たちが、微妙に自分たちを避けていることに気がついた。川の中の石にさまたげられた水の流れが、自然に左右にめくれて分かれるように、人の流れが秀夫たちを避けている。誰もこちらを見ようとはせず、視線を合わせようとはしなかった。秀夫はアザだらけのひどい顔をしていた。桜子は真っ青だし、智勲とその手下は、殺気立った雰囲気を振りまいている。誰もが何かを感じ取り、そして、関わらないようにしているのだ。

気づいて嬉しい発見ではなかった。

40

コインパーキングを出てビルの裏口へと引っ立てられていく秀夫を、康昊《ガンホ》は息を詰めて見つめていた。掌に爪が食い込む痛みで、固く両手を握り締めていたことに気がついた。秀夫もこっちに気づいたはずだ。もう、息子に会ったのだろうか。オモニが裏切ってコインロッカーの場所を智勲《ジフン》たちに教えてしまったことを、まだ怒っているだろうか。

店に連れ込まれた秀夫たちがどうなるのか、康昊にはたやすく想像がついた。その先、母と康昊のふたりがどうなるのかもだ。

暗い目でフロントガラスの先を見つめていた康昊は、ふと妙な光景に出くわして興味を惹かれた。コインパーキングに駐まった車が、ゆらゆらと揺れ始めていた。

秀夫たちをここに連れてきた牛のような大男とその仲間とが押し込められた車だった。

窓ガラスが全部真っ黒で、今は中の様子がわからなかったが、さっき大男がガムテープで両手をハンドルにくくりつけられたらしいのは見えた。

「馬鹿野郎め。あんなことをしてやがる。きっと力尽くで、引っ張ってるんだ。取れるわけがねえさ」

運転席の宣映《ソニョン》が、小馬鹿にしたような笑いを漏らす。

「ガムテープで両手をぐるぐる巻きにされてるんだぜ。いくらやったって、取れるもんか」

想鉄《サンチヨル》に代わって二列めのシートに坐った若い男が、調子を合わせて笑う。

だが、その笑いが、段々と乾いたものに変わっていった。

41

コリアンふたりが、女と、それに今度の騒動の発端《ほったん》を作ったともいえる吉村という男を引っ立ててビルの裏口へと姿を消すのを待って、天明谷はゆっくりと物陰を出た。

目当てのビルの横にはコインパーキングがあり、そこには今、あの牛のような大男ともうひとりが押し込められた車が駐まっていた。少し前の動きから察して、あの大男はガムテープで車内から動けなくなっている。新大久保のコインロッカー前での騒動で、智勲《ジフン》たちはよほどあの大男の馬鹿力と無謀な行動に懲りたのだろう。

今、天明谷が狙うのは、そこからさらに数十メートルほど先の路肩に停まったワンボックスカーだった。中には康昊《ガンホ》というガキとその母親、それに見張り役の男たちが乗っている。ノートと金が入った鞄を、金貸しの智勲はさっきその車内に置いたのだ。絶好のチャンスだ。細かい小細工は要らない。近づき、鞄を奪う。あとは、コリアンやあの母子が何と言おうと、警察官の立場を盾《たて》にすべて突っぱねる。母子はすぐに蟻沢に始末されるだろうし、コリアンのほうも、既にパクっている連中と同様にパクられる。

だが、天明谷は途中で足をとめた。コインパーキングに駐まった車が揺れ出していた。あの愚鈍《ぐどん》な大男が乗ったセダンだ。

まだ交番勤務の巡査だった頃、暗い路上や駐車場で、ゆさゆさと揺れる車に出くわすことが少なからずあった。言うまでもなく、中でことに及んでいるカップルがいるのだ。男の腰の動きに合わせて揺れる車に呆れ、最初の頃はすぐに警棒で窓をコツコツとやったものだが、そのうちに忍び足で近づき、しばらく観察してからコツコツ叩くようになった。そんな記憶がよみがえり、天明谷は愉快な気分になった。こんな時に愉快な気分になるなんて、と思うと、益々愉快だ。

だが、すぐに落ち着かなくなってきた。セダンの車体には、あっという間に弾みがついた。左右のタイヤが交互に持ち上がり、サスペンションが効いて沈み込み、今にも踊り出さんばかりだ。

その奇妙さに気づいて足を止める通行人がひとり、またひとりと現れ、コインパーキングの入口付近に人だかりが生まれ始める。歩調を緩めて眺める者、完全に立ちどまり、いったい何事かと目を凝らす者、指を差し、笑い合う者が出だしたかと思うと、やがては当然の帰結として、携帯電話を顔の前に掲げ、写メや動画を撮影する者が現れ出した。

そんな中、人だかりを抜けて、サラリーマン風のふたり連れがコインパーキングへと歩いた。若いほうが入口の精算機に駐車券を入れるうちに、年配のほうが興味を示し、若い連れに笑顔で何か言いながら奥へと歩く。彼らの車は、大男が揺さぶるセダンから向かって右側にふたつ駐車スペースを隔てた先だった。

間に駐まる車はなく、自分の車に寄りかかった中年男は、しばらくじっとセダンを見ていた。そして、人だかりの視線が自分にも注《そそ》がれるのを意識している動きで、セダンのほうへと近づいた。

42

「ああ、面倒臭《くせ》えな」宣映《ソニヨン》が、舌打ちした。「おい、鞄と女たちを見てろよ」

スライドドアの前に坐る若造に命じると、運転席のドアを開けて表に降りた。小走りでコインパーキングへと向かう。サラリーマン風のふたり連れの若いほうは精算を終え、釣り銭と領収書を札入れに入れようとしているところだった。年配のほうは、今や興味津々という顔でセダンの脇に立ち、遮光ガラスの中を覗き込んでいた。

「見世物じゃねえぞ！　消えやがれ！」

宣映はその男を追い払い、運転席のドアへと近づいた。

遮光ガラスに顔を寄せ、大きな音を立てて舌打ちした。

「何してやがる。この野――」

だが、罵倒する声の途中で、宣映の体が背後に飛んだ。いきなりものすごい勢いで開いた運転席のドアが、宣映の額を直撃していた。目の奥に閃光《せんこう》が走り、あまりの衝撃にふわっと体が宙に浮いたような気がしたあと、宣映は後頭部を地面に打ちつけて意識が飛びかけた。

一瞬の間隙《かんげき》ののち、歪んだ視界が戻るとともに、驚きと恐怖で体がすくんだ。どうしたことか、あの牛のような大男が目の前に立ち、憤怒《ふんぬ》の顔つきで宣映を見下ろしていた。両手首には、破り剝《は》がされたガムテープが、切れ端をゆらゆらと揺らしながら貼りついていた。そのギザギザの切れ端を見て、宣映は事態を理解した。なんという男だ。前歯でガムテープに切れ目を入れ、あとは怪力で引き裂いたのだ。

大男が、右足の太腿を持ち上げた。巨大な靴底が、宣映の視界をいっぱいに占《し》めた。そのあまりの巨大さ故、宣映は世界が真っ暗になった気がしたが、次の瞬間に起こったことからすれば、それは必ずしも錯覚ではなかった。巨大な足が腹に落ちてきて、内臓がひしゃげる激痛が走り、本当に世界が真っ暗になって何もわからなくなった。

43

人垣が真っぷたつに割れ、野次馬《やじうま》たちは蜘蛛《くも》の子を散らすように逃げ始めた。大男が真っ直ぐにこっちへ迫って来るのを、智勲《ジフン》の下で三年にわたってこき使われてきた若造は、恐怖に顔を引き攣らせながら凝視していた。

ワンボックスカーのスライドドアへと突進して来る大男が見え、若造はあわててロックを確かめた。大丈夫だ、かかっている。だが、大男は端《はな》からガラスを叩き割るつもりだったらしく、ドアハンドルに手を伸ばすこともなく、いきなりサイドウインドウを殴りつけてきた。

驚いたことに、その一撃で窓にひびが入った。殴りつけられた場所が男の拳の形に凹《へこ》み、そこから周囲に細かいギザギザのひび割れが走る。すぐに次の一撃が来て、若造は頭を抱えた。あの大男の拳はどうなっているんだ。ほんのちょっと前に、腹を蹴り降ろされて動かなくなった宣映《ソニヨン》の姿が脳裏でちらちらしていた。宣映は死んでしまったのではないか。内臓が潰れて死ぬなんて、いったいどんな気分なんだろう……。

衝撃に揺れ続ける車内で頭を抱え、固く目を閉じていた若造は、急に揺れが収まったのを知って薄目を開けた。何かの物音を聞いた気がするとともに、外の冷気が体の周囲に流れ込んできたのを感じ、恐る恐る顔を上げる。頭を抱えた両手の隙間から覗き込むようにして視線を持ち上げていくと、あろうことか大男のズボンの裾が、太腿が、そして腰の辺りがすぐ目の前に見えた。くそ、宣映が車を降りたあと、運転席のドアをロックしていなかったのだ。

首筋を摑まれ、運転席へと引きずり出された。若造は何がなんだかわからない言葉を喚き散らしながら、手足をめちゃくちゃに動かした。体がずって行き、頭が助手席のほうに移動する。最後には助手席のドアにぴたりと背中をつけ、母親のお腹《なか》にいる胎児《たいじ》のような格好で身をまるめた若造は、大男がチャイルドロックを解除し、後部のスライドドアを開けるのを見た。

大男は、若造と同様に言葉をなくして固まっている康昊《ガンホ》たちに軽く一瞥をくれた。床から鞄を取り上げると、若造にはもう何の興味も示さずに体の向きを変えた。

鞄を持って走り出す大男の後ろ姿を見ながら、若造はひとつ大きく息を吐いた。吐ききると、肺が新しい空気を求めて吸い込んだ。ぼんやりと後部シートに顔を向けると、康昊もどこかぼんやりとした顔でこっちを見ていた。母親のほうの視線には蔑むような光があったが、そんなことはどうでもよかった。

若造は体を起こし、助手席のドアを開けた。その瞬間、自分のしようとしていることがわかった。逃げよう。もう、こんな生活はやめだ。とにかく逃げてしまってから、その先のことを考えるのだ。

車を降りると、遠巻きにしていた野次馬たちが、何事かという目を向けてきた。若造は、一目散に走り出した。野次馬たちの人ごみを押し分けて抜け、あとはもう脇目も振らず、振り返らずに走り続けた。

44

ワンボックスカーを背にして走り出す大男を、天明谷は呆然と眺めていた。大男に驚いて逃げ惑う人たちが、天明谷の左右を走って通りすぎる。今となっては、あの牛のような大男に一歩先んじてワンボックスカーへと走り、鞄を奪い取っておかなかったことが悔やまれてならなかった。鞄を手に入れ、あとは情勢を窺っていればよかったのだ。しかし、あっという間の出来事だった。まさか両手をハンドルにぐるぐる巻きにしたガムテープを外すとは、いったいどれだけの馬鹿力だ。

前も見ずに走ってきた智勲《ジフン》の手下の若造がぶつかってきそうになるのを邪険《じゃけん》に押しやり、天明谷も大男を追って走り出した。だが、足取りは曖昧で、戸惑いがそのまま表れていた。大男が目指すのは、ちょっと前に智勲たちが消えたビルの裏口だった。

何のつもりであそこを目指すのか、天明谷にはその理由がわからなかった。店の中には、ボスの蟻沢が囚われている。そこに鞄を持って乗り込んで、いったいどうするつもりだ。大男の考えが読めなかった。それとも何も考えていないというのが、最も正確な答えなのか。

45

秀夫は裏口からビルの中へと入った。桜子を引きずるようにして前を行く智勲《ジフン》に続き、それほど長さのない廊下を抜けて店のフロアへと出た。その背後から銃を突きつけていた手下は廊下が終わったところに立ち、全員に油断のない目を行き渡らせた。

「勇──」桜子が、か細い声を上げた。

秀夫は彼女が見る先に目をやり、フロアの端に打ち捨てられた人形のようにしゃがむ勇を見つけた。顔はアザだらけで、暴力を受けた者に特有のどこか投げやりな無表情さが顔全体に、そして、特に両目に際立《きわだ》っていた。

勇のもとへと駆けつけようとする桜子を、智勲は止め立てしなかった。

「てめえはだめだ。そっちの端にいろ」

だが、秀夫が行こうとするのは許さず、勇たちがいるのと反対側の壁際を、顎の先で指し示した。

秀夫は仕方なくそこに移動し、壁を背にして立った。そして、異様な光景に、改めて目を走らせた。

智勲の仲間の男が、アメリカ映画で目にするような大型のピストルを構え、得意げににやにやと唇を緩めていた。いや、サブマシンガンというのだったか。本物なのか、という問いかけが自然に湧いてきたが、それを訊ける相手がいないことが、今のこのシチュエーションの異常さをもっともよく表しているような気がした。お気に入りのオモチャを手にしたことを誇る子供のような笑みを浮かべたあの男が引き金を引けば、どうなるのか……。胃が冷えてしこり始めていた。このやけに頼りない感じは何だろう。床に倒れた勇の父親が死んでいると気づいた時も、直立した姿勢で裁判長から罪状と量刑を言い渡された時も、こんな感じがしたことを思い出した。目の前に、真っ黒い穴が、巨大な口を開けて自分を待ち受けている感じ。この先に、どんなことが起こるのか想像がつかない不安が体にまとわりつき、耐えきれない冷たさが、皮膚から体の奥へ奥へと浸透《しんとう》する。

異様といえば、フロアの真ん中に居坐った男も異様そのものだった。巨大な肉の塊が服を着ているように見える。男は眠たげで、不愉快そうで、昼寝をさまたげられて不機嫌になっていると見えなくもない。視線を捉えた男が見つめ返してきて、秀夫は息苦しくなった。不思議な力に囚われ、男から目をそらすことができない。やがて男が息を吐き、面倒そうにそっぽを向くまでの何秒かの間、ずっと呪縛《じゅばく》に囚われていた。

「さて、それじゃあこれで終わりだ。蟻沢さん、あとは、あんたの予定通りにこいつらを始末すればいいさ」

智勲の声には、相手を小馬鹿にして揶揄《やゆ》するような感じが色濃く漂っていた。

「ガキと女と島内は、あとで居場所を教えてやる。俺たちが、ノートと金を安全な場所に隠してからな」

だが、口調とは裏腹に、智勲は微妙に視線をそらし、蟻沢と目を合わせまいとしていた。秀夫からそれた蟻沢の目は、今は智勲に向けられている。在日の金貸しも、この異常に太った男の呪縛に囚われまいとして必死になっているのだ。

智勲が、ふっと背後を振り返った。

秀夫の耳にも聞こえた。表が何か騒がしい。――そう思った瞬間、もっとはっきりとした物音が聞こえた。裏口のドアが、けたたましく引き開けられたのだ。

フロアと廊下の境目辺りに立っていた想鉄《サンチョル》が体の向きを変え、何か言葉を漏らしながら、あわてて右手の銃を持ち上げた。

だが、上がりきる前に顔面を殴りつけられ、横の壁へと吹っ飛んだ。白目を剝き、ずり落ちる。

「てめえ、なんで――」

すごい勢いでフロアへと飛び込んで来た大男は、驚きの声を上げる智勲の右腕を捉え、それとほぼ同時に首根っこを押さえた。

智勲の右手には、銃がある。それを腕ごと持ち上げ、フロアの真ん中で得意げに立っていた勲児《フナ》へと向けた。

サブマシンガンを構える隙を与えず、勲児の胸を狙って発砲した。

二発、三発と、芯の太い乾いた音がするのを聞きながら、秀夫は膝を折ってうずくまった。不思議と恐怖は感じなかった。目の前で起こっている事態に、今なお実感が持てないためかもしれない。それから先の、おそらくは数秒か数十秒の間の出来事は、何もかもがまるでスローモーションのようにゆっくりと起こった。

勲児は、まだ倒れはしなかった。体に銃弾を受けてよろめきつつサブマシンガンの引き金を引いた。だが、大男を狙い返すことはできず、銃弾は硬質の連続音を響かせながらフロアの壁を撫で、低い位置から段々と高いほうへと上っていき、最後には天井を破壊した。

そうした軌道《きどう》の中に、蟻沢と蟻沢のボディーガードらしい男がいたのは、ただ運が悪かったのか、それとも、勲児が意図的に狙ったものか。蟻沢の肉が弾けた。ボディーガードは咄嗟に逃れようとしたが、銃弾のほうが早かった。横に跳ねかける動作の途中で体の脇を射抜かれ、血を撒き散らしながら転倒した。蟻沢は、みずからの肉の重みで動けなかった。銃弾の軌道から身をよけることができないまま、左の太腿から下腹、胸、そして右の肩を順に射抜いた銃弾が、最後は巨大な肉の塊とは対照的に小さな耳朶《じだ》を吹き飛ばした。

勲児の唇から、鮮血が噴き出した。大男の放った弾丸が、肺かどこかを貫《つらぬ》いたのだ。だが、二、三歩よろめいて踏みとどまり、おそらくはこの世に残った最後の意志の力で、サブマシンガンの銃口を大男へと向けた。大男の真正面には、従兄の智勲が押さえつけられていることを意識するだけの余裕はなかった。

「馬鹿、やめろ！」

智勲が恐怖に目を見開く前で、サブマシンガンの銃口が移動する。

それにつれ、天井付近で弾けていた銃弾もまた――。

秀夫は、腹ばいに伏せた。大男の判断は速かった。智勲の銃を奪い、首根っこを摑んだ腕を持ち上げると、みずからの頭部をその背後に隠して、盾代わりに使った。上半身をやや低くして勲児に走り寄りつつ、さらにその体に銃弾を叩き込む。

倒れた時には、勲児は既に死んでいたはずだ。その従兄に当たる智勲のほうもまた、体中から血を噴き出していた。今ではみずからの意思で立つことはおろか、指先一本動かせそうにもなくなったその体を、大男は生ゴミの袋をゴミ集積場に投げるように軽々と、そして、無造作に放り投げた。

智勲と勲児の双方を見やり、確実なとどめを刺すために、それぞれに一発ずつ撃ち込んだ。だが、大男の動きが機敏で、自信に満ち、ぴんと張り詰めた空気に貫かれていたのはそこまでだった。銃を握った手をだらっと下ろすと、その先はフィルムの回転速度が狂ったような緩慢な動きになった。

大男は、上半身に多くの銃弾を浴びた蟻沢のほうを見まいとしていた。そんな気持ちと闘いながら、少しずつ少しずつ顔の向きを変えていく。怖いものから目をそらしたい気持ちと闘いつつ、指の隙間からそっと覗く子供のようなためらいを見せた。

「親爺さん——」

低い声が、唇から漏れた。

近づこうとしたのかもしれないが、相変わらずのためらいが、この屈強《くっきょう》な大男の両足が前に出ることを拒《こば》んでいた。

「医者だ……。馬鹿野郎、何をしてる……。早く、医者に連れていけ……」

蟻沢はもう、喘《あえ》ぐような喋り方しかできなかった。

大男は、首を振った。

「無理だ。間に合わない——。親爺さん、心を静かに落ち着けてくれ。何か言い残すことは？」

悲しげで、優しげな声だった。蟻沢の顔に憎悪が燃えた。

「馬鹿野郎、何を言ってる。誰がてめえなんかに……。くそ、医者に連れていけ……」

「親爺さん、残念だよ。だけど、もうどうしようもない。頼むから、心を静かにしてくれ」

大男の懇願《こんがん》の前で、蟻沢は黙り込んだ。どこかに違う答えが隠れていないか探すように、視線の先をあちこちに飛ばす。だが、目の奥にわずかな怯えが見えるものの、そのふてぶてしげで不機嫌そうな表情は変わらなかった。

「親爺さん、何か言い残すことは――?」

大男の声には、思いやりが溢れていた。蟻沢はその顔を見つめ返して、ふっと笑った。

「馬鹿野郎、なれなれしくするな……」

大男が動きかけたが、何をしようとしたのかはわからない。

銃声がし、後頭部が吹き飛んだ。

46

引き金を引いた天明谷は、たった今、廊下からフロアの端っこへと走り込んだところだった。

「警察だ。全員、大人しくしろ。その場から動くな」

大男の頭部を狙い撃ってから、初めてそう声を上げた。それは半ば長年にわたって染《し》みついた習慣によるものだったが、ここにまだ目撃者となる生存者がいることを見て取り、警官らしく振る舞う必要性を素早く判断した結果でもあった。

コリアンのふたりは、間違いなく息絶《いきた》えていた。後頭部を血だらけにした大男が膝から床に崩れ落ち、みずからが殺したコリアンの上に折り重なって倒れた。なんとも無様《ぶざま》な死に様じゃないか。もっと早くにこうすべきだったのだという気がした。

だが、それよりも何よりも溜飲《りゅういん》を下げたのは、蟻沢がもう虫の息だということだった。異常なぐらいに太った男は、今にもソファからずり落ちそうになりながら、あの眠たげな目で虚空《こくう》を見上げている。悪くない図だ。天明谷は、体がぞくぞくした。おまえはくたばり、俺は生きている。やつの人生の最後に、それを思い知らせてやれるのだ。

天明谷は、蟻沢の真正面に立った。蟻沢のスーツとワイシャツは、既に全体が血でどす黒く染まっていた。今なお心臓の鼓動に合わせて噴き出る血が、時折ワイシャツの布地《ぬのじ》を下から押し上げている。太腿や下腹部から流れ出た血はズボンの前を染めるだけでは収まらず、ソファの足元を伝って床へと広がり出していた。

蟻沢の唇が動き、何かつぶやいた。最後に何か言い残そうとしているらしいが、天明谷は動かなかった。そんな言葉など、聞いてやるものか。

だが、ふっと興味を惹かれ、屈み込んで耳を寄せた。

蟻沢の声はかさかさで、しかも苦しげな呼吸音にかき消されるために、何を言っているのかわかりづらかった。

さらに耳を口元に寄せ、やっと聞き取るとともに怒りが沸きたち、懸命にみずからを抑えこまねばならなかった。さもないと、銃をこの肉塊《にくかい》に突きつけ、引き金を引いてしまいかねない。

「この、女房殺しめ……」

蟻沢は、そうつぶやいたのだ。

天明谷を見返し、にやりとし、息絶えた。

体の芯から震えが起こり、天明谷の四肢へと広がった。くそ、このデブはどこまで性《しよう》悪《わる》だ。俺が妻を殺すわけなどない……。人差し指をこめかみに当てた。くそ、頭が割れるように痛い……。めまいを堪《こら》えて立ち上がった。体の向きを変えると、男がふたりに女がひとり、そろってこっちを見つめていた。

右側の壁際付近でうずくまっているのが吉村秀夫で、左側に寄り添っているのが、金沢勇と桜子の夫婦だった。

「おまえら、今のこいつの言葉を聞いたな」

何も答えない三人を前にして、天明谷はうろたえた。俺は何を訊いているんだ？　ヤクザ者が、死ぬ間際に何を言おうと関係ない。あんなデタラメを、真《ま》に受ける人間などいるわけがない。そもそも、今ここで考えるべきことは別にある。警察官が、公務でここに突入したらしく振る舞うのだ。牛のような大男を射殺したのは、あくまでも人質の命を守るためだ。

秀夫がじりっと動いた。上半身を持ち上げたものの、下半身は低く保ち、左右どちらにでも飛びすされるようにと身構えている。

「動くな！」

天明谷が叱責《しっせき》すると、腰を伸ばして背筋を立てたが、いつでも動けるようにと気持ちを張り詰めているのは変わらなかった。

「なあ、救急車を呼んでくれ。あんた、刑事だろ。俺は怪我してるんだ。すぐに救急車を呼んでくれよ」

「うるさいぞ、黙れ！」

怒鳴りつけて睨みつけると、勇はあわてて目を伏せた。しかし、女は亭主よりもずっと気が強いようで、睨み返すのをやめようとはしなかった。

「ねえ、あなた刑事なんでしょ。早く、なんとかしたらどうなのよ⁉」

そうだ、一刻も早い決断が必要だ。これだけの銃声がしたのだ。きっと誰かが通報している。じきに大量の警官が押し寄せて来る。

天明谷は智勲《ジフン》の死体へと歩き、その手に握られた銃を奪い取った。

警察官として携帯している自分の銃はホルスターに納め、代わってその銃を構えると、勇と桜子のふたりが、滑稽《こっけい》なくらいにそろって目を丸くした。

「あなた、やっぱりそいつらとグルだったのね……」

天明谷は、自分が目には見えないボーダーラインを飛び越えたことを知った。もう、引き返せない。民間人に、銃を向けた。冗談だったでは済まないのだ。だが、それは小さな水たまりを飛び越えるぐらいに簡単なことだった。あるいは自分は、もうとっくの昔に何かを飛び越えてしまっていたのだろう。いずれにしろ、蟻沢はいなくなった。ここにいる三人を、智勲の銃で始末してしまえば、ヤクザとコリアンの抗争に巻き込まれて死んだことになる。そして、鞄は俺のものだ。

「リセットだ。俺はこれから、やり直すのさ」

天明谷が低くつぶやくように言うと、勇と桜子のふたりは身を寄せ合い、互いの体を抱き合った。

真っ先に始末するのはこのふたりじゃない。天明谷は、秀夫へと銃口を向けた。

吉村秀夫は闘争心を剝き出しにして、じっとこっちを睨んでいた。死を前にしても、その事実をまだ認識できない馬鹿者のひとりか。その目に怯えの光が見つからないのが残念だったが、とっとと済ませてしまうことにした。

だが、銃を持ち上げた正にその時、もう数え切れないほどに何度も耳にし、今では鼓膜《こまく》に張りついているも同然のあの音がした。

携帯の呼び出し音。

――くそ、どうしてまたこんな時に限って、妻は電話をしてくるのだ！

天明谷は秀夫に銃を向けたまま、左手で携帯を抜き出した。操作し、耳元へと運ぶ。

「今、仕事中だ。あとでかけ直す」

いつものように、ねちねちと妻が何か言い出さないことを祈りつつ、それでも冷たすぎる言い方で傷つけてしまわないように気をつけて言った瞬間、銃声がして、天明谷は首筋に焼けつくような痛みを覚えた。衝撃で携帯が足元に落ちる。

反射的に左手を当てると、生温かい液体が掌に触れた。くそ、血だ。銃弾がかすったのだ。

腰を落としつつ体の向きを変えると、店のフロアから廊下へと出たすぐのところに倒れていた智勲の手下が、銃をこちらに向けていた。死んでいなかったのか。ただ、気を失っていただけらしい。天明谷は、男の胸を狙い撃った。

同時に、背後から誰かに組みつかれて羽交《はが》い絞めにされた。

47

必死に食らいつき、天明谷を羽交い絞めにした秀夫は、桜子と勇に向かって叫んだ。

「逃げろ！」

桜子が、勇を助けて立ち上がる。ふたりして、店の表の扉を目指す。天明谷が凶暴な声を上げ、体を激しく動かした。相手は非常に上背《うわぜい》があるため、羽交い絞めにするには伸び上がらねばならなかった。足元を充分に踏ん張ることができず、秀夫は右に左にと振り回された。

しかし、決して放しはしなかった。この男は、慈郎オジが殺された時、ホシと一緒にいたのだ。康昊《ガンホ》と允珍《ユンジュン》のふたりを始末しようとしたのだって、こいつだ。刑事という立場を笠に着た悪党め。

秀夫は足をかけて倒すことを狙った。だが、相手もそれを警戒し、しかも同じことを狙っていて、なかなか上手くいかなかった。押したり踏みとどまったりを繰り返しながらもつれ合ううちに、視界の端を小さな人影がよぎった気がした。

反射的に顔を向けると、いつの間にやら裏口から入り込んでいた康昊が、金とノートの入った鞄を持ち上げて逃げようとしていた。

「康昊——」

秀夫の声に、ちらっとだけ振り返ったが、少年はためらいなく走り出した。

天明谷が驚き、たじろいだ。それで生じた隙を見逃さず、足をかけながら体重を乗せて押した。相手は背が高い分、腰骨の位置も高く、それが今は秀夫に有利に働いた。バランスを崩した天明谷の側面に体を添わせ、さらに深く足払いをかけて体をねじりながら押す。柔道の大外刈《おおそとが》りに似た格好で、もつれ合ったまま床に倒れた。

秀夫は天明谷の右手を押さえつけ、拳を顔に叩き込んだ。腕の力が緩んだのを感じ、ひねりながら床に叩きつけた。銃が滑って遠ざかる。さらに二度三度と殴ると、天明谷はぐったりとなった。首からの出血も、だいぶダメージになっているらしい。

秀夫は裏口を目指して駆けた。表へ走り出て周囲を見渡すが、康昊の姿はどこにもなかった。野次馬と通行人でごった返した歩道に、ほんのわずかだがそれらしい姿が見えた気がした。しかし、すぐに人波に紛《まぎ》れてしまった。黒い鞄を持っていたかどうかもわからず、それもまた不安を大きくしたが、しょうがない。秀夫はビルの側面から表の通りへ出ると、思い切ってその方向へと走り出した。

48

あちこちからパトカーのサイレンが聞こえ始めた。どれもまだ遠いが、個々の方向がわからなくなるほどに大量のサイレンが折り重なり、冬の夜の空気を濃厚に塗り込めようとしていた。だが、桜子が伸び上がるようにして捜しても、目に飛び込んでくるのは事情もわからずに周囲を取り囲んだ野次馬ばかりで、残念ながら警官の姿はまだ見えなかった。

桜子は今、勇を支え、ふたりして路肩にうずくまっていた。ヤクザ者たちにさんざん暴行を受けた様子の勇は、足腰が立たなくなっており、なんとかその体を引きずるようにして表へと逃げたものの、もうこれ以上は動けなかった。秀夫はいったい、どうなったのだろう。店の中にはまだ秀夫がいる。銃を持った悪徳刑事と、必死になって取っ組み合っている。そう思うと、居ても立ってもいられなかった。

「すぐに戻るから、ここで坐ってて」

桜子は勇に告げ、腰を上げようとした。知らぬ間に疲労が嵩《かさ》んでいたらしく、体が鉛《なまり》のように重たかった。

「待て」

勇が腕を摑んで引っ張ったものだから、よろけて尾骨《びこつ》を舗道《ほどう》の冷たい地面に打ちつけた。

「どうしたっていうの？　すぐ戻るわ。だから、待ってて」

それに、肘も擦《す》り剝いてしまった。桜子は苛立ちを抑えて言ったが、勇は幼子のように不安そうな表情をした。

「危ないから、よせ！　おまえが戻ったところで、秀夫を救えやしないぞ」

「車のトランクに、刑事が押し込められてるのよ。朝、家に来た刑事よ」

「――それは、やつらの仲間じゃないのか？」

「大丈夫、違うから。いいわね、ここで待ってて」

桜子は勇の肩に手を置き、諭《さと》すように言い聞かせ、思い切って腰を上げた。

人ごみを抜け、ビルの隣のコインパーキングへと走る。路上には野次馬が多かったが、何か心理的なブレーキが働くのか、コインパーキングの中に入り込む者はおらず、がらんとしていた。

あの大男たちが自分たちをここへと連れて来た車へと走り寄ると、運転席のドアが開けっ放しで、地面にひとり、気を失った男が倒れていた。その男をよけて運転席にたどり着くと、後部シートにもまたひとり。桜子は息を詰めるようにして運転席に屈み込み、トランク・レバーに手を伸ばした。車の後部に走ってトランクを開けると、あのずんぐりとした中年刑事が、目をぎょろつかせてこっちを見ていた。

「どうなったんだ？」

あわてて体を起こしたが、頭がくらっとしたらしい、桜子は刑事がトランクの縁を乗り越えて足を下ろすのに手を貸した。

自分が出くわした出来事を口早に説明すると、藤代は「通報は？」と訊きかけてやめ、犬が周囲の臭いを嗅ぐみたいな動きで顔をめぐらせた。パトカーのサイレンは、もうだいぶ近づいている。

「よし、あんたは亭主の傍についていてやれ。いいな。中のことは心配するな。俺に任せろ」

最後のほうを言う時には、もう走り出していた。

49

めまいを堪えながら走った藤代は、裏口から中に飛び込んだ。短い廊下を抜けるとともに息を呑み、新たなめまいに襲われた。

フロアは血の海だった。死体が、五体……。いや、六体……。すさまじい血の臭いに吐き気を催《もよお》した。なんということだ。こんな光景を目にするのは、警察官になって初めてだった。すぐに通報しなければ……。瞬間的にそう思ったことで、自分の動転の大きさを知った。サイレン音が、近づいている。ものすごい数のサイレンだ。しかもこれはほんの少し前に、桜子と話している時に、もう確かめたことではないか。

藤代は床に落ちたサブマシンガンを目にして、舌打ちした。こんなものを持ち出して来たのは、いったいどいつだ。怒りの発作に襲われつつ、改めてフロアを見渡した。鞄はどこだ？　フロアのどこにも見当たらなかった。元々ここにはなかったのか。誰かが奪って逃げたのか。秀夫と天明谷の死体はなかった。このふたりのいずれかが持って逃げ、そして、もう一方がそれを追った。そういうことか。

おのれのなすべきことを知った藤代は、裏口へ走り戻ろうとしたが、正に体の向きを変える途中で動きをとめた。フロアに、携帯が、開いた状態で落ちていた。見覚えのある携帯電話だった。歩み寄り、拾い上げる。間違いない。天明谷のものだ。

藤代は携帯を操作し、通話履歴を呼び出した。思った通りだ。頻繁に電話がかかっていたはずなのに、自宅や妻を思わせる着信の記録はひとつもなかった。もう一度操作し、今度はタイマーのセッティングを確認すると、二時間に一度鳴るようにセットされていた。天明谷の妻は、頻繁に電話などかけてはいない。

いや、あの男の頭の中でだけは、頻繁に電話がかかってきて、そして、ぐだぐだとつまらない愚痴を言ったり、亭主の行動を疑ったり、時にはおざなりな、時には心を込めた、愛の言葉をかけ合ったりする妻が存在しているにちがいない。

彼女がどうなったのか、考えるまでもなかった。およそ丸一日、自分は狂人、もしくは狂気をみずからの中に抱え込んだ男と一緒に捜査をしていたのだ。

50

夜の街を歩いていた。全力で走ったために噴き出した汗が、気に入って着ていたモッズコートの奥でぐっしょりと下着を濡らしていた。康昊《ガンホ》が見つからないばかりか、今では自分が新宿のどの辺りにいるのかも、秀夫には見当がつかなかった。店の裏口から表に飛び出た時、人ごみの中にちらっと見えたのは、あれは康昊ではなかったのだろうか。

桜子に、そして我が子に会える可能性を願ってこの街に出て来てからの日々の思い出が、ひとつ浮かんでは消えていった。やがてこの二十四時間ほどの間に起こった出来事の強烈な記憶が他をかき消し、頭の真ん中にでんと居坐るようになった。俺はこの街で、いったい何をやっていたのだろう……。せめて、ノートだけは取り戻したい……。金は、どうすればいい……。康昊とその母親が、もしもあの金で幸せになれるものならば、それはそれでいいのかもしれない……。

いつしかもの思いにふけって歩いていた秀夫は、見覚えのある建物に出くわしてふと足をとめた。

新宿バッティングセンターだった。

51

母は紙袋に入った札束をひとつ取り出しては眺め、重さを確かめ、時には両手でしならせてぱらぱらとめくってから鞄に入れた。札束の半分ぐらいは、直接鞄に押し込まれていたが、あとの半分は紙袋に収められて入っていた。途中で康昊《ガンホ》は、その意味を悟った。紙袋に入ったほうは、秀夫が友達に渡した分にちがいない。それを、あの店にいたヤクザ者たちが分捕《ぶんど》り、さらには智勲《ジフン》たちがそれを奪って鞄に戻しておいたのだろう。

母はそんな同じ動作を何度も繰り返し、最後にはすべての札束を紙袋から鞄のほうへと移し替えると、さも大事な仕事を終えたかのように、大きく息を吐き落とした。

そして、いかにも満足そうに微笑んだ。

「さあ、これで全部ね。やっぱり、五千万くらいはあるかしら。落ち着いたら、ちゃんとまた数えてみなくちゃ」

寺の本堂の縁の下には色濃く闇がはびこっていたが、康昊の目には、母の朗らかな笑顔だけははっきりと見えた。

あちこちでサイレンの音が鳴り響いていた。パトカーのものと救急車のものが入り混じっている。一時期より数が減りはしたが、まだ収まりはしなかった。今頃は、この街中を、数え切れないほど多くの警官が歩き回っているはずだった。歌舞伎町のど真ん中で、何人もの人間が殺されたのだ。街中をきびしく警備し、不審な人間には次々と職務質問をしているにちがいない。金を盗まれたヤクザどもや在日の連中だって、目の色を変えて街を駆けずり回っているかもしれない。だけど、ここに隠れていれば大丈夫だ。こんなところにいるなんて、いったい誰が想像するだろう。

鞄のことを知っている蟻沢というヤクザたちも、在日の智勲たちも死んでしまった。この金の存在は、警察には知られていないにちがいない。そうだ、何も知られてはいないはずだ。時間が経てば経つほどに、康昊の中で、そんな確信が強まっていた。この金を持って無事にこの街を出さえすれば、あとは誰も追って来る人間はいないのだ。

——金は、母と自分だけのものになる。

そう考えると、縁の下の湿り気を帯びた空気の冷たさも、痛いほどに凍てつく地面も、少しも苦にはならなかった。

——これで自分たちは、幸せになるのだ。

「康昊」

母が、呼びかけてきた。

「今まで、悪い母さんでごめんよ。これからは、心を入れ替えるからね」

そして、優しい声で言った。あちこちすれて色の薄くなった鞄を、生まれたての赤ん坊みたいに大事そうに抱えていた。

「ちゃんと働くことが大事なんだ。私は一生懸命《いっしょうけんめい》に働く。こうして元手ができたんだから、何か店をやってもいいかもしれないね。あんたは、ちゃんと学校へ行くんだよ。あんたは、ほんとは、頭がいいんだ。私なんかと違って、頭がいいんだもの。だから、頑張《がんば》って勉強すれば、きっといい仕事にだって就《つ》ける。このお金があれば、高校だって行かせてあげられるさ。康昊、これからもずっと一緒だよ。ふたりで幸せになろうね」

母の顔は優しいだけではなく、朗らかでもあった。長年ずっと抱え続けてきた重たい荷物を、やっと下ろした人の顔だった。

「さあ、おいで。おいでったら、こっちに」

母は鞄を少しだけ横にずらすと、康昊を手招きした。

なんだか急に居心地が悪くなって戸惑う康昊の頭に手を伸ばし、顔を近づけてきた。

「いやだね、この子は。何を照れてるのさ」

母の両目の間、鼻の付け根の辺りに、細い横じわができた。機嫌がいい時、ちょっと茶目っ気を出して笑うと、そんなふうにそこにしわができるのだ。折り曲げた中指の第二関節で母は鼻の下をこすり上げた。

冷たい地面に手をついて体を寄せかけると、母に抱きすくめられ、康昊は前につんのめりそうになった。頰が柔らかい乳房に押しつけられ、母の甘い体臭がした。

母は康昊の顔を両手ではさみ、ちょっとだけ上体を起こさせ、キスできるぐらい間近に顔を寄せてきて微笑んだ。

「ああ、私の可愛い真っ赤なほっぺちゃん。あんたは、なんて勇気があるんだい。拳銃を持った男たちがいる店に飛んで入って、お金をそっくり獲《と》ってくるなんて。ほんとに、あんたは素晴らしい子だよ。いつでも、あんたは、私の誇りさ」

「――――」

康昊は唇をぱくぱくとしたが、言葉が出てこなかった。

気がつくと、体の向きを変え、背中から母に抱かれていた。母がどんなふうにしたのかわからない。そんなに力がある人じゃないのに、持ちなれたぬいぐるみを抱き変えるぐらいに簡単に康昊の体の向きを変え、ひょいと抱えてしまったのだ。

そうして背中を抱かれると、縁の下の寒さがいくらかマシになった。湿った土の放つちょっと寂しげな匂いも、今は少しも気にならない。母のぬくもりに包まれていた。

母の指先が、康昊の髪を優しく梳《す》いてくれた。こんなふうにしてもらうのは、いったいいつ以来だろう。康昊はうっとりと目を閉じた。きっとこれが幸せだ。難しいことを考えることはない。お金さえあれば、母はきっと穏やかな優しい人になって、子供にもたくさん愛情を注いでくれる。それが幸せでなくて、何だろう。

康昊は、はっと目を開けた。かすかな物音を聞いた気がした。

目をやると、縁の下の通風口の向こうから、こちらを覗く顔があった。秀夫だった。濃い闇の中でも、はっきりとわかった。なんとなく、この男が来るような気がしていたのだ。いや、この男がちゃんと来られるようにと願い、ここに隠れていたような気さえした。

康昊はしかめっ面《つら》をして、秀夫を睨みつけた。

52

「入るぞ」とだけ言い、秀夫は通風口の周囲のコンクリートを外した。そして、地面に両手をつき、一回り大きくなった穴へと頭から滑り込んだ。

「元に戻しとけよな」

口を尖らせて言う康昊《ガンホ》に背中を向け、鉄格子がついたコンクリートを元に戻した。

「怪我はなかったか？」

「怪我なんか、してねえよ」

なぜだか康昊は、とても不機嫌そうだった。まだ口を尖らせたまま、まるで吐き捨てるように言う。

「あそこにゃ、銃を持った男がいたんだぞ。そこに飛び込んで来て、鞄を持って逃げるなんて。無茶をするなよ」

「俺は、すばしっこいんだ」

目を合わせようとはせずに言う康昊の横で、允珍《ユンジュン》が鞄を引き寄せるのを見て、秀夫は合点《がてん》がいった。そうか、このふたりは、金が全部、自分たちのものになったと思っていたのだ。俺は、すっかり邪魔者ということか……。

「ノートはどうした？」

秀夫が訊くと、允珍がすぐに鞄に手を突っ込んだ。鞄のファスナーを開けてからは、いっそう警戒した様子で、懐深く抱え込んでいた。

「ほら、これよ。あんたが欲しいのは、これでしょ」

作り笑いで差し出してくるノートを受け取る時、かすかな緊張が走った。これで、あの街の連中を告発できる。どこに仕舞うか考え、着ているものをめくってジーンズの前にはさんだ。

衣服を直して顔を上げると、母子が黙ってこっちを見ていた。四つの目には、どこか嫌な感じの光があった。もう一度思う。このふたりは、金が全部、自分たちのものになったと思っていたのだ。

允珍がにこやかに笑った。

「よかったわよ、あんたがここを見つけてくれて。私たちだけじゃ、不安だったもの。お金は全部、ここにあるわ。康昊が、勇気を出してあの店から持って来たのよ。あんたからも褒めてやってよ。街が落ち着くまで、ここで三人で息を殺してればいいわ。ねえ、あの店にいた連中、みんな死んじゃったんでしょ。このお金のことを知るやつは、もう誰もいないってことね。そうでしょ。全部、私たちのものになったのよ。私たち三人のね。だけど、ちょっと考えたんだけれどさ、あんたにはそのノートも必要なんでしょ。っていうか、ノートを絶対に手に入れたかったのよね。それが息子のおかげでかなったんだから、相談なんだけれどさ、お金については、ちょっと私たちのほうに色をつけてよ。ね、いいでしょ」

微笑みは、彼女が話す間に段々と媚を売る色彩を強め、目にはこっちの出方を注意深く窺う表情が隠しきれなくなった。

「オモニ、やめてくれよ、そんな言い方は」

どう切り出すべきか悩む秀夫の前で、康昊が声を荒らげた。

「もう約束したんだ。そうだろ、金は半々に分けるって。な」

途中からこちらに顔の向きを変えて言う康昊の目を見つめ返すのには、勇気が必要だった。だが、切り出さなければならない。

「そのことなんだが、聞いてくれ。あの金の正体がわかった。藤代という刑事が教えてくれたんだ。東日本大震災で元の家に住めなくなった人たちが、別の土地に避難して暮らしてる。そうして被災した人たちに新しい仕事を提供する目的で、あるＮＰＯ法人が立ち上げられたんだ。だが、ノートに名前があったような連中が、みんな寄ってたかってこのＮＰＯを食い物にし、経費を様々な名目で水増しして、本当は被災した人たちのために使われるはずの金を勝手に懐に入れていた」

「――そしたら、これも、そういう金の一部だってことか？」

「そういうことさ。ジロージは、金の運び役をしながら、少しずつ金を抜いていたんだ」

秀夫はちょっと迷った末、さらにもう一言つけたした。「困ってる人がいるというのに、不正をして得た金の、そのまたおこぼれの汚れた金さ」

康昊は何か言いかけ、急に風に煽《あお》られたような顔で口をつぐんだ。表情を硬くし、口を開いた。

「悪いことをするやつは、まあどこにでもいるな。——だけど、だからどうしたっていうんだよ？」

「だから、俺はこの金を、返そうと思う」

康昊は唇を引き結び、じっと秀夫を見つめて来た。

静寂の中で繰り返される、少年の呼吸がわかる。

「——ちょっと待ってよ。あんた、自分が言ってることがわかってるの⁉」

允珍が、目を吊り上げた。「私が今言ったことを、聞いてなかったの？　このお金の存在を知る人間は、今じゃもう私たちだけかもしれないんだよ。きっと、そうに決まってる。もしも誰か知る人間がいたとしたって、おおっぴらに騒ぎ立てることなんかできやしない。そうでしょ。だって、あんたが今言ったみたいに、これは表沙汰にはできない汚れた金なんだから」

「ああ、そうさ——」

「そしたら、なんでそれを自分から返すのよ。あんた、馬鹿じゃないの。私は、絶対に嫌だからね。どうしてもって言うんなら、あんたの取り分だけ返しなさいよ。――ああ、もう、それだって嫌。私たちには、このお金が必要なんだよ。この子と私で、新しい暮らしを始めるんだ。今度は、ちゃんと真面目に仕事を見つけて、親子ふたりで堅実に暮らしていくつもりだよ。だけど、それにだって元手がいる。金がなけりゃ、私たち親子は、いつまでもあのコリア・タウンから抜け出せないんだ。あんただって、大して違わないだろ。あんた、ネットカフェを転々としていて、それで満足だったのかい。お金さえあれば、ちゃんとした暮らしが始められるんだよ」

「俺は、そんな汚い金で人生をやり直したくなんかない」

「綺麗事を言うんじゃないよ。あんただって、ジロージって男から金を奪った時点で、汚い金だってことはわかってたんだろ」

「――奪ったわけじゃない」

「もらったっていうのかい？　足がつかない金だからって言われてね。そうだろ。だから、あんたは期待したんだ。昨夜は、そうだったじゃないか。足がつかない金なら、自分のものにしちまおうって、私たちと一緒に言ってたくせに。それが、何だい、綺麗事をぬかすんじゃないよ。震災で困ってる人のところに回る金だから使えないだって？　馬鹿馬鹿しい！　そういうのをね、偽善って言うんだよ！」

「――――」

「あんたなんかに、私たちの苦しみがわかるもんか。震災だか何だか知らないけれど、こっちだってお金に困ってるんだ。充分に不幸せなんだよ。それを、返すだって。冗談も休み休み言ってよ！」

「オモニはちょっと、黙ってて！」

康昊が母をさえぎった。

「何言ってんのさ。これは、大人の話だよ」

「いいから、黙っててったら。それから、大きな声を出さないで。いいね。誰にも見つかりたくないんだ！」

押し殺した少年の声が母親を制し、允珍が不服そうに口をつぐむ。

康昊は、母から秀夫のほうへと真っ直ぐに向き直った。

「あんたの友達は、どうなるんだ？　あんた、その金を、友達に渡すんじゃなかったのか？　好きな女の人だって、その金を当てにしてるんだろ？」

「金は渡せない。そう伝えるつもりだ。借金は、あいつが自分で何とかするしかない。たとえどうにもできなくたって、自分で全部かぶるしかない。どういう類の金かわからなかったなら別だが、知ってしまった以上、俺には金をこのままもらっちまうなんてできないんだ」

康昊は黙って秀夫を睨んでいたが、やがて老人のように長くため息を吐いた。いくらか芝居がかった仕草だった。

「わかったよ。あんたの取り分をどうしようと、あんたの勝手だ。ここで金を半分ずつにして、別れようぜ。それが約束だったんだ。そうだろ？」

「――康昊」

秀夫は少年の名前を口にし、自分がこいつの名をこんなふうに呼ぶのは初めてだと気がついた。

「おまえ、こんな金で新しい生活を始めて、それで満足なのか」

「うるせえな。満足も何もあるかよ。俺たちには、金が必要なんだ！　約束通り、金を半々にしてお別れだ。いいな、わかったな⁉」

秀夫は思った。自分には、こいつの考えを変えることはできない。こいつはまだガキのくせに、母親とのふたりの人生を背負おうとしている。

「そうはいかんよ」

低く冷たい声がして、心臓が鷲掴みにされた。

振り向くと、通風口の向こうから、青白い顔が覗いていた。天明谷だった。

黒い銃口が、その顔の隣で小さく躍っていた。秀夫は反射的に反対方向の空気孔《くうきこう》に目をやったが、すぐに声もなく苦笑した。穴の周囲のコンクリートが外れて出入りできるのは、天明谷がいるあの穴だけだ。逃げ場はない。天明谷が、にやりとした。

「ゆっくりとこっちに来い。最初に、女からだ。誰も声を立てるな」

53

ふたつの要件を、どうしても納得させる必要があった。相手は気心《きごころ》の知れた上司ではなくKSPの菅原で、しかも、面と向かってのやりとりではなく、こうして電話で話すのでは、それはかなりの困難を伴うように思われた。

「言いにくいことですが」と前置きして始めた話を、菅原はさえぎることなく静かに最後まで聞いてくれた。藤代は夜の街を足早に進みながら、要点を噛んで含めるようにして説明した。話に区切りがついたあとも、菅原はなおしばらく黙り込んだままだった。

「――つまり、藤代さん、あんたはうちの天明谷が蟻沢たちと組んでおり、金や、それにあんたが言うところの秘密のノートを狙っているというんですね。そして、吉村は無実で、何もやっていないと」

やがてそう確認する口調には、明らかな戸惑いと、それにおそらくはかすかな不快感がにじんでいた。藤代は、電話を通して聞こえる菅原の声に、いきなり真実を突きつけられたことで生じた驚き以上のものを感じた。当然だろう、昨日の須賀慈郎殺しに次いで、今朝の新大久保のコインロッカー前で起こった発砲騒ぎ、さらには歌舞伎町のクラブの店内に、複数の死体が残されていた銃撃事件。このすべてに、おのれの部下である刑事が関係していると指摘されたのだ。警察官としての倫理も、中間管理職としての立場も、今、正にこの男の中で、大きな音を立てて揺らいでいるところにちがいない。

「吉村が銃を持っていたのは、確かです。しかし、発砲はしていませんし、須賀を殺したのもやつじゃありません」

藤代は、一旦口を閉じかけたが、もうひとつ言うべきことをつけ足しておくことにした。

「それに、私には、天明谷の妻がどうなったかが心配なんです。彼の携帯にしつこく電話をしてくる妻は、存在しません。あれは、あの男が自分でタイマーをセットして鳴らしている自作自演です」

「そんな、馬鹿な……」

「間違いありません。死体を見つけた現場に、彼の携帯電話が落ちていました。あとでお見せします」

「――しかし、かと言って。妻をどうにかしたとは」

「言いにくいことですが、私は、彼には、精神鑑定の必要があるかと」

「あなたは、うちのデカが、異常犯罪者だと言うんですか⁉」

菅原はさすがに声を荒らげたが、その後、考え込むように沈黙した。

藤代は大通りにたどり着いた。ちょうど歩行者用の信号が点滅を始めているところだった。渡るべきか、それともこの大通りに沿って、左右どちらかに進んでみるべきか。迷った末、赤信号に変わる前に車道に飛び出し、横断した。

「天明谷の妻の話は、また改めてしましょう」

携帯から聞こえてきた菅原の声は、不快さを抑え込んでいるのが感じられ、それが藤代を不安にさせた。しかし、おそらくは警察官としての自負や責任感が、電話の向こうの男を踏みとどまらせた。

「わかりました。とにかく、天明谷の身柄を確保しましょう。全捜査員に、その旨を通達します。私が自分で、よく本人から話を聞いてみることにしますよ」

「ありがとうございます」

相手が電話を切りそうな雰囲気を感じ、藤代はあわてて言い足した。

「それから、拳銃の件ですが、吉村が携帯していた銃は、私が押収しました。吉村が丸腰であることも、捜査員に通達するようお願いします」

「――だが、あなたはその後襲われて、その銃を紛失したんですよね」

菅原の声が曇った。「紛失」という言葉に、わずかにだが力が込められていた。

「銃を奪ったのは、蟻沢の部下だった大男です」

「その大男は、歌舞伎町の店内で殺されていた」

「やつを殺害したのは、天明谷です。それは、居合わせた女性が証言してます」

「しかしね……」

「お願いします、菅原さん」

「お話は、わかりました。だが、その判断は任せてください。とにかく、すぐに緊急配備を行います」

戦闘態勢に入ったらしい現場指揮官は口早に言い、藤代にそれ以上言葉を差しはさませる余地を与えなかった。

藤代は、一抹《いちまつ》の不安を感じつつ携帯を仕舞った。日本の警察官は、銃の発砲について、厳格なルールで縛られている。無論のこと、丸腰の人間に対しての発砲はありえない。言うまでもなくそれは、たとえ容疑者といえども人命を尊《とうと》び、無闇に殺傷《さっしょう》しないためである。だが、銃を携帯した人間となれば、話は別だ。

大通りを渡りきってから、藤代はこれが区役所通りだったことに気がついた。土地鑑のない場所ではあったが、須賀慈郎が潜伏《せんぷく》していたマンションがこの先にあることは、昨夜、歩いたルートに照らして判断がついた。

昨夜、マンションの裏手にある寺の住職から聞いた話が、ふと頭によみがえった。あの在日の少年は、寺の境内や墓地で遊んでいたことが多いそうだった。もしや、どこかに隠れ場所がないだろうか。いずれにしろ、夜間は人気《ひとけ》のない場所だ。どこかに身を潜めている可能性はないか。それはただの思いつきにすぎなかったが、土地鑑のないこの街では、他には思いつく当てがなかった。

54

電話を切った菅原は、すぐに無線で手配を行った。そうする間もなお、半信半疑のままだった。いくらなんでも、現役の警察官がヤクザとつるみ、犯罪に手を貸すなど——。しかし、そんな感慨《かんがい》の中には、そう嘆《なげ》くことで体裁《ていさい》を整えたいという気持ちが潜んでいることに気がついた。実際には、そういった警官は今まで多くはないにせよ、必ず一定の数はいたのだ。決して珍しいことじゃない。今回は、それがたまたま自分の部下だっただけの話だ。それを不快にも、みっともなくも思い、認めたくないだけなのだ。

それに、自分自身で見つけて告発するのではなく、出張に来たよそ者に指摘されてしまったことは、どうにもやりきれない気分だった。

とはいえ、藤代が行った二点めの指摘、すなわち吉村秀夫は銃を携帯しておらず、丸腰だという主張を無線で捜査員たちに伝えなかったのは、自分のそういった気持ちとは無関係な判断だった。

藤代の説明で、吉村が丸腰であることが、完全に百パーセントはっきりしたわけではないのだ。一旦は藤代が銃を押収したものの、その後、蟻沢のところの男たちの襲撃に遭い、藤代自身がやられてしまった。車のトランクに押し込められ、店の中で何があったのかを直接には見ていない。吉村がもう一度銃を手にしなかったとは言い切れない。藤代の主張をそのまま伝え、捜査員たちを危険にさらすわけにはいかない。

それでも捜査員たちには銃の使用について、充分に注意を呼びかけることを忘れなかった。街中でもあるし、少年とその母親が一緒にいる可能性もある。天明谷はもちろん、吉村に対しても、銃の使用はあくまでも慎重を期すようにと念を押した。

55

允珍《ユンジュン》の二の腕をがっしりと摑み、その脇腹に銃口を押し当てた天明谷は、寺の本堂脇の暗闇の中で唇の両端を吊り上げた。

「ひとつ説明しておくが、これはいわば、足がつかない銃ってやつだ」

その顔は、遠くの街灯の光を浴びて青白く見えた。顔の下半分だけは笑っているのに、上は仮面でもかぶったみたいに硬直し、表情が抜け落ちてしまっていた。店の中でコリアンに撃たれた首筋の血はまだ完全にはとまっておらず、こうして允珍の脇腹に銃を突きつけるまでは、ハンカチで傷の箇所を押さえていたほどだった。顔色が青白いのは、出血のせいもあるのかもしれない。

「しかも、おまえらは知らないだろうが、この銃にはサウンド・サプレッサーがついてる。銃声は小さく抑えられ、発砲を周囲に気取《けど》られない。おかしな動きをしたら、俺はおまえらを射殺し、誰にも気づかれないうちにここから逃げられるのさ。警察は今夜の銃撃事件との関連を推測し、蟻沢かコリアンの手下の誰かが、ここでおまえらを殺したものと考える。そういうことだ」

いや、この無表情で青白い顔には見覚えがある。すっかり多弁になって話し続ける天明谷を前にしてそう感じた秀夫は、じきにその理由に思い当たった。これは、長期刑を食らった囚人の顔なのだ。十年以上の刑期を食らった囚人は、ムショ内ですぐに見分けがついたものだった。重たい疲労が表情を押し潰してしまい、目がガラス玉みたいになり、目の周辺の筋まで動きが鈍くなっている。正に、この男のようにだ。

察しがついた。この刑事は、もう自分には逃げ場がないことを察している。意識の表層ではまだいくつかの選択肢《せんたくし》が残っており、非常に低い確率もしれないが、思い定めた賭けに無事に勝てば何もかも上手くいくと考えようとしているが、その実、心の奥底では、もうすべてが終わりだと感じている。だから、こんな顔つきになるのだ。そして、こんなにぺらぺらと口が動いている。真実から、目をそむけ続けているためだ。

「鞄を渡せ。ノートは、鞄の中か？」

「違うよ。あの男が持ってるよ」

允珍が、ふてくされた様子で秀夫を指した。

天明谷が、唇を歪めた。「よし、じゃあまずノートだ。ノートを渡せ。おかしなことを考えるなよ。妙なことをすれば、女を殺す」

秀夫は、悪寒に襲われた。渡せば終わりだ。俺も康昊《ガンホ》も、この男が慈郎オジの殺害現場にいたことを見ている。この男と蟻沢との結びつきを知ることも、この男が勇の店であの大男の頭を撃ち抜くのを見たことも、すべてはこの男にとって都合が悪い。ふたりを生かしておく理由は、何もないのだ。今まで引き金を引かなかったのは、ノートのありかを確かめる必要があったからにすぎない。万が一、ノートがないことを危惧《きぐ》して、確かめたのだ。允珍を殺すことだってためらわないだろう。

背中に、嫌な汗が浮いてきた。無意識に自分の終わりを予感している人間が、どうして他人を巻き添えにしないだろうか。この男に必要なのは、無事に逃げ切るための千載一遇のチャンスなんかじゃない。みずからにピリオドを打つきっかけにちがいない。

飛びつくことを想像してみたが、到底、無理だった。たどり着く前に、銃が二、三度火を噴くだけの余裕は充分にある。一発は允珍を、そして、もう一発は秀夫を射抜くにちがいない。そして、さらには康昊のことも――。

秀夫は仕方なくモッズコートの前を開け、中に着ているセーターをめくった。

「ゆっくりとだ。妙な動きをするなよ」

命じられた通りにノートを抜き出すと、今度は「ガキに渡せ」と命じられた。

従うしかない。仕方なくまた言う通りにすると、天明谷は康昊にノートを鞄に仕舞い、持って来るようにと命じた。

両手で鞄を抱えて歩き出す康昊の背中を見た瞬間、秀夫は心を決めた。子供を殺すことをためらうようにも、女を殺すことをためらうようにも見えない相手だった。一《いち》か八《ばち》かで飛びかかるしかない。

康昊だけは死なせたくなかった。息子は、もういない。二度とこの手に抱くことはできない。歩き始める姿も、幼稚園や学校に行く姿も見られなかった。おむつを換えるのに慣れるほどの期間すら、傍にいてはやれなかった。自転車の乗り方を教えたり、キャッチボールをしたり、一緒に風呂に入ったり、買い物をしたり、旅行をしたりしたかった。父が自分にしてくれたことを、今度は息子にしてやりたいと思っていたのに、何ひとつできないままだった。恋をすることも、友達と殴り合いの喧嘩をすることもなく死んでしまった。やがて待っていたはずの未来の長い時間は、もう決して息子に訪れることはない。息子の人生は、ほんの五つで終わってしまい、そして、その父親だった自分は、わずか一週間かそこらしか一緒にいてやれなかった。これ以上の苦しみには、耐えられない。康昊は、絶対に死んではならない。子供は、決して死んではならないのだ。

天明谷が、にやっとした。表情が乏しくなっていた顔に、初めて表情らしい表情が生じた。皮肉っぽくありながら、どこか満足そうでもある笑みだった。おまえの考えなど手に取るようにわかると、そう言っているようだった。

銃口がすいと康昊を向いた。

秀夫は、地面を蹴って前に出た。

「やめて！」

允珍が、悲鳴を上げた。みずからの体をぶつけるようにして、天明谷の腕に取りついた。

56

寺の本堂の正面には、コンクリートの階段があった。その足元から本堂の壁際へと寄り、足音を立てないように注意して移動した藤代は、建物の端からそっと顔を覗かせた。

ほんのちょっと前に、秀夫たち三人が縁の下から本堂脇の暗がりへと出たところだった。允珍《ユンジュン》の脇腹に銃を突きつけた天明谷は、こちらに背を向けて立っていた。一刻の猶予もない。藤代は一旦その場を離れ、コンクリートの階段の反対側まで移動すると、手早く携帯の通話ボタンをオンにした。電話に出た菅原に挨拶もそこそこに、潜めた声で現在地と状況を告げ、大至急、捜査員を派遣して欲しいと要請した。

通話を切り、元の場所に戻ると、秀夫が隣の康昊《ガンホ》にノートを渡しているところだった。暗闇に紛れ、しかも、すぐに少年が鞄に仕舞ってしまったので、何の変哲《へんてつ》もない大学ノートだということしかわからなかったが、充分だった。あれこそが、捜し求めていたノートだ。

天明谷に何か命じられ、少年が両手で鞄を抱え上げてゆっくりと歩き出す。藤代は唾を飲み下した。脳裏に、これから起こる光景が描き出されていた。天明谷だ、藤代だ思い描いた通りの男だとしたら、目の前の三人の命はない。危険な人間が追い詰められた時、その危険さはピークに達する。経験がそれを告げていた。

だが、既に菅原への通報は済ませている。あの分署の位置からしても、付近を大勢の捜査員が捜索していることからしても、ほんの数分のうちには武装した警官が駆けつけ、そして、状況を制圧できる。丸腰の自分が飛び出す必要などありはしない。家族のことが頭に浮かんだ。息子と娘、そして、妻。こんなふうに三人のことを思うのは、今日はもう何度めだろう。決して無茶をしてはならない。藤代は、胸の中で呼びかけた。みんな、父さんを引き止めてくれ。自分は刑事である以前に夫であり、そして、かけがえのないふたりの子供の父親なのだ。

しかし、天明谷の銃口が少年へと向いた時、反射的に体が動いていた。子供が撃たれるなど、許せない。子供が無残に殺される光景など、見たくはなかった。

57

銃声がした。サウンド・サプレッサーは銃声を抑えはするが、完全に消し去ることはできない。サプレッサーなしで銃を発射すると、銃声によって敵に居所を特定される。それを見定めにくくする程度なのだ。秀夫は康昊《ガンホ》に抱きつき、みずからの体を盾にして少年を守りながら地面に倒れた。すぐに二発めの銃声がして、背中から撃たれることを覚悟したが、痛みはなかった。

見やると、藤代という刑事が天明谷の腕に飛びついていた。不意打ちを食らった天明谷の右腕を捉え、振り回し、足をかけて相手を倒そうとしている。

だが、体格差があるため、最初の攻撃に対して踏みとどまってからは、逆に天明谷のほうが藤代を振り回し始めた。

「伏せてろ」

秀夫は康昊に命じて体を起こした。狙いを定めて突っ込み、天明谷の腰にタックルを食らわせた。天明谷が、ぐらっとする。藤代は決してその腕を放そうとはせず、三人はもつれ合うようにして地面に倒れた。

その瞬間、またもや銃声がし、続けて藤代のうめき声が重なった。太腿から鮮血が噴き出すのを間近にし、秀夫は一瞬ひるんでしまった。

藤代の執念はすさまじく、それでもなお天明谷の腕を放さなかった。放せば誰かが、間違いなく撃たれる。

だが、ついには天明谷が振りほどいた。半身を起こし、銃口を藤代に向ける。

秀夫は天明谷の顎を狙って蹴り上げた。怒りを込めて一撃、さらにもう一撃を食らわすと、天明谷はのけぞり、背後に倒れた。

そこに飛びつき、馬乗りになり、秀夫は天明谷の右腕を摑んだ。手首をねじろうとしたが、拳が顔に飛んできた。咄嗟によけようとしたものの、右の頰骨を殴られた。眼窩の縁の骨だった。右目の奥がじんとして、視界にぼんやりとした影が生じた。

秀夫は天明谷の顔を殴り返した。相手の右手を放すまいと体重をかけたままでは、充分な力が込められなかったが、それでも二発三発と殴るうちに、天明谷の抵抗が弱くなってきた。

今だ。秀夫は両手で天明谷の右手を捉えてねじった。くそ、だがまだ拳銃を放さない。

天明谷は苦しげに肩で息をしつつ、なぜか目だけはふてぶてしいままだった。見下すような目つきで秀夫を見ていた。刑事でありながらヤクザの手先となり、慈郎オジを襲った男だ。警告ひとつせずに、あの牛のような大男の後頭部を狙い撃って殺した男だ。そして、たった今まで、秀夫と康昊と允珍《ユンジュン》の三人を殺そうとしていたのだ。

秀夫は、怒りを込めて拳を振り上げた。

58

太腿の焼けつくような激痛は、腰へ、下腹へと広がっていた。太腿の源流から、無数の焼けた針を体の奥へと刺し込まれたような痛みが、ざわざわと腹のほうへと押し寄せてくる。藤代は、奥歯を噛んだ。痛みで頭が朦朧として、ちょっと気を抜けば落ちてしまいそうだった。だが、ここで気を失うわけにはいかない。民間人の秀夫が、今、凶悪犯と闘っている。この手で、わっぱをかけなければ。

痛みを堪え、なんとか体を動かそうとするが、できなかった。くそ、少しでも体のどこかに力を入れようとすると、苦痛が増す。力を抜き、だらっと寝そべっている以外にはできないのか。

それでもなんとか上半身を持ち上げた藤代は、寺の参道を駆けて来る警官を見つけた。ふたり。偶然にも、昨日、この裏手に当たる須賀慈郎が潜伏先に使っていたマンションで話した警官たちだった。助かった。若い警官と年配のコンビ。年配のほうは少し遅れているが、若いほうは体力に任せ、すごい勢いで近づいて来る。
だが、はっとし、たたらを踏むようにとまり、腰のホルスターに手をやった。天明谷の手にある拳銃に気づいたのだ。それを秀夫が、必死に奪おうとしているところだった。

59

若月は交番勤務について四年弱、今ではより若い警察官も同じ交番にふたりおり、この春からは彼らの教育係も仰せつかっていた。咄嗟に腰の拳銃に手をかけたのは、手配の容疑者と思《おぼ》しき男が、ＫＳＰの刑事に馬乗りになり、しかも、その右手には銃があるのが見えたからだった。さらには、もつれあっているこのふたりの近くには、太腿から血を流して動けなくなっている別の男がいた。あれは昨日、裏手のマンションで出会った藤代という刑事だ。それに、もつれあい、今は容疑者に組み敷かれてしまっているのは、ＫＳＰの天明谷刑事だった。

ホルスターのフックをはずし、拳銃を抜き出した瞬間、現実の重みがのしかかってきて頭がぽおっとした。なんとか落ち着こうと、若月はちょっと前に受けた無線の指示を反復した。手配の内容は、無論のことしっかりと頭に入っていた。容疑者は、銃を携帯の可能性あり――。ただし、銃器の使用には、充分の注意を払うべし――。今、目の前で展開しているのが、正に無線で指摘された状況だ。警察官になって以来、初めて遭遇《そうぐう》する緊急事態なのだ。それに、この先も、こんな状況に遭遇することはほぼないだろうと、心の声が言っていた。

自分を落ち着けようと、一度息を吸って吐いた。

「銃を捨てろ。手を挙げろ！」

大声で、そう警告を発した。

しかし、こちらに背を向けてもつれあっている容疑者の耳には入らないらしい。

――落ち着け。

胸の中で、若月はそう繰り返した。

――落ち着け。

――落ち着くんだ。

「銃を捨てろ。さもないと、撃つぞ！」

容疑者が、天明谷の顔を殴りつけた。

一発。

また一発。

天明谷は必死で銃を押さえていたがついに力尽き、容疑者が銃を手に取った。

60

嫌な予感が藤代を襲った。

「撃つな！　よせ！　違うんだ！」

懸命に声を張り上げたが、緊張で真っ青になっている制服警官の耳には届きそうもなかった。

制服警官が、発砲した。

61

天明谷の銃を取り上げ、とどめの拳を振り上げた瞬間、秀夫は誰かに背中をどやしつけられた。いや、そんな生易《なまやさ》しい衝撃じゃなかった。棍棒か何かで、背骨をもろに殴られたらしい。

くそ、仲間がいたのか。上等だ。何人でも相手になってやる。そう思って振り返ろうとしたが、なぜか体が動かなかった。激痛が背中だけじゃなく、体の奥から湧いてくる。胸がじんじんする。くそ、闘うのだ。

痛みを堪えて再び体をひねろうとしたら、ほんのちょっと首を回しかけただけで、新たにすさまじい激痛が体を貫いた。目の奥に白い火花が散る。耳の奥で大きな羽虫《はむし》が無数に飛び交うような音がする。顔が火照り、頭の周囲に鉄の輪が食い込んだみたいに締めつけられた。

だが、次の瞬間、潮が引くように痛みが引き始めた。よし、大丈夫だ。なんてことはなかったのだ……。顔をわずかに動かしたら、こっちを見つめる康昊《ガンホ》がいた。少年は下顎をぽかんと落とし、空から石が降ってくるのにでも出くわしたみたいに呆然としていた。なんて顔をしてやがるんだ……。腕が持ち上がらないことに気がついた。いつの間にか両肩の付け根から下にだらんと落ち、筋が切れてしまったみたいに動かない。なんて重たい腕だろう……。

ぐらっとした。地上からの照り返しで雲がぼんやりと灰色に浮き上がった夜空が目に飛び込んできて、秀夫は自分が倒れたのを知った。口の中に、鉄臭《てつくさ》い、生温かい液体が溢れてきた。顔を横に向けると、それが唇から垂れて頬へと流れた。寒い。なんて寒いんだ……。

藤代が何か喚いていた。そして、ふたりの制服警官が天明谷を取り押さえようとしていた。よし、これでいい……。

名前を呼ばれた気がして顔を反対側に回すと、涙でくちゃくちゃに歪んだ康昊の顔がすぐ近くにあった。少年は秀夫の体に取りすがり、激しく揺すっていた。その後ろに、ぺたりと地面に腰を落とし、ぼんやりとこっちを見つめる允珍《ユンジュン》が見えた。

いったい、何を泣いてやがる……。笑いかけようとしたが、笑えなかった。康昊。こいつとは、まだ話したいことがたくさんある。だが、声が出なかった。

ちょっとだけ、待っていてくれ。今はやけに眠いんだ。

辺りが暗くなり、すぐに何もわからなくなった。

放心状態にある若月の肩に、先輩警官が手を置いた。よくやったぞ。おまえの判断は間違ってない。おまえの咄嗟の判断で、捜査員ふたりの命を救ったんだ。先輩警官がそんなふうに言ったように思うが、右の耳から左の耳へと素通りして、きちんと理解はできなかった。聞きなれない外国語の言葉を聞いているみたいだ。

むしろ若月を励《はげ》ましたのは、先輩警官のどこか熱に浮かされたような顔と、同じく熱を帯びた話し方そのものだった。自分は、警察官として正しいことをしたのだ。

だが、世界の均衡《きんこう》はあっという間に崩れ、若月は何がなんだかわからない混沌《こんとん》の中へと投げ込まれた。

「馬鹿野郎、そいつだ。そいつを捕まえろ！」

足を撃たれた藤代が、がなり声を上げていた。背中と胸から血を流した容疑者に、少年が取りついて泣いていた。

「ホシはそいつだ！　そいつこそ、ホシなんだ！」

藤代が声を張り上げ、若月は激しいショックに襲われた。何がなんだかわからない。それでも叩き込まれた習慣から、弾かれたように素早く行動した。たった今自分を褒め、励ましてくれた先輩警官とともに天明谷のところへと走り、拘束する。

背の高い私服警官を取り押さえつつ、若月はひとつの問いかけを、頭の隅へ隅へと追いやろうとしていた。

それでは、俺が射殺した男は、何だったのだ……。

63

車輪つきの台車で救急治療室へと運ばれる勇のすぐ傍につき添っていた桜子は、勇が扉の向こうの治療室に運び込まれるとすぐに、別の看護師から声をかけられた。桜子自身にも治療の必要があると言うのを、自分はここについていると言い張って拒んだが、最後は説得に負けて別室に移った。

ベッドに寝かされ、顔や体のあちこちにできた傷の治療を受けながら、桜子は最初天井をぼんやりと見つめていた。やがて、薄く目を閉じた。疲労と、それにおそらくは少し前に医者が注射してくれた痛み止めのせいで頭がぼんやりとして、生ぬるい水のような眠気に浸され始めていた。

睡魔《すいま》を振り払うために時折目を開け、桜子は細かい吸音穴のついた味気《あじけ》ない天井を睨みつけた。眠ってしまうのが不安だった。秀夫のことを考えていたかった。

もし警察に捕まれば、秀夫は刑務所に逆戻りだ。刑期はいつまでなのだろう。それがわからないことが不安だったが、もう桜子の気持ちは決まっていた。今度は迷ったり、つまずいたりせずに、ひたすらに秀夫の帰りを待つのだ。それだけを心に決めて、生き続ければいい。早く秀夫に、自分の決意を告げたかった。

治療がだいぶ進んだ頃、急に周囲が騒がしくなり、誰かが車輪つきの台車で運ばれて来た。桜子が治療を受けるのは、廊下との間をカーテンで簡単に仕切っただけの場所だった。そのカーテンの隙間に藤代の顔が見えて、桜子ははっとした。

一瞬、藤代と目が合った。藤代の表情から、向こうでも桜子の姿を認めたような気がしたが、それは見間違いだったのか、藤代はそのまま視線をあらぬ方へと動かし、顔を真上に向けてしまった。やがて運び込むべき先の準備が整ったのだろう、それほど経たないうちに台車が再び動き出し、藤代の姿はどこかに消えた。

桜子は藤代の態度がちらっと気になったが、もう抵抗できないぐらいに眠気が大きくなっており、目を開けていることに耐えられなかった。

目を閉じ、浅い眠りの中へと落ちていった。

64

手術室へと運ばれながら、藤代は今なお重い後悔にさいなまれていた。自分がもっと早くに、真剣に、制服警官を制止していれば、そうすれば吉村秀夫は死なずに済んだのではないのか。

後悔のタネは他にもあった。混乱する現場に次々と捜査員たちが到着する一瞬の隙を突き、少年と女が消えてしまったことだった。しかも、一緒に、ノートと金を入れた鞄も消え失《う》せてしまっていた。あの母子を、草の根を分けても捜し出さねばならない。ノートを見つけ出して手に入れるため、上司の反対を押し切ってこの街へとやって来たのだ。なんとしても、ありかを探し出さねば。

だが、当分はこの体では動けない。

情けなかった。怪我をした足が歯痒《はがゆ》くてならなかった。

65

康昊《ガンホ》は母を捜していた。秀夫にすがりついて泣き腫らした目を上げると、母の姿がないことに気づいたのだった。まさか、という気持ちは、あっという間に恐れに転じた。ただちょっと母を見失っただけだと自分に言い聞かせながらきょろきょろするうちに、鞄もノートもなくなっていることを知り、母がそれを持ち去り、ひとりで逃げたのだという確信が強まった。恐れていた通りになったのだ。母は、自分だけの幸せを見つけるため、息子を置いて行ってしまった……。邪魔に思ったにちがいない……。

康昊は捜査員たちが次々に到着し、騒がしくなる寺の境内からこっそりと抜け出し、裏の墓地を抜けた。誰かに気づかれ、後ろから呼び止められ、引きずり下ろされないだろうかとビクビクしつつフェンスを乗り越え、時折時間を潰していたマンションの裏庭へと降り立った。建物に沿ってエントランスホールに回り、息を詰めるようにしてそこを駆け抜けた。秀夫とここで出会った時のことを思い出したくなかった。

馴染んだ通りは、いつもと何も変わらなかった。寺の境内やその参道に面した道の喧騒は遠く、ここではただの気配にすぎなかった。子供がひとりで夜道を歩いていても、この辺りでは誰も気にかけないことを、康昊はよく知っていた。うつむき、足早に通りを急いだ。だが、そうして先を急ぐのは、ここを早く離れなければ、やがて自分と母とがいないことに気づいた警察が付近を捜し始めると思ったからで、どこを目指せばいいのかは皆目《かいもく》わからなかった。もう、家には戻れない。一文無《いちもんな》しで、誰を頼ればいいのかもわからない。結局、最後には、警察に保護されることになるのだろうか。そうしたら、それからは……。

足元の凍てつく歩道を見つめて歩いていた康昊は、正面から来た誰かに突き当たってよろけそうになった。睨みつけてやろうとすると、肩を強く抱かれて引き寄せられた。母の匂いがした。

「オモニ」

「よかったよ、会えて。さあ、誰かに見つかると困るから、ここを離れるよ」

母は康昊に笑いかけた。だが、すぐに神経質そうに左右を見渡すと、康昊を抱いてくれた胸によれよれの鞄を抱え直した。

康昊に背中を向けて歩き出したが、少し進んですぐに振り返った。

「どうしたんだい、早くおいで」

同じ場所から動こうとしない康昊を睨みつけ、苛立たしそうに戻って来た。

「せっかく、お金が私たちだけのものになったんだよ。さ、早くここを離れよう。大通りに出て、タクシーを拾うのさ。いや、地下鉄のほうがいいかもしれないね。この時間なら、人ごみに紛れてしまえるよ――」

口早に言いながら、忙しなく周囲に視線をめぐらせていたが、ふっと口を閉じて康昊の顔に目を戻した。

母は眉間にしわを寄せ、じっと息子を見つめて来た。ため息をひとつ吐くとともに、泣いたようにも笑ったようにも見える表情をよぎらせた。康昊は、母がこの寂しい心に触れてくれたのを知った。

「馬鹿だね、あんたは……。何を考えてたんだい。私が、あんたを残して行くわけがないだろ。いったい、どこへ行くっていうのさ。私ひとりで、どこへ行くっていうんだい？」

「オモニ」

「さあ、おいで。行くよ。お金は全部、私たちのものさ。そして、ふたりで幸せになるんだ」

母は鞄を両手で抱えることをやめて片手で持つと、残ったもう片方の手で康昊の手を引いた。

康昊は母について歩き出しながら、胸の中で、母がたった今口にした言葉を反復した。

そうだ、お金は全部、俺たちのものになった。母とふたりで、幸せになるのだ。

66

目覚める直前に夢を見た。朝までずっと眠らずにいるつもりで母の横に身を横たえたにもかかわらず、いつしか眠ってしまっていた。夢の中で康昊《ガンホ》はあの寺の縁の下にいて、秀夫と向かい合って話していた。なんだ、生きていたのかと、康昊は思った。それで心の隙間が埋まり、温かい気持ちがこみ上げた。心のどこかが目覚めていて、これは夢だとぼんやり思う自分がいたが、それはかすかな気配のようなものにすぎず、秀夫と楽しく話していられた。

目覚めた瞬間、現実が押し寄せてきて、康昊は体を動かせなかった。ひとつ息をするごとに、一歩ずつ現実の中へと飲み込まれていく。秀夫は死んでしまったのだ。夢の中でどんな話をしたのか思い出そうとしたが、もう思い出せなかった。きっとたわいもないことを話していたのだろう。

はっとし、康昊は時計を見た。朝の五時半を回っていた。眠らずにいて、母が熟睡《じゅくすい》した時を狙って実行するつもりだったのに、疲労でずいぶんと長いこと眠ってしまっていたことを知った。

だが、まだ外が明るくなるのにはいくらか間があるはずだし、康昊の背中からは母の深い寝息が聞こえていた。

康昊は安ラブホテルのベッドで起き上がった。歌舞伎町のホテルだった。昨夜、結局、母と康昊のふたりは新宿を離れなかった。母はタクシーでどこかへ行くか、地下鉄の人ごみに紛れて逃げるかなどと言っていたくせに、最後には思い直して、さもいいことを思いついたという口調でこう告げたのだった。灯台下暗《とうだいもと》しというよ。誰も私たちがこの街にこのままとどまっているとは思わないはずだもの。今夜は、ここですごそうよ。そして、この先どうするのがいいかをじっくり考えるのさ。大丈夫、安全に泊まれる場所を思いついたんだ。

それは母の母が昔から懇意《こんい》にしていた老女が経営するラブホテルだった。康昊も何度か会ったことがあるこの女は、日本語は話せるけれどほとんど読めず、関心があるのはラブホテルに客が途切《とぎ》れずに金が入ってくることと、有線放送の韓国ドラマの続きだけだった。コリア・タウンの在日たちとは全然つきあいがないし、日本の警察のことはそれ以上に嫌っている。母はこの女を訪ねると、男と喧嘩をしたとかなんとか適当な理由をでっち上げ、少し余分に宿泊料を置いた。そして、もしも誰かが自分たちのことを訊いてきても、何も言わないようにと口止めしたのだった。

しかし、母が昨夜、新宿を離れないことにした本当の理由は、何かをきちんと考えたからではなく、ただ動くのが恐ろしかったのだろうと康昊にはわかっていた。警察や追っ手に捕まることを恐れたのではなく、大金が手に入り、それを自由にできるという状況が、きっと怖くてならなかったのだ。これから訪れるはずの幸せを考えると、どうしていいかわからなかったにちがいない。

とにかく新宿を離れなかったのは、康昊には都合がよかった。だが、自分がしようとしていることを考えると、心がきつく締めつけられるみたいに痛んだ。母は昨夜、この部屋で、出前で取ったピザを康昊とふたりで食べながら何本もビールを飲み、これから自分たちがどうするかを話し続けたのだった。最初のうち、母の話は、朝になったら西へ逃げるか、東へ逃げるか、それとも新宿駅発の特急や長距離バスでどこかへ向かうかといった検討が主だったが、酔いが深くなるにつれ、どんな街に落ち着くのがいいかといった話になり、冷蔵庫にあったカップの日本酒を飲み出す頃には、その街で自分がどんな仕事をし、康昊をどんな学校に上げ、どんな家に暮らして何を買い、どんなふうに旅行をしたりレストランで食事をしたり、服を買ったり、宝石を買ったりといった、とりとめもない話へと変わっていった。

きっと、それが母の思い浮かべる幸せなのだ。

康昊は、そっとベッドを抜け出した。軽い尿意を覚えたが、トイレの水を流して母を起こしてしまうのを恐れ、我慢することにした。ベッドの反対側へと回って覗くと、母はベッドに入った時のまま、鞄を抱えて眠っていた。ただし、さすがに腕が緩くほどけている。康昊は両手で鞄を摑み、少しずつ少しずつ動かして、ついには母の腕から抜き取った。母は小さくうめき、何かつぶやくように唇を動かしたが、目覚めなかった。康昊は念のために鞄を開け、中に金と一緒にノートが入っていることを確かめた。それからちょっと考え、鞄をそのままベッドの足元に置いてクロゼットへと歩いた。これならば、今もし母が起きてしまっても、鞄が自然に床に落ちたと思うだろう。

クロゼットを開けると、昨夜、康昊が脱いだセーターが棚に載っていた。そんなところに載せた覚えはないし、だいいち手が届かない。きっと母がやってくれたのだ。背伸びし、セーターに手を伸ばしたが、取れなかった。軽く跳ねてみたがやはり無理で、しかも振動で母を起こしてしまいそうな気がしてあわてて振り向いた。結局、セーターを着ることは諦め、ハンガーにかかったジャンパーを取ると、シャツの上に直接着た。

足音を立てないように注意してベッドサイドに戻り、床から鞄を取り上げた。腰を伸ばした瞬間、康昊は金縛りに遭ったように動けなくなった。目の前に、無邪気に眠る母がいた。昨夜、将来のことを楽しそうに話し続けていた母の笑顔がちらついてならなかった。

康昊は鞄を両手で抱え、じりじりと後ろに下がった。目覚めた時の母の驚愕と絶望、そして激しく襲うにちがいない悲しみを思うと、辛くてそれ以上母の顔を見てはいられなかった。自分は親不孝をする。母は、決して許さないかもしれない。それで息子を捨てる気になるかもしれない。

玄関ドアの脇には、秀夫が買ってくれたスニーカーがあった。それに足を通すと、康昊は音を立てないように注意してドアを開けた。決心が鈍るのを恐れ、振り返らずに廊下に出た。閉まっていくドアの隙間から、こちらに背中を向けて眠る母の布団のふくらみが見えた。音を立てないよう、閉まり切るまでノブを放さなかったが、閉まるとすぐに廊下を走り出した。

階段で一階へ降り、廊下と大して変わらない広さのロビーに出ると、狭い覗き窓の奥にある事務所から見つからないよう、体を低くしてその前を横切った。だが、中からは大きないびきが聞こえていた。韓国ドラマ好きの女主人か、別の夜勤の人間かが中にいるのは確かだが、すっかり夢の中だ。

エントランスの自動ドアを抜けた表の寒さは、ロビーの比ではなかった。夜明け前の凍てつく空気が、ジャンパーの襟や袖からあっという間に侵入し、康昊の体をすっかり縮こませた。自動ドアが開いた音で、高いびきは中断されたかもしれない。目覚めた人間に捕まらないよう、康昊は全力で走り出した。大通りの方角はわかっていた。

さすがに道は無人だった。だが、時折酔っぱらいや、秘密の匂いをさせた男女と出くわした。早めに相手に気づいた時には、見咎められないようにと隠れたが、間に合わない場合にはおかしな目を向けられた。たとえ深夜であろうとも、独り歩きしている子供を見つけても誰も何も言わないのがこの街だったが、さすがにこの時間ではまずいかもしれない。

大久保通りに出ると、度胸を決めて走るしかないと思い定めた。鞄の重さでもう両肩はぱんぱんで、足もがくがくし始めていたが、立ち止まらなかった。

普段は車でごった返す大久保通りも、今は走行車がほとんどなくて、道幅がいつもよりもずっと広く感じられた。

通りの先の空は、濃紺の闇から段々と色を薄くし始めていた。青が一瞬、真っ白に輝き、その後、オレンジ色の光を周囲に投げ始めた。

姿を見せ始めた太陽が、がらんとした大久保通りを照らし、康昊はまぶしくて目を細めた。走り続ける康昊の後ろに、長いくっきりとした影が延びた。空が、段々と大きく高くなっていく。

金がなくなったあとのことを考えると不安でならなかった。その後、自分と母がどうなるのかを思うと怖かった。この三、四十時間の間に起こった出来事や出会った男たちのことが、次々に頭をよぎっていた。なるべく思い出すまいとしている記憶も、その中には混じっていた。たくさんの人間が死んだのだ。

あれが大人の世界というものなのか。もしもそうなら、この先の人生は、自分が想像してきたよりもずっとひどくて過酷なものなのかもしれなかった。そんな過酷な人生を少しでも生きやすくするのには、どうしても金が必要なのかもしれなかった。だが、だから、何なのだ。

捨て鉢で、あまりにも馬鹿馬鹿しくて、そして、清々《すがすが》しい気分だった。せっかく手に入った金を返しに行くなんて、俺は絶対にどうかしている。

「金じゃないんだ」

康昊は、低く声に出して言ってみた。

それから、繰り返しつぶやき始めた。金じゃないんだ……。金じゃない……。金じゃないんだ……。金じゃない……。秀夫のことを、思っていた。あいつの息子は死に、そして、あいつも死んでしまった。だが、この俺は生きている。だから、意地でも金じゃないと思いたかった。大切なのは、絶対に金なんかじゃない。

強くなる。

康昊は、胸の中にいる秀夫にそう約束した。

大久保通りに面して建つＫＳＰの庁舎が見えた。その正面玄関に立つ警官が、汗だくで走って来た少年を見て目を丸くした。

何事かと口を開きかける警官の前に、康昊は痣だらけの怒ったような顔で鞄を突き出した。

解説——スピーディーな争奪戦

ミステリ書評家・村上貴史《むらかみたかし》

■表／裏

逃げる、追う、逃げつつ追う。
奪う、奪い返す、奪われる。
自分、他人、あるいは身内。
殴《なぐ》る、蹴《け》る、撃《う》つ、殺す。
夫／妻、親／子、男／女。
信じる、裏切る、あるいは無関心。
正義はどこに？

■約束

いやはや、圧倒的にスピーディーな小説だ。
吉村秀夫《よしむらひでお》は、新宿《しんじゅく》バッティングセンターに須賀慈郎《すがじろう》が現れるのを待っていた。彼ならば、六年の刑期を務めるなかで連絡が途絶えた婚約者、桜子《さくらこ》の居場所を知っているはずと考えたからだ。そして待つこと約一ヶ月。秀夫はようやく須賀慈郎と接触できた。大久保《おおくぼ》のコリア・タウンの一角に住む須賀の部屋で、秀夫は桜子の居場所を尋《たず》ねたが、知らないという返事が返ってくるだけだった。失意のうちに部屋を後にした秀夫は、剣呑《けんのん》な空気の二人組とすれちがう。そして彼は感じた――あいつらは須賀慈郎の部屋に行くのだと。秀夫は急いで須賀の部屋にとって返す……。

この時点で、本書の二十七頁目である。そしてここから『約束　K・S・Pアナザー』は、ギアを一気にトップに入れ、結末まで疾走《しっそう》していくのだ。冒頭に記《しる》した様々な要素で埋め尽くされた新宿／大久保を主な舞台として。

その物語の鍵《かぎ》を握るのが、須賀慈郎が所有していた一つの鞄《かばん》だ。人工皮革《ひかく》の安っぽいよれた旅行鞄であり、慈郎の部屋の流し台の下に置かれていたものである。問題はその中身だ。約五千万円の現金に加え、東北地方のある県における不正な金の流れを克明《こくめい》に記したノートが入っているのだ。大金と秘密。なんとも強力なペアである。だからこそ、その鞄は狙《ねら》われる。秀夫がすれちがった剣呑な男たちも、この鞄を狙っていたのだった。

鞄を持って部屋から逃げた須賀慈郎は、だが、マンション近くの墓地まで逃げたところで、二人組のうちの背の低いほうの一人に腹を刺されてしまう。男は、須賀を追ってその場に駆けつけた秀夫にもナイフを突きつけてきたが、腕に覚えのある秀夫は逆襲し、男を気絶させる。その後秀夫は慈郎を病院に連れて行こうとしたが、須賀はその場で絶命。背の高いほうの男が墓地に姿を現したため、秀夫は鞄を持って逃げ出した……。

かくして鞄を巡る争奪戦が始まるのである。

その争奪戦だが、なかなかに入り組んでいる。

まず、吉村秀夫がいる。出所後の根無し草の生活を立て直し、あわよくば桜子と、そして彼女との間の息子と三人で人生をやり直そうと目論《もくろ》んで鞄に執着する。

その秀夫を、墓地においては機転を利《き》かせて救い、その後、さらに機転を利かせて秀夫から鞄をかすめ取った少年がいる。十歳の康昊《ガンホ》だ。在日韓国人の彼は、やはり在日の母、允珍《ユンジュン》と暮らす。父親はいない。母は男に依存し、男に裏切られ、そして新たな男に依存し、という繰り返しで、母子の日々は圧倒的に貧しかった。彼らもやはりリスタートのために鞄を欲《ほっ》している。

鞄が秀夫から康昊に渉《わた》った際、その金で允珍は借金を返済しようとした。しかも一括でだ。あまりに唐突なその行動から、金貸しの智勲《ジフン》は鞄の存在に気付く。智勲と在日の仲間たちもまた、鞄を求める勢力となってしまうのだ。

そして、もともと須賀慈郎を襲った二人組がいる。巨大暴力団組織に連《つら》なる〝禍々《まがまが》しいデブ〟こと蟻沢《ありさわ》の指示で鞄を奪おうとして失敗し、あまつさえ須賀を殺してしまった連中だ。そう、そもそも蟻沢の組織は鞄にご執心《しゅうしん》だったのである。

要約すると件《くだん》の鞄の周《まわ》りには、秀夫がいて、康昊とその母がいて、在日の金貸しと仲間たちがいて、暴力団がいる。つまりは四つの欲望が、鞄を取り巻いているのだ。

そして須賀慈郎が殺されたのをきっかけに、警察も絡《から》んでくる。歌舞伎町《かぶきちょう》特別分署、すなわちKabukicho Special Precinct（K・S・P）だ。外国人の大量流入に伴い、治安悪化の一途をたどる歌舞伎町界隈《かいわい》の犯罪を専門に取り締まる目的で創設された分署である。ここが事件の捜査に乗り出すのである。当然ながら捜査の一環で鞄にも着目することになる。すなわち第五の勢力だ。

とまあ、これだけでも充分に入り組んでいるのだが、著者はさらに一ひねり加えている。五本の縦糸に対し、いくつかの横糸を加えているのだ。そのうちの一本が、允珍である。彼女は康昊の母でありながらも、智勲になびいたり、あるいはさらに別の人物に接近したりする。康昊より自己を優先することさえある。それによって、縦糸はもつれ、ときに他の糸に絡まってしまう。これが物語に予想外の展開をもたらすのだ。

横糸にはさらなる大物もいる。天明谷乃武夫《てんめいやのぶお》だ。KSPの一員で、四十前後の天明谷は、事件の捜査を担当する一方で、蟻沢とも通じているのである。通じているどころか、前述の〝剣呑な二人組〟の背の高いほうであったりもする。本人の心の動きとしては、警察官よりもヤクザに近い輩《やから》だ。そんな彼が暴れるだけに——比喩《ひゆ》ではなく実際に暴力をふるうのだ、それもたっぷり——いくつもの縦糸がもつれにもつれるのである。

しかしながら、だ。この縦糸横糸が錯綜《さくそう》する物語は、前述したように、圧倒的にスピーディーに読める。それこそが香納諒一《かのうりよういち》の腕である。

まずはキャラクターの描き分けが達者だ。それぞれの縦糸を視点を切り替えながら描きつつ、秀夫や康昊など一部の人間についてはきっちりと内面描写も行う。一方で、蟻沢や彼の部下である〝牛のような大男〟などのように、行動や外見が極《きわ》めて特徴的な面々については、暴れる姿の描写に徹し、内面は描かない（日本推理作家協会賞長編部門受賞作である『幻の女』《角川文庫》をはじめとして、ハードボイルド小説を得意とする香納諒一だけに、この種の描き方はお手のものだ）。こうして異《こと》なるキャラクターの描写方法を用《もち》いて個々の人物像を際立《きわだ》たせ、もつれた展開でありながらも、読者からするとスピーディに、かつ緊張感を失わぬままグイグイと読み進められる小説に仕立てているのだ。このバランス感覚がさすがである。

そのうえで、内面を描く人物については、秀夫しかり、康昊しかり、桜子しかり、そこにしっかりと一人ひとりのドラマを織り込んでいる。これらがまた読者を先へ先へと牽引《けんいん》してくれるのだ。

さらに、中盤で全く異なる種類の謎が提示される点も嬉《うれ》しい（14章の終わりだ）。この謎によって、読者は、世界観が揺さぶられる衝撃を味わうのである。それも一過性の衝撃ではない。これによって後半の各場面が、実際にそこに描かれていること以上に、緊張感を持って読み進められるようになるのだ。実に巧《たく》みな仕掛けである。

プロと素人《しろうと》の対比も見事だ。プロ——特に蟻沢たち暴力団や天明谷——が、冷静に冷酷《れいこく》無慈悲《むじひ》に暴力を用いて鞄に迫るのに対し、秀夫や允珍といった素人は、良くも悪くも愚《おろ》かである（康昊はそのなかでは相当に賢い方だ）。それが本書にエンターテインメントとしてのリアリティをもたらしているし、ときに愚かさ故《ゆえ》の温《ぬく》もりをもたらすことさえある。鞄争奪戦とは、また質の違う抑揚《よくよう》が物語に魅力を加えているのである。

その〝愚かさ〟と〝温もり〟を繋《つな》ぐキーワードが、本書のタイトルとなった〝約束〟である。この言葉が物語全体を貫《つらぬ》いていることで、暴力まみれの一冊ではあるが、読者は本書に心惹《こころひ》かれてしまうのだろう。

繰り返しになるが、スピーディーに一気に読める小説だ。それには、ここまで記してきたように、確かな理由があるのである。本書には、様々な熱があり、様々なドラマがある。争奪戦は目まぐるしく、痛みは生々しく、思惑《おもわく》は入り交じり、正義は時に行方《ゆくえ》をくらます。下手《へた》に書けばとっちらかってしまいそうな物語を、香納諒一は、一九九一年にデビューというベテランの筆で、しかもそれに先立つ編集者経験に基《もと》づく物語を整理する才能によって、一つのしっかりした物語として完成させたのである。しかも、ほぼ一日というスパンのなかにそれらを凝縮《ぎょうしゅく》させて。唸《うな》るしかない。

■K・S・Pアナザー

さて。

本書のサブタイトルは〝K・S・Pアナザー〟である。KSPとは前述のように歌舞伎町特別分署のことであり、ご存じの方も多いだろうが、香納諒一を代表するシリーズの名前でもある。

《K・S・P》シリーズ（徳間文庫）は、二〇〇七年に『孤独なき地』でスタートし、その後、『毒のある街』（〇八年）、『嚙む犬』（一一年）、『女警察署長』（一二年）と続いてきた。沖幹次郎《おきみきじろう》という特捜刑事を中心に、他のKSPの面々や署長たちが、新宿の暴力団神竜会《じんりゅうかい》や、チャイニーズマフィア五虎界《ウーフージエ》たちと闘《たたか》いを繰り広げる（そしてそのなかで巧緻《こうち》なプロットによるサプライズが各作品に仕込まれている）警察小説シリーズである。

著者が十部作構想で始めたという《K・S・P》シリーズは、現時点では、沖を中心とする四作と、本書〝アナザー〟の合計五作が刊行されている。だが、本書は〝アナザー＝別の〟というだけあって、他の四作（それらを刊行した版元の名前に基づいて〝徳間版〟と呼ぶ）とは相当に異なっているのだ。

まず、沖幹次郎が登場しない。沖に限らず、徳間版で活躍した面々は誰一人として登場しないのだ。神竜会も登場しないし、チャイニーズマフィアも登場しない。KSPという名称こそ共通しているが、まるで別の世界の物語であるように読めてしまうのだ。

キャラクターだけではなく、物語の作り方も相当に異なっている。徳間版では、警察における女性の扱いに関して掘り下げていたり、恋愛小説の要素が盛り込まれていたりする。しかしながら、本書にはそうした要素は皆無《かいむ》だ。それでなくても要素が盛りだくさんだから、という理由もあるだろうが、作者の明確な意図でそれらを排除したのではなかろうか、とも思うのだ。主人公のみならず敵（神竜会や五虎界）も本書に登場させないことで、アナザーの独立性を保ったと考えるのである。こうして独立させておくことで、後に、スムーズに合流させられるのではないかと。これは解説者の勝手な期待でもあるのだが。

一つ気になるのは、〝自分は正義を担《にな》っていると思っていた沖幹次郎が、ある意味で壊《こわ》れていく過程を十冊を通して書きたい〟という趣旨の発言を、徳間版に関して香納諒一がしていることである。この発言を意識して本書の天明谷乃武夫を眺《なが》め直してみると、刑事が壊れた果ての姿であることを再認識させられる。香納諒一が沖幹次郎をどういうかたちで壊していくつもりなのかは、まだ四作品しか出ていない現時点では予測できないが、方向性としては、天明谷に到達しても不思議ではない。この観点でも、徳間版とアナザーの関係が気になる。

Ｋ・Ｓ・Ｐ――徳間版もアナザーもひっくるめて、今後が気になるシリーズである。

■裏／表

二〇一九年に香納諒一は、新宿を舞台とする警察小説『新宿花園裏交番《しんじゅくはなぞのうら》　坂下《さかした》巡査』（祥伝社）を上梓《じょうし》した。

坂下浩介《こうすけ》という二十七歳の新米巡査を主人公とする作品である。元高校球児で、大学卒業後二年間一般企業を経験してから警察に入った浩介が、酒絡《がら》みのトラブルが多いことで知られる花園裏交番において様々な経験を積んでいく物語だ。冬から始まる四つの季節を通じて浩介が経験する複数の事件を描きつつ、浩介が高校球児だったころの監督を巡《めぐ》る謎で全体を貫いている。

そしてこの『新宿花園裏交番　坂下巡査』は、〝新宿を舞台とした警察小説〟という大枠《おおわく》は共通しているものの、ＫＳＰの徳間版ともアナザーともまるで異なるテイストに仕上がっている。一言でいえば、青春小説なのだ。新米であり、制服警官であるという二重の制約により、刑事事件においては下働きの傍観者《ぼうかんしゃ》という立場を余儀《よぎ》なくされる浩介が、いくつもの現場を通じて様々な現実を知り経験を積みながら成長していく物語であり、その果てに、一瞬だけだが主役を経験する物語である。

もちろん舞台が新宿であるが故に、『新宿花園裏交番　坂下巡査』でもヤクザの抗争が作品の重要な要素となっているが、肉体的なぶつかり合いの描写よりも、組織のプライドやメンツといった心の機微《きび》にフォーカスしている。ここもまたKSPとの相違だ。

そしてこの小説の終盤において、坂下浩介は「なんでだ？」という問いを発している。正義は百パーセント正義であるという坂下の価値観に基づく問いだ。沖幹次郎の未来の姿が、可能性の一つとして天明谷乃武夫であるとするならば、坂下浩介は、彼らの過去の姿であるかもしれない。ＫＳＰシリーズ読者としては、ついついそんな想《おも》いを抱《いだ》いてしまうのである。

二〇一九年にこうした警察小説を発表した香納諒一には、坂下巡査の物語の続編を期待しつつ（監督を巡る謎にはまだ明確な答えは示されていない）、ＫＳＰシリーズの次なる一冊も期待したい。徳間版でもアナザーでも構わないし、なんならアナザーのアナザーでも構わない。香納諒一が新宿という街と警察官をどう描いていくか、それを読みたいのだ。刊行を待ちたい——何年でも。

注　本書はフィクションであり、登場する人物、および団体名は、実在するものといっさい関係ありません。月刊『小説ＮＯＮ』（祥伝社発行）平成二十七年二月号から六月号まで連載され、著者が加筆、訂正し、平成二十七年九月に単行本として刊行された作品です。

――編集部

約束　K・S・Pアナザー

一〇〇字書評

切・り・取・り・線

購買動機（新聞、雑誌名を記入するか、あるいは○をつけてください）	
□（　　　　　　　　　）の広告を見て	
□（　　　　　　　　　）の書評を見て	
□ 知人のすすめで	□ タイトルに惹かれて
□ カバーが良かったから	□ 内容が面白そうだから
□ 好きな作家だから	□ 好きな分野の本だから

・最近、最も感銘を受けた作品名をお書き下さい

・あなたのお好きな作家名をお書き下さい

・その他、ご要望がありましたらお書き下さい

住所	〒				
氏名		職業		年齢	
Eメール	※携帯には配信できません		新刊情報等のメール配信を 希望する・しない		

この本の感想を、編集部までお寄せいただけたらありがたく存じます。今後の企画の参考にさせていただきます。Eメールでも結構です。

いただいた「一〇〇字書評」は、新聞・雑誌等に紹介させていただくことがあります。その場合はお礼として特製図書カードを差し上げます。

前ページの原稿用紙に書評をお書きの上、切り取り、左記までお送り下さい。宛先の住所は不要です。

なお、ご記入いただいたお名前、ご住所等は、書評紹介の事前了解、謝礼のお届けのためだけに利用し、そのほかの目的のために利用することはありません。

〒一〇一 - 八七〇一
祥伝社文庫編集長　坂口芳和
電話　〇三（三二六五）二〇八〇

祥伝社ホームページの「ブックレビュー」からも、書き込めます。
http://www.shodensha.co.jp/bookreview/

祥伝社文庫

約束《やくそく》　K・S・Pアナザー

令和元年6月20日　初版第1刷発行

著者　香納諒一《かのうりよういち》
発行者　辻　浩明
発行所　祥伝社《しようでんしや》
東京都千代田区神田神保町3-3
〒101-8701
電話　03（3265）2081（販売部）
電話　03（3265）2080（編集部）
電話　03（3265）3622（業務部）
http://www.shodensha.co.jp/

印刷所　錦明印刷
製本所　積信堂
カバーフォーマットデザイン　芥　陽子

Printed in Japan ©2019, Ryouichi Kanou　ISBN978-4-396-34541-9 C0193